Su Turhan
Getürkt

PIPER

Zu diesem Buch

Der bestialische Mord an einer jungen Frau in Istanbul zieht seine Kreise bis nach München. Und das nicht nur, weil Zeki Demirbilek alias Kommissar Pascha seinem türkischen Amtskollegen und darüber hinaus gutem Freund zur Seite stehen will, sondern weil das Opfer zuvor in München als Zahnarzthelferin gearbeitet hat. Es ist ein Fall, der an Zekis Nerven zerrt, denn die Ermordete erinnert ihn sehr an seine Tochter Özlem, die seit einigen Monaten in Istanbul lebt und ungefähr gleich alt ist. Überhaupt treiben Zeki viele Sorgen um, was seine Familie betrifft: Sein Sohn begeht eine Dummheit nach der anderen – zumindest in Zekis Augen – und seine Exfrau Selma, die er ungebrochen liebt, zeigt ihm mehr als deutlich, dass sie inzwischen ihr eigenes Leben führt. Und noch etwas macht Zeki und seinem Team von der Soko Migra zu schaffen: Die Staatsanwaltschaft hat über diverse Geheimdienste erfahren, dass ein Anschlag auf einen türkischen Politiker in München geplant ist. Der genaue Ort und Zeitpunkt sind nicht bekannt, dennoch gilt es, den Anschlag zu verhindern. Kommissar Pascha gibt sich größte Mühe, doch als er in diesem Zusammenhang einem Istanbuler Produzenten von Werbefilmen auf den Zahn fühlt, gerät er selbst ins Visier des Verfassungsschutzes. Da hilft nur noch ein raffinierter Schachzug …

1968 verschlägt es den in Istanbul geborenen *Su Turhan* von der Bosporusmetropole ins niederbayerische Straubing. Nach dem Studium der Neuen Deutschen Literaturwissenschaft an der LMU München beginnt er Drehbücher zu schreiben und arbeitet als Regisseur, u. a. für sein Liebesdrama »Ayla«, das internationale Publikumspreise erhielt. Mit »Kommissar Pascha: Ein Fall für Zeki Demirbilek« gab Turhan sein Debüt als Kriminalautor. Er lebt mit seiner Familie in München.

Su Turhan

GETÜRKT

Ein neuer Fall für Kommissar Pascha

PIPER

Mehr über unsere Autoren und Bücher:
www.piper.de

Von Su Turhan liegen im Piper Verlag vor:
Kommisar Pascha
Bierleichen
Kruzitürken
Anstich
Getürkt
Mordslust pur

MIX
Papier aus verantwortungsvollen Quellen
FSC® C083411
FSC www.fsc.org

Ungekürzte Taschenbuchausgabe
ISBN 978-3-492-31297-4
Mai 2018

erschienen im Verlagsprogramm Paperback
Umschlaggestaltung: FAVORITBUERO, München
Umschlagabbildung: Kniel Mess/Plainpicture (Tisch und Stuhl) und Claudio Divizia/Shutterstock (Bierdeckel)
Satz: Satz für Satz, Wangen im Allgäu
Gesetzt aus der Dante
Druck und Bindung: CPI books GmbH, Leck
Printed in the EU

Annem ve babam için.
Für meine Eltern.

1

München mit Istanbul zu vergleichen war in etwa so abwegig wie der Vergleich von Bier mit Rakı. Beide Getränke könnten unterschiedlicher nicht sein, beide aber hatten einen festen Platz im Herzen des Münchner Hauptkommissars, der gerade auf die Isar starrte, dabei jedoch an den Bosporus dachte.

Was für ein Irrsinn, der sich an diesem Vormittag vor ihm abspielte und ihn auf derartige flirrende Gedanken brachte. Der neue Anzug, den er sich nach einem zweistündigen Beratungsgespräch mit dem Herrenausstatter geleistet hatte, zwickte in den Achseln. Mit den Ellbogen auf dem Geländer der Reichenbachbrücke gelehnt, schweifte sein Blick über den Fluss seiner zweiten Heimatstadt.

Es war zu warm, die Sonne gaukelte den Aberhunderten Menschen, die an der Isar fläzten, mit zu hohen Temperaturen Hochsommer vor. Zeki Demirbilek holte eines seiner drei Stofftaschentücher hervor und wischte die Stirn trocken. Das Tuch aus Baumwolle war mit bluttropfenähnlichen Tupfern gesprenkelt, ein ungewöhnliches Design, das ihm auf Anhieb gefallen hatte. Er steckte das Geschenk seines alten Freundes Robert Haueis zu seinem letzten, zweiundvierzigsten Geburtstag zurück in die Hosentasche. Bei der Übergabe hatte ihm der Antiquitätenhändler weisgemacht, das Tuch aus dem Nachlass eines Serienmörders aus Transsilvanien erstanden zu haben. Roberts blühende Fantasie kannte keine Grenzen. Zeki wusste bei seinen Geschichten nie, ob er von ihm auf den Arm genommen wurde oder nicht.

Er blinzelte gegen die Sonne, unsicher, ob er richtig sah. Eine junge Frau in mausgrauem Rock und feinem Jäckchen telefonierte inmitten der Isarauen am Headset und schlüpfte dabei aus ihrem Rock. Der Hitze geschuldet, zog sie sich weiter aus. Offenbar zufrieden mit dem Verlauf des Telefonats, streckte sie, nun in rosafarbener Spitzenunterwäsche und unter Applaus der begeisterten Zuschauer, die Arme gen Himmel. Am Bosporus, da war Zeki sich sicher, würden Ordnungshüter nicht lange auf sich warten lassen, an der Isar dagegen konnte sich die Frau, ohne behelligt zu werden, weiter entkleiden und nackt in den Fluss rennen.

Zeki wandte sich von den frühsommerlichen Kapriolen ab und setzte den Weg zum Präsidium fort. Das Läuten seines Telefons verhieß seinem Gefühl nach nichts Gutes. Es war Jale Cengiz, daher nahm er sofort ab und hielt nach dem kurzen Gespräch ein Taxi auf der Brücke an.

Nach einer rasanten Fahrt den Nockherberg hoch sprang er an der Tegernseer Landstraße aus dem Wagen und eilte in den ersten Stock eines Drogeriefachmarktes. Mit nervösem Blick durchsuchte er das Regal von oben bis unten. »Mist! Das darf nicht sein«, flehte er vor sich hin.

Schiere Verzweiflung wich sodann purer Angst, Schuld am Hungertod seines Enkelkindes zu sein. Jale hatte ihm am Telefon eine klare Anweisung gegeben. Er vergewisserte sich nochmals und trat einen Schritt zurück, um einen besseren Überblick zu haben. Die Auswahl an Babynahrung überforderte ihn.

»Was suchen Sie denn?«, hörte er eine Frauenstimme, die engelsgleich in seinen Ohren summte. War das die vage Chance, den Enkel doch noch zu retten?

»Hirse mit Reis. Memo isst nichts anderes«, wandte er sich Hilfe suchend an die Verkäuferin im weißen Kittel. Die anthroposophische Firmenphilosophie des Unternehmens schürte in ihm die Hoffnung, an einen guten Menschen geraten zu sein.

»Klingt wie Nemo, süßer Name«, erwiderte die Verkäuferin freundlich und durchstöberte ihrerseits die Regalreihen.

»Abkürzung von Mehmet. Sechs Monate ist der Bursche. Er hat Fußballerwaden«, erklärte Zeki und verfolgte, wie der Engel mit Bedacht für ihn suchte.

»Tut mir leid«, entschuldigte sich die Verkäuferin, als sie das unterste Fach erreichte. »Scheint aus zu sein.«

»Wie aus?«

»Ist gerade der Renner bei den Kleinen«, schob sie mit sanfter Stimme nach. »Lassen Sie Ihren Sohn ruhig etwas anderes probieren. Das wird ihm sicher nicht schaden«, riet sie ihm und trollte sich weiter in die Fotoabteilung.

Bevor der Hauptkommissar das Missverständnis hinsichtlich der Vaterschaft aufklären konnte, hörte er eine Frauenstimme in einer ganz anderen Stimmlage. Wo ein Engel ist, konnte der Teufel nicht weit sein.

»Können Sie ein Stück zur Seite gehen?«, tönte eine Mittvierzigerin mit porscheähnlichem Kinderwagen. »Das Rumgetue von euch Vätern ist nicht auszuhalten. Hier, nehmen Sie das, da ist auch Hirse drin. Schmeckt genauso. Ich esse selbst nichts anderes.«

Das Gläschen wanderte in Zekis Hand, gleichzeitig schrillte das Telefon. Er bedankte sich bei der Frau mit einem Lächeln und trat beiseite.

»Ja, was gibt es?«, meldete er sich am Telefon, obwohl Memos Brüllattacke im Hintergrund die Frage überflüssig machte.

»Wann kommst du?«, drängte Jale. »Der Kleine hat echt Hunger.«

»Reis mit Hirse ist aus.«

»Verdammt!«, entfuhr es der besorgten Mutter, die mit ihrem Aufschrei den brüllenden Sohn übertönte.

»Soll ich in ein anderes Geschäft fahren?«

»Nein, bring irgendetwas mit. Hauptsache, es geht schnell.«

Erleichtert über die neue Anweisung, ließ er das Gläschen in die Sakkotasche gleiten. Eiligst trabte er zwei Treppenstufen auf einmal nach unten, zwängte sich, ohne an die Bezahlung seines Einkaufes zu denken, an den Kassenschlangen vorbei und sprang in das Taxi, das mit Warnblinkern auf ihn wartete.

Wenige Minuten später bezahlte Zeki den Fahrer und eilte die Treppenstufen in den zweiten Stock hinauf. Die Mutter saß mit ausgestreckten Beinen, auf denen das schlafende Baby lag, auf dem Küchenboden und wog es sanft hin und her.

»Machst du es warm, bitte?«, flüsterte Jale.

»Wie? Warm?«

Jale lächelte über den überforderten Großvater. »Mit ein wenig heißem Wasser.«

Zeki beäugte das Gläschen mit unappetitlicher Nahrung. »Da passt kein Wasser hinein!«

Der Vater des Kindes, Zekis Sohn Aydin, war vor ein paar Tagen nach Istanbul gereist, um dort mit seiner Jazzband Konzerte zu geben. Bis dahin hatte er mit viel Liebe die väterlichen Pflichten wahrgenommen. Wie hätte der Großvater ahnen können, in die missliche Lage zu geraten, selbst Brei aufzuwärmen und Windeln zu wechseln?

»Mit dem Wasserkocher geht es am schnellsten. Das heiße Wasser in einen Topf geben, den Deckel vom Gläschen abmachen und hineinstellen«, instruierte die Oberkommissarin in Mutterschutz ihren Chef. Als Mitarbeiterin des Sonderdezernats Migra genoss sie die vertauschten Rollen.

»Warum sagst du das nicht gleich, Jale! Memo kommt sicher um vor Hunger. Willst du ihn nicht wecken?«, beschwerte sich der besorgte Großvater.

Nachdem Jale ihren Sohn gefüttert und mit einer neuen Windel versorgt hatte, brachte sie ihn in das Zimmer, in dem sie mit Aydin in der Wohnung ihres Vorgesetzten lebte, und legte ihn in die Wiege.

Zeki hantierte mit *çay*-Kesseln an der Spüle und empfing Jale mit einem aufmunternden Lächeln.

»Ich besorge heute noch einen Vorrat für Memo. In Ordnung?«

»Das wäre schön. Aber nur Gläschen, sonst nichts, vor allem nicht noch ein Paar Fußballschuhe.«

»Mütter!«, beschwerte sich Zeki. »Je eher Memo sich an Stollen gewöhnt …«

»Der Kleine kann ja noch nicht einmal laufen«, unterbrach Jale ihn. »Ich wiederhole: keine Fußballschuhe! Keine Schienbeinschoner! Kein Trainingsanzug! Mit den verschieden großen Trikots vom Fenerbahçe und FC Bayern kommt dein Enkelkind die nächsten Jahre wunderbar über die Runden. Bitte! Ich schicke dir eine Nachricht mit der Einkaufsliste auf das Handy. Windeln gehen auch aus.«

Der ungewöhnlich junge Großvater schüttelte den Kopf und kramte aus der Schublade des Küchentisches Papier und Stift. »Bei Aydin funktioniert das mit Mail und SMS. Ich mag das nicht, weißt du doch von der Arbeit.«

Unvermittelt hielt Jale ihren Chef, der beinahe auch ihr Schwiegervater geworden wäre, am Handgelenk fest, als dieser zurück zur Spüle gehen wollte. Sie bemühte sich um ein freundliches Gesicht, in der Hoffnung, damit ihre Unsicherheit zu verbergen. Zeki erwiderte das Lächeln mit einem sanften Kuss auf ihre Stirn. Jale las in seinem Gesicht die tiefe Zuneigung und seinen Willen, alles zu tun, damit sein Enkel und sie gut versorgt waren. Bevor sie seine Wange mit der Hand berührte, schluckte sie schwer. Die Worte musste sie aus dem Mund zwingen.

»Aydin hat sich nicht getraut, es dir zu sagen.« Jale schob sich an ihm vorbei zur Spüle und gab eine Handvoll Teeblätter in den kleineren Kessel. »Er bleibt nach den Konzerten in Istanbul. Es ist besser für ihn, wenn er eine Weile nicht bei uns in München ist.«

Zeki merkte in seiner Verwirrung nicht, wie er zu viel Wasser in den größeren Teekessel laufen ließ. »Ich dachte, ihr habt euch versöhnt? Seit euer Sohn auf der Welt ist, habt ihr nicht mehr gestritten.«

»Ja, dafür haben wir geredet. Viel geredet.«

Statt zwei holte Zeki vier Teegläser aus dem Küchenschrank. »Du hast Aydin doch seinen Seitensprung verziehen. Ihr müsst ja nicht heiraten …«

»Ja, ich habe ihm verziehen. Trotzdem …«

»Memo braucht seinen Vater.«

Jale seufzte. Mit dem Familienoberhaupt über die verkorkste Beziehung mit Aydin zu diskutieren, war sinnlos. Dass sie kurz vor Memos Geburt Trauung und Hochzeitsfeier wegen Aydins Seitensprung abgesagt hatte, war für den Brautvater kein Problem gewesen. Doch was sie ihm jetzt sagen musste, weil es höchste Zeit war und sie es endlich hinter sich bringen wollte, würde ihn zutiefst treffen.

»Du bist der beste und liebevollste *dede*, der wunderbarste Opa, den sich ein Enkelkind wünschen kann. Ich weiß, wie sehr du den Kleinen liebst, aber Memo und ich ziehen aus.«

»Nein«, entfuhr es Zeki.

2

Selim Kaymaz, der Leiter der zuständigen Mordkommission, betrachtete den Istanbuler Himmel durch eine bizarre Formation aus Qualm. Der passionierte Pfeifenraucher gehörte mit dem klobigen Ding zwischen den Zähnen einer aussterbenden Spezies an. Bereits ausgelöscht war der Lebensatem der jungen Frau, die unter einem Dornbusch gefunden worden war. Kaymaz pflegte nicht viel Zeit bei den Opfern zu verbringen, dafür hatte er seine geschäftigen Assistenten mit Tablets unter dem Arm.

Kaymaz schob die Pfeife von einem Mundwinkel in den anderen und spazierte etliche Meter vor dem Polizeiabsperrband auf und ab. Das Gesicht der Frau hatte er eingehender als üblich betrachtet, obgleich Dreck und Erde nicht viel von ihrem Antlitz preisgaben. Die aufgerissenen Augen funkelten in der Sonne. Die Schneidezähne waren in die Unterlippe gebohrt. Trotz Blutspritzer und Dreckkruste um den Mund war das Glänzen eines makellosen Gebisses erkennbar. Vielleicht war sie bei der Flucht gestrauchelt, war in dem unwegsamen Gelände gestürzt oder hatte womöglich einen Schlag auf den Hinterkopf bekommen.

Zwischen zwanzig und fünfundzwanzig Jahre, so schätzte der Istanbuler Kommissar das Alter des dritten Mordopfers in dieser Woche ein. Der menschliche Abschaum schien bei milderen Temperaturen gerne aktiv zu sein. Trotz Allahs schützendem

Auge über die Bosporusmetropole fühlte er ein unsichtbares Ungeheuer mordend durch die Stadt stromern.

Kaymaz klopfte seine Pfeife auf dem Handballen aus und suchte nach einem Stöckchen am Boden, um die restliche Asche aus dem Kopf der Bruyèrepfeife zu kratzen. Dabei fiel sein Blick auf die bequemen, meist teuer aussehenden Schuhe der Touristen an der Absperrung. Die zu byzantinischer Zeit erbaute Chora-Kirche, die sie besichtigen wollten, galt unter Historikern und Kunstexperten als ebenso bedeutsam wie die Hagia Sophia. Wie der weitaus größere Prachtbau in Sultanahmet wurde der Sakralbau im Stadtteil Fatih nach der Eroberung Konstantinopels zu einer Moschee erklärt. Das nachträglich an die Kirchenmauern gebaute Minarett gab Zeugnis von dieser Zeit. Jahrhunderte später verlangte nach der Restaurierung die türkische Republik von Touristen und Einheimischen Eintritt. Wie die Hagia Sophia war auch diese Moschee in ein Museum umgewandelt worden.

Kaymaz blies durch die Pfeife die letzten Aschebröckchen in die Istanbuler Maienluft, als sein gewissenhaftester Mitarbeiter zu ihm eilte. Nach dem Gespräch mit ihm beschloss er, sich selbst zu vergewissern. Mit der Pfeife in der Hand stand er vor dem Opfer und bat darum, den Ärmel des bunten Sommerkleides zu lüften. Tatsächlich. Das Tattoo auf der weißen Haut des linken Unterarms war eindeutig das Emblem einer Fußballmannschaft, wie ihm sein Mitarbeiter berichtet hatte. Immerhin eine Spur, die im besten Fall zur Identität des Opfers führte. Es gab sonst keinen Anhaltspunkt, um wen es sich bei der jungen Frau handelte.

Weder eine Handtasche noch sonstige persönliche Dinge waren am Tatort aufgefunden worden. Die Suchtruppe durchkämmte die nähere Umgebung. Befragungen möglicher Zeugen wurden durchgeführt. Kaymaz erwartete jedoch nicht, Hinweise zu finden, die zur Feststellung der Personalien des Opfers oder zur Ergreifung des Täters führten. Stattdessen hoffte er, dass es sich bei der Ermordeten um eine Touristin handelte, die alsbald von einem Angehörigen oder vom Reiseveranstalter als vermisst gemeldet werden würde. Das, so wusste er aus Erfahrung, führte schneller zum Erfolg, als die überquellende Vermisstenliste abzuarbeiten.

Kaymaz wies an, ihm per Mail Fotos vom Tatort und vom Tattoo zu schicken. Er war ein großer Anhänger von Schreibtischarbeit und empfand sich als engsten Freund seines Computers. Wegen des Tattoomotivs nahm er sich vor, seinem Freund Zeki Demirbilek in München zu schreiben; außerdem hatte er in Erinnerung, dass der bayerisch-türkische Amtskollege in dem alten Stadtteil Fatih aufgewachsen war, nicht weit weg von der Kariye Müzesi, wie die Chora-Kirche seit Jahrzehnten hieß.

Er steckte die Pfeife in die Jackentasche und überließ den Rest der Arbeit seinen Assistenten. Sein Fahrer, der neben dem Dienstwagen wartete, trat bei der Rückkehr des Chefs die brennende Zigarette auf dem Boden aus und hielt dem Kommissar die Tür auf.

Kaymaz nahm hinten Platz und wies den Chauffeur an, mit Blaulicht und Sirene ins Büro zu fahren. Bevor die Limousine sich durch den Verkehr zur Stadtautobahn Istanbul Çevre Yolu quälte, um auf dem schnellsten Weg das Goldene Horn zu überqueren, piepste in Kaymaz' Tasche das allerneuste Smartphone, das auf dem Markt zu haben war. In diesem Sinne war er ein typischer Istanbuler. Der Spagat zwischen den Errungenschaften moderner Technik und altmodischem Rauchwerkzeug wie einer Tabakspfeife störte ihn nicht, ganz im Gegenteil. Sein gewissenhafter Mitarbeiter hatte ihm bereits die ersten Fotos geschickt. Er öffnete das Mailprogramm und begann mit flinkem Zweidaumensystem seinem Freund Zeki zu schreiben.

Privat, wie er nach der Begrüßungsformel vorausschickte und sich nach seinem Befinden erkundigte.

3 »Sie sind spät dran, Hauptkommissar Demirbilek«, sagte Staatsanwalt Sven Landgrün. »Das macht aber nichts«, fügte er lächelnd hinzu. »Ich selbst war auch nicht pünktlich. Kommen Sie, setzen wir uns. Schön, dass Sie es einrichten konnten.«

Zeki Demirbilek folgte dem Juristen, den er bei dessen Amtsantritt vor einigen Wochen das erste Mal getroffen hatte. Der Kommissar war nicht in der Stimmung, sich zu entschuldigen, obwohl er tatsächlich zehn Minuten zu spät zu der Besprechung unter vier Augen eingetroffen war. Grund dafür war das einseitige Gespräch mit Jale gewesen, das sich in die Länge gezogen hatte. Zu viele brennende Fragen waren seinem Herzen entronnen. Jales ausweichende Antworten hatten die Angst geschürt, sie und sein Enkelkind zu verlieren. Mit Geschrei aus dem Nebenzimmer hatte Memo seine Mutter schließlich aus dem familiären Kreuzverhör erlöst.

Der Kommissar folgte dem promovierten Staatsanwalt zur Sitzecke, ohne sich anmerken zu lassen, den Beginn seiner Ausführungen verpasst zu haben.

Ohne Unterlass öffneten und schlossen sich Landgrüns Lippen. Der italienische Anzug verhalf dem Juristen zu einer gewissen Eleganz. Die Haarfarbe war kaum auszumachen, blond oder braun, tippte Demirbilek aufgrund der Kürze. Das filigrane Strichmuster auf der Krawatte über dem hellblauen Hemd erinnerte ihn an ein Lieblingsstück aus seiner Sammlung Stofftücher. Nur lückenhaft vermochte der Kommissar den salbungsvoll tönenden Worten über abgefangene, verschlüsselte E-Mails zu folgen. Er war abgelenkt durch Landgrüns quadratische digitale Armbanduhr am Handgelenk. Sie zeigte unter der Uhrzeit mit grün leuchtenden Ziffern die Frequenz seines Blutdruckes an. Demirbilek hatte von Cardiouhren gehört, aber bislang keine zu Gesicht bekommen. Irritiert über das Blinken des galoppierenden Pulses, der nicht mit dem sympathischen Tonfall und den behutsam vorgetragenen Erläuterungen einherging, unterbrach er den Staatsanwalt.

»Mit Ihrem Blutdruck stimmt etwas nicht.«

Landgrün verstummte augenblicklich und vergewisserte sich mit einem schnellen Blick auf die Daten. »Tatsächlich«, stutzte er und stand auf. »Als Ermittler achten Sie natürlich auf Nebensächlichkeiten. Gut zu wissen.«

Demirbilek verfolgte, wie er am Schreibtisch aus einem silbernen Döschen eine Tablette holte und mit kurzen Schlucken aus einem Wasserglas das offenbar blutdrucksenkende Mittel zu sich nahm. Dann zog er den Ärmel seines Anzuges nach oben, betätigte eine Tastenkombination auf der Uhr und kehrte ohne weiteren Kommentar an seinen Platz zurück.

»Sie verstehen, dass wir dem Hinweis nachgehen müssen?«, nahm Landgrün in derselben gefälligen Tonlage wie zuvor das Gespräch wieder auf.

Demirbilek gestand sich zwangsläufig ein, nicht zu wissen, was er meinte. Mit einer Sentenz aus seinem Erfahrungsschatz als Polizeibeamter überspielte er die Unkonzentriertheit. »Jeder gelöste Fall beginnt mit einem Anfangsverdacht.«

Landgrün nickte besonnen. »Sollte sich herausstellen, dass es sich um einen Fall handelt, haben Sie natürlich recht. Sind wir also einer Meinung?«

»Verzeihen Sie, Herr Staatsanwalt, ich sehe mich nicht in der Lage, eine Schlussfolgerung zu ziehen, wie Sie es gerade vorschnell tun. Wollen wir nicht die Fakten noch einmal durchgehen? Sie sagten …« Demirbilek legte eine Pause ein, in der Hoffnung, der Staatsanwalt würde ihm aus der Patsche helfen.

»Aus Ihnen wäre auch ein guter Anwalt geworden, Herr Hauptkommissar«, kam ihm Landgrün entgegen. »Nun schön. Lassen Sie uns die Fakten resümieren. Wenn Sie mitschreiben würden?«

Der Kommissar erschrak über die ungeheuerliche Tragweite der Aufforderung. »Mitschreiben? Ich könnte meine Mitarbeiterin Polizeioberkommissarin Vierkant holen lassen. Ich selbst …«

»Verstehe«, lenkte der Staatsanwalt ein. »Nun gut, fassen wir zusammen. Folgende Fakten habe ich anzubieten. Das Bundesamt für Verfassungsschutz ist vom amerikanischen Nachrichtendienst auf verdächtige Mails aufmerksam gemacht worden. Das Bundeskriminalamt hat sich eingeschaltet, weil sich der Adressat in München aufhält. Nach eingehender Analyse der Gefahrenlage hat der Verfassungsschutz Alarm geschlagen. Ich komme gerade von einer diesbezüglichen Besprechung mit dem Innenminister. Möglicherweise ist in unserer Stadt ein Anschlag auf einen türkischen Politiker geplant …«

»Kein deutscher Politiker?«, fragte Demirbilek nach.

»Nein, soweit festgestellt werden konnte, ist die Zielperson kein Deutscher. Die Liste türkischer Politiker und Diplomaten, die in den nächsten Monaten nach München kommen, ist lang. Wir haben zwei internationale Messen in der Stadt …«

»Bald wird ein türkischer Feiertag begangen. In München wird es die eine oder andere Feier geben. Wer weiß, vielleicht lässt sich ein Politiker aus der Türkei hier blicken«, unterbrach Demirbilek ihn erneut. Ihm war die Einladung seiner Exfrau Selma zu eben so einem Festakt eingefallen. »Hat der Verfassungsschutz irgendetwas in dem Zusammenhang fallen lassen?«

»Nein, Herr Hauptkommissar. Von welchem Feiertag sprechen Sie denn?«, hakte er besorgt nach.

»Es geht um den 19. Mai. Ein Mischmasch zur Feier der Jugend, des Sports und zum Gedenken Atatürks. 1919 hat Atatürk von Samsun aus den Befreiungskrieg begonnen«, informierte Demirbilek seinen Vorgesetzten. »Richtig groß feiern Türken den Nationalfeiertag, der ist erst im Oktober.«

»Nun ja, ich sehe, ich habe mich in dieser Angelegenheit für den richtigen Mann entschieden«, schmeichelte Landgrün ihm.

»Liegt etwas aus dem türkischen Generalkonsulat vor?«, wollte Demirbilek genauer wissen.

»Natürlich, der Generalkonsul ist informiert worden.« Der Staatsanwalt griff nach einer Mappe mit Gummizug. »Hier steht alles, was Sie wissen müssen ...«

»Und dürfen«, fiel Demirbilek ihm ins Wort.

Mit einem Lächeln deutete Landgrün an, dass er mit dieser Feststellung richtiglag. Der Verfassungsschutz tat sich mit transparenter Informationspolitik naturgemäß schwer. »Derzeit haben wir keine Kenntnisse über den genauen Ort oder Zeitpunkt des möglichen Anschlages. Am besten, Sie nehmen die Akte zum Studium mit. Sehen Sie sich den E-Mail-Verkehr und die Telefonprotokolle bitte genau an. Rückmeldungen gehen direkt an mich.« Landgrün reichte ihm die Mappe. »Die Person, die die verdächtigen Mails erhalten hat, ist ein Produzent von Werbefilmen. Er bereitet gerade einen Spot in der Stadt vor. Laut derzeitigem Ermittlungsstand ist er in der Türkei nicht auffällig geworden, er hat keine Vorstrafen, auf dem Papier ein unbescholtener Landsmann von Ihnen.«

»Ein Münchner?«, erkundigte sich Demirbilek provozierend.

»Nein, entschuldigen Sie. Ich meinte natürlich türkischer Staatsbürger«, korrigierte sich der Staatsanwalt schnell. »Das war es im Großen und Ganzen. Ich freue mich, Ihre zeitnahe Einschätzung schriftlich zu erhalten. Wahrscheinlich ist es blinder Alarm ...«

Entnervt widersprach Demirbilek: »Fakten und Spuren zu bewerten sind mein täglich Brot. Überlassen Sie mir bitte die Einschätzung selbst, Herr Staatsanwalt.«

»Mir kam bereits zu Ohren, dass Sie vor höhergestellten Positionen wenig Achtung zeigen«, schmunzelte Landgrün und schüttelte Demirbilek die Hand, der einen letzten Blick auf die Cardiouhr warf.

Landgrün hatte sie offenbar ausgeschaltet. Statt eines Zeitmessers mit leuchtenden Ziffern prangte ein Block aus schwarzem mattem Nichts am Handgelenk, das ihn an die Kaaba erinnerte. Mit schlechtem Gewissen, die Wallfahrt an den heiligen Ort der Muslime nach Mekka noch nicht angetreten zu sein, malte er sich aus, dass nicht der Herzschlag des Staatsanwaltes stehen geblieben war, sondern sein eigenes Herz zu schlagen aufgehört hatte.

4

Zu lieben und geliebt zu werden ist des Menschen tiefstes Bedürfnis. Das trifft selbst auf Zeki Demirbileks Kollegen Hauptkommissar Pius Leipold zu. Allerdings war das schwer zu glauben, da der Vollblutmünchner gerade in Rage geraten war und seine eher handfesten Wesenszüge zeigte.

Nach Dienstschluss war der Leiter der regulären Mordkommission auf der Treppe Polizeimeister Detlev Scharf begegnet. Der junge Beamte war etwa gleich groß, allerdings um die Hälfte weniger beleibt als Leipold, der seinen Bierbauch liebevoll Augustinerfriedhof nannte, obwohl er, was die Marke eines Hopfensaftes betraf, nicht wählerisch war. Die über alles geliebte Lederjacke klemmte wegen der sommerlichen Temperaturen unter seinem Arm. Mit hochrotem Kopf baute er sich eine Stufe oberhalb des verdutzten Polizeimeisters auf.

»Was willst du wissen?«, fragte Leipold mit tiefer Stimme, die vermutlich bis an das andere Ende der Isarmetropole zu hören war.

»Eigentlich nichts«, erwiderte Scharf, der seine Idee, den Hauptkommissar anzusprechen, zutiefst bereute. »Wirklich. Vergessen Sie, was ich gesagt habe.«

»Los jetzt! Spuck's aus!«

»Man sagt ja nichts, man redet ja bloß«, wartete Scharf mit einer schwer nachvollziehbaren bajuwarischen Weisheit auf.

»Du sagst mir jetzt, was über mich erzählt wird! Aber sofort!«

»Wahrscheinlich habe ich das Gerücht falsch verstanden«, versuchte Scharf, seinen Hals aus der Schlinge zu ziehen.

Leipold bestand auf der Beantwortung seiner Frage. Mit einem unsanften Schubser brachte er den Kollegen dazu, sich umzudrehen und die Treppen hinunterzulaufen. Im Innenhof des Präsidiums blickte er sich suchend um. Als er sicher war, dass niemand zuhörte, holte er erneut aus – streng wie ein Oberlehrer auf Klassenfahrt. »Pass auf, Bürscherl. Du hast es mit einem langgedienten Bullen zu tun. Du windiger Hosenpiesler bist vielleicht zwei Jahre bei uns. Was glaubst du, wie ich dir das Leben zur Hölle mache, wenn sich der Mund in deinem Arschgesicht nicht auf der Stelle bewegt und sagt, was geredet wird.«

Polizeimeister Scharf schluckte und schaute sich seinerseits um. »Herr Hauptkommissar, ich bin mir jetzt absolut sicher, dass wir uns in etwas verrannt haben. Nach dem Polizeisport in der Umkleide geht es immer hoch her. Wissen Sie doch.«

»Nichts weiß ich! Seit wann spiele ich denn Handball? So was Hirnrissiges mache ich nicht. Höchstens Fußball! Auf dem Sofa vor dem Fernseher. Also weiter!«

»Wenn es sein muss«, druckste Scharf herum und atmete tief ein. »Ein Kollege will gehört haben, dass einer aus dem Präsidium sich beschneiden lässt. Da haben wir eben spekuliert. Beschnitten sind Moslems, stimmt doch?«

»Was ist mit den Juden? Du Halbdepp von einem Vollakademiker! Weiter im Text!«

»Wir haben eben überlegt, wer das von uns im Präsidium sein könnte, der sich den Schniedel, wie soll ich sagen, kleiner machen lässt.«

»Kleiner? Was soll das denn?«

»Weiß auch nicht genau. Von den Kollegen hat jeder alles dran.«

Leipold schüttelte den Kopf. »Und?«

»Beim Duschen hatte jemand die Idee mit der Wette. Weiß schon gar nicht mehr, wer.«

»Beim Duschen, wo sonst? Bei der Wasserorgie habt ihr warmen Brüder den Leipold Pius als einen Kandidaten auserwählt oder wie?«

Scharf räusperte sich verlegen. »Ehrlich gesagt, haben wir die Wette abgeblasen, weil es am Ende nur einen Kandidaten gab. Deswegen habe ich Sie ja auf der Treppe angesprochen. Wollte einfach nur wissen, ob es stimmt. Pure Neugier. Nichts für ungut, Herr Hauptkommissar.«

»Wie seid ihr Intelligenzbestien auf mich gekommen?«, ließ Leipold nicht locker. Stirnschweiß tropfte auf das zerschlissene Leder seiner Jacke. Er wischte ihn mit dem Handrücken weg und griff sich an den Ring im rechten Ohr. Seit seinem sechzehnten Lebensjahr war das ein untrügliches Zeichen dafür, dass er innerlich um eine Lösung rang und nervös war.

»Weil Sie dem Türken doch so spitzenmäßig zuarbeiten«, erläuterte Scharf kleinlaut.

»Und deshalb verrate ich meinen Gott und desertier zu Zekis Allah?«

»Sehen Sie! Genau das haben alle am Ende auch gesagt. Nie und nimmer würde der Leipold Pius …«

»Schleich dich! Und sag deinen Handballdeppen, dass der liebe Herrgott den Ball zum Fußballspielen vom Himmel runtergeworfen hat«, fiel ihm Leipold ins Wort und blickte dem Polizeimeister nach, wie er davonschlich.

Was in der Gerüchteküche bei den Kollegen gekocht wurde, schmeckte dem wohl münchnerischsten Polizeibeamten der Stadt gar nicht. Auf der anderen Seite gestand er sich ein, selbst schuld an den unsäglichen Spekulationen zu sein. Wie war er auch auf die dumme Idee gekommen, in der Kantine Freund und Kollegen Helmut Herkamer von seiner entzündeten Vorhaut zu erzählen? Wahrscheinlich hatte jemand in der Schlange etwas aufgeschnappt, als ihm Herkamer dringend riet, sich die Vorhaut entfernen zu lassen, und ihn im Scherz darauf hinwies, dass sein Türke als Moslem sicher auch beschnitten sei. Dass die

Meinung umging, er würde Hauptkommissar Demirbilek wie ein Assistent zuarbeiten, obwohl sie beide denselben Dienstgrad innehatten, verleidete ihm das Berufsleben ohnehin über alle Maßen. Die Schuld gab er in letzter Konsequenz den umtriebigen Migranten, die mit dem fleißigen Verüben von Kapitalverbrechen Demirbileks Sonderdezernat mit Arbeit versorgten. Wo blieben die Deutschen mit Morden und Totschlägen, mit Raubüberfällen und Entführungen, für die er als Leiter der regulären Mordkommission zuständig war?

Er zündete einen Zigarillo an und sog zur Beruhigung seiner strapazierten Nerven hastig daran, als eine von Demirbileks Mitarbeiterinnen vor ihm auftauchte. Isabel Vierkant war die gute Seele der Migra. Die gebürtige Niederbayerin hatte die langen schokoladenbraunen Haare zu zwei Zöpfen geflochten.

»Fesch sieht sie aus, unsere Isa! Haben wir heute noch was vor?«, fragte Leipold.

»War das jetzt ein Kompliment oder eine deiner saudummen Sprüche?«, entgegnete Vierkant, während sie in ihrer riesigen Umhängetasche nach etwas suchte.

»Du warst nie so eine Emanzentante. Wollte nur nett sein«, erwiderte Leipold verärgert. Der Zigarillo wanderte halb geraucht zu Boden.

»Tut mir leid, Pius, bin spät dran. Ich bin mit meinem Peter im Biergarten verabredet«, erklärte sie und seufzte erleichtert auf, als sie endlich ein zusammengefaltetes Schreiben fand. »Sag mal, du bist bestimmt mit dem Auto da, oder?«

»Logisch. Warum?«

»Ich bin mit dem Fahrrad zum Dienst gekommen, weil ich mich mit Peter an der Isar treffe. Wir radeln zum Aumeister.« Sie nickte zu dem Schreiben. »Das ist von Selim Kaymaz aus Istanbul. Ich bekomme doch die Mails vom Chef in Kopie. Die Nachricht ist auf Türkisch.«

»Ja und? Seit wann verstehe ich Türkisch?«, entgegnete Leipold noch verärgerter.

»Weiß ich doch«, wiegelte Vierkant ab. »Dafür kann ich ein paar Brocken und das Internet hilft auch. Herr Kaymaz ermittelt wohl in einem Fall und braucht die Hilfe vom Chef, aber mehr privat. Deshalb habe ich sie nicht zu Ende gelesen. Scheint dringend zu sein.«

Leipold verstand. »Geht der Herr Pascha wieder nicht an das Telefon? Und Mails liest er sowieso nicht.«

»Mit dem Auto ist das für dich kein Umweg, wenn du Richtung Sendling nach Hause fährst. Bitte tu mir den Gefallen, sonst komme ich zu spät. Peter ist eh sauer wegen …« Vierkant brach ab.

»Wegen was?«

»Ach nichts. Bringst du ihm das Schreiben vorbei? Ich habe Jale erreicht. Sie ist mit dem Kleinen zu Hause.«

Leipold zögerte. »Nur wenn du mir sagst, was mit dir und Peter los ist. Wir sind doch Freunde.«

Vierkant atmete tief aus. »Peter ist sauer, weil ich erst gegen Ende auf der Geburtstagsfeier seines Vaters zum Siebzigsten aufgetaucht bin.«

»Macht man auch nicht, Isa!«, gab Leipold ihrem Ehemann recht.

»Ja, natürlich. Aber der Chef hatte darauf bestanden, dass alle von der Migra zur Einbruchsserie in die Bayernkaserne zu den Flüchtlingen mitkommen. Er wollte volle Präsenz zeigen, damit klar ist, wie ernst solche Übergriffe genommen werden.«

Der Hauptkommissar räusperte sich hinterfotzig. »Hat sich nicht herausgestellt, dass ein Lausbub aus Syrien Zielwerfen auf Fensterscheiben gespielt hat?«

»Schon, aber … Egal. Jedenfalls ist Peter seitdem komisch. Ich habe das Gefühl, er will heute mit mir über etwas Wichtiges reden.«

Die tiefen Falten auf Leipolds Stirn regten sich. Mit Eheproblemen hatte er Erfahrung und wünschte der Kollegin, dass ihr klärendes Gespräch besser ausging als seines mit Ehefrau Elisabeth, das er vor Kurzem geführt hatte.

Er nahm das Schreiben, ohne einen Blick darauf zu werfen. »Fahr schon zu und sag dem Peter schöne Grüße.«

5

Zeki hatte sich fest vorgenommen, nicht auf die gemeinsame Zukunft zu sprechen zu kommen. Der gut besuchte Flaucher-Biergarten erlaubte es ohnehin nicht, die Strategie weiterzuverfolgen, mit der er das Herz seiner Exfrau Selma zurückgewinnen wollte. Selma hatte ihm einen Strich durch die Rechnung gemacht und war nicht alleine zur Verabredung erschienen. Ein viel zu junger und viel zu gut aussehender Dozent der türkischen Privatuniversität, der sie als Direktorin auf Zeit vorstand, saß mit am Biertisch. Zeki übte sich in Langmut und bemühte sich, keinen Fehler zu machen. Vor allem wollte er keine dummen, von Eifersucht getriebenen Äußerungen fallen lassen. Stattdessen steuerte er gerade mit einer launigen Bemerkung über eine von Münchens Sehenswürdigkeiten einen Beitrag zu der schleppenden Unterhaltung bei. »Weißwurschtschüssel wird die Allianz Arena auch genannt«, erläuterte er dem Informatikexperten auf Türkisch.

»Zeki, bitte! Wir wollen ganz sicher nicht über Fußball reden«, blaffte Selma ihn an.

»Aber nein. Ich wollte gerade erklären, dass das, was bei uns in der Türkei *sucuk* ist, hierzulande die Weißwurst ist. Das ist eine kulturelle Gemeinsamkeit, die eine gewisse Tragweite hat«, rechtfertigte er sich und nippte an dem alkoholfreien Weißbier, das er unter stillem Protest bestellt hatte.

Wie sich erwiesen hatte, war der junge Dozent ein strenggläubiger Moslem, der keinen Alkohol anrührte. Zeki hatte daraus geschlossen, dass er auch kein Schweinefleisch aß und an Spareribs nicht interessiert sein würde. Bevor er sich selbst eine Portion bestellen konnte, auf die er sich den ganzen Tag über gefreut hatte, hatte Selma aus Rücksicht auf ihren Gast zu den weniger einladenden Brathendln gedeutet.

Der nervenaufreibende Ton eines Mobiltelefons störte die Dreierrunde. Der Informatiker entschuldigte sich und stand auf, um abseits das Gespräch anzunehmen.

»Wie geht's dir?«, fragte Zeki ohne Zeitverlust, als er seine geschiedene Frau endlich für sich alleine hatte. Er labte sich an ihren markanten Gesichtszügen und den schwarzen langen Haaren. »Wie läuft's in der Uni?«

Selma trank von ihrer Apfelschorle und zog die Augenbrauen zusammen. »Weinschorle wäre mir jetzt lieber«, gab sie zu.

Im Gegensatz zu Zeki, der sich aufgrund seiner Erziehung zu einem Gläubigen mit eigenwilliger Auffassung über religiöse Rechte und Pflichten entwickelt hatte, war Selma in einer Istanbuler Akademikerfamilie ohne jedwede religiöse Vorgaben aufgewachsen.

»Schick deinen Babyprofessor heim, dann betrinken wir uns«, scherzte Zeki und benetzte die Lippen mit dem gewöhnungsbedürftigen Weißbier.

»Der Kollege ist vor ein paar Stunden in München eingetroffen. Als seine Chefin muss ich ihn wenigstens willkommen heißen«, erwiderte Selma mürrisch. »Er bleibt nur ein paar Wochen.«

»Und du? Wie lange bleibst du?«

»Ich weiß es nicht. Wie oft willst du die Antwort noch hören? Wenn die Probezeit um ist, setze ich mich mit der Leitung zusammen«, nahm Selma ihm den Wind aus den Segeln. »Erzähl mir lieber, wie es unserem Enkelsohn und Jale geht.«

Zeki schluckte seine Verärgerung hinunter. Selma wusste, wie sehr er damit kämpfte, ihr Herz zurückzugewinnen. Obgleich sie ihm unmissverständlich zu verstehen gegeben hatte, nicht mehr mit ihm zusammen sein zu wollen, war sie vor einigen Wochen aus Istanbul zurückgekehrt und hatte das unerwartete Angebot als Direktorin an der Privatuni in München angenommen. Zeki hatte sich seitdem immer wieder mit ihr getroffen. Die Gelegenheiten aber, mit ihr in Ruhe zu reden, waren rar gewesen. Die Familie, allen voran das erste Enkelkind, vereitelte alle Versuche, mit ihr über die Zukunft zu sprechen.

Zeki blickte in Selmas dunkelbraune Augen und stellte fest, dass er mit der Frau zusammensaß, in die er sich als Zwölfjähriger in Istanbul verliebt hatte. Die Faktenlage genügte ihm, die Hoffnung auf die Liebe seines Lebens nicht aufzugeben.

»Es geht beiden gut«, antwortete er beleidigter, als er klingen wollte. »Du hast dich eine ganze Woche nicht bei dem Kleinen blicken lassen.«

»Das sagt der Richtige! Wer hat seine Fälle all die Jahre in unserer Ehe über die Familie gestellt? Mach du mir keine Vorwürfe, ja!«

Die Worte und Selmas abschätzige Stimme klangen wie ein Todesurteil in Zekis Ohren. Er nahm einen zu großen Schluck von dem kastrierten Bier und blickte, eingeschüchtert von Selmas Ausbruch, umher. Der Biergarten mit den fröhlichen Menschen, die den warmen Maiabend genossen, verschwamm vor seinen Augen. Selbst wenn Selma recht hatte, stand es ihr nicht zu, ihm die Fehler der Vergangenheit an den Kopf zu werfen. Nicht in dem Ton, nicht mit der Schärfe, die alles, was zwischen ihnen gewesen war, zu einer Nichtigkeit werden ließ.

»Was ist mit dir?«, fragte er ernst. »Warum tust du mir weh? Du weißt, wie sehr ich bereue, was passiert ist.« Dann schob er nach, was ihm durch den Sinn ging – der letzte Strohhalm, an dem er sich festzuhalten suchte, um den Kontakt zu Selma nicht zu verlieren: »Hat Aydin mit dir gesprochen?«

Verschämt wischte Selma eine Träne weg, die plötzlich über ihre Wange lief. Sie schüttelte den Kopf. »Wie schaffst du es nur, mich immer wieder zum Weinen zu bringen?«

»Aus Liebe«, entgegnete Zeki und reichte ihr ein Stofftaschentuch. Im selben Augenblick beschloss er, mit Selma zu beratschlagen, wie sie gemeinsam Aydin und Jale davor bewahren konnten, denselben Fehler zu machen, den sie gemacht hatten. Sich zu trennen war für ihn die schlechteste und verdammungswürdigste aller Lösungen.

Da kehrte der Dozent zurück. Selma setzte eine professionelle Miene auf, brachte ihre Gefühle wieder in den Griff und nickte ihrem Gast freundlich zu. Zeki aber spürte leise Wut in sich aufkommen, die ihn antrieb, sich zu besinnen, der zu sein, der er war. Er verabschiedete sich von dem Dozenten, wünschte seiner Exfrau einen schönen Abend und ging. Ihm war danach, alleine zu sein, ein echtes Bier zu trinken und den Abend als misslungen abzuhaken.

Auf dem Weg hinaus blieb er plötzlich stehen. Wie eine wundersame Erscheinung erblickte er inmitten der Biergartengäste Jale, die ihm freudestrahlend zuwinkte. Neben ihr dackelte Pius Leipold, die Hände am Kinderwagen, den er mit Selma ausgesucht und gekauft hatte. Mit einem Mal war all der Druck, eine Lösung für Aydin und Jale zu finden, wie weggeblasen. Ohne zu zögern, kehrte er um und beugte sich zum Dozenten. Nachdem er ihm etwas ins Ohr geflüstert hatte, verdrehte der junge Mann verdutzt die Augen, stand sofort auf und verabschiedete sich von seiner Direktorin.

»Was hast du ihm gesagt?«, fragte Selma, die Jales unerwartetes Erscheinen nicht bemerkt hatte.

»Memo kommt«, freute sich Zeki, als würde der beste Fußballstürmer aller Epochen, Gerd Müller, auftauchen. »Das ist sein erster Besuch im Biergarten.«

»Glaube ich dir nicht! Du bist sicher schon mit ihm zum Nockherberg spaziert«, freute sich Selma und ging Jale und ihrem Enkel entgegen.

Wie nicht anders zu erwarten, meldete sich Pius lautstark quer durch den Biergarten zu Wort: »Servus, Pascha!«

Der ironisch, manchmal auch abschätzig gemeinte Name schmeichelte Zeki mehr, als seinem Münchner Kollegen lieb gewesen wäre. Der türkischstämmige Kommissar legte für sich den ursprünglichen Sinn der Bezeichnung zugrunde. *Paşa* war historisch gesehen der Titel eines hochdekorierten Offiziers, eine Rangabzeichnung und damit respektvolle Anrede, vergleichbar mit Exzellenz. Mit der ehrfurchtsvollen Bezeichnung tituliert zu werden, hatte Zeki kein Problem.

»Was treibt dich her? Wehe, du bringst Arbeit mit«, rief er seinem Kollegen zu.

»Ach woher«, beruhigte Pius ihn. »Nur ein Schrieb von deinem Spezi aus Istanbul. Ist wohl privat, aber dringend, sagt Isa.« Er überreichte ihm das Schreiben. »Ich war bei dir zu Hause und habe die beiden eingepackt. Bei dem Kaiserwetter hockt man doch nicht in der Küche.«

»Gut gemacht, komm, setz dich«, bot Zeki ihm Platz an. »Weißbier?«

»Ein erstes von vielen, sag ich mal. Zahlst aber du! Wenn du deine Mails nicht liest, musst du eben einen Edelkurier wie mich aushalten.«

Zeki wandte sich schmunzelnd ab und überflog die Nachricht seines Istanbuler Kollegen. Niemandem in der friedlichen Abendstimmung fiel auf, wie sich sein Gesicht für einen Moment verfinsterte.

»Was ist? Doch kein Bier?«, hörte er Pius in seinem Rücken.

Zeki atmete durch. »Das ist eher was für dich.«

»Für mich?«, staunte Pius. »Was will denn dein Spezi von mir? Er hat doch dir geschrieben, hat Isa gemeint.«

»Du bist ja ungeduldiger als ich zu meinen besten Zeiten.«

Pius grinste. »Das sagt der jüngste Opa, der mir je untergekommen ist. Wie ist das? Fühlst du schon die Altersweisheit und die Milde eines Großvaters?«

Belustigt schüttelte Zeki den Kopf. »Das hier ist eigentlich nicht zum Lachen. Kaymaz hat ein Mordopfer in Istanbul. Die Identität ist nicht geklärt. Er fragt, ob wir helfen können.«

»Ja, logisch. Und wie?«

»Möglicherweise ist das Opfer Münchnerin. Die junge Frau hat ein Sechziger-Tattoo am Unterarm. Ich dachte, du als …«

»Aber hallo! Richtig gedacht.« Pius entriss ihm das Schreiben. »Zeig mal, vielleicht kenne ich die Arme.«

6

»Aysels Kündigung kam aus heiterem Himmel. Das war ein schwerer Schlag für uns. Warum fragen Sie nach ihr? Sie hat sich doch nichts zuschulden kommen lassen?«, wollte Doktor Volker Sahner wissen. Demirbilek schätzte den Zahnarzt mit der metallenen Brille auf der knorrigen Nase auf Ende vierzig.

Demirbilek nahm das Porträt aus den Münchner Polizeiakten mit dem Konterfei des Istanbuler Mordopfers wieder an sich. Aysel Sabah war bei Ausschreitungen im Grünwalder Stadion aufgegriffen worden. Das Tattoo auf dem Unterarm war als besonderes körperliches Merkmal erkennungsdienstlich erfasst, wie Leipold festgestellt hatte.

Demirbileks Blick wanderte über eine Reihe Fotos an der Wand. Auf einem war die Zweiundzwanzigjährige mit einem fröhlichen Lächeln zu sehen. Sabah hatte einen Fuß auf einem Zahnarztstuhl und hielt den Bohrer wie einen Colt in der Hand. Die Aufnahme stammte aus Sahners Praxis, die der Kommissar ohne Termin am Morgen aufgesucht hatte. »Das ist Aysel, oder?«

Doktor Sahner drehte sich nicht um. »Ja, sie hat immer solche Späße gemacht.«

»Wie lange war sie bei Ihnen beschäftigt?«

Sahner überlegte gewissenhaft. »Nach ihrer Ausbildung bei mir wechselte sie in eine Praxis nach Schwabing, bis ich sie zurückgeholt habe. Alles in allem etwa fünf Jahre. Sie war die Beste, die ich je hatte. Fachlich hoch kompetent, dabei immer ein Lächeln auf den Lippen. Wenn es mal länger gedauert hat, war Aysel die Erste, die wartende Patienten bei Laune gehalten hat. Alle im Team mochten sie. Deshalb waren wir verblüfft, als sie vor ein paar Monaten nach Istanbul gezogen ist. Aber warum fragen Sie danach?«

»Gleich, Herr Doktor. Wissen Sie, ob Aysel in Istanbul einen festen Freund hat?«

»Darüber weiß ich nichts. Das fragen Sie besser Sylvia Reisig, sie hat mit ihr hier gearbeitet. Die zwei haben sich gut verstanden. Ich gebe Ihnen die Telefonnummer, Sylvia hat sich heute freigenommen.« Er notierte sie auf einen Notizblock und reichte Demirbilek den Zettel. »Und jetzt sagen Sie mir bitte, was mit Aysel ist.«

Der Kommissar entschied sich für eine schnörkellose Formulierung, um das sorgenvolle Nachfragen des Doktors auf die Probe zu stellen. »Aysel Sabah ist Opfer eines Gewaltverbrechens in Istanbul geworden. Sie ist tot.«

»Tot? Nein!«, erwiderte der Zahnarzt mit dünner Stimme.

Demirbilek verfolgte, wie Doktor Sahner die Brille abnahm. Die Abdrücke des Gestells auf der Nasenwurzel glänzten rötlich.

»Scheiß Türken!«, brach es unvermittelt aus dem Arzt heraus. Mit dem Aufschrei brachte er sich in Rage. »Aysel hätte nicht gehen dürfen! Ich wusste es!«

Demirbilek blieb ruhig trotz der Beschimpfung, die er sich nicht erklären konnte. Doktor Sahner senkte den Kopf und begann zu hecheln wie eine Schwangere, die ihre Wehen wegatmete. Offenbar folgte er einer festgelegten Prozedur. Mit drei gleich langen Schritten ging er zum Fenster und öffnete es. Dröhnender Verkehrslärm der Landshuter Allee, einem Teil von Münchens Hauptverkehrsader, drang in das Büro. Demirbilek war gespannt, was als Nächstes passieren würde. Mit einem Sprung aus dem ersten Stock – sei es, um aus einem unerfindlichen Grund zu flüchten oder sich das Leben zu nehmen – rechnete er nicht. Genauso wenig damit, dass der augenscheinlich verwirrte Mediziner den Kopf zum Himmel richtete und sein Stimmorgan bis auf das Äußerste strapazierte, um die Worte »Lieber Herrgott, hilf!« zu brüllen. Danach atmete er durch und drehte sich wieder zum Kommissar um.

»Anordnung meines Therapeuten. Ich brauche das zwei, drei Mal am Tag, wenn mich alles nervt und ankotzt. Kann ich nur empfehlen, probieren Sie es aus«, sagte Sahner nun in aller Ruhe.

Demirbilek dachte über das Angebot nicht nach, er versuchte, gelassen zu bleiben, um sich nicht weiter von Abgründen der menschlichen Seele ablenken zu lassen. »Was wussten Sie?«, fragte er. Innerlich war er ohne Rücksicht auf schreitherapeutische Anordnungen auf einen Gegenausbruch vorbereitet, sollte der Arzt nochmals Türken beleidigen.

»Aysel war naiv und leichtgläubig«, übertönte Sahner den tosenden Berufsverkehr.

»Was hat Aysels Naivität mit Türken zu tun, Doktor Sahner?«

»Entschuldigen Sie. Das war sehr unhöflich. Sie sind ja selbst …«

»Was ich bin, tut nichts zur Sache. Schließen Sie das Fenster, ich verstehe Sie ja kaum.«

Gedankenverloren schloss Sahner das Fenster und blickte hinaus. Demirbilek beobachtete Kummer und Trauer in seinem Gesicht. »Herr Doktor, ich muss Sie drängen. Der leitende Ermittler in Istanbul wartet auf Nachricht von mir. Was meinen Sie damit, dass Aysel naiv und leichtgläubig war?«

Nach lautem Räuspern schritt der Arzt zu seinem Schreibtisch zurück. Er öffnete eine Schublade und zeigte dem Kommissar einen Hochglanzprospekt mit Istanbuls Skyline und glücklichen Menschen, deren perfekte Zähne unnatürlich weiß aus den Mündern glänzten. »Das meine ich mit *scheiß Türken*. Wir investieren in die Jugendlichen, geben ihnen die bestmögliche Qualifikation und führen sie in den Beruf ein. Aysel ist nicht die erste aus meiner Praxis, die in die sogenannte Heimat zurückgekehrt ist. Ich hatte einen Griechen und eine Serbin, beide haben mich schamlos ausgenutzt.«

Demirbilek überflog den Prospekt und verdrehte die Augen über die kitschige Anmutung, die seiner Erfahrung nach nichts mit den Schmerzen zu tun hatte, die er mit einem Zahnarztbesuch verband. »Ich verstehe, Sie sind enttäuscht von Ihrer Mitarbeiterin, weil sie vermutlich eine besser bezahlte Anstellung angenommen hat. Dennoch: warum naiv?«

»Sie war begeisterungsfähig und verspielt wie ein Kind, ohne zu merken, wie aufreizend sie auf Männer wirkte. Kein Wunder, dass der Headhunter, der sie mir abgeworben hat, auf sie stand. Wenn Sie mich fragen, war das ein skrupelloser Dreckskerl. Aysel hat sein Angebot auf meine Bitte hin abgelehnt. Ich weiß nicht, wie der Kerl sie umgestimmt hat. Jedenfalls lag zwei Wochen später die Kündigung auf meinem Schreibtisch. Seitdem habe ich Aysel nicht mehr gesehen. Das arme Mädchen. Wie kann das sein, dass sie jetzt tot ist?«

»Haben Sie den Namen des Headhunters?«

Wieder griff der Doktor in die Schublade. Demirbilek nahm eine mit Goldlettern bedruckte Visitenkarte entgegen und steckte sie ein, diesmal ohne gedankliche Verurteilung des Kitsches.

»Darf ich den Prospekt mitnehmen, Herr Doktor?«

»Ja, nehmen Sie nur. Der leitende Professor des Instituts ist übrigens in München ausgebildet worden. Ich habe ihn auf diversen Fortbildungen getroffen. Leider muss ich zugeben, dass er ein hervorragender Kollege ist. Mit den Dumpingpreisen in Istanbul können wir in München nicht mithalten. Jetzt sagen Sie mir endlich, wie Aysel gestorben ist.«

Durch Demirbileks Gehirn flirrten die Tatortfotos, die er sich von Kaymaz hatte schicken lassen. Er wägte ab, was er Sabahs ehemaligem Chef sagen durfte oder besser für sich behielt. Nicht aus ermittlungstaktischen Gründen, sondern weil ihm die Worte fehlen würden, was Aysel Sabah zugestoßen war. Die Entscheidung nahm ihm ein Klopfen an der Tür ab. Eine Zahnarzthelferin in weißem Rock und T-Shirt trat ein.

»Herr Doktor, es wird Zeit. Der Patient will gehen, wenn Sie ihn nicht gleich behandeln«, erklärte sie mit hochgezogenen Mundwinkeln, das Demirbilek wie ein verängstigtes Lächeln vorkam. Vermutlich fürchtete sie, einen der Ausbrüche ihres Chefs miterleben zu müssen.

Demirbilek nutzte die Unterbrechung als willkommenen Abschluss für die Befragung. Er schüttelte Doktor Sahners Hand und verabschiedete sich wortlos. Doch der Arzt hielt ihn am Arm fest, schien in Demirbileks Gesicht zu ergründen, was passiert war. Der Kommissar hielt seinem Blick stand, bis er merkte, dass er sich vergebens gegen seinen inneren Aufruhr sträubte. Eine Träne löste sich aus seinem Augenwinkel und glitt die Wange herab.

Der Arzt schluckte betroffen und lockerte den Griff. »Musste sie sehr leiden?«, fragte er mit brüchiger Stimme.

Ohne zu antworten, wischte Demirbilek die Träne, für die er sich nicht schämte, für die er aber keine Erklärung parat hatte, mit einem Stofftuch ab. Er behielt für sich, dass Aysel Sabahs Leichnam an einer Böschung in der Nähe der Chora-Kirche tagelang von Menschen unentdeckt geblieben war. Spielende Kinder, deren Drachen abgedriftet war und sich in einem Dornenbusch verheddert hatte, fanden sie schließlich. Der zierliche Körper war durch den Verwesungsprozess im Freien ein furchtbarer Anblick gewesen, wie er von den Tatortfotos wusste. Getier hatte an Kleidung und Körper Spuren hinterlassen. Sie war mit Dreck und Erde verschmiert, zudem übersät mit Schnittwunden. Die Anzahl der Ritze, Stiche und Schnitte auf ihrem Körper hielt sich in etwa die Waage, wie er mehrfach nachgezählt hatte. Das für ihn Unfassbare waren die Qualen und das Leid, die die junge Frau über sich hatte ergehen lassen müssen. All ihre Körperöffnungen – Augen, Mund, Nasenlöcher, Ohren,

After und Vagina – waren auf bestialische Weise misshandelt worden. Im Intimbereich fanden sich die schlimmsten Verletzungen. Die Istanbuler Ermittler gingen von einem Sexualdelikt aus.

7 Kurz vor neun Uhr morgens durchquerte Demirbilek den größeren Raum mit den Schreibtischen seiner Mitarbeiter und gelangte in sein Dienstbüro, das wie eine Mischung aus Wohnzimmer und Abstellkammer wirkte. Zeit zum Aufräumen fand er selten oder vergaß schlechterdings, Vierkant mit der Aufgabe zu betrauen. In Gedanken legte er die Unterlagen zum Fall Aysel Sabah oben auf den Stapel seines Schreibtisches. Auf dem Weg ins Präsidium hatte er die relevanten Informationen von Doktor Sahners Befragung Selim Kaymaz telefonisch mitgeteilt, um nicht Gefahr zu laufen, den Computer, den er an die Kante des Tisches verbannt hatte, einschalten zu müssen. Manchmal, wie jetzt, legte er den Gebetsteppich, den er in einer Schublade aufbewahrte, über das grüngraue Matt des leblosen Monitors, der ihn beim Denken störte.

Warum machte ihm der Fall der Toten aus Istanbul derart zu schaffen? Ein Mordfall, den er aus Freundschaft zu seinem Istanbuler Kollegen verfolgte? Für ihn, der mit Kapitalverbrechen seinen Lebensunterhalt bestritt, war eine bestialisch zugerichtete Frauenleiche nichts Ungewöhnliches. Wahrscheinlich rührte die Betroffenheit daher, dass die Ermordete ihn an seine Tochter Özlem erinnerte, die seit einigen Monaten in Istanbul lebte und im ähnlichen Alter wie die ermordete Zahnarzthelferin war.

Sein Blick streifte die Mappe, die ihm Staatsanwalt Landgrün zur zeitnahen Bearbeitung übergeben hatte. Die Aufgabe, sich ein Bild über einen mutmaßlichen Terrorverdächtigen zu machen, war dringlicher, natürlich, trotzdem griff er zu den Istanbuler Tatortfotos und versuchte, etwas zu finden, was auf den Täter oder ein Motiv hindeutete. Beim Betrachten der Aufnahmen drifteten seine Gedanken jedoch ab, lange verschüttete Kindheitserinnerungen spielten sich leichtfüßig in den Vordergrund.

Er war oft in der Nähe der ehemaligen Chora-Kirche gewesen, ohne zu wissen, welchen historischen Wert sie hatte. Er erinnerte sich, wie er als Junge mit Freunden in einem der wenigen dreimonatigen Sommerferien, die er in Istanbul verlebte, ein Geschäft aufgezogen hatte. Demirbilek lachte ungewollt laut wie ein störrischer Esel und legte die Tatortaufnahmen endgültig zur Seite.

»Ist etwas passiert, Chef?«, rief Vierkant von nebenan durch die offene Tür.

»Nichts, Isabel«, rief er zurück und dachte weiter daran, wie er als Junge mit den Freunden auf Kundenfang gewesen war.

In seinem Heimatviertel Fatih sprachen sie weltmännisch auf Deutsch und Englisch Touristen an, um ihnen Dienste als Schuhputzer anzubieten. Mit selbst gebastelten Putzutensilien und von zu Hause mitgebrachter Schuhcreme verdienten sie sich das Geld für billige, filterlose Zigaretten. Mit einem Mal wurde ihm bewusst, warum Sabahs Schicksal ihm wirklich naheging. Es war nicht nur Özlems Alter; es war das Kleid, das bunte Muster darauf, die von Tieren zerfetzten gelben, roten und grünen Blüten auf dem Stoff. Selma, die spätere Mutter seiner Kinder, hatte in dem Sommer, in dem sie sich Zigarettengeld verdienten, ein sehr ähnliches Kleid getragen. Er erinnerte sich, wie er und seine Freunde eines Tages von den echten Schuhputzern verjagt wurden. Selma rannte als Erste davon; er lief hinter ihr her, das wehende bunte Kleid im Blick, voller Angst, von den schreienden Männern erwischt zu werden.

Der Hauptkommissar atmete einmal tief durch und konzentrierte sich auf den Auftrag, den Staatsanwalt Landgrün ihm überantwortet hatte. Die Terrorwarnung gegenüber einem türkischen Politiker auf deutschen Boden war mehr als ernst zu nehmen. Laut Aktenlage waren die Ermittlungen des Verfassungsschutzes über einen Werbefilmproduzenten namens Süleyman Akbaba erst wenige Tage im Gange. Er überflog die ausgedruckten Mails mit den markierten Signalwörtern, die ihn in den Fokus der deutschen Sicherheitsbehörden gebracht hatten.

Eine Reihe Fotos zeigten den fünfundvierzigjährigen Süleyman Akbaba an Filmsets. Er wurde als arroganter Werbeproduzent beschrieben, bekannt und berüchtigt dafür, mit überschaubaren Budgets in kurzer Zeit beste türkische Filmqualität herzustellen. Der Istanbuler war in der Planungsphase für einen Werbespot für Kindersmartphones, den er in München realisierte. Aus den kryptischen Hinweisen in den Mails wurde Demirbilek nicht schlau. Wenn er die Ausführungen richtig verstand, wurde ein Istanbuler Straßenjunge in die glorreiche Zeit des osmanischen Weltreiches zurückkatapultiert. Bei der entscheidenden Schlacht vor den Toren Wiens verhalf der Junge mit einer unter Lebensgefahr abgesetzten SMS dem osmanischen Heer zum Sieg. Wahrscheinlich grinste der Held am Ende des Spots glücklich in die Kamera und fraß das Gerät auf, das sich als Schokoladenriegel entpuppte, ärgerte sich Demirbilek über die wirre Werbestory. Unabhängig von der kruden Handlung schienen die Nachrichten, in einer Mischung aus Türkisch und Englisch verfasst, geschäftlichen Charakters zu sein.

Er legte die ausgedruckten Mails beiseite und studierte das Foto der attraktiven Assistentin des Produzenten – eine gewissen Müge Tuncel, wohnhaft in München. Stolz lächelte sie mit braunen, erdnussförmigen Augen in die Kamera. Die blonden Haare waren mit schwarzen Strähnen durchsetzt. Am Halsansatz bemerkte er das Tattoo eines Schlangenkopfes. Die Zunge schien auf der hellen Haut nach ihrem linken Ohr zu lecken. Der Rest des Reptils war unter ihrer Bluse nicht zu sehen.

Demirbilek rieb sich die Augen, um nicht die Konzentration zu verlieren. Bei der Vorstellung, das Geschwafel durchzugehen, das Tuncel bei dem Bewerbungsgespräch für die ausgeschriebene Position der Produktionsassistentin mit Akbaba von sich gegeben haben musste, trieb es ihm den Schweiß aus den Poren. Er war es nicht gewohnt, aus beruflichen Gründen eine solche Menge an Text zu lesen. Vielleicht benötigte er auch eine Sehhilfe, überlegte er, weil die Buchstaben wie Ameisenzüge über das Papier krochen.

»Vierkant!«, rief er und tupfte den Schweiß weg. »Komm mal.«

Als wäre sie die Sekretärin, die zum Diktat gebeten wurde, trat die Oberkommissarin mit Notizblock und Kugelschreiber in das Dienstbüro ihres Chefs.

»Leg das Schreibzeug weg«, befahl der Sonderdezernatsleiter und deutete auf die Unterlagen. »Lies mir die Abschrift des Bewerbungsgespräches vor. Langsam und deutlich. Nur die Antworten. Die Fragen kannst du dir sparen.«

»Welchen Fall behandeln Sie denn?«

»Nicht jetzt. Lies einfach.« Er legte beide Hände in den Nacken, postierte die übereinandergeschlagenen Beine auf den Schreibtisch und lehnte sich im Stuhl zurück. Er schloss die Augen und erwartete Vierkants leicht niederbayerisch gefärbte Stimme. Nach einer Weile der Stille öffnete er die Augen wieder. »Was ist? Warum liest du nicht?«

»Der Verfassungsschutz hat bestimmt eine Ton- oder Videoaufzeichnung …«

»Mit Sicherheit. Wie sonst könnte eine Abschrift der Skype-Bewerbung auf meinem Schreibtisch liegen? Aber ich möchte die Frau nicht sehen, außerdem dauert mir das zu lange, jemanden zu schicken …«

»Das geht heutzutage doch online …«

»Vierkant! Ich will in keinen Monitor starren, mir tun die Augen jetzt schon weh! Jetzt lies. Langsam und deutlich.«

»Sie haben manchmal Ideen!«, beschwerte sie sich, blätterte aber in den Unterlagen bis zu dem Protokoll des Gespräches, das Tuncel mit dem Produzenten als Videotelefonat geführt hatte. Dann schluckte sie den Ärger über die herablassende Behandlung herunter und begann Tuncels Antworten vorzulesen.

»Ja, geboren in München ...«

»Lass das Vorgeplänkel weg. Ab der zweiten Seite«, unterbrach Demirbilek sie mit geschlossenen Augen.

Während Vierkant auf dem Stuhl vor dem Schreibtisch mit ruhiger Stimme die Passagen vortrug, baute sich beim Zuhören in Demirbileks Gedankenwelt eine merkwürdige Szenerie auf. Die tätowierte Schlange auf Tuncels Hals wurde lebendig, schlängelte sich über ihren Bauch und gelangte über den Rücken zum linken Unterarm der toten Zahnarzthelferin in Istanbul, wo sie sich züngelnd vor dem Sechziger-Tattoo aufrichtete. Demirbilek lauschte weiter Vierkants Stimme, vor dem geistigen Auge aber stockte Tuncel angesichts des aufgerissenen Schlangenmauls, als der Werbeproduzent nach ihren familiären Verhältnissen fragte. Vierkant legte etwas Beiläufiges in ihre Stimme, als sie Sätze der Bewerberin über ihre private Situation wiedergab und schließlich mit der Verabschiedung endete.

Plötzlich schwang Demirbilek die Beine vom Tisch und stützte sich mit den Ellbogen auf der Tischplatte ab. Etwas gegen Ende hatte ihn aufhorchen lassen. Die Handflächen auf die Augen gedrückt, sorgte er für Dunkelheit, um sich besser zu konzentrieren. »Die letzten Aussagen. Lies noch mal vor.«

Vierkant wiederholte die Passagen, nachdem sie sich vom Schrecken über Demirbileks hektisches Aufrichten gesammelt hatte. »Nein, ich rauche nicht. Habe ich mal, das schon, ist aber verdammt lange her.« Vierkant suchte nach der nächsten Antwort. »Klar dürfen Sie danach fragen. Kein Problem, wirklich. Seit einem Jahr bin ich solo. Und wo ich wohne, steht ja in meiner Bewerbung. Moosach ist im Norden von München. Keine halbe Stunde vom Flughafen. Mir ist da etwas durch den Kopf gegangen, Herr Akbaba. Was den Papierkram angeht, ist München nicht gerade die schnellste Filmstadt. Für eine Drehgenehmigung im Nymphenburger Park ist es höchste Zeit, sich mit den Anträgen zu beschäftigen.« Vierkant blätterte um, überflog eine Zwischenfrage und fuhr fort: »Es ist heiß in München, deshalb habe ich ein Trägershirt an. Gefällt es Ihnen nicht?«

Mit den letzten Worten sprang Demirbilek auf. »Klär ab, ob es an dem Tag wirklich schön war, Isabel.«

»Wo?«

»Genau das ist der Haken! Angeblich hat sie das Videotelefonat von zu Hause in Moosach geführt. Und der Produzent hockte vor dem Computer in Istanbul. Was, wenn die spätere Assistentin nicht in München war?«

Mit verlegener Stimme erwiderte Vierkant: »Das ist eine recht wilde Spekulation, wenn ich das mal sagen darf, Chef.«

»Du hast fünf Minuten Zeit. Ich warte«, blaffte Demirbilek sie gereizt an und ließ sich auf den Stuhl zurückfallen.

»Wofür?«

»Das überlasse ich dir.«

Die Beamtin verstand schließlich, welche Aufgabe ihr zugedacht wurde. Es dauerte einige Minuten, bis sie nebenan telefoniert hatte und an den Schreibtisch zurückkehrte. »Ich habe beim Deutschen Wetteramt angerufen …«

»Keine Details«, unterbrach er Vierkants diensteifrige Stimme.

»In Moosach war es an dem Tag bedeckt, teils regnerisch. In Istanbul schien die Sonne. Sie könnten recht haben, dass Frau Tuncel gelogen hat.«

»Aber warum? Warum lügt sie? Außerdem wundere ich mich, warum die werten Kollegen vom Verfassungsschutz die Produktionsassistentin nicht genauer unter die Lupe genommen haben – die rechte Hand des Terrorverdächtigen! Außer den paar Angaben aus der Bewerbung finden sich keine Informationen zu ihrer Person.« Er griff zum Diensttelefon. »Ich hole das Okay vom Staatsanwalt, um Tuncel zu überprüfen.«

»Was ist mit Sonja Feldmeier?«, fragte die Oberkommissarin.

Demirbilek überlegte kurz. »Guter Gedanke, Isabel. Ruf die Chefin an. Sag ihr, der Migra-Boss hat eine Ungereimtheit entdeckt, der er nachgeht.«

»Ich soll anrufen?«, erwiderte Vierkant eingeschüchtert. »Aber …«

»Schreib ihr eine Mail. Kurz und knapp«, korrigierte sich der Sonderdezernatsleiter und wartete, bis Vierkant das Dienstzimmer verlassen hatte. Er überlegte noch eine Weile, hielt dabei den Hörer in der Hand und legte schließlich auf, ohne Staatsanwalt Landgrün darüber zu informieren, dass sich möglicherweise ein Anfangsverdacht ergeben hatte.

8

Das Fenster in dem Verhörraum, wo Demirbilek sich auf dem Sofa zu einem Mittagsschlaf hingelegt hatte, war in der Zwischenzeit von jemandem geschlossen worden. Wenn Zeit und Umstände es erlaubten, zog er sich zurück, um der Müdigkeit Herr zu werden. Im Dämmerschlaf hatte er niemanden hereinkommen gehört, verstand aber, warum das Fenster zu war. Regen prasselte gegen die Glasscheibe. Die sommerliche Hitze war passé. Ein Wärmegewitter entlud sich über Münchens Innenstadt.

Demirbilek ging zum Fenster. Schlaf verklebte die Augen. Er rieb das Sekret aus den Lidern und bekam freien Blick auf die schwarzen Wolkengebilde, aus denen Hagelkörner polterten. Ein Trommeln auf dem Blech der parkenden Fahrzeuge setzte ein. Pfützen bildeten sich auf dem Asphalt und vergrößerten sich unablässig. Fasziniert von dem Naturschauspiel verharrte Demirbilek und gähnte, als eine Person, die er von oben nicht erkennen konnte, mit einem Kinderregenschirm über den rutschigen Innenhof in das schützende Gebäude des Polizeipräsidiums rannte.

Die Verhörsuite, in der er sich aufhielt, war wohnlich eingerichtet; in warmen Farben gehalten, mit einem Holztisch in der Mitte. In einer Ecke befand sich die Kaffeemaschine auf einem Sideboard. Der Kommissar ging die paar Schritte und hantierte an den Knöpfen herum. Er gab schließlich den Versuch auf, dem

Gerät einen Kaffee zu entlocken, um richtig wach zu werden. Jemand öffnete leise die Tür.

»Komm nur herein, Isabel«, munterte Demirbilek seine Kollegin auf, die durch den Türspalt schielte. »Ich bin wach.«

»Gut geschlafen?«, fragte Vierkant.

Wie einen Gruß aus dem Paradies empfand er den Anblick der Tasse in der Hand seiner fürsorglichen Mitarbeiterin, die seit dem ersten Tag des Sonderdezernats Migra zum Team gehörte. Die Freude über die Aufmerksamkeit brachte ihn dazu, sich erst einmal wieder auf das Sofa zu setzen und den *kahve* entgegenzunehmen.

»*Dünya var miş*«, atmete er auf und schnupperte an dem türkischen Mokka. »Dass du meine Beste bist, habe ich hoffentlich irgendwann einmal erwähnt, Frau Polizeioberkommissarin.«

»O nein, das haben Sie nicht, Herr Sonderdezernatsleiter!«, beschwerte sie sich ernsthaft. »Das dürfen Sie ruhig öfter sagen, wenn es denn so ist. Was heißt das, was Sie eben auf Türkisch gesagt haben?«

»Schwer zu übersetzen, Isabel.«

»Versuchen Sie es. In dem VHS-Kurs haben wir das jedenfalls nicht gelernt.«

Demirbilek trank den starken, leicht gesüßten Mokka in wenigen Schlucken aus und reichte Vierkant die Tasse zurück. »Wörtlich übersetzt: *Es gibt eine Welt.* Im übertragenen Sinne bedeutet das in etwa, dass man in dem Moment, in dem man es ausspricht, zufrieden ist mit der Situation, dem Schicksal, dem Leben an sich, dem Dasein auf dem Planeten. So in etwa. Ein Ausdruck der Freude und des Wohlseins, bezogen auf eine Begebenheit, die gerade passiert – wie einen köstlichen *kahve* gereicht zu bekommen, den man nicht bestellt hat.«

»Etwas kompliziert. Gefällt mir aber. Hoffentlich hält Ihre Zufriedenheit an. Der Headhunter, der die Tote aus Istanbul abgeworben hat, ist sauer, er wartet seit einer halben Stunde. Ich habe mich nicht getraut, Sie zu wecken.«

»Gut so, Isabel. Hat sich Kaymaz gemeldet wegen Sabahs Obduktionsergebnissen?«

»Nein, noch nicht. Ich bin aber in Kontakt mit dem Gerichtsmediziner in Istanbul. Ein sehr netter Mann, er ist in Kempten geboren und aufgewachsen. Jammert mir aber zu viel über die Arbeit. In Ihrer Geburtsstadt gibt's derzeit einige Tötungsdelikte mehr als bei uns.«

»Beschrei es nicht, Isabel«, mahnte Demirbilek, als hätte er eine Vorahnung, was die Anzahl nicht natürlicher Todesfälle in München betraf. »Bleib dran, ja? Ich möchte wissen, wie Aysel Sabah zu Tode gekommen ist. Trotzdem hat der Auftrag des Staatsanwaltes Vorrang. Hast du etwas über die Produktionsassistentin in Erfahrung gebracht?«

»Personalakte über Müge Tuncel gibt es keine bei uns. Laut Vita aus dem Internet macht sie vor allem internationale Produktionen, hauptsächlich Werbung. Telefonisch habe ich sie nicht erreicht. Weder zu Hause noch am Handy. Wenn Sie mich bei der Befragung nicht brauchen, fahre ich nach Moosach zu ihrer Wohnung.«

»Mach das. Nimm aber Kutlar zur Unterstützung mit, soll unser Jungspund zeigen, was er als ehemaliger verdeckter Ermittler mit indirekten Befragungen draufhat.«

»Ja, natürlich«, sagte sie und wandte sich zum Gehen. Vor der Tür blieb sie jedoch stehen und grinste hinterhältig. »Der Headhunter wird Ihnen gefallen, er hat zwei Anwälte mitgebracht.«

Demirbilek sprang auf und klatschte zufrieden in die Hände. »Wunderbar! Nur herein mit den drei Herren!«

9

Hals und Kopf ragten unförmig aus dem Anzug des Headhunters, der sich als Erol Keyfli vorstellte. Die von Vierkant durchgeführte Personenabfrage hatte keine Vorstrafen des beruflichen Überfliegers ergeben, nicht einmal ein Verkehrsdelikt oder eine Ordnungswidrigkeit zutage geführt. Der Zeuge hatte einen tadellosen Ruf in der Branche, galt als einer der Besten im Medizinsektor, wie Vierkant mit ein paar Telefonaten herausgefunden hatte. Die namenlos gebliebenen Anwälte hatte Demirbilek mit dem Hinweis, eine Befragung und keine Vernehmung vorzunehmen, auf das Sofa verbannt.

Keyfli hatte keine dreißig Jahre auf dem Buckel, erschien ihm aber, was Aussehen und Sprache betraf, wie ein schmieriger Altgangster, der vorgab, das Prinzip Mafia erfunden zu haben. Übermäßig glänzendes Gel in den Haaren hielt den Scheitel wie eine Badehaube am Kopf fest. Demirbilek nahm dem schleimigen Kerl die Frisur persönlich krumm.

»Nun raus mit der Sprache. Was haben Sie Aysel versprochen, um sie nach Istanbul zu locken?«, wollte Demirbilek wissen.

Keyflis selbstgefälliger Gesichtsausdruck passte sich dem Glanz des Goldkettchens am Handgelenk an. »Nichts habe ich ihr versprochen. Normales Prozedere. Kreativität im Beruf macht mich zu einem glücklichen Menschen, *Komiser Bey*.«

»Sie klingen wie ein Businessguru. Reden Sie nicht in Geschäftsweisheiten mit mir.«

»Ob Sie es glauben oder nicht, ich produziere gerade auf eigene Kosten einen Leitfaden …«

»Mit wertvollen Tipps, wie man sich als Patient ausgibt, um eine Zahnarzthelferin abzuwerben?«

»Ja, natürlich. ›Sei kreativ! Sei produktiv!‹ heißt der Ratgeber. Ich bin verdammt gut in meinem Job. Für unter dreißig Euro …«

»Langweilen Sie mich nicht, Herr Keyfli. Ich kaufe keine Ihrer CDs.«

»Download, Herr Kommissar. Selfpublishing«, lächelte der Befragte.

Demirbilek lächelte zurück. »Wie haben Sie Aysel nach Istanbul gelockt? Raus mit der Sprache.«

»Wissen Sie, Personalbeschaffung ist ein knallhartes Geschäft. Alles, was legal ist, ist auch okay. Mit Telefon und Mail allein kommst du heutzutage nicht weit. Kreative Ansätze erhöhen die Produktivität, so lautet meine Devise. Ehrlich gesagt, musste ich mich bei Aysel nicht groß anstrengen. Ich habe nicht einmal vorher angerufen.«

»Von wem haben Sie den Tipp bekommen?«

»Mundpropaganda. Eine von mir vermittelte MTA, die jetzt in Izmit arbeitet, kannte Aysel.«

Demirbilek reichte ihm einen Zettel. »Name und Adresse.«

»Nicht nötig«, antwortete Keyfli.

Einer der Anwälte erhob sich und legte einen Ausdruck auf den Tisch. Keyfli wartete, bis der Mann in edlem Zwirn sich wieder gesetzt hatte, und stupste mit dem Zeigefinger auf das Papier. »Bitte, Herr Kommissar. Name und Adresse. Sie hat eine Vermittlungsprovision erhalten. Die Kopie der Kontobewegung liegt bei. Sie werden der Summe ansehen, dass es sich um eine Anerkennung handelt, mehr nicht. Ich arbeite sauber, vor allem, wenn es um Geld geht.«

»Sehr freundlich. Sie sind ja hervorragend vorbereitet. Waren Sie bei der Anwerbung auch so sauber?«

»Aber ja, klar. Ich habe in Aysels Praxis eine Zahnreinigung vereinbart. War sowieso notwendig. Weiße Zähne sind ein Muss für ein erfolgreiches Auftreten. Bei der Behandlung haben Aysel und ich uns auf Anhieb verstanden. Sie ist ja keine echte Türkin, ist hier geboren und aufgewachsen. Auf dem Zahnarztstuhl hat sich eine gewisse erotische Spannung zwischen uns entwickelt. Bisschen schäkern auf Deutsch, bisschen flirten auf Türkisch, schon bringst du die jungen Dinger zum Lachen. Ich habe das nicht zum ersten Mal erlebt. Ich habe eine gewisse Wirkung auf Frauen, müssen Sie wissen. Funktioniert auch bei Italienerinnen und Spanierinnen. Bei den skandinavischen Ladies komme ich nicht ganz so gut an, aber ich arbeite daran …«

Mit einem türkischen Fluch beendete Demirbilek die selbstkritischen Überlegungen des Zeugen und wies ihn an, beim Thema zu bleiben.

»Um Ihre Frage zu beantworten: Ich habe Aysel nichts Besonderes versprochen. Irgendwann habe ich mich als Headhunter zu erkennen gegeben und ihr die Konditionen für einen Arbeitsplatzwechsel unterbreitet. Anstellung in einer Istanbuler Toppraxis. Hauptsächlich deutsche und österreichische Patienten. Die meisten davon Pauschalisten mit Rundumpaket, also zahnärztliche Untersuchung und Behandlung, inklusive Sightseeing, optional Bosporustour, Derwischauftritt und Bauchtanzshow. Sie verstehen?«

»Ich verstehe. Weiter, Herr Keyfli, das machen Sie ganz prima.«

Der Befragte grinste zufrieden. »Na ja, mein Auftraggeber suchte jemanden mit perfekten Deutschkenntnissen. Englisch war egal, die Muttersprache sollte die Kandidatin einigermaßen beherrschen. Bei Aysel war das kein Problem, sie ist zweisprachig aufgewachsen. Da sieht es bei manch anderen unserer türkischen …«

»Herr Keyfli!«, drohte Demirbilek. »Bleiben Sie beim Thema.«

»Sorry! Nur, ich mache mir eben Gedanken über unsere

Landsleute. Bei mir geht's doch auch. Bei Ihnen ja sowieso. Was wäre Deutschland ohne uns? Wir Einwandererkinder sind längst Motor der deutschen Wirtschaft. Finden Sie nicht?«

Demirbilek erübrigte einen Gedanken über die Feststellung, stellte sich als Kapitalverbrechensaufklärungsmotor vor und verwarf die Vorstellung schnell.

»Ich bin kein Motor«, tadelte Demirbilek ihn etwas laut.

Keyfli zuckte kurz irritiert zusammen und fuhr dann fort: »Also, wie gesagt, ich habe Aysel die üblichen Konditionen unterbreitet. Hinzu kommt Unterstützung beim Umzug und Wohnungssuche in Istanbul und ein Einjahresvertrag, verfasst von einem deutschen Arbeitsrechtler. Ich verarsche niemanden und lasse mich nicht verarschen. Läuft alles korrekt bei mir. Kann ich jetzt erfahren, weshalb Sie nach Aysel fragen? Hat sie etwas ausgefressen?«

Die Tür wurde aufgerissen. Hauptkommissar Pius Leipold trat ein. Sein kontrollierender Blick traf zunächst die Anwälte, dann musterte er den Befragten, der sich umdrehte und seinen Scheitel glatt strich. Schließlich nahm Leipold Demirbilek ins Visier, der ahnte, dass etwas passiert sein musste, sonst hätte sein Kollege es nicht gewagt, ihn bei einer Befragung zu stören.

»Was gibt es, Pius?«

»Verabschiedest du die Herren?«

»Wenn ich fertig bin.«

»Du bist jetzt fertig.«

»Bin ich nicht.«

»Glaub ich dir aufs Wort. Die Chefin ist aber anderer Meinung.«

»In fünf Minuten. Und jetzt verschwinde«, knurrte Demirbilek gereizt.

Dem Gesichtsausdruck nach war sein Kollege über die Reaktion keineswegs überrascht. Es schien ihm sogar zu gefallen, von seinem Türken hinauskomplimentiert zu werden. Bevor er ging, bediente er sich aus der Keksdose und zwinkerte ihm verschwörerisch zu.

Demirbilek hatte genug über Keyflis Persönlichkeit erfahren. Es war an der Zeit, auf den Punkt zu kommen. »Aysel ist Opfer eines Gewaltverbrechens geworden. Ich frage mich, ob Sie mit Aysels Ermordung zu tun haben.«

Die Anwälte und Keyfli sprangen entsetzt auf. Nahezu gleichzeitig. Demirbilek kam die gemeinsame Reaktion auf seine Anschuldigung, die ja aus der Luft gegriffen war, wie einstudiert vor. Möglicherweise unterzog sich der türkische Beschaffer von Spezialarbeitskräften nicht zum ersten Mal einer polizeilichen Befragung.

»Deshalb vernehmen Sie mich?«, stutzte Keyfli.

»Beruhigen Sie sich. Wir unterhalten uns. Ein Verhör fühlt sich anders an, glauben Sie mir. Und jetzt, meine Herren, setzen Sie sich wieder«, befahl Demirbilek.

Keyfli nahm abermals auf dem Stuhl Platz, die Anwälte im Hintergrund ebenfalls.

»Wann waren Sie zuletzt in Istanbul?«, fragte Demirbilek.

Keyfli blickte zu seinen Anwälten, die sich gegenseitig musterten und ihm zunickten.

»Vor einem Monat etwa. Für ein paar Tage. Sie überprüfen mein Alibi? Haben Sie mich deshalb vorgeladen?«

»Eingeladen habe ich Sie. Vorgeladen wird man schriftlich«, korrigierte Demirbilek ihn. »Natürlich gehören Sie zu dem Personenkreis, den wir durchleuchten. Sie haben die junge Frau nach Istanbul gebracht und von einer erotischen Anziehung gesprochen.«

»Ja, schon. Das war aber hier in München und ist Monate her. Aysel ist doch bestimmt in Istanbul ums Leben gekommen, oder?«, hakte Keyfli nach.

»Da haben Sie recht. Woher wissen Sie das?«, fragte der Kommissar in einem provozierenden Ton.

Die Anwälte erhoben sich ein weiteres Mal gemeinsam von

dem Sofa. Der augenscheinlich ältere von beiden übernahm die juristische Beratung. »Das reicht jetzt, Herr Hauptkommissar. Unser Mandant wird keine Ihrer haarsträubenden Fragen mehr …«

»Schon gut, ist kein Problem für mich«, beschwichtigte Keyfli ihn. »Der Kommissar macht nur seinen Job. Ich bin froh, dass ein angesehener türkischer Ermittler das Verbrechen aufklärt.«

»Freut mich zu hören, Herr Keyfli«, lobte Demirbilek und hob den Kopf zu dem Anwalt, der sich neben ihn gestellt hatte. »Und Sie setzen sich, Ihren Mandanten haben Sie ja gehört.« Er wandte sich wieder dem Befragten zu. »Hatten Sie nach der erfolgreichen Vermittlung Kontakt mit Aysel?«

Keyfli überlegte nicht lange. »Nein, obwohl sie wirklich ein nettes Mädchen war. Ich arbeite für medizinische Institute und Arztpraxen in der ganzen Türkei. Aysel war eine von vielen jungen Leuten, denen ich eine neue Perspektive in der Heimat eröffnet habe. Sie war die perfekte Kandidatin zum Abwerben, das wusste ich nach der Personenrecherche vor dem Erstkontakt. Machen Sie bei der Polizei sicherlich auch. Facebook, Twitter, Instagram. Über meine Accounts bei Dating-Apps finde ich viel. Auf YouTube ist auch einiges. Google-Abfragen reichen in der Regel aus, um zu erfahren, mit wem man es zu tun hat. Bei den Jüngeren jedenfalls.« Keyfli machte eine Pause. »Wie ist Aysel denn gestorben? Das arme Ding kam mir vor wie ein Kind. Ein wenig verspielt und neckisch für ihr Alter.«

»Doktor Sahner, ihr alter Chef, erwähnte das auch. Er sagte auch, dass Aysel Ihnen zunächst abgesagt hatte. Sie hat es sich später anders überlegt. Warum?«

»Stimmt, das war merkwürdig. Sie hat angerufen und abgesagt, weil ihr Chef sie bräuchte und so weiter. Zwei Wochen später rief sie wieder an und hatte es plötzlich eilig, nach Istanbul zu kommen.«

»Was vorgefallen ist, wissen Sie nicht?«

»Nein, ich hatte nur das Gefühl, dass es etwas Privates war. Sie klang bedrückt, lachte nicht wie vorher über meine Späße.«

Mit einem mitfühlenden Lächeln fragte Demirbilek: »Haben Sie sie getröstet? Aysel war hübsch, sie hat Ihnen bestimmt gefallen.«

»Eigentlich war es andersherum. Ich habe ihr gefallen«, zeigte der Zeuge wieder seine eitle Seite.

»Unter uns Männern, Erol. Da ging bestimmt was bei Ihren Eroberungskünsten?«

Keyfli hantierte an seinem Goldkettchen, unsicher, ob er die Frage beantworten sollte. Er beugte sich zum Kommissar und flüsterte verschwörerisch: »Sie missverstehen das aber nicht?«

Demirbilek schnalzte mit der Zunge und bewegte gleichzeitig den Kopf nach oben. Mit der türkischen Art, »Nein« zu gestikulieren, zeigte er dem Befragten, dass er ihm vertrauen konnte, sie als türkische Männer unter sich waren.

»Also schön«, reagierte Keyfli auf die Geste wie erhofft und flüsterte weiter: »Bei der Zahnreinigung habe ich das Tattoo auf ihrem Unterarm entdeckt. Ich bin auch Sechziger, wissen Sie? Das verbindet. Schon weiß man, wie der andere tickt.«

Demirbilek dachte an Leipold und bestätigte die Verallgemeinerung. »Weiß ich, ja, weiter.«

»Wir haben über das letzte Spiel im Grünwalder Stadion geredet, bis ich sie im Spaß gefragt habe, ob sie einen Freund hat. Sie hat gelacht wie eine Schneekönigin. Dann habe ich sie gebeten, einen Knopf ihrer Bluse zu öffnen, weil ich den Anblick der weißen Decke langweilig fand. Muss ich mehr sagen, Zeki *Bey*? Ich will Aysels Ansehen nicht schaden.«

Demirbilek stützte sich mit den Händen auf dem Tisch ab und streckte den Oberkörper durch. »Für einen Gentleman halte ich Sie Möchtegern-Businessguru nun wirklich nicht. Was genau ist …«

In dem Moment sprang die Tür auf. Mit breitem Lächeln trat Kriminalrätin Sonja Feldmeier ein. Sie trug einen maßgeschneiderten Hosenanzug, der ihre langen Beine perfekt zur Geltung brachte. Die gebürtige Augsburgerin überragte die vier Männer in dem Verhörraum um einige Zentimeter.

Demirbilek ahnte, was geschehen würde, und kam seiner Chefin zuvor. Er streckte Keyfli zum Dank die Hand entgegen, verabschiedete sich von den Anwälten mit einem schnellen Händedruck und überließ es seiner Vorgesetzten, den Besuchern den Ausgang zu zeigen.

10

Stinksauer stürmte Demirbilek nach einer längeren Unterredung mit Feldmeier in das Büro der Migra. Leipold kam ihm gerade recht, der es sich auf zwei Stühlen bequem gemacht hatte. Auf dem einen breitete er seinen Hintern aus, auf dem anderen die dreckigen Schuhe. Mit einem leichten Schlag fegte er die Füße weg und baute sich vor Vierkant auf.

»Habt ihr Akbabas Assistentin vernommen?«, schmetterte er ihr entgegen.

»*Hayır, maleseef*«, erwiderte sie in gepflegtem Türkisch, was sowohl Demirbilek als auch Leipold überraschte.

Der stämmige Kommissar richtete sich auf. »Sieht ein Blinder mit Maulkorb, dass ich bei euch nicht willkommen bin! Wollte nur freundlich sein und nachfragen, ob alles okay ist mit der Chefin! Habt ihr Migras die Amtssprache gewechselt, damit eine arme Sau wie ich, die nur Deutsch kann, nichts versteht? Was hast du eben gesagt, Isa? Klang nach einer neuen Marke Kopfschmerztabletten, die ich gleich brauche, wenn ihr zwei mich so unverschämt mobbt!«

»Du scheißt niemanden von meinem Team zusammen, Herr Hauptkommissar«, stellte sich Demirbilek seinem schnaubenden Kollegen entgegen. »Isabel sagt, was sie will, und das in der Sprache, die sie will. Verstanden?«

Um dem Ganzen eines draufzusetzen, warf Demirbilek, getrieben von einer unbändigen Lust auf Streit, den Stoß Unterlagen, den er von Keyflis Anwälten ausgehändigt bekommen hatte, auf Vierkants Schreibtisch und instruierte sie auf Türkisch, Alibi und Flugzeiten des Headhunters zu überprüfen.

Die Oberkommissarin, die seit einigen Wochen einen türkischen Sprachkurs besuchte, verstand kein Wort, gab aber zu Leipolds Ärgernis vor, als beherrsche sie die Muttersprache des Chefs perfekt.

»Geh ich halt! Servus! Leckt's mich doch alle am Allerwertesten!« Mit diesen Worten stampfte Leipold beleidigt aus dem Büro.

Demirbilek war noch in Fahrt und erinnerte seine grinsende Kollegin: »Wir sprechen deutsch bei der Migra. Türkisch im Bedarfsfall.«

»Ich habe mich doch nur auf Türkisch entschuldigt«, rechtfertigte sie sich.

»Die ständigen Entschuldigungen in deiner eigenen Muttersprache reichen vollkommen aus!«

»Tut mir leid«, entschuldigte sich die Polizeioberkommissarin prompt. »Was haben Sie vorhin gesagt? Keyfli und *çabuk* habe ich verstanden, schnell.«

Demirbilek wiederholte seine Anweisung auf Deutsch. Serkan Kutlar, der als Mutterschaftsvertretung für Cengiz in das Migra-Team gekommen war, huschte ins Büro und ließ sich auf den Stuhl vor Demirbileks Schreibtisch fallen. »Was ist denn mit Pius? Der ist auf Hundertachtzig!«, fragte er belustigt.

»Sprachschwierigkeiten«, erklärte Vierkant und wandte sich an Demirbilek. »Serkan und ich waren in Moosach bei der Assistentin zu Hause. Da war aber blöderweise niemand, wir konnten sie nicht sprechen. An ihr Handy geht sie immer noch nicht. Die Mutter glaubt, dass sie wieder einmal irgendwo in der Welt einen Film dreht. Sie hat kaum Kontakt zu ihrer Tochter, war aber etwas verwundert, dass sie in München sein soll.«

Demirbilek sprach Kutlar an: »Und du? Was hast du unternommen? Welchen Tätigkeitsnachweis in Sachen Terrorabwehr soll ich dem Staatsanwalt mitteilen?«

»Serkan konnte nichts tun, Frau Tuncel war ja nicht da«, erinnerte Vierkant ihren Chef in Manier der erfahreneren Kollegin.

»Vielleicht ist es besser, du hörst nicht zu, Isabel«, warnte Kutlar sie.

»Warum?«

»Weil ich in Frau Tuncels Wohnung war.«

In Anbetracht der ungeheuerlichen Neuigkeit öffnete Vierkant den Mund und schüttelte enttäuscht den Kopf.

Entschuldigend zuckte Kutlar die Achseln und erklärte dem Sonderdezernatsleiter: »Notfall. Nachbar bei Schlüssel Check. Kennen Sie den Trick?«

»Kenne ich. Abgehetzt die Nachbarn durchklingeln, bis einer öffnet, der den Schlüssel für Notfälle oder Blumengießen aufbewahrt. Ein Grund, der meistens funktioniert, ist ein Autounfall. Das Krankenhaus verlangt den Ausweis, deshalb muss man dringend in die Wohnung.«

Während Vierkant mit stoischer Miene zuhörte, strahlte Kutlar wie ein Lottogewinner über Demirbileks Erklärung. »Ich habe erzählt, dass Tuncel ein Drehbuch auf ihrem Computer ganz dringend braucht und sie bei den Dreharbeiten das Handy nicht eingeschaltet haben darf. Viel Zeit hatte ich aber nicht. Die Nachbarin, die mir aufgesperrt hat, wartete im Flur. In der Wohnung lagen für meinen Geschmack ein paar leere Wodkaflaschen zu viel herum, könnte sein, dass Tuncel trinkt. Vom Computer habe ich Mails, Dateien und Protokolle auf eine Minifestplatte runtergezogen. Sie hat Unmengen Skype- und Facetime-Gespräche geführt und ist offenbar auch im Darknet unterwegs gewesen. Über diese verschlüsselten Internetbewegungen haben wir allerdings keine Chance, Genaueres zu erfahren. Ob sie zur fraglichen Zeit in Moosach das Bewerbungsgespräch mit dem Produzenten in Istanbul geführt hat, kann ich nicht beurteilen. Ich habe einen Freund der Migra gebeten, sich das anzusehen.«

Vierkant sprang entsetzt auf. »Du warst bei meinem Peter?«, johlte sie. »Deshalb sollte ich alleine ins Büro vorfahren! Als wäre eine Lüge keine Sünde, wirklich, Serkan!«

Kutlar setzte eine Unschuldsmiene auf und vergewisserte sich bei Demirbilek, ob er mit der Eigeninitiative zu weit gegangen war.

»Dein Peter hilft uns nicht das erste Mal, Isabel«, beschwichtigte Demirbilek seine aufgebrachte Kollegin und zwinkerte Kutlar zu. »Beim nächsten Mal sprichst du vorher mit der Oberkommissarin. Sie ist schließlich die Dienstältere.«

»Verstanden«, entgegnete Kutlar militärisch und sah zum Diensttelefon auf seinem Schreibtisch, das in diesem Moment läutete. Er sprang auf und nahm den Hörer im Nebenraum ab.

»Wir sind nicht fertig!«, pfiff Demirbilek ihn durch die offen stehende Tür zurück.

Ohne ein Wort über die Lippen gebracht zu haben, legte Kutlar auf und kam zurück an Demirbileks Schreibtisch.

»Das war Jale. Könnte dringend gewesen sein, ohne Grund ruft sie bestimmt nicht an«, meinte der junge Mann.

Demirbilek verzog keine Miene. Im Geiste jedoch ging er alle erdenklichen Katastrophenszenarien und Notfälle durch, die Memo und Jale zugestoßen sein konnten. »Warum ruft dich Jale an? Privat?«, fragte er ruhig.

»Wir kennen uns, wissen Sie doch.«

»Und ihr habt Kontakt miteinander und seht euch?«

»Entschuldigen Sie, aber darüber möchte ich nicht reden«, erwiderte Kutlar freundlich und beendete damit die private Befragung, auf die er sich offenbar nicht einlassen wollte. »Einen gewissen Felix Bolle habe ich ziemlich oft auf Tuncels Computer gefunden. Bolle ist kein Unbekannter bei uns, er sitzt in Stadelheim, verurteilt wegen Fälschung und Verkauf von MVV-Monatskarten. Ob sich das gelohnt hat?«

»Bei den Fahrpreisen allemal«, donnerte Demirbilek und dachte kurz nach. »Du, Serkan, vernimmst den Fälscher. Pius soll mitkommen. Er weiß, wie das in Stadelheim läuft.« Er runzelte die Stirn. »Tuncel trinkt, sagtest du?«

»Möglicherweise. Sie lebt allein, es lagen einige leere Flaschen herum. Hartes Zeug. Wodka. Kein billiger …«

»Gut«, unterbrach Demirbilek ihn. »Wir müssen sie dringend sprechen. Ich schlage dem Staatsanwalt vor, sie wegen Trunkenheit am Steuer und Fahrerflucht zur Fahndung auszuschreiben, wollen ja den Werbeproduzenten nicht aufschrecken. Vierkant, frag mal bei den Kollegen vom Verkehr nach, welches offene Vergehen infrage käme, damit kein Verdacht entsteht. So, los jetzt, macht euch an die Arbeit.«

Demirbilek wartete, bis die Tür ins Schloss gefallen war, und ging an Kutlars Schreibtisch, um mit dessen Diensttelefon Jales Mobilnummer zu wählen.

»Das ging aber schnell, Serkan«, sagte Jale ohne Begrüßung in den Hörer. »Kannst du nicht gleich vorbeikommen? Ich stehe schon vor deinem Hauseingang. Memo hat Hunger und friert.«

Ohne eine Erwiderung legte er den Hörer auf und tupfte mit einem Taschentuch den Schweiß von der Stirn. Er ließ sich auf Kutlars Schreibtischstuhl fallen und fragte sich, was Jales Worte zu bedeuten hatten.

Serkan Kutlar war in München geboren und eine Weile als verdeckter Ermittler bei einer Spezialeinheit der Zollfahndung in Berlin tätig gewesen. Aus der Zeit kannte Jale ihn. Die Mutter seines Enkelkindes und Serkan konnten nie und nimmer ein Paar sein, beschwichtigte er sich, um die Nerven einigermaßen in den Griff zu bekommen. Oder doch? Hatte er gerade den eigentlichen Grund dafür erfahren, weshalb sein Sohn bis auf Weiteres in Istanbul bleiben wollte? Seine Familie im Stich gelassen hatte? Er stand auf, getrieben von einer inneren Unruhe, einem unguten Gefühl, das drohte, Kutlar zu verteufeln. Nein, Zeki, nein, mahnte er sich, du bleibst ruhig, ziehst keine Schlüsse, solange nicht alle Fakten auf dem Tisch sind. Er kannte seine eigenen Schwächen, um vorherzusehen, wie sich das freundschaftliche Verhältnis zu Serkan verschlechtern würde, sollte sich bewahrheiten, was er befürchtete. Ein Hoffnungsschimmer tat sich auf, als er daran dachte, dass Kutlar ihm nie vorenthalten hatte, eine Beziehung mit Jale gehabt zu haben, bevor sie nach München zur Migra gekommen war. Er ist ein guter Junge, flüsterte er sich selbst zu. Gleich darauf traten Verzweiflung und Sorge wieder in den Vordergrund. Er brauchte jemanden zum Reden. Dringend und sofort. Und dieser Jemand konnte unter Umständen mehr wissen als er.

11

»Manchmal, Zeki, bist du altmodischer als die Kommode da drüben.« Robert Haueis deutete zu dem antiken Möbelstück mit einer illustren Sammlung Kerzenleuchter darauf. »Die Kommode habe ich einem rumänischen Großbauern letztes Jahr abgekauft. Weißt du, wie alt das gute Stück ist?«

Zeki zuckte mit den Achseln, ohne das Möbel anzusehen. Er war ständig im Antiquitätengeschäft seines alten Freundes, er kannte es.

»Ich weiß das Alter auch nicht genau, mein Rumänisch ist nicht perfekt«, erklärte Robert weiter. »Aber definitiv neunzehntes Jahrhundert. Braucht man heutzutage wirklich einen Trauschein, um zusammen zu sein?«

»Schon kapiert«, zischte Zeki. »Hat Jale mit dir darüber geredet?«

»Nein, hat sie nicht.«

»Selma vielleicht?«

»Sie war hier, wir haben Wein getrunken. Über Jale haben wir nicht geredet.«

»Selma war hier?«, trötete Zeki.

»Jetzt komm mir nicht mit einer Mitleidsattacke von wegen mit dir verbringt sie keine Zeit!«

Zeki schnitt ein Gesicht. »Jale kann nicht den Vater des Kindes zum Teufel jagen und mit ihrem verflossenen Freund zusammen sein. Sie hat Serkan, also mir, am Telefon gesagt, dass sie vor seinem Hausgang wartet. So, jetzt Schluss damit. Ein schnelles Spiel, Isabel sitzt draußen im Auto.«

»Du und deine Frauen! Hol sie rein!«, schimpfte Robert.

»Ganz sicher nicht, ich wollte alleine mit dir sein. Isabel spricht mit dem Istanbuler Gerichtsmediziner.«

»Kann deine Isabel schon so gut Türkisch?«, wunderte sich Robert.

»Ach woher, der Gerichtsmediziner pflegt wohl ein lupenreines Allgäuerisch. Hoffentlich versteht Isabel ihn überhaupt.«

Robert lachte hämisch. »Das war eine verdeckt rassistische Bemerkung, alter Osmane! Aber über deine Arbeit reden wir gleich. Erst will ich dir eines sagen und das im besten Münchnerisch. Jale und Serkan reden miteinander. Der Junge ist ja schließlich ihre Schwangerschaftsvertretung. Soll vorkommen, dass man sich gegenseitig besucht, wenn man befreundet ist. Bei Türken ist das Brauch. Ihr stattet euch Besuche ab, ohne euch vorher anzumelden.«

Robert hatte einige Jahre in Istanbul gelebt, wo er nach wie vor eine Wohnung sein Eigen nannte. Mit einem authentischen Einblick in die türkische Kultur, abseits aller Klischees und Vorurteile, erklärte er nicht das erste Mal seinem langjährigen türkischen Freund, wie ein Türke tickte.

»Du hast Jales Stimme am Telefon nicht gehört. Zwischen den beiden ist etwas. Ein Beinahe-Schwiegervater spürt das«, erwiderte Zeki. »Jetzt hol endlich das *tavla*, oder soll ich aufstehen?«

Robert huschte durch das Geschäft zu dem antiken Sekretär, holte aus der knarzenden Schublade das Backgammon-Spielbrett und nahm wieder Platz. Das reich verzierte Prachtstück diente allein dem Spiel mit seinem Freund. »Sag das doch gleich! Hätten wir beim Spielen bereden können!«, warf er Zeki vor.

»Von wegen! Bei der ersten Partie herrscht Redeverbot. Deine Regel!«

»Ausnahmen zuzulassen ist Ausdruck von Stärke und Überlegenheit«, entgegnete Robert und baute in Windeseile die Steine auf.

»Stark und überlegen wäre ich gerne.«

Zeki würfelte eine Fünf und wartete Roberts Wurf ab, der eine Drei würfelte.

»Siehst du, schon demonstrierst du mir deine Überlegenheit«, witzelte Robert, »darfst anfangen.«

»Wenn es so einfach wäre«, erwiderte Zeki, ohne über Roberts Kommentar zu schmunzeln. Er schleuderte die beiden Würfel auf das Spielbrett und zog hastig die Steine.

Robert übernahm das Würfelpaar und ließ sie mit einem Klacken in das Brett fallen. »In der Zeitung steht nichts von einem Mordopfer, ich meine keines, das dir gehört. War wenig los in letzter Zeit bei uns. Leichenmäßig geht in Istanbul mehr. Sei froh, dass du in München bist, hast nicht so viel Arbeit.«

»Mit meinen Münchner Toten habe ich genug zu tun, glaub mir«, widersprach Zeki und verdrehte das Handgelenk zu einem Wurf. Mit dem Dreierpasch zog er vier Steine.

»Ich höre, mach's kurz«, forderte Robert ihn auf.

»Eine junge Zahnarzthelferin ist in Istanbul getötet worden.«

»Traurig, aber was hat das mit der Migra zu tun?«

Zeki drehte einen Stein in der Hand und setzte ihn. »Rein gar nichts, eigentlich. Aber sie hat vorher in München gewohnt. Furchtbare Verletzungen, der Täter hat ihren Körper geritzt und geschnitten und was weiß ich. Doch das ist es nicht.«

Robert verzog keine Miene. »Was dann?«

»Schwer zu sagen, sie ist so jung gestorben … Ich musste bei den Tatortfotos an Özlem denken. Vielleicht vermiss ich meine Tochter einfach nur.«

Robert seufzte. »Du und dein großes Herz, Zeki. Mach langsam! Özlem und Aydin geht es gut in Istanbul. Sorg lieber dafür, dass es auch dir gut geht.«

Je einfacher der Rat seines Freundes, desto komplizierter wurde für Zeki das Nachdenken darüber. Was konnte er tun, damit es ihm gut geht? »Heute habe ich jemanden befragt, der Lebensratgeber herausbringt. Willst du dich als Autor versuchen?«, witzelte er, um vom Thema abzulenken.

»Mach du dich nur lustig!«, gab Robert unbeeindruckt Kontra. »Mehr hast du nicht zu tun? Ein einziger Fall?«

»Nein, aber über den anderen Fall darf ich nicht reden«, sagte Zeki ausweichend, um nicht Gefahr zu laufen, mit seinem alten Freund über die geheime Terrorwarnung zu plaudern.

Robert schwieg eisern und spielte einfach weiter.

»Was ist? Warum bohrst du nicht nach?«, beschwerte sich Zeki.

Robert folgte anscheinend seiner bewährten Taktik. Er kannte seinen Freund, der sich mit ihm über Ermittlungen austauschte, die ihn besonders beschäftigten, ohne dabei Namen zu nennen oder ins Detail zu gehen.

»Dein Schweigen ist ja nicht auszuhalten«, gab sich Zeki geschlagen. »Ich habe was am Hals, was mir nicht gefällt. Ich muss dem Verfassungsschutz zuarbeiten.«

Robert reagierte gereizt. »Pass bloß auf, mein Freund. Mit den Herrschaften ist nicht zu spaßen. Mehr will ich über den Fall nicht wissen«, sagte er, wohl aus Erfahrung aus seiner Zeit als Korrespondent in Istanbul.

»Ich weiß, Robert. Mein Gefühl sagt mir auch, lass lieber die Finger davon. Aber …«

Das Läuten der Ladenglocke unterbrach Zekis Überlegungen. Auch wenn die Befürchtungen jedweder Grundlage entbehrten, spürte er ein alarmierendes Gefühl, das nicht fassbar war.

»Grüß Gott und auf Wiederschauen«, rief Robert dem Kunden zu. »Ich bin in einem Verkaufsgespräch, kommen Sie in einer halben Stunde wieder.«

Auch Zeki blieb auf das Spiel konzentriert. Er wusste, dass Robert den Verkauf seiner Ware nicht mit sonderlichem Eifer betrieb. Einmal hatte er ihm beschrieben, wie schwer es ihm fiel, seine Schätze und Funde in fremde Hände zu geben. Bei besonderen Stücken verspürte er gar körperliche Schmerzen, wenn er sich davon trennen musste. Da er seit einer Erbschaft finanziell unabhängig war und sich mit dem Erwerb des Ladengeschäftes in der Fraunhoferstraße einen Lebenstraum erfüllt hatte, war er auf die Einnahmen nicht angewiesen.

Ein Schatten fiel auf das Spielbrett, die beiden Männer sahen auf. Isabel Vierkant stand vor ihnen.

Die Polizeioberkommissarin lächelte dem Antiquitätenhändler zu und wandte sich an Demirbilek.

»Du störst, Isabel«, kam der Hauptkommissar ihr zuvor. »Was gibt es?«

»Ich sitze seit einer halben Stunde im Auto. Sie wollten nur kurz Hallo sagen«, beschwerte sie sich und reichte Demirbilek ihr Handy. »Pius, für Sie. Er und Kutlar sind in Stadelheim fertig.«

Demirbilek hielt das Handy ans Ohr und zog die Steine, ohne eine Regung zu zeigen. »Schon kapiert, ich komme«, sagte er schließlich und gab Vierkant das Telefon zurück.

Robert rückte einen Schemel an den Tisch. »Komm, setz dich, Isabel. Ist gleich zu Ende.«

Die Oberkommissarin nahm Platz. »Der Gerichtsmediziner aus Istanbul ist ein Hektiker vor dem Herrn und sein breites Allgäuerisch habe ich kaum verstanden. Ich soll Grüße bestellen, Aysel Sabahs Obduktion ist so gut wie abgeschlossen, er schickt nachher den Bericht per Mail. Wenn Sie Leipold treffen, fahre ich in das Büro. In Ordnung?«, fragte sie, ohne ernsthaft eine Antwort zu erwarten.

Geduldig verfolgte sie, wie die zwei Freunde mit einem Grinsen im Gesicht weiterspielten. Zeki gewann schließlich die Partie. Robert notierte, im Stile einer heiligen Amtshandlung, das Ergebnis in ein Schulheft. Seit der ersten Partie vor vielen Jahren hielt er jedes Mal den Sieger fest. Eine Marotte, die ihm sein Spielpartner nicht mehr auszureden versuchte.

12 Hauptkommissar Leipold war am Telefon nicht davon abgerückt, die Unterredung mit Demirbilek am Grünwalder Stadion abzuhalten. Von dort aus wollte er direkt und ohne eine Minute Überstunden nach Hause fahren, weil er im Wort stand, für die Familie zu kochen. Der Sonderdezernatsleiter gab sich schließlich einverstanden, da er in Leipolds Stimme eine Spur Verzweiflung heraushörte, die wahrscheinlich im direkten Zusammenhang mit seinen immer wieder auflodernden Eheproblemen stand.

Es war später Nachmittag, als Demirbilek von der U-Bahn-Station Wettersteinplatz auf die andere Straßenseite schlenderte. Er war nicht allzu überrascht, als er den Grund für den Treffpunkt ausmachte, denn er entdeckte Leipold in einer hitzigen Diskussion mit einem Sechziger-Fan in abgeschnittener Weste, auf denen vergilbte Wimpel und Schriftzüge aufgenäht waren.

Demirbilek fragte sich, was in seinen Kollegen gefahren sein mochte, dass er Gefahr lief, das Highlight der Münchner Fußballsaison zu verpassen. Er selbst hatte längst zwei Karten für Robert und sich organisiert. Das Derby in der vierten Spielklasse zwischen den Amateuren des FC Bayern und 1860 München war ausverkauft, zumindest was die Plätze der Löwen betraf. Einer Todsünde wäre es gleichgekommen, hätte Leipold sich zu den verhassten Roten auf die Tribüne gesetzt.

Er entdeckte Kutlar, der offenbar auf Leipold wartete, und gesellte sich zu ihm. Der lehnte mit Blick auf das Smartphone am Dienstwagen, der verkehrswidrig auf dem Vorplatz des Stadions vor den geschlossenen Tickethäuschen geparkt war.

»Leipold hat gesagt, ich soll hier parken!«, rechtfertigte sich Kutlar, als er Demirbileks tadelnden Blick spürte. »Mein Wagen steht beim Präsidium. Ich muss allen Ernstes mit der U-Bahn zurückfahren, um nach Hause zu kommen.«

»Was habt ihr in Stadelheim erfahren?«, wollte Demirbilek wissen und ignorierte Kutlars Rechtfertigung. Er wollte die dienstlichen Angelegenheiten klären und im Anschluss über ihn und Jale sprechen.

Kutlar steckte sein Smartphone weg. »Hauptkommissar Leipold hat den Zeugen ziemlich hart in die Mangel genommen.«

»Felix Bolle sitzt wegen Urkundenfälschung ein und ist auf meine dienstliche Anweisung offiziell vernommen worden. Warum also nicht?«

»Weil Bolle harmlos ist. Wenn der arme Schlucker aus dem Knast kommt, landet er früher oder später auf der Straße, das können Sie mir glauben. Das Auto haben sie ihm unter dem Arsch weggepfändet. Bolles Ehefrau ist mit dem gemeinsamen Kind abgehauen. Gestern ist ihm eine Klage seiner Schwester zugestellt worden, er soll Computer und Playstation verscherbelt haben. Der Mann ist vollkommen fertig, aber der Herr Hauptkommissar haut auf ihn drauf, damit es schnell geht.« Er deutete mit dem Daumen zu Leipold, der gerade wütend mit dem Fuß aufstampfte und dem Sechziger-Fan ins Gewissen redete. »Und warum? Weil er mit einem Schwarzhändler verabredet ist, um Karten für das beschissene Amateurderby zu kaufen. Wen, bitte schön, interessiert schon ein Viertligaspiel?«

Demirbilek nickte verständnisvoll. Leipold war dafür bekannt, seine derbe Sprache und sein unflätiges Gehabe manchmal über Gebühr einzusetzen. Den Aspekt seines Charakters, der gemeinhin bayerische Geschertheit genannt wurde, nutzte er, um bei Vernehmungen klare Machtverhältnisse zu schaffen. Wenn notwendig, geschah das mit verbalen Hieben und aus Blicken und Gesten bestehenden Salven. War in dem Machtverhältnis Klarheit geschaffen, baute er normalerweise nach und nach eine vertrauliche Beziehung zu den Zeugen auf, um an verwertbare Aussagen zu gelangen. Dass Leipold gegenüber Zeugen oder Verdächtigen tätlich geworden war, hatte er selbst nie miterlebt und war überzeugt, dass dies nicht vorgekommen war. Dafür hatte der Querschädel genügend andere Verstöße, kleinerer und auch größerer Natur, auf dem dienstlichen Kerbholz.

Demirbilek beschloss, Leipolds Standpunkt zu hören, bevor er ein Urteil über Kutlars Anschuldigung fällte. Vorher aber musste er eine Sache klarstellen: »Das Münchner Derby ist nicht beschissen!«

Mit einem Handschlag schloss Leipold gerade den Handel mit dem Sechziger-Fan ab und kam zum Dienstwagen geeilt. Mit stummer Freude nahm Demirbilek Anteil am Glück seines Kollegen, Karten für das Fußballspiel erstanden zu haben. Nachdrücklich und laut dagegen formulierte er: »Was war los?«

»Den unverschämten Sechziger-Mitbruder habe ich in bester osmanischer Teppichhändlermanier heruntergehandelt. Was bin ich froh, dass ich Karten habe! Ich nehme Elisabeth zum Derby mit«, freute sich Leipold aus tiefstem Herzen.

»Grüße an Elisabeth. Schön, dass du dir eure Niederlage im eigenen Stadion ansehen wirst. Ich rede aber von der Vernehmung in Stadelheim. Was war da los?«

Leipold warf dem jungen Kollegen einen erzürnten Blick zu. Kutlar konterte mit einem provozierenden Kopfschütteln. »Was soll schon los gewesen sein? Vernommen habe ich den Fälscher.« Mit Häme in der Stimme erklärte er weiter: »Der Herr Kutlar hat das Gespräch mit dem Handy aufgezeichnet und schreibt heute noch alles Wort für Wort zusammen.« Kochend vor Wut wandte er sich wieder an Demirbilek. »Dann kannst du ja nachlesen, was los war. Entschuldige, der Pascha liest ja seit Neuestem nicht mehr selbst! Lass es dir vorlesen, am besten mit verteilten Rollen. Du kannst dir das aber genauso gut sparen, wäre nur Zeitverschwendung. Trotzdem schreibt der Polizeimeister das Protokoll.«

Eine ungesunde Röte breitete sich mit einem Mal über Leipolds Gesicht aus, die Nasenflügel hoben und senkten sich in einer aberwitzigen Frequenz. Er zupfte am Ring im rechten Ohr, wie Demirbilek mit Sorge bemerkte. Das typische Zeichen dafür, dass er erregt oder nervös war.

Zu spät bemerkte Demirbilek, dass auch der Kontrahent in diesem Moment die Nerven verlor.

»*Pesevenk!* Den Polizeimeister nimmst du zurück! Und dein Türkenhiwi fürs Protokollschreiben bin ich auch nicht!« Mit diesen Worten sprang Kutlar auf Leipolds massigen Körper zu.

Demirbilek ging zwar dazwischen, konnte aber nicht verhindern, dass Leipold mit einem Ausfallschritt, die Hände nach vorne gestreckt, den wütenden Kollegen mit der Kraft eines Sumoringers von sich drückte. »Red Deutsch mit mir! Was hast du mich geschimpft?«, spie Leipold ihm ins Gesicht.

»*Pesevenk* heißt Zuhälter! So schimpfen Türken besonders depperte Arschlöcher!«, plärrte Kutlar ihm die Übersetzung entgegen.

Demirbilek hakte sich bei Kutlar unter und hielt ihn fest. »Reißt euch zusammen, ihr zwei. Auf der Stelle!«, schrie er.

Leipold und Kutlar husteten außer Atem, während Demirbilek zwei Passanten wegscheuchte, die dem Streit mit Interesse gefolgt waren.

»Hast du dich beruhigt?«, wandte er sich dann an Kutlar. Nachdem der streitbare Jungpolizist genickt hatte, löste er seinen Griff und drehte sich wortlos zu Leipold, der ebenfalls nickte und mit dem Ärmel seiner Lederjacke den Schweiß von der Stirn wischte.

»Weiter im Text, Pius«, forderte er Leipold auf. »War ja deine Idee, sich hier zu treffen!«

Leipold blies die Backen auf und entließ die Luft, bevor er antwortete: »Mir ist schon klar, dass der Bolle ein armer Schlucker ist. Der Depp hat ein Riesentalent. Warum der keine Blüten macht, kapiere ich nicht. Er ist nur erwischt worden, weil er sich minderwertiges Papier für die MVV-Monatskarten hat unterschieben lassen …« Mitten im Satz machte er einen Schritt auf Kutlar zu. »Du Cabriolet-Bürschchen schwärzt mich nicht mehr an! Red erst mit mir, bevor du dich oben beschwerst.«

Abermals ging Demirbilek dazwischen. »Stopp jetzt. Mir ist das vollkommen egal, ob Bolle ein armer Schlucker ist oder nicht. Das ist eine offizielle Spur, die im Zusammenhang mit einem Terrorverdächtigen steht! Gilt die Spur als bearbeitet? Kommt ein Haken drunter oder nicht? Los jetzt«, verlor nun auch er die Beherrschung.

»Du als Chef sollst den Überblick behalten und nicht herumschreien wie ein wild gewordener Affe«, entgegnete Leipold. Er holte aus seiner Lederjacke den Autoschlüssel und nahm Kutlar spöttisch ins Visier. »Und du halbe Portion warst undercover bei der Zollfahndung im Einsatz? Ich habe gehört, der Verfassungsschutz soll Interesse an dir haben. Dass ich nicht lache! Die Vernehmung war vielleicht etwas rustikal, aber absolut im Rahmen des Erlaubten.« Er wandte sich wieder Demirbilek zu. »Den Rest lass dir von dem da berichten!«

Leipold krümmte sich unmerklich, als würde ihn ein Schmerz durchfahren. Dann zwängte er sich zwischen Kutlar und Demirbilek zum Dienstwagen. »Jetzt fahre ich heim und überrasche meine Holde nach dem Essen mit den Derbykarten. Heute gibt's ein schönes Surhaxerl mit selbst gemachtem Kartoffelpüree und Sauerkraut von der Oma.«

Die Ehe musste auf einem harten Prüfstand stehen, wenn Leipold sich mühte, selbst zu kochen, befürchtete Demirbilek und beobachtete, wie dieser in den Wagen stieg.

Er schaltete das Martinshorn ein und wartete genüsslich, bis Demirbilek ihm Zeichen gab, sich endlich davonzumachen. Dass er sich beim Starten des Motors und beim mehrmaligen Gasgeben den Unmut von Passanten einhandelte, schien er gerne in Kauf zu nehmen. Kopfschüttelnd verfolgte Demirbilek, wie Leipold in einer waghalsigen Slalomfahrt Richtung Candidplatz raste, wahrscheinlich um über den Mittleren Ring nach Sendling zu fahren. Er dachte an den Stau, der ihn mit ziemlicher Sicherheit im Brudermühltunnel erwartete, während Kutlar neben ihm unaufhörlich türkische Flüche hinterherschrie. Irgendwann hatte Demirbilek genug und gebot ihm Einhalt. »Schluss jetzt, erzähl mir endlich, was bei der Vernehmung herausgekommen ist.«

Der erhitzte Polizeibeamte sammelte sich und erwiderte knapp: »Felix Bolle ist harmlos. Mit dem Terrorverdacht gegen Süleyman Akbaba hat er nichts zu tun. Bolle ist Grafiker, er hat für Tuncel Jobs gemacht. Ausweise, Geschäftspapiere, Urkunden, so Zeug. Die Dokumente mussten für den Fernsehzuschauer echt aussehen, nichts Weltbewegendes.«

»Das hat Leipold in der Vernehmung ermittelt?«

»Ermittelt? Mit Dauerbeleidigungen hat er die arme Sau gedemütigt, weil es ihm nicht schnell genug ging. Das hätte er mir genauso erzählt.«

»Langsam, Serkan. Er hat seine Arbeit gemacht. Oder ist er handgreiflich geworden?«

»Nein, das nicht, aber …«

»Das reicht jetzt! Du klärst den Streit mit Leipold. Am besten bei einem Bier.«

»Mit Leipold gehe ich auf kein Bier.«

»Ich komme mit. Wir treffen uns zu dritt.«

Kutlar überlegte. »Nein.«

»Dann lass es, du Dickschädel. Kein Wunder, wenn Jale dich meinem Sohn vorzieht. Sie mag Dickschädel, weil sie selbst den größten von allen hat.«

»Was meinen Sie mit vorziehen?«

»Was mit dir und Jale ist, bereden wir bei einem *çay*. Lass uns zu mir nach Hause gehen.«

Kutlar machte keine Anstalten, die Einladung anzunehmen. Stattdessen antwortete er mit Bestimmtheit: »Sorry, Chef, keine Zeit. Ich muss mein Auto holen. Wir sehen uns später in Neuhausen.«

Demirbilek wartete, bis Kutlar ihm den Rücken zugewandt hatte. Dann lächelte er über die Unverfrorenheit des jungen Polizeibeamten, eine Einladung des Chefs abzulehnen. Keinen Deut anders war er selbst in dem Alter gewesen.

13

Derya Tavuk hatte sich verändert. Die langen Haare waren über die Hälfte kürzer. Sie reichten bis zur Schulter, waren nicht mehr schwarz, sondern in einem hellbraunen Ton mit rötlichem Glanz gefärbt. Eine Kellnerkollegin, die nebenbei Make-up-Kurse im Internet veröffentlichte, hatte ihr gezeigt, wie sie mit den richtigen Utensilien und ein paar Tricks ihre Erscheinung entscheidend verändern konnte.

Dem äußeren Schein nach stammte Derya nicht mehr aus einer anatolischen Bauernfamilie. Männer erblickten nun eine mondäne, selbstbewusste Frau und nicht die Tochter eines Analphabeten, die an einen deutschen Touristen verheiratet worden war. Viel lieber wäre sie in Paris aufgewachsen, als Tochter eines arabischen Einwanderers, oder noch lieber auf Istanbuls europäischer Seite zur Welt gekommen, um mit dem Geburtsort Zeki Demirbilek zu gefallen, mit dem sie einige Monate zusammen gewesen war. Ohne Partner zu leben, ohne Schutz und Wärme der Familie, ohne Verwandte und Ehemann und die Kinder, die sie sich sehnlichst wünschte, machte die Dreiunddreißigjährige krank vor Sorge über die Zukunft.

Auf dem Sofa im Wohnzimmer war sie in ihre Handarbeit vertieft. Im Fernsehen lief auf einem türkischen Privatkanal eine Kochsendung, die sie stumm verfolgte, während ihre Finger rasend schnell ein Jäckchen mit filigranem Muster häkelten. Auf der Mattscheibe vor ihr tänzelte eine Köchin, deren blondierte Haare unter einem modischen Kopftuch hervorlugten. Derya verzog das Gesicht darüber, wie viel Aufhebens die kochende Entertainerin bei der Zubereitung von gefüllten Auberginen machte. *Imam bayıldı* war ein Hackfleischgericht, das jede Frau in der Türkei kochte. Entnervt von dem Dauergrinsen der Ulknudel und der Tänzelei durch das Studio, schaltete sie den Apparat aus. Die Fernbedienung stopfte sie in eine wollene Schutzhülle, die sie eigens gestrickt hatte.

Was hatte die Wahrsagerin noch mal prophezeit?, fragte sie sich, die Augen auf die Finger gerichtet. Die abstoßenden, schlechten Zähne fielen ihr ein, die wie verfaulte Trauben im Mund der alten Frau hingen, die von sich behauptete, aus Mesopotamien zu stammen. Die Mokkatasse, aus der sie mit zusammengekniffenen Augen den Kaffeesatz studierte, zitterte in den gichtdurchfressenen Fingern. Bei der Sitzung im Nebenraum eines libanesischen Übersetzerbüros am Hauptbahnhof war sie mehrfach zusammengezuckt, weil die Frau, die gut und gerne auch eine Hexe hätte sein können, vom gewaltsamen Tod ihres deutschen Ehemannes wusste. Derya durchlebte nochmals den Schrecken, der sie durchfuhr, und holte sich ihre Worte ins Gedächtnis. Die Wahrsagerin hatte in einem alttürkischen Singsang fabuliert, dass sie zwar nicht wieder heiraten, sich aber ihr Wunsch nach einem Kind mit einem prachtvollen, gesunden Mädchen erfüllen werde.

Derya hielt mit der Strickarbeit inne und lächelte. Wenn die Hexe von ihrem ermordeten Ehemann wusste, konnte sie mit der Vorhersage über ihre Tochter nicht falschliegen. Den Vater vermochte die Wahrsagerin aus den Zeichen und Symbolen in der Tasse und auf dem Unterteller nicht herauszulesen. Einen Hinweis aber hatte Derya nach hartnäckigem Nachfragen und dem Zustecken eines Zwanzigeuroscheines erhalten. Die Alte entdeckte mit einem theatralisch vorgetragenen Laut zwei Rinnsale aus Kaffeemehl, die wie Pfade aus Schlick über den Tassenrand hinausliefen. Sie kramte in ihrem altertümlichen Wortschatz nach den passenden Worten, bis sie schließlich den Vater ihres ungeborenen Kindes beschreiben konnte: Er war älter als sie, eine stattliche Erscheinung, dabei hochdekoriert, ohne ein Heerführer zu sein. Ist ein Sonderdezernatsleiter nicht hochdekoriert?, hatte sich Derya gefragt und gespürt, dass der Mann, in den sie sich verliebt hatte, für sie nicht verloren war.

Der hoffnungsvolle Gedanke verstärkte sich, als sie glaubte, Zekis Stimme zu hören. Sie hob den Kopf und schmunzelte, ohne ihre Häkelarbeit zu unterbrechen. Jale war zu Besuch. Sie war ins Schlafzimmer gegangen, um Memo zum Schlafen zu bringen. Das Schreien und Jammern des Kleinen, dessen Stimme sie an Zeki denken ließ, verstummte. Kurz darauf trat ihre Freundin, die sie wie eine jüngere Schwester gern hatte, mit verschlafenen Augen in das Wohnzimmer.

»Mein kleiner Pascha pennt endlich«, gähnte Jale laut und setzte sich neben Derya auf das Sofa. »Ich bin eingeschlafen, entschuldige. Memo hat letzte Nacht mehr oder weniger durchgemacht. Hoffentlich hat er nicht Aydins Musikergene geerbt.«

Derya blickte mit einem Lächeln auf. »Das gibt sich mit der Zeit, mach dir keine Sorgen. Meine Geschwister haben alle Kinder, ich bin Tante von sechs Jungen und zwei Mädchen.«

»Nicht schlecht!«, meinte Jale beeindruckt und begutachtete das für Memo bestimmte Jäckchen. Es wirkte mit dem komplizierten Muster wie ein Kunstwerk. »Sieht aus, als wärst du bald fertig.«

»Dauert noch«, vertröstete Derya sie. »Musst du gleich los oder hast du noch Zeit?«

Jale vergewisserte sich auf der Wanduhr und rappelte sich wieder auf. »Ich hole uns was zu trinken. Danach verschwinde ich zum Training, okay?«

Derya blickte der jungen Mutter nach, wie sie in die Küche ging und mit einem Messingtablett zurückkehrte.

»Im Kühlschrank sind Berge von Hackfleisch und Schafskäse. Machst du wieder was zu essen für … Wie heißt sie noch mal?«

»Du meinst Fatma. Die strenge Chefin des deutsch-türkischen Freundschaftsvereins«, schmunzelte Derya. »Ja, und für Selma mache ich auch *börek*. Sie hat einen Empfang am 19. Mai von ihrer Uni aus.«

»Wehe, ich bekomme nichts ab davon«, entgegnete Jale ernst und setzte das Tablett ab.

»Das schöne Stück habe ich von meinen Eltern zur Aussteuer bekommen«, freute sich Derya. »Für mich alleine benutze ich es selten.«

Jale schenkte die beiden Gläser mit Cola voll. »Derya *abla*, warum erlaubst du mir nicht, jemanden für dich zu suchen? Das ist heutzutage doch kinderleicht.«

»Ja?«, wunderte sich Derya. Sie genoss es, als ältere Schwester angesprochen zu werden.

»Du bist wie Zeki in dem Punkt. Schon mal vom Internet gehört?«

Derya schüttelte den Kopf. »Ich habe nicht mal einen Computer.«

»Setz dich in ein Internetcafé, oder ich kaufe dir einen gebrauchten, kostet keine hundert Euro. Zahlst du von deinem Trinkgeld.«

»Und in dem Punkt bist du wie Zeki! Du hast denselben Sturkopf. Dass ihr überhaupt zusammenarbeiten könnt.«

»Ich bin nicht stur wie Zeki, ich bin hartnäckig«, widersprach Jale grinsend und strich sich durch die kurzen Haare. »Im Ernst jetzt. Ich besorge dir einen PC, muss ja nicht der Schnellste sein. Was meinst du?«

Derya zuckte mit den Achseln. »Du hast doch Memos Windeltasche nicht wieder vergessen?«

»Lenk nicht ab. Es geht auch ohne PC, wenn du keinen hier in der Wohnung herumstehen haben willst. Es gibt ein paar seriöse Partneragenturen im Netz.«

»Ich weiß nicht«, antwortete Derya und strich eine Strähne aus den Augen.

»Du musst dich um nichts kümmern. Ich helfe dir beim Anlegen des Profils. Hobby, Vorlieben und so Zeug. Dafür bräuchte ich dich schon. Und ein hübsches Foto von dir ist schnell gemacht.«

Derya überprüfte die Länge des einen Ärmels und zog ihn etwas auseinander. »Nein, Jale, das ist nichts für mich. Ich kenne die Plattformen aus der Werbung im türkischen Fernsehen. Es gibt ja spezielle für Türken in Deutschland. Trotzdem, das ist nichts für mich.«

»Wo willst du denn sonst jemanden kennenlernen? Definitiv nicht bei der Arbeit! Eine Kellnerin, die mit Gästen im Lokal oder im Biergarten flirtet? Geht nicht, Derya. Und beim Joggen wird dir auch niemand über den Weg laufen.« Jale unterbrach sich, ein Gedanke kam ihr. »Tritt doch endlich diesem komischen deutsch-türkischen Verein bei. Da sind bestimmt interessante Männer dabei. Musst ja nicht gleich heiraten. Oder du könntest dir einen Hund zulegen. Einen süßen Schoßhund …«

»Jale, hör auf, ich will keinen Hund.«

»Schon gut. War ja nur eine Idee«, lenkte Jale ein und trank das Glas aus. »Überleg es dir. Das Internet ist voll mit Männern, die dich nicht verdient haben. Aber wer weiß, vielleicht finden wir jemanden, der zu dir passt. Du wirst mit Angeboten überschwemmt werden, glaub mir. Die geilen Böcke, die nur aufs Bumsen aus sind, sieben wir zusammen aus. Komm schon«, drängte Jale weiter.

Derya begann zu hüsteln. »Jale, nimm nicht solche Wörter in den Mund!«

Jale grinste über Deryas rot anlaufendes Gesicht. »Wir reden über das Thema noch mal, ganz ohne Bumsen«, piesackte sie ihre Freundin weiter und zog die Jacke an. »Wahrscheinlich bin ich zurück, bevor Memo wieder wach ist.«

»Lass dir Zeit«, sagte Derya, mit den Augen bei der Handarbeit. »Du kannst mit Serkan ruhig etwas trinken gehen.«

»Lieber nicht. Wenn mich jemand mit ihm sieht, wäre das eine Katastrophe!«

»Du musst es Zeki sagen, die Familie steht für ihn über allem.«

»Ja, natürlich«, erwiderte Jale ausweichend und suchte nach ihrer Sporttasche. Sie fand sie an der Wohnungstür, griff nach ihr und kehrte zu Derya an das Sofa zurück. »Nur wie? Das mit der Wohnung hat er akzeptiert, klar. War ja abzusehen, dass Memo und ich irgendwann was Eigenes brauchen. Er hat aber nicht einmal nachgefragt, wohin wir ziehen.«

»Er war sauer.«

»Würde ich nicht sagen. Eher enttäuscht.«

»Und wenn er erfährt, dass du zu Serkan ziehst, ist er nicht mehr enttäuscht, sondern wütend. Wie hat es Aydin denn aufgenommen?«

»Na ja, er hat sich ein One-Way-Ticket nach Istanbul gekauft. Er ist bei Özlem in der Wohnung ihrer Mutter und sucht sich eine Bleibe. Von München hat er die Schnauze voll.«

»Aber Memo ...«

»Mein Kleiner wird das verkraften. Was hätte ich denn machen sollen? Es ging einfach nicht anders. Außerdem liebt Serkan Memo.«

»Wer tut das nicht? Er sieht Zeki wie aus dem Gesicht geschnitten aus.«

Jale lächelte über den Vergleich. Wie sehr sie sich zu ihrem Chef hingezogen fühlte, wagte Derya nie direkt zu äußern. »Ich muss jetzt los. Serkan hat nach dem Training einen Termin. Irgendetwas Inoffizielles. Der Chef will ihn dabeihaben. Typisch Zeki. Er hat nicht einmal gefragt, ob Serkan Zeit hat.«

Derya blickte auf. »Serkan und du, ihr müsst aufpassen. Zekis Gefühle sind ...«

»Ehrlich und einfach. Er liebt seine Familie über alles, ich weiß. Manchmal kommt er mir vor wie ein Schäfer, der auf der Weide eingeschlafen ist und beim Aufwachen erschrickt, weil seine Herde nicht mehr da ist«, seufzte sie.

»Tut ihm das nicht an, Jale«, erschrak Derya über den Vergleich. »Er braucht euch wie die Sehnsucht nach Istanbul, die ihn umtreibt, und die Vorstellung, Selma könne zu ihm zurückkehren.«

Nun erschrak auch Jale. Die Worte, die ihre Freundin für ihren Chef fand, machten ihr Sorgen. Die Liebe zu Zeki musste über alle Maßen groß sein.

14

Serkan Kutlar fuhr im Saab Cabriolet durch den dichten Verkehr in die Nymphenburger Straße, überquerte knapp vor Rot die Ampel an der Mailingerstraße und stieg eine Querstraße weiter in die samtweichen Bremsen. Der Wagen war noch nicht zum Stillstand gekommen, da legte er schon den Rückwärtsgang ein und drückte das Gaspedal durch. Rückwärts zu fahren, am liebsten im Slalom, war eine der größten Freuden, die er sich selbst bereiten konnte. Äußerst geschickt manövrierte er den Wagen in einem Zug in eine Hofeinfahrt, die zum Gebäude einer Versicherung gehörte. Das Verdeck war eingeklappt, obwohl feuchter Wind Regen ankündigte.

Kutlar war mit anderen Dingen als dem Wetter beschäftigt. Die Fitnessstunde mit Jale war merkwürdig verlaufen. Er schwang die Beine aus der Autotür und landete mit beiden Füßen gleichzeitig auf dem Bürgersteig. Es war kein Regentropfen, sondern ein Wassertropfen, der ihm beim Sprung über die Stirn wanderte. Die Haare waren vom Duschen nach dem Training noch nass. Als er sich umgezogen hatte, um Jale an der Sportbar zu treffen, hatte sie das Fitnessstudio schon verlassen, wie sie ihm per SMS mitgeteilt hatte. Memo war aufgewacht, sie wollte schnellstens zurück zu Derya.

Der Polizeibeamte untersuchte gerade einen wie Rost wirkenden Fleck auf dem Griff des taubenblauen Wagens, als er im Rückspiegel seinen Chef im legeren Anzug entdeckte. Demirbilek stieg die Treppen der U-Bahn-Station Mailingerstraße hinauf. Was für ein Kauz er doch war, lächelte Kutlar in sich hinein. Ein Kriminalhauptkommissar, der lieber die U-Bahn benutzte, statt sich standesgemäß im Dienstwagen chauffieren zu lassen oder selbst zu fahren.

Schnell wischte Kutlar den Schmutzfleck weg und lehnte sich an den Wagen. Interessiert verfolgte er, wie der Sonderdezernatsleiter stehen blieb und sich bückte. Sein Chef legte das Gefundene zur Seite auf die Bordsteinkante. Danach entfaltete er schwungvoll ein Stofftaschentuch und säuberte sich die Hände.

Nicht einmal in Gedanken wagte er es, sich über den Tick mit den Tüchern lustig zu machen. Das hatte er genau ein Mal gemacht, in der ersten Woche bei der Migra. Seitdem hatte er verstanden, wie wichtig ihm jedes einzelne Exemplar seiner stattlichen Sammlung war. Jedes für sich empfand er als eine Kostbarkeit, an jedem hing eine für ihn bedeutsame Geschichte oder Begebenheit.

»Umparken«, wies Demirbilek Kutlar an, als er ihn erreichte.

»Wie bitte?«, stammelte Kutlar, noch in Gedanken bei den Stofftüchern. »Was soll ich?«

»Du sollst deinen Wagen ordentlich abstellen. In der Einfahrt hat er nichts zu suchen.«

Demirbilek holte aus der Hosentasche ein paar Münzen und drückte sie ihm in die Hand. »Für den Parkschein. Beeil dich.«

Mit Argusaugen beobachtete Demirbilek, wie Kutlar den Wagen auf der anderen Straßenseite parkte. Er mochte den jungen Mann und schätzte ihn als fähigen Ermittler. Kutlar hatte sich als kein Jungspund entpuppt, der glaubte, mit Übereifer tagtäglich das Rad neu erfinden zu müssen, wenn es im Prinzip darum ging, ordentliche Polizeiarbeit zu leisten. Es zeigte sich auch, dass er fleißig und umsichtig war – Tugenden, die er von einem Polizeibeamten erwartete, der ihm unterstellt war. Zwar hatte Kutlar ein temperamentvolles Wesen, was sich bei dem Streit mit Leipold eindrucksvoll gezeigt hatte, aber auch ein Gespür für besondere Situationen und Stimmungen. Nicht von ungefähr hatte er sich für den armen Schlucker in Stadelheim eingesetzt.

Schnellen Schrittes kehrte Kutlar zurück und drückte ihm das Restgeld in die Hand. »*Sağ olun*«, bedankte er sich auf Türkisch. »War das Brot, das Sie auf dem Bürgersteig aufgelesen haben?«

»Eine angebissene Wurstsemmel, ich habe sie zur Seite gelegt, damit niemand darauf steigt«, bestätigte Demirbilek. »Essen wegzuwerfen ist *günah*.«

»Eine Sünde, ich weiß. Mein Vater hat das auch immer gesagt, wenn er Brot von der Straße aufgehoben hat. Als Junge hatte ich ein Toastbrot mit Nutella und Senf bestrichen und weggeworfen, weil es so eklig geschmeckt hat …« Kutlar lächelte bei der Erinnerung an die Begebenheit.

»Dein Vater hat dich das Toastbrot bis zum letzten Bissen essen lassen«, nahm der Kommissar die Pointe vorweg.

»Ja, ich musste es aus dem Abfalleimer holen«, bestätigte Kutlar kopfschüttelnd.

Der Kommissar verzichtete auf einen Kommentar über die Erziehungsmaßnahme. Er wusste vom frühen Ableben seines Vaters, auch dass er das Cabriolet von ihm geerbt hatte und es deshalb wie den eigenen Augapfel hütete. Demirbilek selbst machte sich nichts aus Automobilen. Einen Führerschein besaß er zwar, ein eigenes Auto jedoch nicht.

Demirbilek schritt los, Kutlar folgte ihm und ergriff das Wort: »Ich habe mal eine Frage, als ich in der Migra eingestiegen bin …«

»Am Anfang dachte ich, einen Fehler gemacht zu haben«, fiel Demirbilek ihm ins Wort.

Erstaunt blieb Kutlar stehen. Demirbilek setzte den Weg fort und erklärte ihm, als er nachgelaufen kam: »Als du mir gebeichtet hast, in Berlin mit Jale zusammen gewesen zu sein, war ich mir nicht sicher, ob ich den Richtigen eingestellt habe.«

»Gebeichtet?«

Nun blieb Demirbilek stehen und schüttelte belustigt den Kopf. »Mein Junge, du hast mir das mit Jale gesagt, nachdem ich dich eingestellt hatte. Du hast dein schlechtes Gewissen erleichtert. Warum sonst hättest du mir erzählen sollen, dass ihr ein Paar gewesen seid? Was stimmt an beichten nicht?«

»Ja, in Ordnung. Auf der anderen Seite …«

»Meine Bedenken haben sich ja als unbegründet erwiesen. Oder hat sich daran etwas geändert?«, fragte Demirbilek mit unbeabsichtigt scharfem Unterton.

Kutlar verzog keine Miene und zeigte keinerlei Bereitschaft, die Frage zu beantworten. Demirbilek wartete provozierend lange, bis er den Weg fortsetzte. Diesmal verpasste sein stumm gebliebener Mitarbeiter den Abmarsch nicht.

»Verstehe«, sagte Demirbilek. »Über Privates redest du nicht. Bei anderer Gelegenheit kommst du mir aber nicht mehr aus. Was wolltest du vorhin fragen?«

Kutlar räusperte sich über die versteckte Drohung. »Weshalb Sie auf meine Bemerkung über das Stofftuch so heftig reagiert haben.«

»Das Tuch ist von der Mutter meiner Kinder, sie hat es mir von einer Studienreise aus Bagdad mitgebracht. Über Selma dulde ich keine abfälligen Bemerkungen. Konntest du nicht wissen. Vergiss die Sache.« Demirbilek wechselte abrupt das Thema. »Warum bist du mit dem Auto hergekommen? Wohnst du nicht in der Nähe, hier in Neuhausen? »

»Doch, ja, aber ich war unterwegs«, rechtfertigte Kutlar sich ausweichend und griff nach seinem Handy in der Jackentasche. »Warten Sie. Der Obduktionsbericht aus Istanbul ist eingetroffen.« Er überflog den Text, murmelte abwechselnd Türkisches und Deutsches vor sich hin. »Hm, wer hätte das gedacht? Vor ihrem Tod hat das Opfer ein Baby verloren oder es abgetrieben. Die Kollegen sind dran, das herauszukriegen.«

»Warum nennst du nicht ihren Namen?«, fragte Demirbilek verärgert. »Das Opfer hat doch einen Namen, oder?«

Verwundert starrte Kutlar seinen Chef an. »Ja, natürlich.« Dann konzentrierte er sich wieder auf das Untersuchungsergebnis. »Die Spurentechniker haben Äste und Zweige mit Aysel Sabahs Blut und Hautgewebe um ihre Leiche herum sichergestellt. Die Fremdkörper sind ihr in den Körper eingeführt worden, Tiere haben sie mit ziemlicher Wahrscheinlichkeit entfernt. Die Vermutung, dass sie vergewaltigt wurde, hat sich nicht bestätigt.«

Demirbilek nickte teilnahmslos, wiederholte jedoch stumm eine Sure, die ihm half, die Tränen zurückzuhalten. »Weiter.«

»Wie krank muss man da sein«, bewertete Kutlar die Ergebnisse und fuhr fort: »In Aysels Nasenlöchern waren den Spuren nach Ästchen gesteckt. Mund und Speiseröhre war mit Laub zugestopft, bis in den Rachen hinein. Letztlich ist Aysel erstickt. Aufgrund des Verwesungszustandes war das zunächst nicht genau zu erkennen.« Er hielt kurz inne. »Wollen Sie mehr hören?«

»Was sagen die Techniker zu den Schnittwunden?«

Kutlars Blick wanderte über den Bericht. »Sie stammen von einer zerbrochenen Rakıflasche, die am Tatort herumlag. Als Tatzeit geben die Techniker ein Zeitfenster von zweiundzwanzig Uhr bis Mitternacht an.«

Demirbilek setzte den Weg fort, stakste davon, als gelte es von dem Dornbusch wegzukommen, wo Aysels Leiche gefunden worden war. In Gedanken projizierte er auf eine Großleinwand die Tatortbilder, die er sich zu oft angesehen und zu eindringlich studiert hatte. Die gestochen scharfen Farbaufnahmen vor seinem inneren Auge begannen sich aufzulösen. Pixel für Pixel, bis Aysels zerschundener Körper vollkommen verblasst war und das Weiß der Leinwand zum Vorschein kam.

»Keine weiteren Spuren? Fasern, Haare, Sperma? DNA?«, fragte er.

»Sperma? Ich sagte doch, dass sie nicht vergewaltigt wurde«, stutzte Kutlar über die Frage und versuchte mit Demirbileks Tempo mitzuhalten. »Aysels Körper war mit Dreck und Erde eingeschmiert, selbst Hundekot haben die Techniker gefunden. Viel an verwertbaren Spuren konnten deshalb nicht sichergestellt werden. Und die gentechnische Analyse ist aufgrund der Auffindesituation kompliziert. Die Istanbuler gehen davon aus, dass Aysel von zwei Personen angefasst und die Böschung entlanggeschleift wurde.«

»Zwei Täter?«, fragte Demirbilek zu laut nach.

»Zwei Täter oder Täter und Helfer«, berichtigte Kutlar seinen Chef und schaltete das Smartphone aus. »Wohin sind wir eigentlich unterwegs?«

Demirbilek weihte ihn ein, während sie im Eiltempo weiterliefen. »Wir sind mit Aysel Sabahs bester Freundin verabredet. Sylvia Reisig wohnt gleich da vorne. Vielleicht weiß sie, wer der Vater des Kindes war. Du hältst die Augen offen und überlässt den Rest mir. Alles klar?«

»Ehrlich gesagt, nein.«

»Das macht nichts. Komm.«

15 Demirbilek löste den Finger von der Klingel, die er zum wiederholten Male vergebens bemüht hatte. Mürrisch wie ein Handwerker, dessen kostbare Arbeitszeit vergeudet wurde, machte der Kommissar einen Schritt zur Seite und deutete zu Sylvia Reisigs Wohnungstür, aus der scheppernd Musik dröhnte.

Ohne zu zögern, hämmerte Kutlar an das Türblatt. »Machen Sie auf, Frau Reisig. Wir sind verabredet. Öffnen Sie die Tür!«

Die Musik lief in voller Lautstärke weiter, dumpfe Bässe folgten einem wilden Saxofonsolo. »Das ist ja Jazz«, wunderte sich Kutlar.

Dank seines Sohnes Aydin, der in jungen Jahren zu Hause geübt und sich zu einem beachteten Jazzsaxofonisten gemausert hatte, war er mit der Art der Musik vertraut. »Klopf noch mal«, entgegnete er dennoch schlecht gelaunt.

Demirbilek war gedanklich bei einer der hitzig geführten Diskussionen mit Aydin über Lautstärke und Häufigkeit seiner Übungsstunden, als sich endlich die Tür vor ihnen aufschob. Ein verweintes, zartes Wesen in Schlafshirt tauchte vor den Beamten auf.

Sylvia Reisig strich sich mit den beringten Fingern die Haare aus dem Gesicht. »Haben Sie angerufen? Sind Sie von der Kripo?«

Ohne die Antwort abzuwarten oder die Dienstausweise zu verlangen, tippelte sie zurück in die Wohnung.

Die Beamten folgten der jungen Frau, die sich schnell unter eine Daunendecke verkroch. Das einfache Holzbett stand im Wohnzimmer an der Wand. Es war umrahmt von einem Regalsystem, das mit CDs in Zweierreihen vollgestopft war. Demirbilek entdeckte vereinzelte Musikerbiografien in Buchform, darunter Kurt Cobains Lebensgeschichte. Im untersten Regalbrett waren ein paar wenige Schallplatten aufgereiht. Während er sich in der kleinen Wohnung umsah, fand Kutlar den Ausschaltknopf der Musikanlage.

»Brauchen Sie einen Arzt, Frau Reisig?«, fragte Demirbilek in die eingetretene Stille.

Die Zahnarzthelferin schüttelte den Kopf. »Nein, aber würden Sie mir einen Tee machen?«

Mit Wohlwollen quittierte Demirbilek, wie Kutlar ihm bedeutete, sich darum zu kümmern. Bevor er in die Küche des heillos überfüllten Apartments verschwand, stellte er ihm einen Stuhl an das Bett.

Der Sonderdezernatsleiter setzte sich und blickte sich weiter um. Mit Befremden entdeckte er Elefanten in allen denkbaren Variationen. Offenbar war die Zahnarzthelferin nicht nur großer Musikfan. Demirbilek gab die psychologische Interpretation des Sammelobjektes auf und bemerkte einige Umzugskartons. Reisig beabsichtigte auszuziehen, vermutete er, vielleicht wollte sie auch nur ihre CD-Sammlung oder die Dickhäuter loswerden. Er wandte sich an die junge Frau, die ins Leere starrte.

»Wie Ihnen meine Mitarbeiterin Vierkant am Telefon angekündigt hat bin ich Zeki Demirbilek und leite das Sonderdezernat Migra. Der junge Mann, der Ihnen Tee kocht, ist Serkan Kutlar. Wer hat Sie über Aysels Tod informiert, Frau Reisig?«

»Eine Kollegin aus der Praxis.«

Demirbilek nickte. »Sie waren gute Freundinnen, Aysel und Sie?«

»Ja«, erwiderte Reisig etwas weggetreten. »Haben Sie das Schwein gefasst, das sie umgebracht hat?«

»Nein, aber mein Kollege in Istanbul arbeitet daran …«

Demirbilek brachte den Satz nicht zu Ende. Ohne ihn zu beachten, sprang die junge Frau aus dem Bett und stürmte in das Badezimmer. Der Kommissar folgte ihr widerwillig, nur um sicherzugehen, dass sie nichts Unüberlegtes anstellte. Trauer über den plötzlichen Verlust eines wichtigen Menschen konnte auf Hinterbliebene einen verheerenden Einfluss haben. Er schielte durch den Türspalt. Reisig würgte mehrmals und übergab sich lautlos im Waschbecken. Gut gemacht, Mädchen, lobte er sie im Stillen und verfolgte, wie sie sich ausgiebig das Gesicht wusch. Kutlar tauchte hinter ihm mit einer dampfenden Henkeltasse auf. Gemeinsam beobachteten sie, wie Reisig das Schlafshirt über den Kopf zog und in die Duschkabine stieg. Sofort wandten sich die Männer ab.

Nach dem Duschen kehrte sie in Jeans und Bluse zurück. Die feuchten Haare hatte sie zu einem Pferdeschwanz gebunden.

»Tut mir leid, das musste jetzt sein«, entschuldigte sie sich und nahm von Kutlar die Tasse entgegen. Sie bedankte sich und nippte daran. Einigermaßen gefasst, setzte sie sich auf die Bettkante.

»Ich habe mir heute freigenommen, um Umzugskartons zu besorgen. Doktor Sahner weiß von nichts, bitte sagen Sie es ihm nicht«, begann sie.

»Was nicht *sagen*, Frau Reisig?«, fragte Demirbilek nach.

»Dass ich in der Praxis kündigen wollte. Ich habe meine Wohnung für ein Jahr untervermietet. Was für eine Scheiße! Aysel ist tot und ich mache mir Sorgen wegen der Wohnung.«

»Sie wollten zu Aysel nach Istanbul ziehen?«

»Ja, sie hat ein Ausziehsofa für mich gekauft. Die Wohnung ist klein, wäre aber irgendwie gegangen. Wir haben uns gut verstanden.«

»Das sagte Doktor Sahner bereits. Wissen Sie, wir arbeiten der Mordkommission in Istanbul zu. Die türkischen Kollegen haben Schwierigkeiten, Aysels Kontakte außerhalb der Istanbuler Zahnarztpraxis zu ermitteln.«

»Aysel war ja erst ein paar Monate dort. Sie hat Tag und Nacht geschuftet, wie sie mir erzählt hat. Von den beschissenen Arbeitszeiten hat der Arsch von Headhunter nichts gesagt. Aysel hat sich aber nicht beschwert. Ist wohl in der Türkei nicht üblich, dass Arbeitnehmer aufmucken. Für Aysel war es in Ordnung, so viele Überstunden zu machen. Sie hat ihren Beruf geliebt.«

»Kennen Sie Aysels Eltern und ihre Geschwister?«

»Nur den älteren Bruder. Das war aber kein Typ, der ihr mit Ehre und Jungfrau und so Zeug auf den Geist ging. Der ist in Ordnung. Er lebt in London. Aysel und ich wollten ihn im Herbst besuchen.«

Demirbilek ließ Kutlar Name und Adresse in das Smartphone tippen und fuhr mit der Befragung fort: »Hatte Aysel in München einen Freund?«

»Nein, nichts Festes jedenfalls. Aysels Eltern sind schon in Ordnung. Sie ließen ihr die Freiheit, zu leben, wie sie wollte – obwohl sie selbst strenggläubige Christen sind.«

»Aysel war Christin?«, rief Kutlar erstaunt und blickte zu Demirbilek. »Sie wurde an der ehemaligen Chora-Kirche gefunden.«

»Kenne ich nicht. Ist die in Istanbul?«

»Ja«, bestätigte Demirbilek.

»Wundert mich nicht. Aysel liebte Kirchen. In München war keine sicher vor ihr«, lächelte die Freundin traurig. »Bevor sie Zahnarzthelferin wurde, war sie drauf und dran, einem Schwesternorden beizutreten.«

»Tatsächlich?« Demirbilek runzelte die Stirn. Auch er war von dem Trugschluss ausgegangen, dass Aysel die Tochter muslimischer Eltern war. »Das wussten wir nicht. War Aysel denn religiös?«

»Ja, aber zwischen uns hat das keine Rolle gespielt.«

»Gut. Doktor Sahner wirkte sehr mitgenommen …«

Die Zahnarzthelferin unterbrach ihn mit einem verächtlichen Grinsen. »Aysel hat ihn als Einzige im Scherz Sähnlein genannt. Sie durfte das, er hat sie bei allem bevorzugt. Der geile Bock.«

Demirbilek tauschte mit Kutlar einen Blick aus. Warum macht er sich keine Notizen wie Vierkant, ging es ihm durch den Kopf. »Langsam, Frau Reisig. Warum nennen Sie Doktor Sahner einen geilen Bock?«

»Na, warum wohl? Er hat Aysel angemacht! Nicht heftig, das nicht. Unser Herr Doktor betatscht gerne seine Mitarbeiterinnen. Was glauben Sie, warum wir Arzthelferinnen die albernen weißen Röcke tragen müssen? Je kürzer, desto besser. Unser Doktor hat ein Faible für junge Dinger. Seine Ehefrau ist schlimmer als er. Sie weiß davon und tut nichts dagegen.«

»Das ist eine schwere Anschuldigung …«

Reisig stand auf. »Es ist aber so!«

»Wollen Sie Anzeige wegen sexueller Belästigung erstatten?«

Aufgewühlt setzte sie sich wieder und ließ sich das Angebot durch den Kopf gehen. »Die letzte Grapscherei bei mir ist länger her. Als Nächste ist bestimmt die Neue am Empfang dran. Jung genug ist sie. Vielleicht reden Sie mal mit dem Doktor, aber bitte nichts Offizielles. Wir brauchen alle unsere Jobs. Geht das?«

Demirbilek munterte Kutlar auf, sich einzubringen. »Ich bin darin geschult, inoffiziell aufzutreten. Doktor Sahner wird nicht merken, dass ich Polizist bin.«

Der Sonderdezernatsleiter fand Gefallen an der nebulösen Art, wie Kutlar seine Erfahrung bei Undercover-Einsätzen umschrieb.

»Zurück zu Aysel, Frau Reisig«, wollte Demirbilek fortfahren, bemerkte aber den abwesenden Blick der Zeugin. »Was ist? Ist Ihnen etwas eingefallen?«

»Ich weiß nicht. Haben Sie den Doktor mal schreien gehört?«

Demirbilek nickte.

»Dann verstehen Sie, was ich meine. Wir haben ihn gebeten, das am offenen Fenster zu tun, weil wir und die Patienten ständig erschrocken sind. Irgendwie hat ihm die Schreierei aber tatsächlich geholfen. Nach Aysels Kündigung ist es weniger geworden. Dafür hat er angefangen, Selbstgespräche zu führen. Ist nicht nur mir aufgefallen.«

»Mir schien auch, Aysels Kündigung ist dem Doktor sehr nahegegangen. Meinen Sie, er könnte mit dem Tod Ihrer Freundin etwas zu tun haben?«, fragte Demirbilek vorsichtig.

»Aber nein, nicht Sahner. Das wollte ich damit nicht sagen.«

»Wir können nicht ausschließen, dass der Täter jemand ist, den Aysel kannte. Gibt es in München oder Istanbul eine Person, die Ihnen einfällt? Jemand, der aus welchem Grund auch immer Aysel etwas hätte antun können?«

Mit gurgelnden Lauten trank Reisig einen großen Schluck Tee. »Sie hatte in Istanbul noch kaum Freunde, eigentlich kannte sie nur die Leute aus der neuen Praxis. Beim letzten Telefonat haben wir praktische Dinge besprochen, was ich mitbringen soll für die Wohnung und so was.«

»Keine neue Bekanntschaft? Jemand, den sie kennengelernt hat? Egal, ob Mann oder Frau?«

Reisig zuckte mit den Achseln. »Nein, ich glaube nicht. Obwohl man bei ihr nie genau wusste. Aysel war verdammt hübsch und witzig. Sie war jedoch kein Flittchen, sie ist nicht mit jedem ins Bett gehüpft.«

»Vorgekommen ist es aber?«, bereitete Demirbilek die entscheidende Frage vor.

»Klar, warum nicht?«

»Ich frage, weil Aysel schwanger war. Vor ihrem Tod hat sie das Baby jedoch verloren.«

»Wie verloren? Hat sie es abgetrieben?«, fragte Reisig ungläubig. »Ich hatte keine Ahnung, dass sie schwanger war.«

Demirbilek glaubte ihr die Betroffenheit. Offenbar hatte

Aysel ihre beste Freundin nicht eingeweiht. Nur warum nicht?, wunderte er sich.

»Wenn Sie nichts von der Schwangerschaft wussten, wissen Sie wahrscheinlich auch nicht, wer der Vater des Kindes ist?«

Reisig schüttelte den Kopf.

»Was ist mit dem Headhunter?«

»Meinen Sie, der eitle Fatzke hat sie geschwängert? Ganz sicher nicht«, schluchzte sie. »Der Oberschwätzer mit dem Goldkettchen hat sie nicht interessiert. Sie hat mir erzählt, dass er Sechziger-Fan ist, ein Pluspunkt, aber mehr nicht.« Sie stellte die Tasse auf der Bettdecke ab und stand mit einem Satz auf. »Entschuldigen Sie, ich muss mich darum kümmern, nicht aus der Wohnung zu fliegen.«

Der Kommissar blieb sitzen. Das Heft in der Hand zu behalten, wenn er eine Zeugenbefragung durchführte, war ihm in Fleisch und Blut übergegangen. Selbst einer trauernden Freundin wollte er nicht die Beendigung eines Verhörs überlassen.

»Bitte setzen Sie sich. Ich habe noch eine Frage, Frau Reisig«, sagte er deutlich.

Ohne Widerspruch nahm die Zahnarzthelferin wieder Platz und ließ die Hände zwischen die Oberschenkel verschwinden.

»Hatten Sie vor, in Aysels Praxis zu arbeiten?«

»Versucht habe ich es.« Unvermittelt wischte sie sich mit der Bluse die Augen trocken. »Aber ich bin abgeblitzt, weil ich kein Türkisch kann. Es hätte sich bestimmt irgendetwas anderes ergeben. Erst mal wollte ich mir die Stadt ansehen. Es soll verdammt gute Jazzclubs geben. Wird aber jetzt nichts mehr daraus.«

Demirbilek nickte. »Schade, Istanbul ist mehr als nur eine Stadt und eine jede ist sehenswert«, beendete er schließlich das Gespräch und erhob sich.

»O ja, ich weiß, unter anderem eine gefährliche. Aysel war in der Nähe, als es zu einer Gasexplosion gekommen ist.«

»Ach ja?«, entfuhr es Kutlar, der wie sein Chef hellhörig geworden war.

»Ja, da war irgendein Typ, ein Tourist, der ihr geholfen hat.« Reisig hielt sich vor Schreck den Mund zu. »Verzeihen Sie, das hatte ich ganz vergessen.«

16

»Aysel Sabah war im vierten Monat, als sie das Kind verloren hat, sagen die Ärzte der Istanbuler Klinik, die sie behandelt haben. Leider haben wir keinen Hinweis, wer der Vater sein könnte«, wummerte Selim Kaymaz' Stimme aus den Monitorlautsprechern. »Einer Spur gehen wir noch nach, Zeki. In Sabahs Praxis waren im Tatzeitraum zwanzig Patienten aus Deutschland in Behandlung. Die Überprüfungen der Personalien ziehen sich hin. Glaub mir, der Mailverkehr mit deinen deutschen Kollegen schafft es in das Guinnessbuch der Rekorde. Drei der Patienten haben ihren Wohnsitz in eurem schönen München. Habt ihr Zeit, uns zu helfen, Zeki? Oder soll ich ein Rechtshilfegesuch stellen?«

»Wehe dir! Gib uns die Namen. Ich schicke Serkan morgen früh los, um die Alibis zu überprüfen. Alles Männer auf der Liste?« Demirbilek und Kutlar blickten über den Monitor in das Dienstzimmer des Istanbuler Kollegen.

»Zwei Männer, eine Frau. Die Patientin können wir wohl ausschließen?«

»Wer weiß, vielleicht war sie nicht alleine in Istanbul. Serkan wird das herausbekommen.«

»Sehr gut, danke, Zeki. Du weißt ja, wenn ich dir in Istanbul helfen kann, ruf an oder schreib einen Brief. Mail scheint ja nicht dein bevorzugtes Kommunikationsmittel zu sein.« Kaymaz grinste in die Kameralinse und verabschiedete sich.

Amüsiert über die Bemerkung seines Amtskollegen schüttelte Demirbilek den Kopf. Die Videoübertragung war bereits beendet, als dem Hauptkommissar etwas einfiel. »Stell die Verbindung noch mal her«, befahl er Kutlar.

Es dauerte eine Weile, bis Kaymaz wieder auf dem Monitor erschien. Auf seinem Schreibtisch stand ein Glas *çay*. Eine junge Frau mit extrem langen Haaren richtete ihm die Krawatte.

»Selim, entschuldige, ich wollte nicht stören«, sagte Demirbilek mit Hinblick auf die leicht verfängliche Situation.

»Bevor du auf falsche Gedanken kommst, Zeki«, erklärte Kaymaz und schickte mit zwei Wangenküssen die langhaarige Frau aus dem Dienstbüro. »Das ist die Tochter meines Bruders. Sie arbeitet in meiner Dienststelle und spricht übrigens hervorragend Deutsch. Hast du noch etwas für mich oder kann ich etwas für dich tun?«

»Ja, da ist etwas. Ist dir ein gewisser Werbeproduzent namens Süleyman Akbaba bekannt? Seine Firma *Altınyıldız* hat ihren Sitz in deinem noch schöneren Istanbul«, sagte Demirbilek lächelnd.

Kaymaz lächelte ebenfalls und nippte am Tee. »Nein, ich kenne ihn nicht. Soll ich mich schlaumachen?«

Demirbilek empfand es als Vertrauensbeweis, dass Kaymaz darauf verzichtete, nachzufragen, warum er sich nach der Person erkundigte. »Das wäre hilfreich. Akbaba ist zurzeit in München und bereitet einen Werbespot vor.«

Nach der erneuten Verabschiedung klopfte Demirbilek Kutlar auf die Schulter. »Schluss für heute, Serkan. Du hast genug Überstunden gemacht, die ich dir nicht anrechnen werde. Morgen früh klapperst du die drei Personen von Kaymaz' Liste ab, bevor du ins Büro kommst.«

»Hoffentlich bringt das was. Bis auf die Personalien des Opfers konnten wir Selim *Bey* nicht viel helfen«, räumte Kutlar ein.

»Er wird etwas Glück brauchen. Nicht jeder Winkel bei der

Chora-Kirche ist videoüberwacht. Warten wir ab. Viel mehr können wir ihm von hier aus nicht helfen. Wir haben auch anderes zu tun.«

»Sehr schade«, gab Kutlar seinem Chef recht. »Schon eigenartig, dass Aysel ihrer besten Freundin nichts von der Schwangerschaft erzählt hat. Wenn sie im vierten Monat war, muss sie den Job in Istanbul schwanger angetreten haben. Hat sie vielleicht aus dem Grund das Angebot des Headhunters doch angenommen?«

»Möglich wäre es. Aysel schlägt das Angebot erst aus, danach erfährt sie, dass sie schwanger ist. Nur von wem?«

»Noch etwas. Den Namen des Touristen, der Aysel bei der Gasexplosion kennengelernt hat, kannte Reisig auch nicht. Nach so einem Erlebnis stellt man sich doch einander vor, oder?«

»Können wir davon ausgehen, dass er ein deutscher Tourist war?«, setzte Demirbilek Kutlars Überlegungen fort. »Wohl schon, oder?«

Kutlar dachte nach. »Laut Schulzeugnis war ihr Englisch nicht das beste.«

»Angenommen, die gemeinsame Sprache ist der erste Berührungspunkt nach dem Schock. Vielleicht hat sie sich aus Dankbarkeit mit ihm getroffen? Ferienromanze, er wollte mehr, sie nicht?«

Kutlars Gesicht erhellte sich, er setzte eine Nachricht über das Smartphone ab und holte einen Ausschnitt der Istanbulkarte auf den Monitor. Mit den Zeigefingern hämmerte er die Adresse der Explosion in die Tastatur. »Aysel ist an dem Tag pünktlich zur Arbeit erschienen.«

Demirbilek setzte sich und verschränkte die Hände hinter dem Kopf. »Angenommen, Aysel war mit ihrem Lebensretter nach dem Vorfall zusammen, sagen wir, die beiden waren einen Kaffee trinken. Wenn sie nicht zu spät zur Arbeit gekommen ist, muss es in der Nähe der Praxis gewesen sein. Mit der Zeitangabe kann Kaymaz den Radius erheblich eingrenzen, er soll die Route zur Praxis abklappern und nach Zeugen und Videoüberwachungen in Cafés Ausschau halten.«

»Soll ich ihn anrufen?«

»Du kannst ihm auch eine Mail schreiben«, schmunzelte Demirbilek. »Ich muss jetzt zur Chefin, ich bin spät dran.«

17

Überhastet, da er wusste, wie rigoros Sonja Feldmeier auf die Einhaltung von Terminen pochte, durchschritt der Sonderdezernatsleiter den leeren Vorraum zum Dienstzimmer der Kriminalrätin und drückte, ohne anzuklopfen, die Klinke nieder. Erschrocken über den Anblick – die Bluse seiner Chefin war bis unter ihren Büstenhalter hochgeschoben –, verharrte er einen Moment und machte augenblicklich auf dem Absatz kehrt.

»*Manyak!*«, schimpfte er sich einen Idioten. Er holte tief Luft und klopfte vorsichtig an. Es dauerte eine Weile, bis Feldmeier ihn hereinbat.

»Sie haben das nicht gesehen, was Sie eben gesehen haben, ja?«, stellte sie mit freundlichem Ton klar. »Nur meine beste Freundin weiß davon.«

»Heißt das, ich bin jetzt Ihr bester Freund, weil ich über das Silberherzchen in Ihrem Bauchnabel Bescheid weiß?«

Wie auf frischer Tat ertappt, zupfte sie die Bluse zurecht. »Das Piercing ist eine Geburtstagsüberraschung für meinen Mann. Ich treffe ihn morgen in Berlin. Es ist frisch gestochen, ich creme mich gerade ein«, erklärte sie. »Ob wir Freunde werden, liegt übrigens ganz bei Ihnen, Herr Hauptkommissar. Sie behaupten ja, kein Problem mit einer Frau als Vorgesetzter zu haben.«

»Ach wissen Sie, im Prinzip finde ich Sie als Chefin schon in Ordnung.«

»Mehr nicht?« Feldmeiers Mundwinkel verzogen sich zu einem unangenehmen Lächeln nach oben. »Auf gut Deutsch, es ist Ihnen egal, ob ich Ihre Chefin bin oder nicht.«

»Ganz ehrlich, treffender hätte ich es selbst nicht formulieren können.« Demirbilek legte eine gezielte Pause ein. »Was nicht heißt, dass ich Sie als Frau nicht schätze. Frauen nicht zu mögen, fällt mir schwer, ich meine das ganz grundsätzlich.«

Feldmeier stutzte. »Wie soll ich das verstehen?«

»Das überlasse ich Ihnen.«

Nach einem Moment des Abwägens atmete sie tief durch. »Nun gut, ich akzeptiere die Schmeichelei als Entschuldigung für Ihr unverschämtes Eindringen.« Sie strich beim Aufstehen die Hosenbeine glatt und schickte Demirbilek mit einer Geste zur Sitzecke vor.

»Wer weiß, vielleicht sind Sie mich ja bald los«, plauderte sie weiter.

»So hört man auf den Gängen, aber keine Sorge, ich bin nicht scharf auf Ihren Posten.«

»Wer ist das schon? Wer wie ich mit Ehrgeiz und Karrierewillen für eine ganze Armee geboren und erzogen worden ist, braucht ständig neue Herausforderungen. Stillstand ist Notstand«, erklärte sie in resignierendem Tonfall.

Demirbilek war nicht sicher, ob seine Chefin eine bestätigende Floskel erwartete oder ob sie in Gedanken den nächsten Flieger in die Bundeshauptstadt zu ihrem Mann bestieg. Er überlegte eine Weile, hielt Feldmeiers abwartendem Blick stand und verkündete sachlich: »Ich finde, Sie sind hier im Münchner Polizeipräsidium unter Wert eingesetzt. In der Politik dagegen sehe ich Sie an vorderster Front. Sie können es weit bringen.«

»Danke, das weiß ich und das werde ich auch«, beendete sie mit dem abschließenden Kommentar das Thema. »Ach übrigens, die Anwälte des Headhunters haben angerufen. Ich habe den Herren klargemacht, dass Sie nicht der Typ Ermittler sind, der sich bei Zeugen entschuldigt.«

»Danke«, brachte Demirbilek mit einem Lächeln hervor.

»Schon gut«, gab sich Feldmeier leutselig. »Aber deswegen wollte ich Sie nicht sprechen.« Nach einer dramatisch wirkenden Pause folgte der Grund wie ein Donnerschlag: »Das bayerische Landesamt für Verfassungsschutz hat inoffiziell nach Serkan Kutlar gefragt, sie wollen ihn uns abwerben. Der junge Mann steht hoch im Kurs beim Innenministerium, was Sie nicht wundern wird. Allerdings wundere ich mich darüber, wie Sie vergessen konnten, mir von Ihrer Unterredung mit Staatsanwalt Landgrün zu berichten.«

»Habe ich das?«, fragte Demirbilek halbherzig nach. Seine Vorgesetzte schien Fahrt aufzunehmen, er gab ihr die Chance, ihren Unmut loszuwerden.

»Landgrün erlaube ich nicht, einem meiner Leute Instruktionen zu geben, ohne mich einzuweihen. Das ist unentschuldbar. Der Fall Akbaba ist nicht unser Bier. Das Fass hat der Verfassungsschutz aufgemacht!«

»Natürlich«, erwiderte Demirbilek knapp, statt eine Diskussion zu entfachen. »Doktor Landgrün wirkte besonnen, er hatte sicher seine Gründe, mich hinzuzuziehen.«

»Gründe? Es gibt nur einen Grund und der ist, dass Sie Türke sind und der Terrorverdächtige zu Ihren Landsleuten zählt.«

Feldmeiers Mobiltelefon begann auf ihrem Schreibtisch zu tänzeln. Es vibrierte. Sie warf einen giftigen Blick darauf und gab Demirbilek Zeichen, ruhig zu sein. Dann nahm sie den Anruf an. Geduldig beobachtete Demirbilek, wie sie schließlich die Stimme erhob, in der sie all ihre Führungsqualitäten legte: »Und jetzt hören Sie mir zu, Herr wie auch immer. Zwei Sätze lang. Zeit für Geschwafel habe ich im Gegensatz zu euch vom Verfassungsschutz nicht. Ich habe Polizeioberkommissar Serkan Kutlar in Berlin entdeckt und nach München geholt. Das war Satz eins. Satz zwei ist kürzer: Serkan Kutlar bleibt im Sonderdezernat Migra. Es folgt ein dritter, ungeplanter Satz, den ich Ihnen hiermit an den Kopf werfe: Rufen Sie mich nie wieder auf meinem Mobiltelefon an. Ich habe eine Assistentin für unnütze Gespräche wie diese, Sie namenloser Wicht!«

Demirbilek staunte über Feldmeiers rigorose Sprachwahl. »Wicht?«

»Von der Stimme her auf alle Fälle. Er hat sich mir nicht einmal vorgestellt. Kleine Männer mag ich nicht«, sagte Feldmeier ruhig wie eine Viper nach stundenlangem Herunterwürgen ihres Opfers. »Sie haben es ja gehört. Kutlar bleibt bei der Migra. Das Danke sparen Sie sich, meine Entscheidung, nicht Ihre. Verschwinden Sie jetzt, das Piercing juckt wie verrückt, ich muss es noch einmal eincremen. Wir sehen uns in ein paar Tagen, wenn ich aus Berlin zurück bin. Auf Wiedersehen.«

18 Am nächsten Morgen hatte Zeki Kopfschmerzen. Keine schlimmen, die drohten, ihm den Tag zu vermiesen, aber das Pochen in den Schläfen wollte nicht aufhören. Er stand im Badezimmer und vollzog mit einer frischen Klinge in dem antiken Rasierer seines Vaters das von ihm übernommene Ritual. Ohne Druck Halsansatz, Wangen und Kinn- und Mundpartie mit zügigen Schwüngen vorrasieren, danach das Gesicht mit einem Tuch vom Restschaum befreien, noch einmal mit Rasierpinsel einseifen und in derselben Reihenfolge die Barthaare mit Druck endgültig wegkratzen.

Zeki unterbrach die Rasur und begann, nach einer Kopfschmerztablette zu suchen. Er durchwühlte alle Schubladen und den Hängeschrank vor sich und fand alles, was das Herz einer jungen Mutter begehrte. Von Hautcreme bis Haarentferner über Haargummis und Halsbonbons, die er neben einem Päckchen Haartönung entdeckte. *Allahım!*, flehte er in sich hinein, hat sich ein Dieb bei uns bedient, oder wo sind meine Sachen sonst geblieben?

Memos Stimme unterband den gärenden Unmut, nicht Herr über seine überschaubare Anzahl an Dingen zu sein, die er in dem Badezimmer deponiert hatte. Eine Kopfschmerztablette war nicht aufzutreiben. Er legte den Rasierer auf das Waschbecken und ging zu Jales Zimmer, aus dem Memos Geschrei drang. Die Tür war angelehnt. Der Kleine strampelte mit den Füßen und schrie mit einer Stimme laut wie ein Basarverkäufer, der verderbliche Ware an den Kunden bringen musste. Jale lag im Bett in der anderen Ecke und schlief tief und fest mit einem riesigen Kissen über dem Kopf.

Zeki erinnerte sich nicht, wann Jale nach Hause gekommen war. Er selbst war nach einigen Gläsern Rakı und zwei Bieren ins Bett gekrochen und gleich in einen unruhigen Schlaf gefallen. Kein Wunder, dass du Kopfschmerzen hast, rügte er sich, gleichzeitig verzieh er sich den überzogenen Alkoholgenuss – manchmal müssen Männer trinken. Die Sehnsucht nach Selma, angefeuert von Sezen Aksus melancholischer Musik, hatte ihn in der Wohnküche heimgesucht. Dazu kamen die Sorgen, die er sich über die unerwartete Wendung in Jales und Aydins Beziehung machte.

Leise schob er die Tür auf und hob seinen Enkelsohn aus dem Bettchen heraus. Er küsste den kleinen Mann auf Mund und Wangen und legte ihn bäuchlings auf die Schulter. Der Kleine beruhigte sich umgehend, während sich Zeki suchend umblickte. Von den FC-Bayern und Fenerbahçe-Fanschals, die er Memo an die Gitterstäbe seiner Schlafstatt geknotet hatte, fehlte jede Spur.

Dass Jale nichts von Fußball hielt, empfand er im Grunde als unproblematisch. Er kannte die Einstellung von Selma, die argwöhnisch seine verzweifelten Bemühungen verfolgt hatte, Aydin zu einem Fußballnarren zu erziehen. Dennoch beschäftigte ihn dieser unerklärliche Wesenszug. Auch Frauen, allen voran Derya, die ihm ein romantisches Wochenende mit Pokalspiel in Istanbul geschenkt hatte, waren in der Lage, Fußball mögen zu können. Er hoffte, sollte sein Enkel Talent haben, dass Memo bei seiner Karriere zum Profifußballer nicht zu viele Auseinandersetzungen mit seiner *anne* haben würde. Eine Mutter, das wusste er von seiner eigenen, hatte und behielt immer recht.

Kurz darauf bereitete er mit dem Enkelsohn über der Schulter den Morgenbrei zu. An der Arbeitsplatte in der Küche beruhigte er den Kleinen mit einem Lied, das er mit heller Stimme vortrug. Doch zu seiner Bestürzung konnte er sich nicht an jedes Wort des türkischen Kinderliedes entsinnen, das seine Mutter ihm vorgesungen hatte. Seine Kopfschmerzen waren mittlerweile verflogen, was er zunächst nicht merkte, auch nicht, wie Jale mit Schlafshirt bis zu den Knien in die Wohnküche trat und zwischen gähnenden Lauten einen Satz hervorbrachte.

»Meinst du, Memo hat das wirklich schon nötig? Ist das nicht etwas zu früh für den kleinen Mann?«

»Für das Frühstück? Oder was meinst du, mein Kind?«, fragte Zeki belustigt und drehte sich zu ihr um.

Die junge Mutter nahm ihm Memo ab und zeigte ihm das Konterfei. Bäckchen und Wangen waren weiß, als hätte er sich für seine allererste Rasur eingeschäumt. Offenbar schmeckte die Seife ihm nicht, der Säugling verzog die Mundwinkel zu einer Grimasse. Erschrocken fasste sich Zeki mit beiden Händen ins Gesicht. Er hatte den Schaum des zweiten Rasierdurchgangs nicht weggewischt.

In Anzug und bereit für den Tag kehrte Zeki in die Wohnküche zurück. Er faltete die Tagesration an Stofftaschentüchern zusammen. Jale hatte eine Decke vor das Sofa gelegt. Der Kleine lag dort auf dem Rücken und versuchte, nach dem Spielzeug, das vor ihm baumelte, zu greifen.

»Noch Zeit für einen Kaffee?«, fragte Jale über die Zeitung am Tisch gebeugt.

»Nein, bevor ich ins Büro fahre, muss ich vorne im Drogeriemarkt etwas erledigen. Wie ist das mit deinen Auszugsplänen? Hast du dich um eine Beamtenwohnung beworben?«

Jale blätterte die Zeitungsseite um. »Nein, das ist nichts für mich. Könnte sein, dass ich schon etwas gefunden habe. Frag aber bitte nicht nach. Du weißt ja, wie schwer es ist, in München etwas Bezahlbares zu ergattern.«

Zeki dachte nicht daran, genauere Erkundigungen einzuholen. Sein Respekt vor Jales Eigenständigkeit war groß, er wollte sie nicht bedrängen, auch wenn ihm auf der Zunge lag, nach Serkan und seiner Rolle in ihrem Leben zu fragen.

Offenbar verstand Jale, wie schwer es ihm fiel, sich zurückzuhalten. Sie ließ die Zeitung liegen und richtete ihm den verschobenen Hemdkragen. Er verabschiedete sich mit zwei Wangenküssen. Hinter sich hörte er Memo maunzen, der sich in seinen Ohren darüber beschwerte, vergessen worden zu sein. Er legte sich flach auf den Boden und verabschiedete sich auch von seinem Enkel mit zwei sanften Küssen auf die Wangen.

Mit Memos Babycreme auf den Lippen verließ Zeki das ochsenblutgefärbte Wohnhaus und betrat am Regerplatz die Tram. Allerdings nicht wie üblich in Richtung Rosenheimer Platz, wo er normalerweise auf dem Weg ins Präsidium in die S-Bahn wechselte.

Er fuhr in die entgegengesetzte Richtung, stieg nach einer Station am Ostfriedhof aus, um in dem Blumenladen, der auf Trauerkränze und Grabschmuck spezialisiert war, einen Frühlingsstrauß zu kaufen. Den Rest des Weges zum Drogeriemarkt in der Tegernseer Landstraße bewältigte er zu Fuß und überraschte die Kassiererin mit einer Entschuldigung, die allerdings nichts von einem Ladendiebstahl wusste. Dennoch übergab er ihr das schuldig gebliebene Geld für das Gläschen Babynahrung, das er zu zahlen vergessen hatte.

Der Schnellbus X30 ließ auf sich warten. Von wegen Express, ärgerte er sich, als Demirbilek von Weitem zwei Jungs mit einem Fußball auf sich zukommen sah. Sie kickten den Ball auf dem Bürgersteig hin und her. Talentierte Spieler, urteilte der fußballbegeisterte Kommissar zwar, grätschte ihnen aber den Ball ab, als sie an ihm vorbeidribbelten. Das schmerzhafte Ziehen in den Waden war kein allzu hoher Preis für die gelungene Aktion.

»Keine Schule heute?«, fragte er mit dem konfiszierten Fußball in der Hand. »Es ist gleich halb neun.«

Die beiden Jungs sahen sich verdutzt an. Der eine schob seinen Ellbogen in die Seite des anderen und lachte dreckig. »Gib den Ball her, *babo*. Das ist meiner.«

Die Anrede war dem Kommissar gar nicht recht. Unter Jugendlichen mochte das in Ordnung sein, nicht aber wenn ein offenkundig türkischer Junge einen Erwachsenen in Anzug derart jovial ansprach. »Sehe ich aus wie ein *babo*? Habe ich eine Goldkette um den Hals? Ringe am Finger oder Piercings in der Nase? Laufe ich mit Jogginghose herum? Du Würmchen! Beantworte meine Frage«, stauchte Demirbilek den Jungen zusammen.

»Heute ist Lehrerkonferenz, wir haben frei«, lenkte der Ballbesitzer eingeschüchtert ein.

Demirbilek schätzte ihn auf fünfzehn Jahre. »Auf welche Schule geht ihr zwei Fußballer? Vorne auf die Icho?«, wollte er nun auf Türkisch wissen.

Aus dem Augenwinkel entdeckte er den städtischen Bus, den er nehmen wollte. Die Unachtsamkeit genügte den zwei Lausbuben, sich den Ball zu schnappen und wegzulaufen. Nach einer anstrengenden Verfolgungsjagd stand Demirbilek nicht der Sinn. Er war beeindruckt von dem Tempo, mit dem die beiden in die Schwarzmannstraße einbogen. Sein Sohn Aydin hatte bei dem Fußballverein, der dort ansässig war, genau eine Woche ausgehalten, erinnerte er sich. Ob er eine Streife zu dem Fußballplatz, auf dem Franz Beckenbauer seine Weltkarriere begonnen hatte, schicken sollte? Nach kurzer Bedenkzeit entschied er sich dagegen – wenigstens verbrachten die zwei Missetäter ihre Freizeit, ohne in ein Smartphone zu starren.

19

Sobald Demirbilek am Ostbahnhof in die U-Bahn umgestiegen war, spürte er eine rebellische Anwandlung in sich entflammen. Er lächelte versonnen, weil er den Grund für seine lausbübische Rebellion ausmachte. Die Fußballjungs konnten daran schuld sein, dass er sich über die Anweisung seiner Vorgesetzten am Vortag ärgerte. Feldmeier hatte über ihn hinwegentschieden, ohne ihn ernsthaft um seine Meinung gefragt zu haben. Als er tief genug in sich hineingehorcht hatte, stellte er zu seiner Erleichterung fest, dass es ihm gleichgültig war, ob Feldmeier sich von Landgrün ausgebootet fühlte oder nicht. Im Grunde arbeiteten alle Kräfte, inklusive der Kriminalrätin, dem Staatsanwalt zu, der vor Gericht mithilfe der Ermittlungsergebnisse die Beschuldigten zur Strecke zu bringen hatte.

Kurz entschlossen gab er im Büro Bescheid, später zu kommen. Er fuhr mit der U5 zum Odeonsplatz und wechselte in die U3 bis zur Haltestelle Universität. Dort spazierte er an der Kunstakademie vorbei. In Gedanken darüber, welchen Grund er vortäuschen könnte, um Süleyman Akbaba einen Überraschungsbesuch abzustatten, bog er in die Türkenstraße ein und gönnte sich in einer Bäckerei eine Quarktasche. Das Standardfrühstück nahm er ohne Kaffee zu sich, weil er dem Vollautomaten keinen Glauben schenkte, dass er die einst als Türkentrank bezeichnete Erquickung zu brauen in der Lage war. Am Stehtisch fiel ihm auf, dass die meisten Kunden in der Schlange, umgeben von wohl duftendem Gebäck und frischen Semmeln, gekommen waren, um Postdienste in Anspruch zu nehmen. Ob die freundliche Bäckerin bei ihrer Ausbildung gelernt hatte, wie Pakete und Briefe zu bearbeiten waren? Schließlich kam er über den gedanklichen Umweg auf einen Grund, um bei dem in Terrorverdacht geratenen Produzenten unangemeldet vorstellig zu werden. Er erwarb ein Päckchen und versuchte mit der Quarktasche im Mund, es zusammenzufalten. Irgendwann bekam die Verkäuferin Mitleid mit seinen aussichtslosen Bemühungen und ging ihm zur Hand.

Es war noch früh am Tag, als er sein Ziel erreichte. Der Altbau in der Rambergstraße beherbergte, den Namen auf den Klingelschildern nach, eine Reihe Filmfirmen. Die meisten davon hatten englische Namen. Womöglich aus Ehrfurcht vor dem führenden Land des Filmemachens, vermutete Demirbilek, wenngleich er davon ausging, dass es sich um deutsche Firmen handelte. Süleyman Akbaba stand mit der Wahl des Namens seiner Werbefirma zu seiner Herkunft. *Altınyıldız* – Goldstern – war auf dem Schild zu lesen, das augenscheinlich erst vor Kurzem angebracht worden war.

Wohl wissend, dass der Verfassungsschutz das Haus des Verdächtigen beschattete, gab er vor, das Paket jemandem zu bringen. Er klingelte im obersten Geschoss. Beim zweiten Versuch brummte der Türsummer, ohne dass sich jemand an der Gegensprechanlage meldete.

»Danke!«, rief er im Hausflur nach oben. Mit dem Päckchen unter dem Arm erreichte er das zweite Stockwerk und baute sich vor der weißen Tür mit goldenem Griff auf.

Der Kommissar zuckte zusammen, als die Tür keine Sekunde nach seinem Läuten aufgerissen wurde. Er hatte Akbaba auf Fotos der Ermittlungsakte gesehen, erkannte ihn jedoch kaum wieder. Vor ihm stand ein übermäßig behaarter Mann in Unterhosen, eine summende Zahnbürste steckte im Mund. Ohne etwas zu sagen, schnappte der Mann nach dem Paket in Demirbileks Hand und ließ vor den verdutzten Augen des Ermittlers die Tür zufallen.

Demirbilek atmete durch. Verwirrt schüttelte er den Gedanken ab, eben einem Zauberwesen begegnet zu sein. Er selbst hatte auch ordentlichen Haarwuchs, doch war das nichts im Vergleich zu dem wuchernden Gestrüpp auf Schultern, Brust, Bauch, Beinen und Kopf des Mannes, der wie bei einer Magiershow aufgetaucht und wieder verschwunden war. Plötzlich wurde die Tür abermals geöffnet. Der Behaarte in Unterhose gab ihm das aufgerissene, leere Paket zurück.

»Habe ich nix bestellt, ist falsch, ist leer«, sagte er in gebrochenem, aber verständlichem Deutsch.

»Ist auch nicht für Sie, Herr Akbaba«, erklärte Demirbilek.

»Warum klingel?«, ärgerte sich der Filmproduzent.

»Haben Sie fünf Minuten Zeit?«

Akbaba überlegte einen Moment, dann winkte er ihn in die Wohnung. »Tür zu.«

Der Kommissar schloss sie hinter sich und verfolgte, wie die kräuselnden Haare des Mannes um den Gummizug der Unterhose tänzelten und er in eine der Türen entschwand. Offenbar handelte es sich um das Badezimmer. Er hörte, wie Akbaba Wasser laufen ließ.

In der breiten, fensterlosen Diele der Altbauwohnung erstreckte sich ein über zehn Meter langer Parkettboden, feierlich beleuchtet von Deckenspots. Demirbilek blickte nach links, in den kürzeren Teil der Diele, der zu einem aberwitzig großen Balkon führte, auf dem durch die Glastür neben einer üppigen Anzahl Pflanzen ein beachtlicher Gummibaum zu sehen war. Auf dem Dielenboden vor ihm lagen entlang der Wand dicht an dicht Papierstapel.

Der Kommissar nahm eine der laminierten DIN-A4-Unterlagen zur Hand. Auf dem Titelblatt las er Booklet. Das Cover bestand aus der Farbzeichnung eines Jungen mit Turban in osmanischem Gewand, der den Kopf neigte und in ein Smartphone tippte. Im Hintergrund, etwas verschwommen, kämpften wie auf einem Schlachtengemälde Säbelschwinger gegen uniformierte Soldaten des Heiligen Römischen Reiches. Offenbar handelte es sich um das Produktionshandbuch zu dem Werbefilm. Demirbilek blätterte darin. Ein Storyboard mit dem filmischen Ablauf des Werbespots war über mehrere Seiten abgebildet. Er fand Namen und Adressen von Mitgliedern des Filmteams. Flugzeiten waren aufgelistet, wann wer aus welcher Stadt in München eintraf, und der Zeitplan der Dreharbeiten.

Demirbilek legte das Booklet zurück und ging zum Badezimmer, in der Mitte der langen Diele. Die Tür war angelehnt. Akbaba duschte, der vertrauensselige Mann hatte wohl kein Problem damit, einen Fremden in seiner Wohnung zu haben. Durch das Milchglas der Duschkabine konnte er schemenhaft den Körper des Produzenten sehen, die Hände glitten kreisend über den Kopf. Der Kommissar ertappte sich bei dem Gedanken, dass der stark behaarte Mann mehr Shampoo benötigte als der Durchschnitt.

»Sind Sie Türke?«, übertönte Akbaba auf Türkisch das Wasserrauschen. »Aussehen jedenfalls tun Sie wie einer. Aus Istanbul?«

»Ja«, gab Demirbilek zurück. »Geboren in Fatih.«

»Kenne ich gut! Der Stadtteil hat sich ganz schön verändert in den letzten Jahren. Ich habe dort ein paar Filme gedreht. In der Küche ist *çay*. Gehen Sie vor, ich bin gleich bei Ihnen.«

Am Ende der Diele fand Demirbilek die Küche. Sie war mit Induktionsherd und multifunktionalem Kühlschrank eingerichtet. Um den hohen Tisch in der Mitte waren vier Stehhocker platziert. In einer Edelstahlkanne, auf der das Preisschild noch klebte, fand er Tee. Unter *çay* verstand der überzeugte Anhänger des türkischen Volksgetränkes etwas anderes. Trotzdem suchte er im Hängeschrank nach Tassen und fand eine exquisite Auswahl an edlem Porzellangeschirr. Als er sich mit zwei Bechern in der Hand umdrehte, stand Akbaba im Türrahmen.

Immerhin hatte er einen Bademantel mit goldenem Emblem auf der Brust übergezogen. Zum Abtrocknen war wohl keine Zeit gewesen. Wasser tropfte an Beinen und Haaren auf das Parkett.

»Zwei Würfelzucker für mich, aber nicht umrühren«, gab er Bescheid und verschwand wieder.

Demirbilek fand die Zuckerdose nach einigem Suchen unter der Ablage des Tisches. Bevor er die zwei Würfel für Akbaba in den Tee gab, roch er daran. Immerhin ein kräftiger Earl Grey und kein Blümchentee, stellte er erleichtert fest. Für sich selbst zerbrach er einen Zuckerwürfel entzwei und rührte um.

Schnelligkeit war wohl eine der Tugenden des Produzenten, der als Terrorverdächtiger in das Visier des Verfassungsschutzes geraten war. Ebenso flink, wie er geduscht hatte, kam er angezogen zurück. Mit musterndem Blick auf seinen Gast kämmte er die nassen Haare nach hinten. Dass sein klassisch geschnittenes Hemd dabei feucht wurde, bemerkte er zwar, interessierte ihn aber offenkundig nicht. Er steckte den Kamm in den Mund, schloss den Reißverschluss der Bundfaltenhose und nahm den Kamm wieder in die Hand.

»Worüber wollen Sie mit mir reden? Wenn es um eine Komparsenrolle in dem Spot geht, wenden Sie sich an die Castingagentur«, sagte Akbaba, wartete jedoch die Antwort nicht ab, sondern verschwand erneut.

Demirbilek überlegte, wie er mit dem Tempo des umherflitzenden Mannes mithalten sollte, als unvermittelt die Produktionsassistentin Müge Tuncel gähnend in die Küche trat. Auch sie erkannte er von dem Foto aus Landgrüns Aktenkonvolut. Er nahm sich vor, die Fahndung nach ihr einzustellen. Hier war sie also die ganze Zeit über gewesen.

Splitterfasernackt hatte er die attraktive Frau auf dem Porträt in den Unterlagen des Verfassungsschutzes nicht gesehen. Ihre

Nacktheit empfand er nicht als peinlich, aber sie störte ihn. Am liebsten hätte er sein Sakko über den wahrscheinlich vom Schlaf noch warmen und wohlriechenden Körper gelegt. Sie rieb sich die verschlafenen Augen.

Im Gegensatz zu Akbaba hatte sie bis auf die Kopfhaare kein Härchen auf dem schlanken Körper, registrierte Demirbilek unfreiwillig. Tuncel zwirbelte gedankenverloren an einer der schwarzen Strähnen in ihren blonden Haaren. Wie ferngesteuert holte sie einen Becher aus dem Schrank und goss sich Tee ein. Der Kommissar bot ihr mit einer Geste Zucker an. Sie klopfte auf den leicht gewölbten Bauch, wohl um zu zeigen, dass das Gift für ihre Figur sei. Dann schlürfte sie den Tee – Demirbilek glaubte eine Melodie zu erkennen – und schloss die Augen vor dem fremden Mann.

Der Kommissar war gespannt, den Rest des Tattoos der züngelnden Schlange an ihrem Halsansatz zu sehen. Doch als Tuncel auf dem Weg aus der Küche ihm den Rücken zudrehte, erstaunte er. Der Rest des Reptils existierte gar nicht. Durch die Unvollständigkeit der Verzierung entfaltete sich ein bizarres Schauspiel vor seinen Augen. Wie ein Vexierbild legte sich das Reptil in ganzer Länge über den haarlosen, bemerkenswert ebenen Körperbau der Assistentin, über die rechte Schulter, am Rücken an der Wirbelsäule vorbei, quer über den Po bis hinunter über das linke Bein zu den Fersen. Dort glaubte Demirbilek auf verstörende Weise das endende Teil der Schlange zu sehen.

Nachdem Tuncel gegangen war, tauchte der Werbeproduzent mit Sakko wieder auf. In der Hand hielt er einen zweifach gekrümmten Säbel, als wäre es nichts Ungewöhnliches, mit einer Waffe zu einem Gespräch aufzutauchen.

»Was wollen Sie mit einer *yatağan?*«, fragte Demirbilek nach dem legendären Säbel, mit dem die Elitesoldaten von Sultanen den Gegner mit einem Schlag den Kopf abzutrennen pflegten.

»Geht Sie nichts an«, erwiderte Akbaba und packte den Säbel in eine Stofftasche. »Also? Was führt Sie zu mir? Sind Sie Schauspieler?«

»Nein«, erwiderte Demirbilek und brachte nun den vorgetäuschten Grund für seinen Besuch an. »Ich komme von der Hausverwaltung. Es geht um Ihren Mietvertrag …«

»Ach so. Ich habe die Wohnung nur für ein paar Monate angemietet. Meine Assistentin in Istanbul hat das online erledigt. Die Hauptmieter kenne ich nicht, sind verreist, soviel ich weiß. Keine Ahnung, wohin. Stimmt denn was nicht? Ich habe im Voraus gezahlt. Auf Scherereien habe ich keine Lust und Zeit dafür sowieso nicht.«

»Keine Sorge, es ist alles in Ordnung. Ich habe nur …«

»Klären Sie das mit meiner Assistentin. Sie ist im Produktionsbüro.«

Kaum hatte Akbaba zu Ende geredet, trank er den Rest des Tees aus und steckte den Zeigefinger in die Tasse. Den auf der Fingerkuppe klebenden Zucker verteilte er unter der Oberlippe und wiederholte die Prozedur für die Unterlippe. Danach eilte er aus der Küche. Demirbilek suchte nach keiner Erklärung für die ekelerregende Art, den Tee bis zur Neige auszutrinken, und folgte dem Werbeproduzenten, sah jedoch nur noch, wie er die Tür hinter sich ins Schloss fallen ließ.

Nach wie vor nackt schlenderte Tuncel mit Becher in der einen Hand und Tablet in der anderen zum Badezimmer. Demirbilek stellte sich ihr in den Weg.

»Wer sind Sie?«, fragte sie. »Drehen Sie sich gefälligst weg. Ich bin nackt.«

»Nackt waren Sie vorhin in der Küche auch.«

»In der Küche?«, wunderte sich Tuncel, ohne Anstalten zu machen, Brüste oder Scham zu bedecken. »Wann war ich in der Küche?«

»Gerade eben, Sie haben Tee geholt.«

Tuncel lächelte. »Wirklich?« Sie blickte auf den Becher in der

Hand. »In der Früh brauche ich immer etwas, bis ich richtig wach bin. Waren Sie in der Küche?«

Demirbilek nickte.

»Na ja, dann gucken Sie ruhig weiter. Mich stört das nicht.«

»Mich aber«, meinte der Kommissar und zog seinen Dienstausweis hervor. »Ziehen Sie sich etwas an. Ich warte in der Küche.«

Tuncel musterte den Ausweis und staunte: »Was? Sie sind der türkische Kommissar? Der Münchner Pascha? Ich habe in der Zeitung ein Foto von Ihnen gesehen. In echt sehen Sie ja noch viel besser aus.«

Mit einem bemühten Lächeln bedankte er sich für die nett gemeinten Worte. Gleichzeitig analysierte er die verfängliche Situation, in der er sich mit der nackten Schönheit befand. »Bitte ziehen Sie sich etwas an, Frau Tuncel. Mir ist ganz schwindlig von Ihrem Anblick. Wir müssen reden.«

20

»Warum glauben Sie mir nicht?«, fragte Tuncel auf dem Balkon. Sie paffte eine Zigarette. Akbabas Bademantel, den sie sich übergezogen hatte, schien ihren schmalen Körper zu erdrücken.

»Frau Tuncel …«

»Bitte nennen Sie mich Müge, *Komiser Bey*. Frau Tuncel klingt so Deutsch aus Ihrem Mund«, bat sie verzweifelt.

Demirbilek seufzte. »Noch mal, Müge. Mein Besuch ist inoffiziell. Was ich wissen will, ist, wann Sie Süleyman Akbaba das erste Mal begegnet sind und welche Kontakte er in München hat.«

Sie sog ein letztes Mal tief ein und schnippte die Zigarette weg. »Puh, kann schon sein, dass ich meinen Chef vor dem Bewerbungsgespräch mal gesehen habe. Mein Gott, und wenn? In Istanbul treibt sich der Werbeklüngel wie in München in Szenekneipen herum, oder vielleicht bin ich ihm auch bei einer Party begegnet. Ich bin relativ oft in Istanbul. Sie nicht?«

»Viel zu selten«, antwortete Demirbilek knapp. »Müge, ich glaube, Sie kannten Akbaba, bevor Sie den Job hier antraten.«

Tuncel holte ein Mundspray hervor, das sie hinter dem Gummibaum versteckt hielt. »Er weiß nicht, dass ich rauche. Bitte sagen Sie ihm nichts«, erklärte sie und öffnete einer Schlange gleich den Mund, um ihren Atem mit Apfelaroma anzureichern.

Demirbilek beobachtete die Partikel, die in den morgendlichen Sonnenstrahlen tanzten. Er holte ein Taschentuch hervor, um sich die Nase zu bedecken. »Wie halten Sie das bloß aus?«

Sie zuckte mit den Achseln. »Er mag es. Der Duft erinnert ihn an seine Kindheit in Diyarbakır, hat er mir erzählt.«

»Und Sie? Erinnern Sie sich jetzt, wann Sie ihm das erste Mal begegnet sind?«

»Ist ja okay! Ich sage es Ihnen aber nur, wenn ich mich dabei umziehen darf. Kommen Sie, ich bin spät dran«, scherzte sie und schnappte sich Demirbileks Hand. Ohne Gegenwehr ließ sich der Kommissar zum Schlafzimmer führen.

Demirbilek wartete in der Diele, bis die Werbeassistentin umgezogen war. Sie zeigte sich ihm mit einer viel zu weiten Jeans, einer einige Nummern zu großen langärmligen Weste und Turnschuhen, die mit Sicherheit nicht ihr, sondern Akbaba gehörten.

»Gucken Sie nicht so abfällig«, beschwerte sie sich über Demirbileks musternden Blick. »Ich wohne nicht hier. Gestern war ich mit Akbaba zum Abendessen aus, da hatte ich Rock und Stiefel an. Wir waren danach auf einem Konzert in der Olympiahalle. Irgendwann im Laufe der Nacht sind mir die Klamotten abhandengekommen. Keine Ahnung, wo.«

Tuncel ließ den Kommissar stehen und trabte in das Badezimmer. Demirbilek folgte ihr und sah zu, wie sie sich vor dem Spiegel schminkte.

»Offenbar handelt es sich hier nicht nur um Akbabas Produktionsbüro«, nahm Demirbilek das Gespräch wieder auf.

Tuncel tuschte in Zickzackbewegungen die Wimpern, während sie mit Unterbrechungen auf die Frage antwortete: »Süleyman trennt Privat und Arbeit nicht. In Istanbul hat er eine doppelt so große Wohnung mit einer unglaublichen Dachterrasse. Für das Loft würde ich töten! Es ist einzigartig, glauben Sie mir. Dort habe ich ihn auch getroffen, ich meine das erste Mal. Ist aber ein Jahr oder so her.« Sie kontrollierte ihr Spiegelbild und drehte sich zu ihm. »Wie sehe ich aus?«

»Wie eine lebende Leiche aus einem Horrorfilm«, bescheinigte Demirbilek ihr.

Tuncel zuckte mit den Achseln. »Na ja, nach so einer Nacht kein Wunder. Kommen Sie, ich muss noch eine rauchen.«

Zurück auf dem Balkon wartete der Kommissar, bis Tuncel die Zigarette angezündet hatte. »Was war auf der Party los?«

»Was wohl? Welches Klischee wollen Sie hören? Akbaba hat eine Party geschmissen, um einen Auftrag zu feiern. Da war nichts Besonderes. Trinken, tanzen, bisschen Koks. Eine Freundin hatte mich mitgeschleppt. Die meisten auf der Party kannte ich nicht. Ich war ja selbst nur Gast. Schien mir aber das Übliche zu sein. Models, ein paar Geschäftsleute, Schauspieler aus türkischen Serien. Aber nicht die Stars, mehr die zweite Garde. Und natürlich Akbaba mit Angestellten und den Auftraggebern des Werbespots.«

»Und Sie mittendrin?«

»Klar. Damals lief es besser bei mir. Ein Job jagte den anderen. Ich habe mich unters Volk gemischt und versucht, in die Produktion zu kommen. Ein Lächeln da, ein Tänzchen dort. Mit dem Job hat es aber nicht geklappt.« Sie legte eine Pause ein. »Müssten Sie nicht fragen, warum ich mit dem Boss ins Bett gehe?«

»Sicher. Sagen Sie es mir.«

»Hat sich gestern ergeben, war eine verdammt wilde Nacht. Ich habe ihn rangelassen, weil ich auf einen Anschlussjob in der Türkei aus bin. Ein total irres Projekt. *Star Wars* auf Osmanisch. Genauso komische Story wie die, die wir hier in München drehen …« Die Glocke an der Eingangstür ließ Tuncel verstummen.

»Soll ich für Sie öffnen?«, fragte Demirbilek.

»Nein, ich gehe schon. Warten Sie hier«, sagte sie und ging zur Wohnungstür.

Der Kommissar bekam Lust auf eine Zigarette und bediente sich aus Tuncels Schachtel. Als er in dem Geheimdepot hinter dem Gummibaum nach einem Feuerzeug suchte, hielt er irritiert inne und versteckte sich. Was wird das?, fragte er sich. Was zum Teufel geht hier vor?

Durch die Glastür des Balkons verfolgte er, wie zwei Kaminkehrer durch die Tür traten. Erst auf den zweiten Blick bemerkte er ihre Sturmhauben. Der eine von ihnen bedrohte den Produzenten mit dem Säbel, mit dem dieser Hals über Kopf hinausgestürmt war. Der Maskierte drückte den *yatağan* in Akbabas Bauch und bedeutete ihm, in die Wohnung durchzugehen. Der andere Kaminkehrer hatte Tuncel in seine Gewalt gebracht. Mit einer Pistole in ihrem Rücken schob er sie aus Demirbileks Blickfeld.

21

In Windeseile ging der Kommissar die Möglichkeiten durch, wie er mit dem Erscheinen der offenbar gewaltbereiten Männer umgehen sollte. War er womöglich mittendrin im Terroranschlag, den er für Landgrün untersuchen sollte? Er blieb hinter dem Gummibaum geduckt und verständigte als Erstes die Einsatzzentrale über das Eindringen zweier Männer mit Sturmhauben. Danach murmelte er »*Bismillahirrahmanirrahim*«, um Allahs Hilfe zu erbitten und die Angst zu unterdrücken, die sich seiner bemächtigte. Er war allein, trotzdem musste er etwas unternehmen und das sofort.

Geräuschlos öffnete er die Balkontür und schritt mit der Dienstwaffe in der Hand zur Dielenecke. Dort vergewisserte er sich, ob die Eindringlinge mit ihren Geiseln im Flur standen. Da war niemand, doch hörte er Stimmen durch die geschlossene Küchentür. Er wollte gerade losgehen, um sich zu vergewissern, als einer der Maskierten heraustrat und das gegenüberliegende Zimmer öffnete. Er blickte sich im Raum um, wohl auf der Suche nach etwas. Gleich darauf widmete er sich dem Schlafzimmer, in dem sich Tuncel umgezogen hatte. Auch die Tür riss er auf und sah sich suchend um. Weiter kam der maskierte Mann nicht. Demirbilek hatte sich zu ihm geschlichen und presste ihm die Mündung seiner Waffe in den Nacken. Mit der freien Hand hielt er dem Vermummten von hinten den Mund zu und bedeutete ihm, nichts Unüberlegtes anzustellen.

Offenbar hatte der Eindringling Erfahrung mit der Bedrohung durch Schusswaffen, stellte Demirbilek fest. Ohne Aufforderung hob sein Gefangener wortlos die Hände in die Luft. Das vermutlich verdutzte Gesicht unter der Sturmhaube blieb dem Kommissar verborgen.

»Hören Sie! Ich bin Polizist, ich habe Ihren Kumpel in meiner Gewalt. Hiermit nehme ich Sie fest und fordere Sie auf, Frau Tuncel und Herrn Akbaba rauszuschicken. Ihre Waffe schieben Sie über den Boden in den Flur und bleiben, wo Sie sind. Haben Sie verstanden?«, rief er dem anderen Vermummten in der Küche zu.

Kaum hatte er zu Ende gesprochen, bemerkte er aus dem Augenwinkel etwas Glänzendes in der Hand des Gefangenen. Angestrahlt von der Deckenbeleuchtung blitzte das Metall eines Schnappmessers auf. Er sticht dich ab, schoss es ihm durch den Kopf und er kam seinem Widersacher mit einem gezielten Schuss in das Schienbein zuvor. Unter dem Jaulen des Angeschossenen erklärte er in aller Ruhe weiter: »Ich bin bewaffnet, wie Sie gehört haben. Ihr Kumpel braucht dringend ärztliche Hilfe.«

Eine erzürnte Stimme spie ihm Worte entgegen. Demirbilek runzelte die Stirn. Wie hätte er mit jemandem rechnen können, der ihn in schwer verständlichem Englisch »son of a bitch« beschimpfte?

»Selbst Hurensohn! Du Schwachkopf, *geri zekalı*!«, fluchte der Kommissar in seinen zwei Sprachen zurück. Beschimpfungen gegen seine Mutter nahm er genauso persönlich wie gegen Selma. »Verstehst du überhaupt Deutsch oder Türkisch?«

Da eine Antwort ausblieb, packte er kurz entschlossen den jammernden Eindringling und schob ihn ein Stück den Parkettboden entlang, sodass er durch die Küchentür gesehen werden konnte.

»Dein Kumpel ist am Verrecken! Schieb die Waffe rüber und zeig dich mit erhobenen Händen. In zwei Minuten stürmt das

SEK die Wohnung! Verstehst du überhaupt, was ich sage? *Give up* …«

»Nein!«, hörte er plötzlich Tuncels Stimme aus der Küche aufschreien. Nahtlos folgte ein gedämpfter Schuss. Vermutlich hatte Akbabas Assistentin dem Schützen in den Arm gegriffen oder ihn angerempelt, überlegte er, denn er war sich sicher, dass die Kugel, die gerade den Adamsapfel des Verletzten zertrümmert hatte, für ihn bestimmt gewesen war. Ohne Zeit zu verlieren, hechtete er über den sterbenden Mann und rannte Richtung Balkon zurück.

Demirbilek hatte den Balkontisch umgedreht und sich dahinter in Sicherheit gebracht, als der Maskierte mit vorgehaltener Waffe in sein Sichtfeld rückte. Der Mann blieb stehen, irritiert, seinen Gegner aus den Augen verloren zu haben. Eine angelehnte Tür zog seine Aufmerksamkeit auf sich. Nur für einen Moment. Ansatzlos richtete er den Arm zum Balkon und feuerte. Drei Projektile zerfetzten kurz hintereinander neben Demirbilek die Tischplatte. In Todesangst atmete er schnell und hastig. Sein Puls galoppierte, sein dumpfer, harter Herzschlag schien ihm von innen den Körper sprengen zu wollen. Doch mit einem Mal war die Angst wieder vorüber. Schrecken machte sich in ihm breit. Er hörte, wie Tuncel, die ihm eben noch das Leben gerettet hatte, den Schützen lautstark beschimpfte. Warum ist sie nicht aus der Wohnung geflohen?, fragte er sich wütend, gleichzeitig hob er vorsichtig den Kopf, um in die Diele zu schielen.

Genau in dem Augenblick wurde Tuncel von einem Schuss getroffen und fiel wie in Zeitlupe in sich zusammen. Ohne sein Opfer eines Blickes zu würdigen, trat der Schütze über ihren reglosen Körper, öffnete die Wohnungstür und flüchtete.

Demirbilek hastete zu Tuncel und fühlte ihren Puls. Sie lebte noch. Dann rannte er weiter in die Küche. Für Akbaba kam jede Hilfe zu spät. Der Säbel, mit dem einst osmanische Elitesoldaten ihre Gegner töteten, ragte aus dem Körper des Werbeproduzenten.

22

Der Zinksarg mit Akbabas Leichnam war schwer. Die zwei Bestatter, die den Toten durch das Treppenhaus nach unten trugen, setzten vorsichtig einen Fuß vor den anderen. Wesentlich leichter hatten sich die zwei anderen Bestatter getan, die den als Kaminkehrer verkleideten Täter abtransportierten. Tuncel war von Sanitätern versorgt worden und auf dem Weg in die Schwabinger Klinik. Der Schuss hatte ihre Hüfte gestreift und die rechte Hand durchlöchert.

Demirbilek kniete im Hausflur ein Stockwerk über dem Tatort und berührte mit der Stirn einen Gebetsteppich, den er aus Akbabas Wohnung geliehen hatte. Der ungewöhnliche Ort für das Gebet rührte daher, dass er nach der Befragung des Nachbarn die rituelle Waschung in dessen Badezimmer vollziehen durfte. Der freundliche Herr, der keine Angaben zum Eindringen der zwei maskierten Täter machen konnte, musste zur Arbeit aufbrechen, sodass Demirbilek kurzerhand im Hausgang der Pflicht eines Moslems nachkam.

Beim Aufsagen der Suren, die er als Kind verinnerlicht hatte, trommelten die nahezu lautlosen Schüsse, die ihm gegolten hatten, in seinen Ohren. Er hob die Stimme und legte angesichts dessen, dass er überlebt hatte, eine tiefere Hingabe als sonst in die Worte aus dem Koran. Ohne es zu merken, sprach er den Dialog mit Allah nach und nach lauter und übertönte mit sich überschlagender Stimme die im Inneren lärmenden Laute der Schüsse.

Nach dem Gebet zwang sich Demirbilek mit aller Kraft aus dem tranceartigen Zustand. Er legte den kleinen Teppich zusammen und stieg das Stockwerk nach unten. Auf halber Treppe hörte er das Keuchen einer Person, gefolgt von trabenden Schritten.

Gerichtsmedizinerin Doktor Sybille Ferner erreichte mit einem furiosen Endspurt zeitgleich mit Demirbilek Akbabas Wohnung. Die Konturen ihres Körpers zeichneten sich wie eine 3-D-Plastik unter dem vermutlich atmungsaktiven Jogginganzug ab, sinnierte Demirbilek, als Ferner vor ihm Dehnungsübungen absolvierte. Sie war in Form. Die Atmung war trotz der Anstrengung regelmäßig. Warum nur, fragte sich der Kommissar, ist dieser Vormittag durchzogen von weiblichen Rundungen, die er gar nicht sehen will?

»Guten Morgen, Sybille«, grüßte er und legte den Gebetsteppich auf einer Treppenstufe ab.

Ferner musterte ihn, ohne die Übungen zu unterbrechen. »Du siehst nicht gut aus, Zeki. Schlimm?«

Demirbilek zuckte mit den Achseln. »Könnte schlimmer sein. Immerhin lebe ich noch.«

»Gott sei Dank. Hast du eine Idee, wer die Wahnsinnigen sind?«

»Jedenfalls keine von der Sorte, die in eine Wohnung einbrechen, um das Tafelsilber zu klauen«, erwiderte Demirbilek. »Dein Assistent hat sich denselben Tonfall wie du angeeignet, Sybille. Ich habe dem Spaßvogel gesagt, dass die Täter wahrscheinlich in der Wohnung nach etwas gesucht haben. Dumm, dass der eine entwischt ist …«

»Entwischt?«, fiel Ferner ihm ins Wort. »Sei froh! Vorher hat der Mistkerl einen Menschen getötet und auf dich geschossen.«

»Das war nichts Persönliches. Er hat nicht mit mir gerechnet. Eine Zufallsbegegnung. Ich bin nicht einmal ein lästiger Zeuge, er hatte die ganze Zeit über eine Sturmhaube auf. Ich habe sein

Gesicht nicht gesehen. Das weiß er. Das ist ein Profi, er wird mir nichts tun.«

Die attraktive Gerichtsmedizinerin fuhr sich durch die blonden Haare. »Brauchst du jemanden zum Reden?«

»Wir haben jetzt Wichtigeres zu tun«, wiegelte Demirbilek die Frage ab. »Halt die Augen offen, wenn du reingehst. Die haben in der Wohnung etwas gesucht …«

»Langsam, ich bin keine deiner Migra …«

Ungeduld packte den Kommissar, er hatte das Gefühl, viel zu lange auf dem Hausflur ausharren zu müssen. Mit unterdrückter Wut raunte er: »Ist mir absolut klar, dass du nicht zu meinem Team gehörst. Beeilt euch da drin. Ich will mir den Tatort ansehen und das, so schnell es geht.«

Ferner blieb ruhig. »Ich weiß, dass du keiner bist, der sich jetzt auf die faule Haut legt, obwohl du dem Tod gerade von der Schippe gesprungen bist. Aber bitte nimm dir wenigstens den Rest des Tages frei. Komm zur Ruhe, damit das Geschrei aufhört. Ich meine nicht die Beleidigung eben, sondern …«, sie unterbrach sich und berührte seine Stirn mit einer zärtlichen Geste, »das Schreien da drin. Ich melde mich, wenn wir so weit sind. Tut mir leid, dass dir das passiert ist.«

Verstört über die Geste verfolgte Demirbilek, wie sie sich zur Eingangstür bewegte. »Sybille, warte«, hielt er sie zurück.

Ferner drehte sich um. Mit einem versöhnlichen Lächeln auf den Lippen erwartete sie eine Entschuldigung ihres Kollegen. Ohne es ihm je gesagt zu haben, zählte sie den türkischstämmigen Kommissar zu den wenigen Menschen in ihrem Leben, die ihr etwas bedeuteten. Über die Jahre hatte sich bei der Zusammenarbeit ein unsichtbares Band zwischen ihnen gebildet. Doch mehr als kollegiale Freundschaft war sie nicht bereit, zuzulassen. Der Vater ihrer beiden Söhne war Polizist, sie hatte Erfahrung mit Männern, die im Polizeiberuf aufgerieben wurden. Der emotionale Schutzschild gegenüber dem Hauptkommissar, der für sie als Mann immer tabu gewesen war, sie aber mit zornigen, leuchtend schönen Augen musterte, begann zu bröckeln. Der Atem stockte ihr über das Gefühl, das er vollkommen unerwartet bei ihr auslöste, sie hing ihm an den Lippen, als er sie ins Vertrauen zog.

»Mach nicht den Fehler, von deinen Sorgen auf meinen Seelenzustand zu schließen, Sybille. In meinem Kopf schreit nichts mehr. Ich war in Allahs Händen, als der Kerl auf mich gefeuert hat und geflohen ist, ohne nachzusehen, ob er mich erledigt hat. Ich hätte ihn glatt erschossen, so voll wie ich mit Todesangst und Adrenalin war. Sorg dafür, dass ich an meinen Tatort komme. Ich will arbeiten, das ist der einzige Grund, warum ich vorhin laut geworden bin.«

Ferner kehrte zu ihm zurück, musterte ihn, ohne sich über das unbestimmte Gefühl für ihn im Klaren zu sein. Das Lächeln auf ihrem Gesicht wurde um ein ganzes Stück breiter. »Ach Zeki, du bist eben immer anders, als man glaubt.« Sie beugte sich zu seinem Ohr. »Bild dir bloß nichts darauf ein, dass du verdammt sexy aussiehst, wenn du wütend bist.«

Demirbilek verzog das Gesicht über die Bemerkung und blickte Ferner nach, wie sie in Akbabas Wohnung trat.

»Wie sieht's aus, Kollegen? Sind wir bald fertig? Unser Türke will an seinen Tatort«, hörte Demirbilek sie rufen, bevor er eine andere Stimme neben sich vernahm.

23

Isabel Vierkant war lautlos die Haustreppen nach oben gespurtet. Abgehetzt erreichte sie ihren Chef. »Tut mir leid, ging nicht schneller. Soll ich Sie nach Hause fahren?«

»Auf alle Fälle. Aber später, Isabel. Hier wartet eine Menge Arbeit auf uns. Wo ist Serkan?«

»Im Erdgeschoss. Er befragt die Anwohner.«

»Und was befragt er sie? Wieso ist er nicht mit dir hochgekommen?«, wetterte Demirbilek und rief Kutlar auf dem Handy an. »Serkan, bring die Hausbewohner nicht mit Fragen nach einem Killerkommando in Panik!« Er hörte zu und legte auf.

Auf Vierkants fragendes Gesicht erwiderte er angespannt, aber zufrieden: »Serkan hat sich einen Schusswechsel bei Dreharbeiten einfallen lassen.«

»Und die Toten?«

»Statt Platzpatronen scharfe Munition. Ein furchtbares Versehen.«

Vierkant schmunzelte über den erneuten Einfallsreichtum ihres jungen Kollegen. Demirbilek war nach wie vor angespannt, er griff nach dem Produktionshandbuch neben dem Gebetsteppich auf dem Treppenabsatz. Blutspritzer zeichneten sich auf der Umschlagfolie ab. »Das hat die Spurensicherung vorab freigegeben. Ich möchte wissen, mit wem Akbaba in München Kontakt hatte. Geh die Namen durch und klär ab, wer von den Teammitgliedern zurzeit in München ist. Da drin ist auch die Adresse der Castingagentur, die für den Spot Komparsen sucht. Fahr hin und lass dir die Liste geben.«

»Geht klar.« Vierkant zog Plastikhandschuhe an, um das Booklet entgegenzunehmen. Sie blätterte die Seiten durch. »Ganz schön viele Namen, Chef.«

»Wir haben es mit professionellen Killern zu tun. Keine Sorge, Feldmeier wird uns Leute bewilligen.«

»Das hat sie schon«, bestätigte sie. »Feldmeier hat von Berlin aus eine Telefonkonferenz einberaumt. Staatsanwalt Landgrün und ein unangenehmer Beamter vom Verfassungsschutz waren dabei. Für die Ermittlungen können wir auf Leipold und seine Leute zurückgreifen.« Die Oberkommissarin sammelte sich und überlegte laut: »Wenn hier Profis am Werk waren, warum geht dann der Verfassungsschutz von einem Anschlag auf einen türkischen Politiker aus? Akbaba macht doch Werbefilme.«

»Habt ihr darüber gesprochen?«, fragte Demirbilek nach.

Vierkant verneinte mit einem Kopfschütteln und blickte über das Geländer nach unten. »Nicht mit mir jedenfalls. Feldmeier hat mich früher weggeschickt. Fragen Sie Pius, vielleicht weiß er etwas, er ist bis zum Ende der Telefonkonferenz geblieben. Da kommt er ja.«

Demirbilek kramte einen Fünfzigeuroschein hervor. Er hatte beim Gebet gemerkt, wie er Hunger bekam, Heißhunger, den zu stillen für ihn gerade wichtiger war als alles andere. »Der zweite Bäcker auf der linken Seite in der Türkenstraße hat anständige Butterbrezen. Sie sollen aber frische schmieren! Kauf zwanzig Stück, das dürfte für alle hier reichen.«

»Nicht schon wieder, Chef«, beschwerte sich Vierkant mit hoher Stimme.

»Soll ich selbst gehen?«, drohte Demirbilek.

»Schon gut.«

Leipold nahm die letzte Treppenstufe und stieß keuchend zu

ihnen. »Ich nehme einen großen Milchkaffee mit drei Zucker, sei so nett, Isabel. Noch mal die Treppen runter und hinauf schaffe ich nicht.«

»Sagt mal, bin ich eure …«

»Um Gottes willen, nein, bist du nicht. Aber du joggst wie eine Gazelle und bist fit wie ein Laufschuh, im Gegensatz zu mir«, unterbrach Leipold sie außer Puste.

»Auch schon da?«, fragte Demirbilek ihn, während Vierkant aufbrach. Verdutzt beobachtete er, wie sich sein bayerischer Kollege im Schritt kratzte und dabei schmerzhaft das Gesicht verzog.

»Flotter konnte ich nicht alles stehen und liegen lassen, um mit dem Dienstteppich zu dir zu fliegen, o osmanische Hoheit!«, machte sich Leipold lustig. »Aber jetzt ohne Schmarrn, wie geht's dir? Ist wirklich auf dich geschossen worden?«, fragte er sodann mit echter Anteilnahme.

»Ich hatte Glück oder Allah hat es gut gemeint mit mir, such dir aus, was dir besser gefällt«, erwiderte Demirbilek.

»Gott sei Dank scheint dir ja nichts passiert zu sein. So selbstgefällig wie du daherredest. Habe ich mir übrigens nicht ausgesucht, wieder deinen Hilfssheriff zu spielen.« Er biss unter Schmerzen die Zähne zusammen. »Was da wieder gemauschelt werden wird bei den Kollegen!«, schimpfte er und krümmte den Rücken.

»Was ist denn mit dir? Fehlt dir etwas?«

»Keine Ahnung. Muss zum Arzt, wie es aussieht. Habe da was am Schniedel. Tut sauweh.«

»Nicht gut. Bist du beschnitten?«

»Ja, spinnst du?«, ächzte Leipold. »Ist eine blöde Entzündung. Phimose heißt das, sagen die vom Internet. Braucht kein Mensch so was. Vergeht schon wieder.«

»Könnte sein, muss aber nicht.«

»An dir ist ein bayerischer Philosoph verloren gegangen, Zeki. Warum stehst du hier draußen?«

»Frage ich mich auch«, meinte Demirbilek und verschaffte sich Zutritt zum Tatort.

Wortlos tapste er durch die Diele. Leipold folgte ihm. Mit einem Stofftaschentuch in der Hand drückte er die Türklinke zum ersten Zimmer nieder und warf einen Blick in den großzügigen Raum mit Sofaliegewiese und einem schwarzen Kasten auf dem Boden, an dem gerade ein Spurensicherer Fingerabdrücke nahm.

»Ist das ein Fernseher?«, wunderte sich Leipold.

»Ja, hat nicht einmal eine Fernbedienung. Trotzdem ein tolles Gerät. Alter Röhrenfernseher«, bestätigte der Techniker.

»Was suchst du eigentlich?«, wandte sich Leipold an Demirbilek, dessen Blick durch den Raum wanderte. Kein Schrank, keine Regale, keine sonstigen Einrichtungsgegenstände außer dem Sofa und dem Fernsehapparat.

»Der, den ich angeschossen habe, hat das auch gemacht. Er hat etwas gesucht.«

»Und was?«

»Frag nicht so blöd, schau dich lieber mit um, wenn du schon zur Unterstützung hergeflogen bist.«

»Fragen stellen ist unser Job, Herr Pascha!«, zürnte Leipold und streckte von Schmerzen geplagt den Körper in die Länge.

»Du gehst auf der Stelle zur Ferner und lässt dich untersuchen, Mensch, Pius!«, wies ihn Demirbilek mit sorgenvoller Miene an.

»Spinnst du? Ich zeig Sybille doch nicht meinen Schniedel. Ich brauche was gegen die Schmerzen, dann geht's schon«, stieß Leipold gequält hervor. »Los, ab zum nächsten Zimmer, Chef!«

»Bist ja erwachsen, wirst schon wissen, was du tust.«

Hinter der nächsten Tür erwartete die Beamten das Schlafzimmer. Dort waren die Techniker offenbar noch nicht zu Gange gewesen, wie Demirbilek bemerkte. Er blickte auf das durchwühlte Bett mit Tuncels Bademantel und zum Schrankspiegel. Das Möbel erstreckte sich über die ganze Breite des Zimmers. Wie magisch zog der Spiegel seine Aufmerksamkeit auf sich. Er war mehr als neugierig, zu erfahren, was sich in dem Schrank befand. Ein Gefühl bemächtigte sich seiner, als wäre er hinter ein Geheimnis gekommen, wo niemand ein Geheimnis witterte. Er wollte gerade schon das Zimmer betreten, als Leipold ihn am Arm zurückhielt.

»Schön warten, Boss! Erst müssen die Techniker rein. Sieht ja aus wie im Edelpuff. Meterweise Spiegel und ein Bett. Wenn das kein spartanischer Einrichtungsstil ist.«

»Mit Puffs kennst du dich ja aus. Vielleicht tut dein Spezi deshalb weh?«

»Pass auf, was du sagst, du …«

»Komm, raus damit!«

Aufgewühlt von den nervlichen Strapazen erwartete Demirbilek eine anständige Beleidigung, die er mit Freude erwidern wollte. Zu streiten, vor allem mit dem Urmünchner Leipold, empfand er als einen Akt der Befreiung. Wenn Nerven blank lagen, war die Wahrheit nicht weit. Wie Leipold nahm auch er kein Blatt vor den Mund, war nicht zimperlich mit Flüchen und Verwünschungen, tat wie der andere Streithals sein Bestes, um sein Gegenüber vor den Kopf zu stoßen. Doch es kam zu keinem Streit.

24

Hauptkommissar Demirbilek saß auf der Kante der Sofaliegewiese in Akbabas Wohnzimmer, direkt neben einem Jungen, der seit mehreren Minuten auf keine Frage reagierte und wie in Trance auf den ausgeschalteten Röhrenfernseher starrte. Eine Kinderpsychologin zu seiner Betreuung war verständigt.

»Ich glaube, der Bub kann gar kein Türkisch, oder, Zeki?«, meinte Leipold.

Demirbilek hatte die Genugtuung, die richtige Ahnung gehabt zu haben, für sich behalten, als der Junge wie aus dem Nichts langsam aus dem Spiegelschrank gekrochen gekommen war.

»Er hat Angst, Pius. Logisch, dass er nichts sagt. Er braucht Zeit nach dem Schock«, erwiderte statt Demirbilek Vierkant mit Sorge um das verstörte Kind.

»Sieht mir recht italienisch aus, der Bub. *Italiano*?«, versuchte Leipold ihn mit einer Variante zum Sprechen zu bringen.

Demirbilek schätzte den Jungen auf vielleicht zwölf Jahre. Er trug eine feine Stoffhose und ein gebügeltes Hemd, als würde er Bräutigam auf einer Kinderhochzeit spielen. Die braunen Haare waren zu einem ordentlichen Scheitel gekämmt. Das breite Gesicht lief spitz zusammen, die eigenwillige Form verglich Demirbilek unpassenderweise mit einem Ei. Noch etwas entsprach nicht der Norm. Nur was? Das in dem frühen Alter ausgeprägte Grübchen am Kinn vielleicht? Demirbilek biss sich auf die Lippen, weil der Junge bemerkte, wie er ihn musterte.

»*I look strange because Süleyman forced me to shave my beard off*«, erklärte plötzlich der Junge.

»Das ist doch nie und nimmer Englisch. Was hat er gesagt?«, fragte Leipold irritiert.

»*I'm not english, I'm scottish*«, erklärte die junge Stimme stolz.

Demirbilek tauschte mit Leipold und Vierkant einen verdutzten Blick aus.

»Dass er Schotte ist, habe ich kapiert. Aber was hat er vorher gesagt, Isabel?«, wollte Leipold wissen.

»Wenn ich das richtig verstanden habe, hat ihn Süleyman Akbaba gezwungen, sich zu rasieren, deshalb sieht er so merkwürdig aus«, übersetzte Vierkant.

»Was ist das für ein Schmarrn! Der Kleine ist ein halber Hosenscheißer. Der kann doch nichts dran gehabt haben.«

Demirbilek ignorierte Leipolds Kommentar und übernahm in bestem Schulenglisch: »Wie heißt du, mein Junge?«

»Mert.«

»Freut mich, ich bin Zeki. Wie alt bist du, Mert? Zwölf?«

Der Junge lächelte verwegen, als sei Demirbilek nicht der Erste, der sein Alter falsch schätzte. »Vor ein paar Tagen bin ich dreizehn geworden. Mein Deutsch ist ganz okay. Wir haben eine gute Lehrerin.«

Der Kommissar nickte und streichelte ihm über den Kopf. Er sprach langsam auf Deutsch weiter: »Mit vierzehn habe ich mich heimlich das erste Mal rasiert. Mein Vater war sehr verärgert darüber. Herr Akbaba ist nicht dein Vater, oder?«

Mert schüttelte den Kopf.

»Hat er dich denn wirklich gezwungen?«

Der Junge strich sich über Wange und Kinn. »Irgendwie schon, aber er hat mir erklärt, warum ich mich rasieren soll. Wegen der Großeinstellungen. Auf der Kinoleinwand wird jedes Härchen auf meinem Gesicht groß wie ein *Star-Wars*-Raumschiff.«

»Verstehe, du bist die Hauptperson in dem Werbespot.«

»Allerdings«, bejahte Mert ohne große Begeisterung und wollte das Wohnzimmer verlassen.

Vierkant stellte sich ihm in den Weg und beugte sich zu ihm. »Kannst du mir sagen, wo deine Eltern sind, Mert?«

»Ich habe Hunger. Müge wollte mit mir in ein Café zum Frühstücken gehen. Wo ist sie?«, fragte er wie unter Schock.

Demirbilek nahm den Jungen zur Seite und setzte ihn auf das Sofa. Dann instruierte er Vierkant, eine Beamtin zu holen, die auf den Zeugen aufpassen sollte, während Leipold mit Telefon am Ohr nach draußen ging.

»Sollten wir ihn nicht hier wegbringen?«, flüsterte Vierkant.

»Vielleicht wartet der Kerl draußen auf ihn. Nein, er bleibt hier, bis die Kinderpsychologin ihn abholt«, erwiderte er leise.

Vierkant führte Mert hinaus. Kurz darauf kehrte sie mit dem Produktionshandbuch zurück. »Eine Kollegin passt auf ihn auf. Auf der Darstellerliste steht nur der Vorname. Kein Familienname, keine Adresse. Wer ist der Junge? Eigenartige Heimlichtuerei.«

Leipold trat zu ihnen und setzte sich vorsichtig auf die Sofakante. Die Schmerzen überspielte er mit guter Laune.

»Die Assistentin wird gerade an der Hand operiert. Ist aber halb so wild, soll sie vor der Narkose gesagt haben, weil sie Linkshänderin ist. Ein Teufelsweib«, informierte er Demirbilek. »Sag mal, der Junge muss die Täter doch gesehen haben, oder?«

Der Kommissar dachte nach. »Nicht die Gesichter. Beide hatten Sturmhauben auf. Immerhin haben wir einen Anhaltspunkt, wo der Geflohene aller Wahrscheinlichkeit herkommt. Er hatte denselben schottischen Akzent wie Mert. Die Fahndung nach dem Schützen läuft doch, oder?«

»Komm, Zeki. Klar geht das aufs Gemüt, wenn ein Kind in einem Mordfall verwickelt ist. Meinst du, ich habe draußen mit der Oma telefoniert? Bin doch kein Anfänger. Wir haben gute Kontakte zu den schottischen Kollegen in Edinburgh, München ist eine der Partnerstädte. Herkamer hat das Foto von der Leiche schon verschickt. Ich rufe in Edinburgh an, wenn ich im Büro bin. Wer weiß, vielleicht haben wir Glück und die Kollegen kennen ihn.«

»Was ist jetzt? Läuft die Fahndung oder nicht?«

»Ja«, posaunte Leipold. »Läuft wie geschmiert!«

»Dann fahr ins Büro. Bin gespannt, wie gut die Schotten dein Münchnerisch verstehen.«

Leipold scherte sich nicht um die unterschwellige Kritik an seinen Fremdsprachenkenntnissen. »Herkamer spricht besser Englisch als du – kannst mir glauben.«

»Na dann, *good bye!*«, verabschiedete er Leipold, der bereits losgegangen war.

Eine hübsch anzusehende Streifenbeamtin mit zu engen Hosenbeinen, wie Demirbilek bemerkte, folgte dem Jungen, der ihr offenbar entwischt war. Mert hielt ein Smartphone am Ohr. Sie zuckte entschuldigend mit den Achseln.

Mert wandte sich an die Leute im Raum. »Verzeihen Sie die Störung, ich soll fragen, ob der Polizeipräsident am Tatort eingetroffen ist. Ist er da?«

Durch das Deutsch mit schottischem Akzent bekam die Frage eine gewisse Überheblichkeit, obwohl Demirbilek nichts Hochnäsiges am Tonfall des Jungen ausmachen konnte. Wie zum Teufel kam er auf die Idee, nach Münchens oberstem Ordnungshüter zu fragen? Nach dem gemeinsamen Kopfschütteln der Polizeibeamten gab der Junge die Antwort an seinen Gesprächspartner weiter. Einige Augenblicke später richtete er das Wort an Demirbilek: »Sind Sie hier der Chef und verantwortlich für meine Sicherheit?«

Nun wurde es Demirbilek zu dumm. Er riss dem Jungen das Telefon aus der Hand und sprach in den Hörer: »Hier spricht Hauptkommissar Zeki Demirbilek. Wer sind Sie?«

Er lauschte eine Weile, die Augen auf Mert geheftet, der wohlerzogen wartete und nach der Beendigung des Telefonats sein Handy entgegennahm. »Dein Vater lässt dich schön grüßen. Ich soll dir ausrichten, dass er aus Edinburgh so schnell wie möglich nach München kommt.«

»Vielen Dank. Kann ich jetzt frühstücken gehen?«

Demirbilek überlegte, wie er die Situation meistern konnte. »Willst du nicht fernsehen, bis ich mit meinen Kollegen gesprochen habe?«

Mert überlegte gewissenhaft, bis er sich gegen den Vorschlag entschied und auf dem Smartphone ein Spiel startete.

»Isabel, du organisierst zwei Beamte zum Personenschutz«, wies er sie an.

Die Oberkommissarin kramte nach ihrem Telefon und machte sich an die Arbeit.

»Sprechen Sie Englisch, Kollegin?«, wandte er sich an die Streifenpolizistin.

»Einigermaßen, Schottisch allerdings nicht«, räumte sie ein.

»Wird ausreichen müssen. Das Deutsch des Jungen ist ja ganz ordentlich. Lassen Sie ihm zu essen holen, was er will, und bleiben Sie mit ihm hier im Wohnzimmer. Die Psychologin übernimmt ihn erst, wenn der Personenschutz eingetroffen ist. In Ordnung?«

»Ja, natürlich«, erwiderte die Beamtin.

»Er bleibt rund um die Uhr unter Bewachung«, sagte Demirbilek mit Blick auf Mert, dessen Daumen auf dem Display des Smartphones und die Pupillen in den glasigen Augen zuckten, als würde er einen epileptischen Anfall heraufbeschwören.

25

Mittlerweile war die Tatortgruppe mit der Aufnahme der Beweis- und Spurensicherung bei der Filmfirma *Altınyıldız* zu Ende. Gerichtsmedizinerin Ferner hatte vollkommen ungewohnt versprochen, vor Dienstschluss erste Ergebnisse zu liefern.

Wozu?, fragte sich Demirbilek. Als Augenzeuge wusste er, *wer* die Tat begangen hatte, auch das *Wie* war geklärt. Er war skeptisch, ob sie mit ihren Untersuchungsergebnissen helfen konnte, Antworten auf das *Warum* zu finden. Der Sonderdezernatsleiter hockte vor dem Studentencafé der Kunstakademie. Links und rechts von ihm saßen seine zwei Migra-Leute. Die Kriminalbeamten beobachteten die Schutzpolizisten vor dem Arrikino, wie sie die Absperrung zur Rambergstraße auflösten.

»Mit einem Jet?«, dröhnte Kutlar abschätzig, als Vierkant berichtete, mit welchem Transportmittel der Vater des Jungen namens Onur Fletcher von Edinburgh nach München reiste.

»Kein Kampfflieger, Serkan! Ein Learjet ist eine kleine Passagiermaschine«, tadelte Vierkant ihren Kollegen. »Wird trotzdem ein paar Stunden dauern, bis er da ist.«

Demirbileks Telefon läutete. Er ließ es klingeln und instruierte Vierkant, Informationen über den Vater zusammenzutragen, damit er sich ein Bild von ihm machen konnte. Dann nahm er den Anruf an, hörte eine Weile zu, bis er antwortete: »Klären Sie die Formalitäten. Ich komme, sobald ich kann.«

»Was ist?«, fragte Vierkant.

»Das war die Kinderpsychologin.« Demirbilek schmunzelte. »Mert besteht darauf, bei mir zu sein, bis sein Vater aus Edinburgh eingetroffen ist. Er hat sich auf der Toilette im Präsidium eingesperrt und ein Ultimatum gestellt«, erklärte er mit einem breiten Grinsen weiter.

»Wie bitte? Ein Ultimatum?«, kreischte Kutlar belustigt auf.

Die kinderlose Vierkant setzte ein strahlendes Gesicht auf. »Ich wusste es immer schon, Chef. Sie haben etwas zutiefst Väterliches. Seit Sie Großvater sind, kommt das mit aller Kraft zum Ausdruck.«

Demirbilek reagierte ungewöhnlich harsch auf die anerkennenden Worte: »Sehe ich wie ein Babysitter aus, Isabel?« Er wandte sich an Kutlar: »Hat die Befragung der Hausbewohner etwas ergeben?«

»Nichts, was uns weiterbringt. Eine Bewohnerin hat gesehen, wie zwei Kaminkehrer über den Innenhof in das Haus gelangt sind. Die Kollegen haben Kampfspuren gefunden, sieht aus, als wäre Akbaba den beiden Killern in die Hände gelaufen ...«

»Warte«, unterbrach Vierkant ihren Kollegen und überflog eine eben eingetroffene Mail. »Unser Leipold hat manchmal eine sagenhafte Spürnase! Die Edinburgher Kollegen konnten bei der Identifizierung weiterhelfen. Der Mann, den Sie angeschossen haben, heißt Jack Robinson. Er hat eine Litanei an Vorstrafen, unter anderem ist er mehrmals in Verdacht geraten, als Auftragsmörder tätig zu sein.«

Demirbilek entriss Vierkant das Handy, um sich selbst zu vergewissern. »Im Auftrag? Hatten die zwei es auf Akbaba abgesehen?«

Vierkant holte sich das Handy zurück. »Mutmaßlicher Auftragsmörder steht hier, Jack Robinson konnte nie etwas nachgewiesen werden. Es heißt hier auch, dass er oft mit einem Partner arbeitet.« Sie schüttelte den Kopf. »Unter Arbeiten verstehe ich ja was anderes! Die Kollegen schicken uns Fotos von Ken Freeman, vielleicht ist er der Flüchtige. Sein Gesicht haben Sie ja nicht gesehen, oder?«

Der Hauptkommissar verneinte auf Türkisch, indem er mit der Zunge schnalzte und den Kopf hob. »Bis auf die Augen nichts.«

Prompt ahmte die lernbegierige Vierkant die Chef'sche Geste nach, während Kutlar laut sinnierte: »Schottische Profikiller und Terrorverdächtige. Wie passt das zusammen? Ist unsere Abteilung überhaupt zuständig, wenn die Geheimdienstler im Hintergrund mitmischen?«

»Ich gehe davon aus, dass wir als Fußvolk die Drecksarbeit erledigen und der Verfassungsschutz übernimmt, wenn die Ermittlung im Fall Akbaba staatspolitisch interessant wird.«

Der Kommissar merkte, wie seine Konzentration nachließ. Studenten strömten aus der Kunstakademie. Das Stimmengewirr, darunter das helle Lachen einer fröhlichen jungen Frau, brachte ihn gedanklich nach Istanbul, zu der ermordeten Aysel Sabah. »Gibt es was Neues von Kaymaz?«

»Ja, sein Assistent hat mich angerufen«, antwortete Kutlar. »Auf den Überwachungsbildern wurde der Tourist, der Aysel Sabah bei der Gasexplosion geholfen hat, leider nicht gesichtet. Ich habe weitergegeben, dass wir zwei von den drei Münchner Patienten aus Sabahs Praxis überprüft haben. Die Frau auf der Liste war alleine in Istanbul zur Zahnbehandlung. Der zweite Patient feiert bald Siebzigsten und ist auf Krücken angewiesen. Schwer vorstellbar, dass er in dem unwegsamen Gelände Sabah überwältigt hat. Die Krücken als Tatwaffe kommen nicht infrage.«

»Du weißt mehr als ich! Warum?«

»Sie haben die Mail doch erhalten, Sie stehen im Verteiler. Haben Sie nicht gelesen …«

»Nein, habe ich nicht! Würde ich dich sonst fragen? Seit heute Morgen bin ich in der Rambergstraße zugange, zusammen mit einem sonderbaren Werbeproduzenten und seiner durchgeknallten Assistentin, zwei möglichen Berufskillern und einem Jungen, der unter Schock steht. Wann soll ich da Mails lesen?«

»Sorry«, entschuldigte sich Kutlar und brachte seinen Chef weiter auf den neuesten Stand. »Die dritte Person auf Kaymaz' Liste habe ich nicht angetroffen. Er ist Lkw-Fahrer für Spezialtransporte und beruflich viel unterwegs. Ich habe eine Nachricht hinterlassen.«

»Wie klug, Kollege Kutlar! Wenn er der Täter ist, weiß er, dass wir hinter ihm her sind.«

Kutlar wartete einen Moment. »Das Hinterlassen der Nachricht war auf Kaymaz bezogen.«

»Erwarte bloß kein Lob, ich bin nicht in der Stimmung.«

26

Der Doppeldeckerbus fuhr über das Kopfsteinpflaster am Maximilianeum bergab über die Isarbrücke. Mert kniete auf dem Sitz neben dem Kommissar und bewunderte den goldglänzenden Friedensengel. Bei der Kurve geriet der Junge ins Schaukeln und klammerte sich wie selbstverständlich an Demirbileks Schultern. Wie schnell er zu mir Vertrauen gefasst hat, freute sich der Kommissar. Er bereute den Rüffel für Vierkants Bemerkung über seine väterliche Ausstrahlung.

»*Yavaş, oğlum!*«, rief er Mert nach, der aufsprang und nach vorne lief. »Langsam, mein Junge.«

Die beiden Personenschützer in Zivil verkrampften auf den Sitzen im vorderen Bereich. Demirbilek bedeutete ihnen schnell, dass alles in Ordnung war, und folgte Mert.

Aus Sicherheitsgründen hatten sich die erfahrenen Beamten gegen Merts Wunsch ausgesprochen, durch München zu kutschieren. Doch ohne die Zusage, die Sightseeingtour zu machen, wie es Tuncel ihm für den heutigen Tag versprochen hatte, weigerte sich der Junge, aus der Kabine zu kommen, erfuhr Demirbilek, als er bei der verfahrenen Situation in den Toilettenräumen des Polizeipräsidiums aufgetaucht war.

Bei der nervenaufreibenden Diskussion mit der Psychologin über seine Kompetenzüberschreitung entdeckte er, wie der stumm gebliebene Junge den Ausdruck der Onlinetickets für die Sightseeingtour unter die Kabinentür durchschob. Mit kindlicher Handschrift hatte er eine Nachricht für ihn verfasst. Sie war auf Türkisch und fehlerhaft, was die Wirkung der wenigen Worte verstärkte und ihn veranlasste, darauf zu verzichten, die Kabinentür gewaltsam öffnen zu lassen.

»*Kadinden korkiyoum. Lütfan, yardim.*«

Mert bat ihn um Hilfe, weil er vor der Psychologin Angst hatte. Demirbilek genügte der Hinweis, dass er sich fürchtete. Aus welchem Grund, war ihm nicht wichtig. Er fand eine Lösung, um ihm nach dem erlittenen Schock in Akbabas Wohnung und der Angst während der psychologischen Betreuung den versprochenen Ausflug zu ermöglichen.

»Können wir nicht in das Deutsche Museum gehen? Ich habe mal ein Referat darüber geschrieben«, fragte der Junge den Kommissar.

»Das machst du lieber mit deinem Vater«, entgegnete Demirbilek. »Gefällt dir die Tour?«

»Ja! Müge hat mir erzählt, wie schön München ist. Ich habe bislang Text gelernt und das Studio gesehen, wo ich Schauspielunterricht bekomme. Mehr nicht.«

»Ist das normal?«

Mert wunderte sich nicht über die Frage. »Meinen Sie, ob Dreizehnjährige sich für Städte interessieren?«

Demirbilek staunte, weil Mert ihn nicht missverstanden hatte. »Das war gemeint, ja.«

»Weiß nicht. Ich mag mir gerne Städte ansehen. Am coolsten war es in New York«, erwiderte er knapp, obwohl Demirbilek schien, er würde gerne mehr erzählen.

»Was war denn mit der Psychologin? Ich habe mit ihr gesprochen. Sie ist eine nette Frau.«

»Sie sprechen ganz gut Englisch«, antwortete der Junge ausweichend.

»Ja? Findest du? Dein Deutsch ist besser als mein Englisch.«

»Das stimmt«, bestätigte Mert und kratzte sich wie ein Großer an dem Grübchen am Kinn.

Der Kommissar fixierte ihn, bis er den Widerstand aufgab und verschämt zu lächeln begann. »Ich dränge dich nicht, mir zu sagen, warum du die Psychologin nicht magst. Du musst mit mir auch nicht darüber reden, was heute Morgen in der Wohnung vorgefallen ist.«

»Ich weiß. Mein Vater hat mich aufgeklärt, dass ein Elternteil bei einer polizeilichen Vernehmung zugegen sein muss oder eine kinderpsychologisch ausgebildete Person.«

»Du klingst, als hättest du in Oxford studiert.«

»Ganz sicher nicht! Wenn, in Cambridge oder auf der University of Edinburgh«, stellte Mert ohne Standesdünkel fest. »Eine von den beiden Eliteunis wird es werden.« Er blickte aus dem Fenster in die Isarauen. »Wollen Sie mit mir darüber reden?«

»Wenn du es willst.«

»Gegen die Vorschriften?«

»Ich denke, es hilft dir, wenn du darüber sprichst. Haben die Männer nach dir gesucht?«

Mert drehte sich zu ihm. In seinem Gesicht konnte Demirbilek keine Emotion erkennen. »Ich weiß nicht, vielleicht. Ich war die ganze Zeit im Schlafzimmer. Ich habe zugehört, wie sie mit Müge geredet haben.«

»Tatsächlich?«, staunte Demirbilek. »Warum im Schlafzimmer?«

»In meinem Zimmer ist das WLAN schlecht. Ich war schon angezogen, als Sie geläutet haben«, erklärte Mert.

»Hast du etwas gesehen?«

»Nicht viel. Aber Schüsse habe ich gehört. Deshalb habe ich mich in dem Spiegelschrank versteckt. Haben Sie jemanden erschossen?«

»Nein«, erwiderte er knapp, verärgert darüber, wie einfach es dem Dreizehnjährigen fiel, über den Tod zu sprechen. »Erzähl weiter, wenn dir danach ist.«

»Haben die Männer Müge erschossen?«, blieb Mert bei dem Thema, das Demirbilek lieber aussparen wollte.

»Nein, mein Junge. Sie ist verletzt, aber es geht ihr gut«, beruhigte er ihn. Dass Akbaba tot war, hatte Vierkant Merts Vater gegenüber erwähnt. Fletcher hatte darum gebeten, es ihm zu überlassen, seinem Sohn die Nachricht zu überbringen.

»Sie waren ganz schön wütend, weil ein Mann Sie einen Hurensohn genannt hat. Das mögen Sie wohl nicht sehr?«

»Nein, gar nicht. Hast du noch etwas gesehen, bevor du dich versteckt hast?«

Mert verneinte.

Demirbilek war froh, wie erhofft den Jungen als Augenzeugen nicht in Betracht ziehen zu müssen. Er selbst hatte genug gesehen, um Vierkant das Protokoll anfertigen zu lassen. »Weißt du vielleicht, warum Herr Akbaba mit einem Säbel aus der Wohnung gegangen ist?«

»Den *yatağan?* Klar weiß ich das. Ich durfte ihn mal halten, der Säbel liegt verdammt gut in der Hand. Es ist ein Original von einem Privatsammler, er wollte bei einem Requisiteur Kopien anfertigen lassen.«

»Für die Dreharbeiten«, verstand Demirbilek.

Mert hatte augenscheinlich genug preisgegeben, wenngleich er nichts über seine Gefühle gesagt hatte, bemerkte Demirbilek an seinem starrenden Gesichtsausdruck. Obwohl er von neunmalklugen Kindern nicht viel hielt, war er über Merts erwachsene Art froh, die ihm, so hoffte er, helfen würde, über das traumatische Erlebnis hinwegzukommen. Dass ihm das Erlebte nichts ausmachte, nahm er ihm nicht ab. Er hatte sich über eine Stunde lang im Spiegelschrank versteckt gehalten.

Der Doppeldeckerbus fuhr auf die Autobahn Richtung Norden. Als die Allianz Arena in ihr Blickfeld geriet, verfiel sein Schützling in keine euphorischen Begeisterungsstürme, wie Demirbilek nicht nur erwartet, sondern als Selbstverständlichkeit vorausgesetzt hatte. Augenscheinlich aber war Fußball nicht Merts Lieblingssport. Viele Jungen aus Schottland, erfuhr der enttäuschte Kommissar, fänden Fußball im Vergleich zu Rugby langweilig.

Als Mert mit höflichen Worten auf den Besuch der Erlebniswelt des FC Bayern verzichtete, ereilte den Kommissar ein fürchterlicher Gedanke. Was wenn Memo auch nichts mit Fußball am Hut hatte?

27

Nach einem kurzen Frühstück bestieg Demirbilek am nächsten Morgen die Trambahn und setzte sich in die hinterste Reihe. Wie Mert, den er nach der Tour mit dem Doppeldeckerbus zur Psychologin ins Polizeipräsidium zurückgebracht hatte, mochte auch er es sehr, mit erhöhtem Standpunkt durch München zu fahren. Er machte einen Sport daraus, in die Fahrzeuge zu sehen, die Gesichter der Autofahrer zu studieren, sich Gedanken über Fußgänger oder Fahrradfahrer zu machen. Damit regte er seine Gehirnzellen an, zielgerichtet zu spekulieren und Vermutungen anzustellen.

Was trieb den Mann mit Baskenmütze in dem Apothekerkurierauto an, mit schnurlosen Kopfhörern hinter dem Lenkrad zu sitzen? Dass das verboten war, musste ihm bewusst sein. Hatte er am Morgen seiner Liebsten einen Antrag gemacht oder vielleicht erfahren, dass sie sein erstes Kind erwartete nach unzähligen fehlgeschlagenen Versuchen?

Offenbar hörte der Kurierfahrer ein Lied im Radio. Die Frau am Steuer im Wagen neben ihm an der roten Ampel schien denselben Sender eingeschaltet zu haben. Ohne einander zu bemerken, nickten beide im gleichen Rhythmus, beide mit verzückten Gesichtern, beide klatschten an derselben Stelle in die Hände. Was feuerte die Freude der fremden Frau an, spekulierte er weiter. Hatte sie Erfolg im Job? Möglicherweise eine Lohnerhöhung? Er blinzelte und vergewisserte sich, da er, als die Trambahn losfuhr, die Frau wiedererkannte. Es war die von der Isar, die sich ausgezogen hatte und ins Wasser gelaufen war. Was für ein komischer Zufall, sagte sich Demirbilek.

Die Tram zog in der Franziskanerstraße an einer bayerischen Gaststätte vorbei. Dabei überflog er die Angebote auf der Tafel. Es gab Schweinebraten mit Blaukraut und zwei verschiedenen Knödeln. Die Entscheidung, was er mittags essen würde, war damit gefallen. Seinen Vorsatz, sich jeden zweiten Sonntag einen Schweinebraten zu gönnen, hatte er seit Memos Geburt nicht mehr einhalten können. Seine Gewohnheiten hatten sich geändert. Ob zum Besseren oder Schlechteren, fragte er sich nicht. Bei dem Gedanken, wie er die kompliziert gewordenen Familienverhältnisse in den Griff bekommen könnte, vibrierte das Telefon in der Sakkotasche.

»Isabel. Was gibt es?«

»Einen anonymen Anruf. Sind Sie auf dem Weg ins Büro?«

»Wohin sonst? Geht's um Akbaba?«

»*Hayir, affedersiniz*«, entschuldigte sie sich in Demirbileks Muttersprache. »Es geht um den Fall Aysel Sabah.«

Der Kommissar war irritiert über das Timbre ihrer Aussprache. Was für eine Art Türkisch lernte sie in dem VHS-Kurs? Bei passenderer Gelegenheit musste er ihr unbedingt sagen, wie affektiert sie klang. Isabel Vierkant war keine Istanbuler Jetset-Lady, sondern eine aus Niederbayern stammende, seit vielen Jahren mit Herz und Seele in der bayerischen Landeshauptstadt ackernde Polizeibeamtin.

»Wir haben keinen Fall Aysel Sabah«, machte er ihr klar.

»Vielleicht jetzt doch, Chef.«

Demirbilek stutzte. Durch das verschmutzte Fenster fixierte er eine ältere Dame, die mit verkrampften Fingern am Steuer hing. Verängstigt starrte sie in das Navigationsgerät, statt auf den Straßenverkehr zu achten. »Wohin soll ich kommen?«

»Zum Rotkreuzplatz. Wir warten vor dem Hochhaus.«

Demirbilek spielte die Möglichkeiten durch, mit den Öffentlichen dorthin zu gelangen. Es war ihm nicht danach, am Hauptbahnhof in die U-Bahn umzusteigen. »Schick eine Streife zum Rosenheimer Platz. Ich bin gleich dort.«

Eine halbe Stunde später ließ sich Demirbilek absetzen und schickte den Kollegen im Dienstwagen weiter. Das Gewirr der Menschen am Rotkreuzplatz, der rauschende Verkehr an den unüberschaubaren Ampelanlagen sorgte für großstädtisches Flair, den viele dem Millionendorf München nicht zutrauten. Das Gebäude des Bayerischen Roten Kreuzes befand sich an einer Straßenkreuzung im Herzen des Stadtteils Neuhausen. Demirbilek blickte die Fassade des Hochhauses der Schwesternschaft hinauf, das mit seiner Höhe alle anderen Gebäude in der Umgebung überragte. Ein ungewöhnlicher Bau inmitten des beschaulichen Viertels.

Das Café, in dem seine Mitarbeiter auf ihn warteten, war an dem Morgen voll. Keinen Meter von der Fahrbahn saß Kutlar Vierkant gegenüber und faltete die Zeitung zusammen, als er sich zu ihnen an den Tisch setzte.

»Einen Espresso«, rief er der Kellnerin zu und wandte sich an sein reduziertes Team. Cengiz musste, mit ihren Worten gesagt, noch zwei volle Tage Mutterschutz absitzen, ging es Demirbilek durch den Kopf. »Wie geht's Mert?«, fragte er Vierkant.

»Ich denke gut, er ist im Hotel bei seinem Vater.«

»Ich mag ihn. Er ist ein aufgewecktes, tapferes Kerlchen«, meinte Demirbilek nach dem gestrigen Ausflug.

»Tapfer? Das kann ich mir bei dem Vater gut vorstellen«, sagte Serkan verächtlich, wie Demirbilek unangenehm auffiel. »Onur Fletcher ist Waffenfabrikant. Kein Wunder, dass der kleine Werbestar kaum Angst hatte, als die Ballerei losging.«

»Der Vater hat eine Firma, die Handfeuerwaffen herstellt«, stellte Vierkant richtig. »Heißt doch nicht, dass er seinen Sohn schießen lässt.«

»Der Junge hatte Angst, Serkan«, übernahm Demirbilek ruhig. »Die Einschätzung kannst du einem Vater glauben, der mehr schlecht als recht zwei Kinder großgezogen hat. Er zeigt die Angst nicht, weil er gelernt hat, dass Angst Schwäche bedeutet und Schwäche schlecht ist. Ich unterhalte mich mit Herrn Fletcher, dann wissen wir mehr. Was ist das für ein anonymer Anruf? Ich höre.«

»Perfektes Stichwort, Chef«, freute sich Vierkant mit einem unpassenden, dafür umso strahlenderen Lächeln. Sie hatte ihr Smartphone mit Ohrstöpseln versehen und reichte diese Demirbilek. »Dauert nicht lange.«

Der Kommissar war nicht gewillt, ihrem Wunsch zu entsprechen, beugte sich aber der Notwendigkeit, die Hörhilfe zu verwenden. Der Lärmpegel des Straßenverkehrs um sie herum war einfach zu hoch.

»Lohnt sich«, versprach Kutlar und trank vom Cappuccino.

»Wann ist der Anruf eingegangen?«, fragte Demirbilek.

»Heute Morgen vor Dienstbeginn, kurz vor sieben«, informierte Vierkant ihn und startete die Tonaufnahme.

Der Kommissar schloss die Augen und konzentrierte sich auf die Männerstimme. Der Anrufer atmete einige Male und sprach die Worte langsam aus, als würde er loswerden wollen, was ihm lange Zeit auf der Seele brannte. »Aysel hat getötet. Sagt das Schwester Ilse am Rotkreuzplatz.« Es folgten Atemgeräusche, dann legte der Anrufer auf.

»Stimmanalyse?«

»Läuft«, sagte Kutlar. »Ich konnte keine elektronische oder softwaremäßige Verzerrung erkennen. Wahrscheinlich hat er sich irgendetwas vor den Mund gehalten. Sehr dilettantisch.«

Demirbilek nickte. »Und? Habt ihr mit Schwester Ilse gesprochen?«

»Um Gottes willen! Das haben wir uns ohne Sie nicht getraut. Stimmt's, Serkan?«

»Allah korusun!«, bestätigte Kutlar ebenso erschrocken auf Türkisch. »Das hätten wir niemals gewagt. Schwester Ilse erwartet uns in ihrem Büro.«

»Gottes Dienerinnen haben ein Büro?«, stutzte Demirbilek.

»Mit allem, was dazugehört«, bestätigte Vierkant. »Wollen wir gehen?«

»Nicht bevor ich meinen Espresso getrunken habe. Immer schön ruhig, Isabel. Warum seid ihr zwei so aufgeregt?«

Vierkant vergewisserte sich bei Kutlar, ob sie die Antwort übernehmen durfte. »Unser Pius ist gerade in das Hochhaus marschiert, als wäre er zu einer Verhaftung unterwegs.«

»Ist er das?«, fragte Demirbilek.

28 Schwester Ilse war leicht geschminkt, zumindest glaubte Demirbilek, etwas Rouge auf den Wangen zu erkennen, als er den Raum betrat. Die Erscheinung der älteren Frau in der weißen Schwesternuniform hatte etwas Herrisches. Eine Haube verdeckte ihre Haare. Demirbilek stellte Spekulationen über die Farbe an und dachte an eine *Valide Sultan*, eine Sultansmutter, die in der Hierarchie eines Harems an oberster Stelle stand und über die Geschicke der ihr untergebenen Haremsfrauen wachte.

Vermutlich rührte der unangebrachte Vergleich, den Demirbilek schnell aus dem Kopf scheuchte, von der Illustration, die er in einem Bilderrahmen an der Wand hinter ihr entdeckte. Auf weißem Hintergrund befand sich das christliche Symbol des roten Kreuzes neben dem roten Halbmond für die islamische Welt.

Wie Vierkant und Kutlar, die Demirbilek ins Büro geschickt hatte, um dringendere Aufgaben im Fall Akbaba zu erledigen, hatte auch er damit gerechnet, Hauptkommissar Leipold bei der Schwester anzutreffen. Leipold stand mit der geschlossenen Lederjacke am Fenster. Er rollte einen Zigarillo zwischen den Fingern. Warum so nervös? Und was um Himmels willen hat die Schwester mit der ermordeten Aysel Sabah zu tun?, fragte sich Demirbilek.

Mit besorgter Miene drehte sich Leipold in den Raum, der auf

Demirbilek wie eine Gebetskammer wirkte, obwohl alles vorhanden war, was in einem modernen Büro erwartet wurde – Computer, Drucker und Regale mit Aktenordnern. Wofür die Gottesdienerin ein Flipchart benötigte, war ihm schleierhaft.

»Bevor du fragst, Zeki. Schwester Ilse ist eine Cousine meiner Frau. Sie hat mich um Beistand gebeten. Deswegen bin ich hier. Quasi privat«, erklärte Leipold und strapazierte dabei das geflochtene Tabakwerk zwischen den Fingern.

Demirbilek nahm die Rechtfertigung für seine Anwesenheit mit einem Nicken zur Kenntnis und schritt zur Schwester, die sich bedächtig vom Stuhl aufrichtete. Er reichte ihr die Hand. »Grüß Gott, Schwester Ilse. Hauptkommissar Zeki Demirbilek.«

»Grüß Gott. So viel Aufwand wegen eines anonymen Anrufs«, klagte die Schwester mit offensichtlich schlechtem Gewissen. »Ich habe Pius bereits alles gesagt. Es ist eine schlimme Angelegenheit und ich bitte Sie …«

»Verzeihen Sie, Schwester, wenn ich Sie unterbreche. Grund für meinen Besuch ist eine Mordermittlung. Bei einer solchen erlaube ich niemandem, auch Ihnen nicht, sich hinter irgendjemandem zu verstecken. Weder Gott noch ein privat anwesender Polizist werden Sie vor meinen Fragen schützen. Wenn Sie wünschen, kann mein Kollege bei der Befragung zugegen sein«, gab Demirbilek die Marschrichtung vor.

Nach den deutlichen Worten räusperte sich die Schwester und sah zu Leipold, der ihr aufmunternd zunickte. »Mir wäre es recht, wenn Pius bleibt.«

»Selbstverständlich. Kommissar Leipold hat Ihnen ja von dem anonymen Anruf erzählt, obwohl er das hätte nicht tun dürfen. Können Sie uns helfen? Was ist damit gemeint, dass Aysel Sabah getötet hat?«

Die Schwester bot ihm Platz an und wartete, bis er sich vor ihrem Schreibtisch gesetzt hatte. Sie sprach im Stehen, die Hände vor den Bauch gefaltet. »Ja, Pius hat den Anruf erwähnt. Ich bin froh, endlich darüber reden zu können, Herr Kommissar.« Sie holte Luft. »Aysel hat sich Hilfe suchend an mich gewandt. Ich kannte sie.«

»Sie wollte Ihrem Orden beitreten?« Sylvia Reisig hatte das erwähnt, erinnerte sich Demirbilek.

»Ja, sie war willens, sich unserer Schwesternschaft anzuschließen. In inniger Zwiesprache mit Gott hat sie sich letztlich dagegen entschieden.«

»Verstehe. Und weshalb hat Aysel bei Ihnen Hilfe gesucht?«

»Sie war ungewollt schwanger und rang mit der Entscheidung, abzutreiben oder das Kind zu behalten, ohne Verantwortung übernehmen zu müssen. Sie hat sich genau so vage ausgedrückt, wie ich es tue.«

»Aysel hat in Erwägung gezogen, abzutreiben? Als gläubige Christin?«, fragte Demirbilek erstaunt, obwohl er sich nicht die Blöße geben wollte, überrascht zu sein. Hatte der Anrufer mit »getötet« die Abtreibung gemeint, oder wusste die Männerstimme von dem Abgang, den Sabah in Istanbul erlitten hatte, wie Kaymaz mittlerweile in Erfahrung bringen konnte?

In seinem Rücken hörte er Leipold von einem Fuß auf den anderen treten. Es behagte ihm nicht, seinen bayerischen Kollegen außerhalb seines Blickfeldes zu haben. Mit einem Ruck schob er den Stuhl zur Seite, um sowohl ihn als auch die Befragte sehen zu können.

Schwester Ilse setzte sich. »Ich kann Ihr Entsetzen gut nachvollziehen, Herr Kommissar. Nachdem Gott Aysel zu sich gerufen hat, erlaube ich mir, Ihnen aus dem vertraulichen Gespräch Folgendes zu sagen: Ich habe Aysel nicht zur Abtreibung geraten. Natürlich nicht. Sie war zutiefst verängstigt, trotzdem wollte sie mir nicht sagen, welch andere Möglichkeit ihr offenstand, das Kind zu behalten. Ich vermute, sie hat es zur Adoption freigegeben.«

Mit der schwammigen Antwort war Demirbilek nicht zufrieden. »Aysel hat sich an Sie gewandt, nicht an Sylvia Reisig, ihre beste Freundin? Das wundert mich.«

»Wundern?«, wiederholte sie. »Aysel kannte mich seit vielen Jahren. Sie hat Rat bei mir gesucht, weil sie als Tochter gläubiger Christen mit einer schweren Entscheidung rang. Nach außen lächelte sie, im Inneren war sie zerfressen vor Sorge über die Aufgabe als Mutter. Eigentlich geht es die Kriminalpolizei nichts an, was ich mit ihr im Vertrauen gesprochen habe.«

Demirbilek schwieg und suchte den Augenkontakt mit Leipold, der sich von ihm abwandte.

»Schweigen Sie über das Gespräch, aber sagen Sie mir, wer der Vater des Kindes ist«, insistierte Demirbilek und schob ohne Umschweife hinterher: »Aysel hat das Baby verloren, bevor sie ermordet wurde.«

Die Schwester bekreuzigte sich. »Sie hat das Kind verloren? Wie furchtbar …«

»Was ist mit dem Vater? Kennen Sie ihn?«

Sie schüttelte den Kopf.

»Sind Sie sicher, dass sonst niemand von der Schwangerschaft wusste?«

»Aysel hat es nicht einmal der besten Freundin erzählt, wie Sie festgestellt haben. Sie hat sich an mich gewandt, weil sie verzweifelt war, so verzweifelt, dass sie an eine Abtreibung dachte. Wenn Sie sagen, dass sie das Kind verloren und nicht abgetrieben hat, danke ich Gott, Aysel den richtigen Weg gewiesen zu haben.«

»Hat Aysel den Headhunter erwähnt, der ihr die Stelle in Istanbul angeboten hat?«

»Headhunter?«, stutzte die Schwester. »Nein, hat sie nicht. Aber dass sie nach Istanbul gehen wollte, um dort zu arbeiten. Ich glaube, sie hat sich wegen der Schwangerschaft für den Schritt entschieden.«

Leipold meldete sich unvermittelt zu Wort: »Jale ging es nicht anders, Zeki.«

Demirbilek warf ihm einen scharfen Blick zu, um ihn zum Schweigen zu bringen. Aber Leipold hatte recht. Auch er dachte an Jale, an die Zeit, in der sie mit sich gekämpft und er den Allmächtigen angefleht hatte, ihr zu helfen, sich für Memo zu entscheiden. »Eine Frage habe ich noch. Wie ist der anonyme Anrufer an die Information gekommen, wenn Aysel mit niemandem darüber gesprochen hat?«

Die Schwester ließ ihre Zurückhaltung fallen. Demirbilek schien, als würde sie sich mit jedem Wort kasteien, als würde sie Buße tun mit einer Peitsche, die sie auf ihren Rücken schlug, bis er blutete. »Ich habe eine Vermutung. Aysel ist nach dem Gespräch mit mir Hals über Kopf aufgebrochen und hatte ihre Handtasche liegen gelassen. Genau auf dem Stuhl, auf dem Sie gerade sitzen. Ich habe eine der Frauen aus der Putzkolonne mit der Tasche nachgeschickt. Jetzt stellt sich heraus, dass das ein Fehler war. Glauben Sie mir, ich bereue das sehr. Ich hätte selbst gehen müssen.«

»Warum bereuen, Schwester?«

»In der Handtasche war ein Ultraschallbild. Wahrscheinlich steckt die Putzfrau hinter dem Anruf …«

Schwester Ilse unterbrach sich, hielt inne, als wäre ihr jemand über den Mund gefahren, vielleicht der Teufel oder Gott selbst, der ihr verbot, weiterzusprechen. Sie schob den Stuhl zur Seite und kniete auf dem harten Fußboden vor einem einfachen Holzkreuz an der Wand nieder. Der weiß gekleidete Körper verschwand fast gänzlich hinter dem Tisch. Demirbileks Blick haftete auf ihrem Rücken, weißblonde Haarsträhnen lugten unter der Haube hervor. Die Schwester bekreuzigte und vertiefte sich in ein Gebet, ohne die zwei Kommissare weiter zu beachten. Er erkannte das Vaterunser, das sie mit Inbrunst aufsagte. Ohne es zu wollen, formten seine Lippen die Wörter des Gebetes mit, das er in der Schule gelernt hatte.

Plötzlich spürte Demirbilek ein Tippen auf der Schulter. Leipold flüsterte, um die Schwester im Gebet nicht zu stören: »Komm, Zeki, das reicht. Den Namen der Putzfrau habe ich aufgeschrieben.«

»Der anonyme Anruf kam von einem Mann, Pius.«

»Ich weiß, die Putzfrau kann es nicht gewesen sein. Das ist ja das Merkwürdige.«

29

Im Norden von Neuhausen erstreckte sich mit dem Nymphenburger Schloss eine der schönsten Parkanlagen Münchens. Beidseitig des Kanals, auf dem Münchner im Winter auf präparierten Bahnen Eisstockschießen spielten und Schlittschuh liefen, befanden sich ausgedehnte Grünflächen mit Villen und weniger prunkvollen Einfamilienhäusern. Die zwei Kommissare spazierten über die Nymphenburger Straße bis zur Südlichen Auffahrtsallee und fanden eine freie Parkbank am Wasser. Umgeben von Bäumen und Büschen säuberte Kommissar Demirbilek mit dem ersten Stofftaschentuch des Tages den gröbsten Schmutz weg und setzte sich.

Leipold zündete im Stehen den Zigarillo an, den er bei Schwester Ilses Vernehmung arg strapaziert hatte. Mehrfach hintereinander sog er daran, bis er plötzlich entsetzt auf den Stummel starrte und ihn in hohem Bogen in den Kanal schnippte.

»Scheiße«, fluchte Leipold, »das wollte ich jetzt gar nicht.«

»Was?«

»Einen Zigarillo rauchen halt.«

»Seit wann bist du Nichtraucher?«

»Nein, nicht deshalb.« Leipold wischte mit dem Ärmel der Lederjacke den Schweiß von der Stirn und nestelte an seinem Ohrring.

»Dann eben nicht!«, beendete Demirbilek das Thema. »Du

sagst mir jetzt, was du noch weißt, sonst laufe ich zurück und schone deine Schwester Ilse nicht mehr wie eben.«

Leipold kannte Zekis grundlegende Wesenszüge. Wenn Wut in ihm aufkochte, folgten den Worten meist auch die angedrohten Taten. Er beeilte sich, ihm Paroli zu bieten.

»Du machst jetzt mal langsamer, Herr Pascha! Die Schwester hat alles gesagt, was sie weiß. Mehr weiß ich auch nicht!«

Demirbilek sah ihn mit zusammengekniffenen Augen an und presste die Worte zwischen den Lippen hervor: »Sag mir, wer der Vater ist. Und verarsch mich nicht, Pius!«

»Wenn ich es doch nicht weiß! Meinst du, Schwester Ilse lügt mich an? Die Cousine meiner Frau?«

»Brauchst du einen Profiler aus Amerika, um dahinterzukommen, dass der Vater des Kindes als Täter infrage kommt?«

Leipold schnaufte wie eine Dampflok. »Für wie blöd hältst du mich? Außerdem, der Scheißfall aus Istanbul gehört ja nicht mal in dein Dezernat, ist dir das klar?«

»Kaymaz hat uns oft genug geholfen!«

»Wir haben den Auftrag für einen anderen Fall. Du aber siehst nur das tote Mädel! Verstehe ich ja, das arme Ding muss dich irgendwie an deine Tochter erinnern. Aber kapierst du denn gar nichts mehr? Die Feldmeier und der Fischkopf von Staatsanwalt haben sich klar ausgedrückt. Ich soll auf dich aufpassen, soll dich bremsen, wenn du Appetit auf Alleingänge bekommst. Der Verfassungsschutz will nicht, dass du wieder eigenmächtig handelst wie gestern. Spazierst einfach …«

»Die Killer wären auch gekommen, wenn ich nicht dort gewesen wäre.«

Offensichtlich erleichtert darüber, ihn über seinen Auftrag eingeweiht zu haben, setzte sich Leipold neben Demirbilek auf die Bank. »Bin doch kein Spitzel, der Kollegen ausspioniert, habe ich auch den Großkopferten gesagt. Interessiert die aber nicht. Mit keinem Sterbenswort haben die erwähnt, dass du dem Jungen das Leben gerettet hast.«

»Übertreib nicht. Ich tippe eher auf Entführung«, sagte Demirbilek nun ebenfalls ruhiger.

Leipold kontrollierte die Uhrzeit auf der Armbanduhr. »Der Wichtigtuer vom Verfassungsschutz hat sich bei mir gemeldet. Ich soll ihn treffen. Er will ein Update. Für Updates bin ich genau der Richtige! Kannst du mit dem Agentenheini sprechen?«

»Nein, warum denn? Wenn er dich treffen will.«

Unter Anstrengungen legte Leipold seine Lederjacke ab. »Weil ich nicht kann.«

»Sag mir, warum, dann übernehme ich das.«

Leipold verdrehte die Augen. »War ja klar, dass du mir den Gefallen abschlägst.«

»Selbst schuld bei der Geheimniskrämerei«, versetzte Demirbilek einen verbalen Hieb und fuhr schnell fort: »Jetzt gibst du mir die Adresse der Putzfrau, damit wir sie befragen können.«

Leipold streckte ihm einen Zettel entgegen. Demirbilek nahm ihn und erhob sich von der Parkbank. Unvermittelt begann er, Halbschuhe und Socken auszuziehen und die Anzughose hochzukrempeln. Zufrieden ging er die wenigen Schritte zum Kanal. Leipold sah ihm zu, wie er die Füße ins Wasser baumeln ließ. Demirbilek sprach Richtung Nymphenburger Schloss, das in der Ferne in der Sonne strahlte: »Kennst du den Pavillon gleich nach dem Eingang mit dem Halbmond darauf?«

»Ein Halbmond? Meinst du einen türkischen wie auf eurer Fahne? Ist mir nie aufgefallen«, erwiderte Leipold überrascht und lenkte seinen Blick ebenfalls zur Schlossanlage.

»Euer bayerischer Kurfürst Max Joseph hat den Pavillon nach türkischem Vorbild bauen lassen und ihn seinen Kindern geschenkt. Die Bauweise nennt sich bei uns *kösk*. Daraus ist das deutsche Wort Kiosk entstanden.«

»Wer hätte das gedacht. Sachen gibt's«, staunte Leipold. »Dass unser Max Joseph, Gott habe ihn selig, so ein Türkenfan war.«

Leipold trat zu Demirbilek an das Ufer und hob ein paar Kieselsteine auf, die er in das Wasser plätschern ließ.

»Sag mal, Zeki. Muss Schwester Ilse eigentlich in der Kriminalakte auftauchen? Sie hat sich ja nichts zuschulden kommen lassen.«

Demirbilek lächelte versonnen. »Schon vergessen, wie ungern ich Protokolle schreibe?« Er atmete durch. »Ich frage ein letztes Mal. Weißt du, wer der Vater ist?«

»Nein, Zeki. Wirklich nicht.«

Die Art, wie Leipold gleich darauf von einer Schmerzattacke im Unterleib gepackt wurde, jagte Demirbilek Angst ein. Er sprang auf und half seinem Kollegen. »So geht das nicht weiter. Ich fahre dich zu einem Arzt. Eine Streife soll uns abholen.«

»Kein Streifenwagen! Ein Taxi«, presste Leipold hervor, während Demirbilek ihm in die Jacke half. »In zwei Stunden habe ich einen OP-Termin. Ich weiß aber nicht, ob der Arzt mich behandelt, ich hätte nüchtern kommen müssen. Ich Depp habe geraucht.«

»Hast du den Verstand verloren? Du hast einen OP-Termin und kommst in die Arbeit! Warum denn?«

»Na, weil Schwester Ilse angerufen hat und weil Elisabeth nichts von der OP weiß«, druckste Leipold herum.

Demirbilek schüttelte den Kopf. »Pass auf, wir haben in München einen hervorragenden ägyptischen Arzt, eine Koryphäe, was solche Eingriffe betrifft. Er hatte schon Aydin unter dem Messer. Außerdem ist der Doktor ein Freund, der halbe Zigarillo wird ihn nicht stören.«

»Ich lass mich nicht beschneiden!«

»Wirst du aber müssen. Ist halb so schlimm, glaub mir. Nach der Beschneidung geht es dir besser.«

30

Das Mittagessen, zu dem sich Vierkant und Kutlar mit einer Ochsenbratensemmel im Alten Hof gesetzt hatten, versetzte die Polizeibeamten in das Mittelalter. In dem denkmalgeschützten Areal hatten sie es sich auf der Umrandung des historischen Brunnens gemütlich gemacht und genossen die Ruhe nicht weit vom Marienplatz entfernt, wo es wie jeden Tag zu Geschäftszeiten hoch herging.

Vierkant war auf die Idee gekommen, dort zu essen, da ihr Ehemann Peter in der Nähe etwas zu erledigen hatte und sie treffen wollte. Die Sorgen, die sie geplagt hatten, waren nach dem Fahrradausflug verflogen gewesen. Peter hatte sie mit einem langen Kuss begrüßt und sich für sein mürrisches Verhalten in den letzten Wochen entschuldigt. Der Programmierauftrag für einen schwierigen Kunden hatte ihn auf Trab gehalten und war beendet, deshalb gestern die intime Feier zu zweit im Biergarten. Mit tiefer Zufriedenheit über den Zustand ihrer Ehe und Peters Liebeskünsten, mit der er sie in der vergangenen Nacht verwöhnt hatte, biss Vierkant von der Semmel ab, belegt mit zu wenig krossem Braten und zu viel Krautsalat.

Das Läuten des Handys brachte sie zum Schlingen und Schlucken.

»Isabel, langsam«, beruhigte Kutlar sie, der ahnte, wer der Anrufer war. »Wir machen Mittagspause. Er soll warten, du kannst später zurückrufen.«

»Ja du bist gut!«, schimpfte Vierkant ihn und wischte sich den Mund sauber. Sie nahm den Anruf an. »Chef?«

Während des Gespräches bedeutete sie Kutlar, dass die Pause vorüber sei. Der junge Kollege, den sie vom ersten Arbeitstag an gut leiden konnte, schüttelte den Kopf und aß unbeeindruckt weiter. Mit dem Handy zwischen Schulter und Ohr geklemmt, reichte sie ihm ihre angebissene Semmel und kramte aus der Umhängetasche Notizbuch und Stift.

Im Dienstbüro, das sie mit einem Gewaltmarsch über den Marienhof erreichten, plumpste Vierkant auf ihren Bürostuhl und aß die Semmel fertig. Mit dem letzten Bissen fiel ihr die Verabredung mit Peter ein. Erschrocken, ihn vergessen zu haben, machte sie ein Selfie mit Kussmund und schickte es ihrem Ehemann als Entschuldigung. Kutlar telefonierte bereits mit Selim Kaymaz.

Vierkants Recherche über die Putzfrau, die Demirbilek ihr am Telefon genannt hatte, verlief schleppend. Die Polin war zusammen mit ihrem Ehemann in Lohn und Brot für verschiedene Arbeitgeber. Sie telefonierte einen nach dem anderen ab, bis sie in Erfahrung brachte, dass die Eheleute derzeit im Kulturzentrum Gasteig als Ersatzkräfte aushalfen. Daraufhin packte sie ihre Umhängetasche und machte sich auf den Weg.

In der Tür begegnete sie Demirbilek. »Ich checke die Putzfrau. In Ordnung?«

»Nein, bleib hier, Isabel«, sagte er ernst. »Ich will mit dir sprechen.«

Vierkant stellte die Tasche auf den Boden und verschränkte die Arme vor dem Körper. »Den Blick kenne ich, das heißt nichts Gutes. Was habe ich ausgefressen?«

»Nichts. Ich will wissen, ob Feldmeier und Landgrün Leipold auf mich angesetzt haben.«

Dem Kommissar war bewusst, dass er sich durch die von oben angeordnete Bespitzelung in seiner Autorität angegriffen und gemaßregelt fühlte.

Vierkant überlegte. »Was heißt angesetzt?«

»Er soll auf mich aufpassen.«

»Bespitzeln? Ja, spinnen die? Da steckt bestimmt der Miesepeter vom Verfassungsschutz dahinter. Der arme Pius! Wo ist er überhaupt?«

Demirbilek behielt für sich, Leipold mit dem Taxi zu einer Notoperation gebracht zu haben, obgleich die Auskunft bei seiner Mitarbeiterin, der er blind vertraute, gut aufgehoben gewesen wäre. Teilnahmslos holte er das zweite Taschentuch der Tagesration hervor. »Arbeitet die Putzfrau gerade?«

»War's das schon?« Vierkant nahm ihre Umhängetasche. »Die Putzfrau macht die Toiletten im Gasteig sauber.«

»Serkan, was ist mit dir?«, wandte Demirbilek sich an ihn, der die Website von Onur Fletchers Waffenunternehmen am Monitor studierte.

Kutlar sprang auf, drehte den Stuhl und setzte sich mit dem Bauch voran darauf. »Ich habe endlich den dritten auf Kaymaz' Liste erreicht, wollte gerade los, um ihn zu sprechen. Danach kann ich ja zu der Putzfrau fahren. Kein Problem.«

»Sie ist Polin, sie arbeitet mit ihrem Ehemann zusammen«, informierte Vierkant ihn.

»Vielleicht ist er der anonyme Anrufer?«, meinte Kutlar.

»Spekulier nicht, verhör ihn. Über das Alibi der fehlenden Person informierst du Kaymaz, dann mich. Da ist noch etwas. Setzt euch. Denkt mit.«

Die beiden taten wie befohlen.

»Aysel war schwanger, als sie nach Istanbul gereist ist. Der Vater könnte jemand aus München sein.«

»Sie hatte keinen Freund, hat Sylvia Reisig gesagt«, stellte Kutlar richtig.

»Keinen festen, Serkan. Wo warst du bei der Vernehmung? Mich interessiert, ob der Headhunter zur Tatzeit in Istanbul war. Isabel?«

»Ich habe das Alibi natürlich schon überprüft«, jubelte Vierkant wie eine Einserschülerin. »Da ist alles in Ordnung, er hatte an dem Tag mehrere Termine bei deutschen Arztpraxen.« Sie konsultierte ihren Notizblock, um die Details vorzutragen.

»Ich glaube es dir auch so, Isabel«, hielt Demirbilek sie zurück. »Serkan, warst du schon bei Doktor Sahner?«

Vierkant verzog das Gesicht. »Was habe ich da nicht mitbekommen, meine Herren?«

»Erklärt dir Serkan auf dem Weg. Darfst ruhig den Bösen geben. Übertreibe es aber nicht, ja? Und hak mal nach, vielleicht war da mehr als innige Freundschaft zwischen Chef und Angestellter.«

»Ich würde gerne wissen, was …«, bohrte Vierkant weiter.

»Geduld, Isabel. Hat Kaymaz was über Akbaba geschickt?«

»Liegt auf Ihrem Schreibtisch. Obenauf«, sagte Kutlar. »Zwei Seiten.«

Demirbilek murrte: »Zu lang.«

»Wollen Sie, dass ich Ihnen wieder vorlese?«, fragte Vierkant im Scherz.

Mit ernstem Blick erwog Demirbilek das Angebot. »Nein, Isabel, das schaffe ich diesmal alleine.«

Vierkant gab sich enttäuscht und schlug einen vorsichtigen Ton an. »Sollte ich nicht doch mit Serkan fahren? Sind ja zwei Personen, die vernommen werden müssen. Keine Ahnung, was bei Doktor Sahner passieren soll. Sie können in aller Ruhe Merts Vater verhören.«

Wegen des Versprechens, niemandem von Leipolds Eingriff zu erzählen und ihn nach der ambulanten Operation abzuholen, entschied er, Onur Fletcher alleine zu vernehmen. »Na schön. Fahrt zusammen. Ich vernehme Fletcher. Was ist eigentlich mit Aysels Eltern, Serkan? War Kaymaz bei ihnen?«

»Ja, war er, sie wussten aber weder von der Schwangerschaft noch wer als Vater infrage kommen könnte. Die Eltern haben einen Kiosk in Sariyer. Kennen Sie das?«

»Natürlich! Du nicht?«, schauderte es Demirbilek. »Sariyer ist ein wunderschöner Stadtteil, liegt am Bosporus und gleichzeitig am Schwarzen Meer. Bezaubernde Gegend. Mit Selma und den Kindern war ich mehrmals dort. Lohnt sich. Hinfahren beim nächsten Istanbulbesuch!«

Gewissenhaft notierte Vierkant die Empfehlung und reichte ihrem Chef einen vorbereiteten Zettel. »In dem Hotel sind Sie mit Merts Vater verabredet.«

Mit zusammengekniffenen Augen überflog Demirbilek die Notiz und meinte: »Da gehe ich bestimmt nicht hin.«

31

Der livrierte Empfangschef des Luxushotels in der Innenstadt beharrte darauf, den Gast höchstpersönlich zum Restaurant zu führen. In den Gängen des exquisiten Hauses bemerkte Demirbilek einen Küchenmitarbeiter, der die Kartonage eines neu erworbenen *çay*-Kessels in Händen trug.

Am Stehpult vor dem Restauranteingang präsentierte Demirbilek seinen Dienstausweis und ließ dem Serviceleiter Zeit, das Dokument anzusehen. Er blickte zu Mert und seinem Vater, die an der Fensterseite des Saales an einem langen Tisch saßen.

Mit professioneller Freundlichkeit händigte der Serviceleiter den Ausweis zurück. »Herzlich willkommen, Hauptkommissar Demirbilek. Sie werden erwartet. Beehren Sie uns beruflich oder geben Sie uns als Privatperson die Ehre, wenn Sie die Frage gestatten?«

»Die Frage gestatte ich, eine Antwort erhalten Sie trotzdem nicht«, erwiderte Demirbilek ebenso freundlich.

Mert schlenderte im Slalom an den Tischen und Stühlen vorbei und reichte ihm im Stile eines Geschäftsmannes die Hand. Demirbilek ließ sich mit einem festen Händedruck auf die formelle Begrüßung ein, durchwühlte jedoch dann im Scherz die ordentlich gekämmten Haare des Jungen.

»Na, mein Rugbyspieler, dir geht es ja hervorragend«, freute er sich.

Mert nickte verschämt und führte den Kommissar unter den argwöhnischen Augen des Serviceleiters zu der Tafel, die für acht Personen eingedeckt war. Erst auf den zweiten Blick erkannte Demirbilek, dass Merts Vater auf einen Rollstuhl angewiesen war. Er reichte dem breitschultrigen, sportlich wirkenden Mann in Trainingsjacke und Jeans die Hand.

»Onur Fletcher. *Memnum oldum*. Ich freue mich, Sie zu treffen, Herr Kommissar. Verzeihen Sie, mein Türkisch ist etwas eingerostet«, grüßte der Waffenunternehmer auf Deutsch. Er wandte sich seinem Sohn zu. »Komm, Mert.«

Wie einstudiert wartete der Junge, bis sein Vater den Rollstuhl vom Tisch weggeschoben hatte. Offenbar in Erwartung eines Rituals stellte er sich vor ihm auf.

»Für ein Mittagessen ist es wohl zu früh. Trotzdem, ich habe Appetit auf *pastırma* mit Eiern. Dem Zwei-Sterne-Koch des Hotels habe ich die Zubereitung erklärt. Einverstanden?«, fragte Fletcher, während er mit einem Kamm Merts Haare zu einem ordentlichen Scheitel richtete und ihm das Hemd in die Hose stopfte.

Bei der Aussicht auf die Speise, die die türkische Küche ihren nomadisierenden Vorfahren verdankte, lief dem Kommissar das Wasser im Mund zusammen. Die gepressten Rinderfiletscheiben waren mit einer Paste aus Paprika, Tomatenmark und Knoblauch ummantelt. »Die Frage erübrigt sich. Allerdings nur, wenn es *çay* dazu gibt.«

»Keine Sorge, ich habe einen Teekessel kaufen lassen und dafür gesorgt, dass mein Fahrer in der Küche sein darf. Er macht uns einen starken *çay*. Bitte nehmen Sie doch Platz.«

Demirbileks Blick wanderte über die unüberschaubare Anzahl goldumrandeter Teller, Besteck und Gläser. Fletcher erkannte anscheinend das Unwohlsein des Kommissars, denn er flüsterte Mert etwas zu, woraufhin der Junge zum Serviceleiter rannte und ihm eine Anweisung gab.

Wie aus dem Nichts tauchten zwei Kellner auf und räumten

geräuschlos das meiste Geschirr ab. Zurück blieben jeweils drei Teller und das dazugehörige Besteck.

»Übersichtlicher?«, fragte Fletcher.

Demirbilek setzte sich mit einem Lächeln. »Ich wusste nicht, wohin mit meinen Augen bei all dem Glanz.«

Fletcher lachte amüsiert und erklärte: »Ich habe später hier eine berufliche Besprechung.« Er pausierte und gab Mert Zeichen, sich auf seinen Schoß zu setzen. »Mein Sohn hat mir alles erzählt. Sie haben ihn gefunden und sich um ihn gekümmert. Ich bin Ihnen zu großem Dank verpflichtet.«

»Früher oder später wärst du auch ohne mich aus deinem Versteck gekommen«, wandte Demirbilek sich an Mert.

»Dennoch«, insistierte Fletcher. »Ich habe mich beim Polizeipräsidenten für Ihren Einsatz bedankt.«

Demirbilek staunte ein weiteres Mal darüber, in welchen Kreisen der Waffenhändler verkehrte. »Sie kennen den Präsidenten?«

»Wir sind uns in Edinburgh begegnet, ja.«

»Du hast dich schnell von dem Schock erholt«, meinte Demirbilek zu Mert, der ihr Gespräch verfolgte.

Der Vater kam der Antwort seines Sohnes zuvor. »Nach der Sightseeingtour mit Ihnen kein Wunder. Die entstandenen Kosten übernehme ich selbstverständlich, und das Deutsche Museum sehen wir uns noch an.«

»Der Besuch lohnt sich.« Demirbilek nickte Mert zu. »Was dagegen, wenn ich mit deinem Vater unter vier Augen rede, mein Junge?«

»Verzeihen Sie, natürlich«, kam Fletcher seinem Sohn ein weiteres Mal zuvor und drückte ihm einen Zehneuroschein in die Hand. »Wenn du es schaffst, mir Zigaretten zu kaufen, darfst du das Restgeld behalten und den Film für heute Abend aussuchen.«

Dem Jungen war anzumerken, wie er sofort über den Auftrag nachzudenken begann. Er schnappte sich den Schein und trollte sich davon.

Der Kommissar bemerkte, wie zwei Männer Mert folgten, als er am Stehtisch vorbei Richtung Ausgang schlenderte. »Sie lassen ihn von eigenen Leuten bewachen?«, fragte er, ohne den Vater für seinen Kaufauftrag zu kritisieren.

»In Absprache mit Ihrem obersten Chef. Die Münchner Polizei hat wichtigere Aufgaben, als meinen Sohn im Auge zu behalten. Ich bin gespannt, welche Zigarettenmarke er mitbringt. Wissen Sie, ich habe ihn gezwungen, eine Filterlose bis zum Ende zu rauchen, damit er mit dem Laster gar nicht erst anfängt, das schuld an dem hier ist.« Er wippte mit den kräftigen Armen die vorderen Räder des Rollstuhls hoch. »Mert muss lernen, sich durchzusetzen, und Wege finden, ihm übertragene Aufgaben zu bewältigen. Er ist ein schlauer Junge.«

»Das stimmt. Er schafft das.«

»Natürlich schafft er das.«

Fletcher verhielt sich still. Ein Kellner servierte in geschwungenen Gläsern den Tee. Demirbilek staunte über den halben Zuckerwürfel auf dem Unterteller. »Ich sehe, Sie haben sich nicht nur über meine Lieblingsspeisen informiert.«

»Haben Sie über mich keine Erkundigungen eingeholt?«

»Natürlich habe ich das. Zwei eng bedruckte Seiten. Hören wir auf, Spielchen zu spielen, Herr Fletcher. Ich habe weder Zeit noch Lust dazu.«

»Lassen Sie uns Folgendes klären …«

Unvermittelt sprang Demirbilek vom Stuhl auf und kramte einen Bündel Geldscheine hervor, um den Tee zu bezahlen.

»Was ist?«, fragte Fletcher perplex.

»Glauben Sie bloß nicht, Sie können mit mir sprechen wie zu einem Ihrer Angestellten. Bevor ich ausfallend werde und Ihnen den Appetit verderbe, bestelle ich Sie ins Präsidium. Wir haben barrierefreie Zugänge, machen Sie sich also keine Sorgen.«

»Ich merke meinen herrischen Tonfall selbst nicht mehr. Entschuldigen Sie die schlechte Angewohnheit eines Unternehmers, der von diensteifrigen Lakaien umgeben ist. Bitte setzen Sie sich wieder. Der *çay* wird kalt«, bat Fletcher.

»Mit Ihrem Sohn reden Sie kaum anders.« Demirbilek entschied sich um und nahm wieder Platz. »Etwas zu streng für mein Empfinden.«

»Finden Sie?«, wunderte sich Fletcher. »Wie haben Sie es mit Ihren Zwillingen gehandhabt?«

»Ähnlich wie Sie. Vor allem bei meinem Sohn. Die Quittung war die Scheidung von der Frau, die ich bis heute liebe«, ließ sich Demirbilek zu einer privaten Äußerung verleiten. »Warum haben Sie Mert alleine nach München geschickt?«

»Alleine? Süleyman Akbaba und ich kennen uns …«

»Seit Ihrer Kindheit in Diyarbakır. Sie sind beide als Waisenkinder zu Familien nach England gekommen. Nach dem Wirtschaftsstudium sind Sie nach Schottland zu der Firma, die Ihnen mittlerweile gehört, Akbaba ist zurück in die Türkei, um Film zu studieren. Das Mordopfer ist ein enger Freund von Ihnen. Ich nehme an, er war wie ein Bruder für Sie.«

»Ja, das war er, Herr Kommissar. Sein Tod ist für mich und Mert furchtbar.«

»Erklären Sie mir, warum Akbaba von Auftragskillern ermordet wurde.«

»Wie denn? Woher soll ich das wissen?«, blaffte Fletcher ihn an. »Ist seine Assistentin nicht auch tot?«

Demirbilek nippte vom Tee. »Doch wieder Spielchen?«

Fletcher griff in eine Tasche seitlich am Rollstuhl. Sobald er das Zigarettenetui auf den Tisch gelegt hatte, tauchte der Kellner auf. Der junge Mann stellte einen steinernen Aschenbecher neben das Etui und öffnete das Flügelfenster.

Angenehm kühle Luft drang in den Speisesaal. Im Hinterhof des Hotels erstreckte sich eine Grünanlage. Sitzbänke zwischen Bäumen luden Gäste zum Verweilen ein. Erst jetzt wurde Demirbilek bewusst, dass sich außer ihnen niemand im Restaurant aufhielt. Entweder zahlte Fletcher für die Zeit alleine mit ihm oder aber es war in den Vormittagsstunden geschlossen.

»Sie rauchen doch ab und an«, stellte Fletcher fest und hielt dem Kommissar das geöffnete Etui hin.

»Nur, wenn ich zu viel getrunken habe«, lehnte er das Angebot ab und legte ihm ein Tatortfoto des getöteten Berufsverbrechers aus Akbabas Wohnung vor.

Fletcher warf einen flüchtigen Blick darauf, nahm dann jedoch die Aufnahme in die Hand und sah sich das Gesicht des Toten genauer an, während Demirbilek erklärte: »Die Edinburgher Kollegen waren uns bei der Identifizierung des Mannes behilflich …«

»Ich kenne ihn, das ist Jack Robinson«, stoppte Fletcher mit Zigarette im Mund die Erklärungen des Kommissars. »Wenn Robinson in Akbabas Wohnung war …« Er unterbrach sich und dachte angestrengt nach. »Es waren zwei Männer, hat Mert gesagt.«

»Das ist richtig, ja. Kennen Sie den anderen etwa auch?«

Fletcher fischte die Zigarette hastig aus dem Mund. »Bitte, Herr Kommissar. Nehmen Sie mich nicht auf den Arm. Robinson und sein Partner Ken Freeman sind keine Unbekannten in England und Schottland. Die Edinburgher Polizei hat Ihnen das sicherlich mitgeteilt.«

»Freunde von Ihnen?«, fragte Demirbilek süffisant.

»Ganz sicher nicht«, entgegnete Fletcher empört. »Solche Typen tummeln sich in meiner Branche zuhauf.«

»Tatsächlich? Haben Freeman und Robinson auch für Sie gearbeitet?«

Fletcher schnippte die Asche ab. »Meinen Ruf, Herr Kommissar, kenne ich. Es heißt, ich würde über Leichen gehen, um ein Geschäft abzuschließen.«

»Für dieselbe Aussage haben unsere Freunde aus Edinburgh drastischere Worte gewählt, die ich aus purer Höflichkeit nicht wiederholen möchte.«

Fletcher lachte auf. »Das haben Sie schön formuliert. Es laufen gerade drei Anklagen gegen mich.«

»Sie meinen gegen Ihre Firma.«

»Die Firma bin ich.«

»Und Mert wird sie übernehmen«, ergänzte Demirbilek, als er den Jungen durch das Restaurant auf sie zukommen sah.

Mit einem Siegerlächeln überreichte Mert seinem Vater eine bereits geöffnete Packung, zwei von den zwanzig Zigaretten fehlten.

»War nicht schwer. Ich habe zehn Prozent investiert, um die Aufgabe hinzukriegen«, erklärte er wie ein Wirtschaftsexperte. »Die beiden Bewacher rauchen.«

Fletcher grinste glücklich über die Erklärung seines Sohnes, die wohl von ihm selbst hätte stammen können, dachte Demirbilek. Stumm verfolgte er, wie Mert einen nagelneuen Plastikball durch das offene Fenster warf, offenbar hatte er das Restgeld in den Ball investiert. Draußen wurde der Junge von einer der Leibwachen erwartet.

»Gut gemacht, mein Großer!«, rief Fletcher ihm nach, als er aus dem Fenster kletterte, um auf kürzestem Weg zur Grünanlage zu kommen. Verwundert setzte er hinzu: »Mert spielt eigentlich gar kein Fußball.«

Demirbilek schüttelte den Kopf über das eigentümliche Verhältnis von Vater und Sohn. »Also, Herr Fletcher. Ich gehe nicht davon aus, dass Sie Auftragskiller aus Ihrem Heimatland nach München geschickt haben, um Ihren Jugendfreund ermorden zu lassen. Waren die Killer in Akbabas Wohnung, um Mert zu holen? Oder ihm sogar etwas anzutun?«

»Danke für Ihre Offenheit, Herr Kommissar«, erwiderte Fletcher geistesabwesend.

Sein Blick war durch das offene Fenster auf Mert gerichtet, der, wie Demirbilek sehen konnte, mit dem Fußball nicht allzu viel anzufangen wusste. Die gut gemeinten Tipps des Leibwächters drangen bis zu ihnen an den Tisch. »Ich wundere mich, warum mein Sohn Sie mag. Er ist gegenüber Fremden normalerweise weitaus zurückhaltender.«

»Wo ist der zweite Leibwächter?«, wollte Demirbilek besorgt wissen, ohne auf die Frage einzugehen, und erhob sich vom Stuhl, um die Anlage überblicken zu können.

»Sehen Sie ihn?«, erkundigte sich Fletcher verängstigt.

»Nein, er ist nicht da. Sind das Ihre Leute? Haben Sie die beiden aus Schottland mitgebracht?«

»Nein, sie sind von einer Münchner Sicherheitsfirma. Helfen Sie mir auf, bitte.«

Der Kommissar hatte nicht bemerkt, wie Fletcher zu ihm gerollt war. Er packte ihn unter den Achseln und half ihm auf, damit er sich am Fensterbrett abstützen konnte.

Beide waren erleichtert, als der zweite Leibwächter um die Ecke gebogen kam. Der Waffenhersteller ließ sich zurück in den Rollstuhl fallen. »Sie haben mich mit der Angst um Mert angesteckt, Herr Kommissar.«

Im Gegensatz zu Fletcher, der die Zigarette im Aschenbecher ausdrückte, amüsierte sich Demirbilek weiter über den muskelbepackten Mann, der von seinem Kollegen den Ball forderte und ihn mit den Füßen geschickt in der Luft hielt. Inmitten der artistischen Einlage griff er sich plötzlich an das Herz und sackte zusammen.

Demirbilek reagierte sofort. »Rufen Sie die Polizei«, schrie er Fletcher zu und kletterte aus dem Fenster.

Der zweite Leibwächter zog zur selben Zeit Mert an sich und rannte mit dem zu Tode erschrockenen Jungen los, um hinter einer Parkbank Schutz zu suchen. Auf halbem Weg brach auch er zusammen. Getroffen von einem lautlosen Schuss wie sein Kollege, riss er den Jungen mit sich zu Boden.

»Duck dich, Mert!«, rief Demirbilek ihm zu. Gleichzeitig kickte er im vollen Lauf den Ball in die Richtung, wo er den unsichtbaren Schützen vermutete. Der dritte gedämpfte Schuss verfehlte dadurch sein Ziel und zerfetzte knapp neben dem Jungen einen Baumast. Sofort erkannte der Kommissar die Chance, die ihm durch den Fehlschuss eröffnet wurde. Er sprang auf Mert zu, packte ihn unter den Achseln und schleifte ihn einige Schritte über die Wiese. Vor dem Fenster schrie er: »Pass auf die Füße auf!«

Der Junge winkelte die Beine ein, als ein weiterer Schuss neben Demirbileks Schuhen einschlug. Nach wenigen Metern beförderte er Mert mit einem Schwung durch das Fenster und brachte sich selbst mit einem Sprung in Sicherheit.

32

Demirbileks Schweigen war für seine Mitmenschen verstörender als Wut, die ihn aus der Haut fahren ließ. Wenn er obendrein in nüchternem Zustand mit zitternden Fingern eine Zigarette rauchte, war sein Seelenzustand kaum greifbar. Er wirkte wie aufgelöst, wie nicht existent, obwohl er, mit den Schuhen im Sandboden vergraben, auf der Schaukel eines Kinderspielplatzes leicht hin- und herwippte.

Die Geräusche des Großeinsatzes im Hinterhof des Luxushotels vermischten sich mit Vogelgezwitscher und Stimmen von Besuchern des öffentlichen Parks. Er blickte zu den SEK-Kräften, die ihm den Gefallen getan hatten, ihn zum Schutz des Kindes zu begleiten. Nach dem Anschlag hatte er Mert, seinen Vater und auch sich selbst zur Ruhe kommen lassen.

Der schottische Unternehmer umklammerte seinen Sohn auf dem Schoß und strich ihm mechanisch über die Haare.

»Was Sie für mein Kind getan haben, hätte ich tun müssen. Sagen Sie mir, wie ich mich Ihnen oder Ihrer Familie erkenntlich zeigen kann«, bat Fletcher.

Demirbilek zog an der amerikanischen Zigarette, die ihm der Waffenfabrikant gegeben hatte. Er hob den gesenkten Kopf, blickte in die erwartungsvollen Augen des Vaters und durchdachte den zweiten Anschlag in kürzester Zeit auf das Leben eines dreizehnjährigen Kindes. Vier Schüsse waren gefallen, zwei davon tödlich, bevor der Schütze spurlos verschwunden war.

»Bekommen die Leibwächter eigentlich ihren Lohn? Ich meine das, was Sie für ihre Dienste vereinbart haben?«, fragte Demirbilek umständlich und zusammenhangslos.

»Natürlich, die Ehefrauen, wenn sie verheiratet waren, sonst die nächsten Angehörigen. Wenn das in Ihrem Sinne ist, verdoppele ich das Gehalt und übernehme die Bestattungskosten«, antwortete Fletcher.

Der Kommissar unterließ einen Kommentar und brachte die Schaukel zum Schwingen. Nach ein paar Schwüngen hatte er genug Höhe erreicht, um über den Sand auf die Wiese zu springen. Bei Fletchers Rollstuhl beugte er sich zu Mert, der stumm vor sich hinstarrte. Wein doch, mein Junge, hätte er ihm am liebsten zugerufen, stattdessen streichelte er ihm durch den Haarschopf.

»Ich schicke jemanden, um Ihre Aussagen aufnehmen zu lassen«, verabschiedete er sich und drückte die Zigarette im fest installierten Aschenbecher des Rollstuhls aus.

Er war ein paar Schritte weit gekommen, als er hinter sich hörte, wie Mert, der offenbar mit den Tränen gerungen hatte, doch noch zu weinen anfing. Die Erleichterung darüber hielt nicht lange, da nun Fletchers gereizte Stimme ertönte: »Sei still, Mert. Hör auf zu weinen, reiß dich zusammen!«

Demirbilek war versucht, erzürnt über die Worte und den aggressiven Ton des Vaters, umzudrehen. Er zwang sich weiterzugehen, sich zu sagen, dass ihn das Schicksal des Jungen nichts anging. Seine Aufgabe war es, die Täter zu ermitteln, nicht die Opfer zu versorgen. Aber kaum hatte er ein paar Schritte zurückgelegt, drehte er doch um. Er war nicht nur Kommissar. Er war auch Vater.

Fletcher und sein Sohn hatten nicht mit seiner Rückkehr gerechnet. Mert schniefte, ohne sein Gesicht zu zeigen. Fletcher sah den Kommissar überrascht an.

»Warum können Sie nicht mehr laufen?«, fragte er ihn und blickte mit offenem Zorn auf ihn hinab. »Ich kann nicht gut schlafen, wenn mir Zusammenhänge nicht klar sind. Was hat der Rollstuhl mit Ihrem Laster zu tun?«

Mert drehte sich auf dem Schoß seines Vaters um und lehnte den Kopf an dessen Brust. Die weggewischten Tränen glänzten auf den blassen Wangen. Demirbilek war nicht sicher, meinte aber für einen Moment ein Flehen um Beistand in dem verängstigten Gesicht erkannt zu haben.

Fletcher streckte den Rücken gerade und schob Mert auf dem Schoß ein wenig zur Seite. »Ich bin mitten in der Nacht losgezogen, weil mir die Zigaretten ausgegangen sind«, erklärte Fletcher zögernd. »Ein schnöder, dummer Verkehrsunfall in Karaköy. Die Versicherung hat gezahlt, mit dem Geld habe ich mich in das marode Waffenunternehmen eingekauft, bei dem ich angestellt war.«

»Mert, geh schaukeln, ja?«, forderte der Kommissar den Jungen auf, der das Einverständnis seines Vaters einholte und zur Schaukel ging, auf der Demirbilek gesessen hatte. Er kramte sein Smartphone aus der Hosentasche und begann zu schwingen.

»Reden Sie mit mir«, setzte der Kommissar das Gespräch fort. »Warum sind Killer hinter Ihrem Sohn her? In Akbabas Wohnung wurde mit einer gedämpften Pistole geschossen, genau wie im Hinterhof eben. Steckt Ken Freeman dahinter?«

Fletcher schleckte über die Lippen und brach den Filter der Zigarette ab, bevor er sie in den Mund steckte. »Sehr wahrscheinlich, Herr Kommissar.« Mehr sagte er nicht.

Demirbilek hatte nun endlich genug von Andeutungen und Anspielungen. Er streckte den Kopf in die Höhe und sammelte sich. Dann machte er in scharfem Tonfall weiter: »Ich habe vier verdammte Mordopfer am Hals! Jemand trachtet nach dem Leben Ihres Kindes. Haben Sie das nicht kapiert, oder was ist mit Ihnen los? Und übrigens: Mich hätte es beinahe auch erwischt!« Er griff nach der Zigarettenschachtel auf Fletchers Schoß und wartete auf Feuer. »Sie sitzen gemütlich im Rollstuhl und schweigen wie ein Mafiahandlanger, der vorgibt, nichts von den Vorfällen zu wissen. Ihre Waffengeschäfte interessieren mich erst, wenn sie mit den Morden zu tun haben. Haben sie das?«

Fletcher schwieg trotz des Ausbruchs, den er über sich ergehen ließ, als wäre nicht er gemeint. Er wandte sich in Gedanken versunken seinem Sohn zu, der mit tippenden Daumen hin- und herschaukelte.

»Sehen Sie mich an, Herr Fletcher.« Demirbilek wartete, bis der Waffenfabrikant sich zu ihm drehte. »Glauben Sie, ich weiß nicht, dass Sie kurdische Freiheitskämpfer mit Waffen versorgen? In Ihrer Geburtsstadt Diyarbakır sind Sie ein Held. Ich denke, der türkische Staat sieht Ihrem Treiben nicht gerne zu. Was aber hat das mit Mert zu tun? Sagen Sie was!«

Plötzlich stopfte Fletcher mit hastigen Bewegungen die halb gerauchte Zigarette im Aschenbecher aus. Demirbilek beobachtete, wie er einige Augenblicke lang sinnierte, vermutlich mit einer Schere im Kopf die Passagen zensierte, die er nicht preisgeben wollte oder durfte.

»Angefangen hat der Irrsinn vor ein paar Wochen, nach einem schrecklichen Vorfall, bei dem der Sohn eines türkischen Kommunalpolitikers ums Leben gekommen ist. Der Politiker macht mich für den Tod seines Ältesten verantwortlich«, sprudelte es aus ihm heraus.

Endlich, dachte Demirbilek erleichtert, er sagt etwas, was ich überprüfen kann. Mit gereizter Stimme wollte er sichergehen, richtig verstanden zu haben: »Deshalb soll Mert getötet werden, aus Rache?«

»Aus Rache für den Erstgeborenen, kennen Sie einen triftigeren Grund? Der Wahnsinnige hat mich in der Firma aus einer Sitzung geholt. Am Telefon musste ich zuhören, wie er einen gefangen genommenen PKK-Kämpfer foltert. Ich weiß nicht, ob der Mann noch am Leben ist. Wahrscheinlich nicht. Unter Schmerzen und Todesangst hat er meinen Namen gebrüllt und behauptet, ich hätte den Sohn des Politikers erschossen. Das ist eine glatte Lüge. Seit dem Drohanruf lasse ich Mert rund um die Uhr bewachen. Er hasst es, von Bodyguards umgeben zu sein und in Angst leben zu müssen. Wir können so nicht weitermachen.«

»Und Sie glaubten allen Ernstes, Mert sei in München in Sicherheit? Sie sind im internationalen Geschäft tätig und dumm sind Sie genauso wenig wie Ihr Sohn.«

»Ja doch!«, machte Fletcher seiner Sorge Luft. »Sie haben ja recht, das war ein Fehler! Aber ich dachte, mein Junge wäre bei Süleyman gut aufgehoben. Er wollte Mert unbedingt für den Werbespot besetzen. Ich habe nachgegeben, weil ich glaubte, ich könnte ihm eine Zeit lang den Bewachungsstress in Edinburgh ersparen. Eigentlich konnte niemand wissen, dass er sich in München aufhält. Offiziell ist er auf Klassenfahrt in Calais.«

Demirbilek blickte zu Mert und holte sich ins Bewusstsein, dass da ein Schüler saß, ein Kind, über das ein Todesurteil gefällt worden war, wenn Fletcher ihm gerade die Wahrheit gesagt hatte. »Wo ist der Politikersohn ums Leben gekommen? In der Türkei?«, fragte er nach und sog an der Zigarette, die ihm zu seinem Bedauern half, die Nerven zu bewahren.

»Ja, in Diyarbakır«, antwortete Fletcher. »Er wurde bei einer Demonstration getötet. Bei der polizeilichen Untersuchung konnte nicht festgestellt werden, wer bei dem Feuergefecht den tödlichen Schuss abgefeuert hat.« Fletcher lachte traurig und hilflos. »In meiner Geburtsstadt werde ich gefeiert, weil ich keinen Hehl daraus mache, mit kurdischen Freiheitskämpfern Geschäfte zu machen. Dass ich der anderen Seite die gleichen Waffen anbiete, interessiert niemanden. Ich bin kein Kurde, kein Türke und auch kein Schotte. Ich bin Unternehmer, ich beschäftige zweiundvierzig Arbeiter, die Waffen herstellen, damit sie verkauft werden. Kunde ist Kunde. Jedenfalls war meine Einstellung bis zu dem Anruf so.«

»Und jetzt?«

Fletcher atmete durch. »Jetzt? Jetzt habe ich Angst um mein

Kind. Ich bin in München, um meine Firma zu verkaufen. Mehr kann ich Ihnen nicht sagen.«

»Warum nicht?«

»Weil ich vorher mit dem Polizeipräsidenten darüber reden muss, was gestern und heute vorgefallen ist.«

Demirbilek schnippte die erloschene Zigarette in die Luft und sah der Kippe hinterher, wie sie in hohem Bogen im Abfalleimer landete. Er war zufrieden mit dem Wurf, nicht aber mit den spärlichen Informationen des Waffenunternehmers. »Ich lasse seinem Büro die Protokolle zukommen. Richten Sie dem Präsidenten Grüße aus und sagen Sie ihm, dass ich mich weder von ihm noch von Ihnen, Herr Fletcher, verarschen lasse!«

33 Demirbilek war spät dran. Nachdem er Onur und Mert Fletcher in die Obhut des Einsatzleiters überantwortet hatte, ließ er sich von einem Streifenwagen in der Nähe der Großmarkthalle absetzen. Erst als der Wagen in der Implerstraße nicht mehr zu sehen war, schlich er in die nächste Seitenstraße zur Praxis des ägyptischen Arztes.

Der befreundete Chirurg stutzte, als der Kommissar abgehetzt durch die Eingangstür trat. »Was ist, Zeki? Du siehst mitgenommen aus.«

»Bin müde und habe zwei Zigaretten geraucht, die mir gutgetan haben. Zu viel los. Mit Leipold alles in Ordnung?«

»Ich denke schon. Trotzdem kann dein Freund Beistand gebrauchen.«

»War etwas bei der OP?«

Der Arzt schüttelte den Kopf. Er umriss den reibungslosen Verlauf des Eingriffes, den er mithilfe einer örtlichen Betäubung vorgenommen hatte, und erkundigte sich nach Demirbileks Sohn. »Wie geht es Aydin? Wann bringt er mir deinen Enkel vorbei?«, scherzte er.

Demirbilek lächelte kraftlos zurück. »Aydin geht es hoffentlich nicht gut. Er und Jale haben sich getrennt.«

»Von wegen unsere Söhne werden mit der Beschneidung zu Männern. Frau und Kind zu verlassen, ist keine Option«, sprach der Arzt im Sinne des besorgten Freundes. »Tut mir leid, Zeki.«

»Danke. Kann ich Leipold mitnehmen?«

»Ja, bring ihn nach Hause, er soll sich ausruhen. Lass ihn aber nicht alleine, wenigstens in den nächsten zwei Stunden«, wies ihn der Ägypter an und klopfte ihm voller Anteilnahme auf die Schulter.

Demirbilek fand das Schild, das ihm den Weg zum Warteraum wies. Einige Patienten blickten auf, um den Neuankömmling zu mustern. Leipold hockte breitbeinig auf einem der Wartestühle in der Ecke neben einer verschleierten Frau. Er hatte nicht aufgesehen. Die Lektüre eines Frauenmagazins war augenscheinlich spannender als die Ankunft eines neuen Patienten. Demirbilek nahm neben ihm Platz und schielte zu der Fotostrecke, die den frisch operierten Kollegen vereinnahmte.

Er vergewisserte sich mehrere Male, neigte und drehte den Kopf, um aus einem günstigeren Blickwinkel das Hauptfoto zu betrachten. Als er sich absolut sicher war, überkam ihn ein niederschmetterndes Gefühl, als hätten seine zwei Lieblingsmannschaften gegeneinander gespielt und beide hätten paradoxerweise verloren.

»Da bist du ja endlich«, freute sich Leipold, als er ihn neben sich bemerkte. »Der Chefarzt wollte mich nicht alleine gehen lassen.« Er stockte wegen Demirbileks blasser Gesichtsfarbe. »Was hast du denn? Ist dir schlecht?«

»Wie man's nimmt«, sagte er und tippte auf das Foto einer politischen Delegation, die sich anlässlich einer Gala in Ankara für das türkische Klatschblatt, das Leipold in Händen hielt, hatte ablichten lassen. »Das ist die Assistentin des Werbeproduzenten, das ist Müge Tuncel.«

»Die mit dem Kopftuch?«

»Nein, die Frau dahinter im schwarzen Kostüm. Sie trägt einen Knopf im Ohr.«

Leipold hob die Magazinseite direkt vor die Nase. »Stimmt, das ist ein Headset. Hast ja Adleraugen! Sieht aus wie eine Bodyguardtante und nicht wie eine Werbetussi.«

Der Kollege brachte es in seiner derben Art auf den Punkt. Wenn er recht behielt, war Müge Tuncel nicht die Person, die sie vorgab zu sein. Damit machten die Ungereimtheiten, die Kutlar auf ihrem Computer entdeckt hatte, plötzlich Sinn. Es fanden sich eine Menge Mails zur Vorbereitung eines Werbespots. Merkwürdigerweise aber war keine einzige Datei auf Tuncels Festplatte mit produktionsrelevantem Inhalt zu finden gewesen.

Demirbilek roch förmlich das Apfelaroma des Mundsprays auf Akbabas Balkon und sah auf Tuncels nacktem Körper das Tattoo in der Küche. Fletcher im Rollstuhl und Mert auf der Schaukel kamen ihm in den Sinn. Welche Rolle spielten sie in dem Szenario, dessen Drehbuch jemand geschrieben haben musste, der ähnlich verworren dachte wie der Erfinder des Werbespots um den Jungen mit Smartphone in osmanischen Zeiten?

»Lass uns verschwinden, ich muss dringend ein paar Leute sprechen«, hatte es Demirbilek plötzlich eilig. Das Magazin rollte er zusammen und nahm es an sich.

»Vergelt's Gott, Zeki, dass du das für mich getan hast. Mir geht's schon viel besser. Wird Zeit, dass Elisabeth von der Überraschung erfährt.«

»Hast du ihr noch nicht Bescheid gegeben?«

Vorsichtig legte Leipold beide Hände auf die Oberschenkel und erhob sich noch vorsichtiger. »Am Telefon? Spinnst du?«

34

Kutlar und Vierkant klingelten bei dem Berufsfahrer für Spezialtransporte, dessen Alibi sie im Zusammenhang mit der Ermordung von Aysel Sabah überprüfen sollten. Er war der letzte Patient auf Kaymaz' Liste, der zur Tatzeit in Behandlung in Sabahs Istanbuler Praxis gewesen war. Vierkant nahm zu Kutlars Unverständnis die Einladung zu Kaffee und Kuchen an, die der aufgeregte Fahrer vorbereitet hatte. Mit der Kriminalpolizei, gestand er, habe er zum ersten Mal in seinem Leben zu tun. Der bodenständige, auf den Unterarmen tätowierte Mann freute sich darüber, echte Münchner Cops zu begrüßen statt wie jeden Sonntag die *Tatort*-Bullen im Fernsehen.

Nach einem Plausch über Fiktion und Realität von Polizeiarbeit, den Kutlar über sich ergehen ließ und Vierkant in vollen Zügen genoss, erfuhren die Beamten, dass der Verdächtige sich unter der Galatabrücke dem Rakıgenuss hingegeben hatte und mit einem Vollrausch ins Hotel einmarschiert war.

Vierkant drückte den Zettel mit den Namen des touristischen Nepplokals und des Hotels ihrem Kollegen in die Hand und schickte ihn zum Telefonieren, während sie sich von dem überraschend netten Arbeiter überreden ließ, nach einem zweiten Stück Bienenstich zu greifen. Mit vollem Mund quittierte sie Kutlars Nicken über das bestätigte Alibi.

»Das muss nicht sein! Hier sind doch Parkplätze«, schimpfte

Vierkant, als ihr Kollege später über die Kellerstraße die hintere Zufahrt des Gasteigs anfuhr. Mithilfe des Dienstausweises verschaffte sich Kutlar beim Sicherheitsdienst an der Schranke Zugang zu dem Gelände und parkte keine fünf Meter vor dem Haupteingang des Kulturzentrums. »Muss sein. Wegen deines Kaffeekränzchens läuft uns die Zeit davon.«

Prompt bekam Vierkant ein schlechtes Gewissen, stieg eilig aus und folgte dem eingeschnappten Kollegen.

»Ein Mal die Woche habe ich hier meinen Türkischkurs«, versuchte die Oberkommissarin gut Wetter zu machen.

»*Aferin*«, erwiderte ihr Kollege beiläufig beim Betreten des Gebäudes.

»Übersetzt du mir das?«, bat Vierkant und notierte Bravo und ausgezeichnet als neue Vokabeln in ihr Heft.

Die Putzfrau, die Schwester Ilse in Verdacht hatte, über Aysels ungewollte Schwangerschaft Bescheid zu wissen, fanden die Beamten nach längerem Suchen im Erdgeschoss bei der Arbeit in eine der Toilettenfluchten. Die Polin, erschrocken über das Auftauchen gleich zweier Kriminalbeamter, erinnerte sich genau und mit verzweifelter Bestimmtheit daran, wie sie Aysel Sabah vor dem Eingang des Schwesternheimes in die Arme gelaufen war. Aysel war auf dem Weg zurück zu der Schwester gewesen, um die vergessene Handtasche zu holen. Hysterisch geschrien habe sie, als sie die Tasche in ihren Händen erkannte, erinnerte sich die Polin.

Mit freundlicher Strenge hakte Vierkant nach, ob sie die Wahrheit sage, woraufhin sich die Frau auf die frisch gewischten Kacheln niederkniete und mit einem Kuss auf das Antlitz der Madonna an der Halskette schwor, die Tasche nicht geöffnet zu haben und nichts von einem anonymen Anrufer zu wissen. Der Beamtin genügte die herzergreifende Gläubigkeit der Zeugin, sie half der Frau auf die Beine. Anders Kutlar, der nicht aufhörte, sie weiter mit Fragen zu torpedieren, bis Vierkant ihn mit einer ungewöhnlich herrischen Anweisung stoppte.

Kurz darauf fanden die Beamten den Ehemann der Putzfrau ein Stockwerk höher im Ausleihbereich der städtischen Bibliothek – vertieft in eine polnische Tageszeitung. Nach Vierkants erster Frage, warum er nicht arbeite wie seine fleißige Frau, legte der Pole die Zeitung mit fragendem Gesicht beiseite. Offenbar verstand er kein Deutsch. Nach einem kryptischen Wortwechsel waren beide Ermittler einer Meinung. Selbst ohne die ausstehende Stimmanalyse konnte der Verdächtige aufgrund der polnischen Sprachfärbung als anonymer Anrufer, der behauptete, Aysel habe getötet, ausgeschlossen werden.

Später fuhren die beiden Beamten an der Isar entlang. Der schleppende Verkehr trug nicht gerade zur Besserung der Laune bei. In sachlichem Ton klärte Kutlar Vierkant über den Grund ihres Besuches bei Doktor Sahner auf. Sylvia Reisig hatte glaubhaft ausgesagt, dass der Zahnarzt seine Mitarbeiterinnen sexuell belästigte. Er hatte den Auftrag, mit einem inoffiziellen Besuch die ihm lieb gewonnene Angewohnheit auszutreiben.

»Anweisung vom Chef?«, fragte Vierkant.

»Ja, der Herr Doktor grapscht gerne. Die Arzthelferinnen müssen Röcke in der Praxis tragen. Wer weiß, vielleicht steckt mehr dahinter. Normal ist das nicht, oder?«

»*Ibne!*«

Kutlars Lachen legte sich über den Polizeifunk im Auto. »Dass du solche Schimpfwörter in den Mund nimmst!«

»Wieso? Was ist jetzt an Idiot so schlimm?«, wunderte sich Vierkant.

Jetzt lachte Kutlar noch stärker auf. »Korrigier das mal in deinem Vokabelheft. *Ibne* heißt Schwuchtel.«

»Wie bitte?«, schrie Vierkant und hielt sich beschämt den Mund zu, bevor sie herzhaft auflachte. »Sind wir wieder gut?«, nutzte sie wie aus der Pistole geschossen die Stimmungsänderung. Das ernste Gesicht, das sie die ganze Zeit über aufgesetzt hatte, verwandelte sich zu einem bittenden Lächeln. »Ich halte Streit ganz schwer aus.«

»Was du nicht sagst«, lenkte Kutlar ein.

Vierkant schnaufte erleichtert durch. »Wie gehst du vor? Du warst doch verdeckt bei der Zollfahndung im Einsatz. Scheint mir aber mehr eine Erziehungsmaßnahme zu sein. Typisch Chef, was der immer für Ideen hat.«

»Ich dachte, ich gebe mich als Aysels Cousin aus und werfe dem Herrn Doktor unschöne Behauptungen an den Kopf«, meinte Kutlar. »Mal sehen, wie er reagiert.«

»Wenn das so ist, warte ich lieber im Auto. Lügen kann ich noch schwerer anhören als Streit aushalten.«

Kutlar hielt sich in Sahners Praxis auf, als Vierkant eine Mail mit angehängter Audiodatei empfing. Sie lauschte der Arbeit der findigen Kollegen, die die Klarstimme des anonymen Anrufers herausgefiltert hatten. Beim Zuhören der unbekannten Stimme blickte sie gedankenverloren zum Praxisgebäude. Ein Fenster öffnete sich, sie wurde auf einen Mann im Arztkittel aufmerksam. Er beugte sich nach vorne und bat Gott in einer Lautstärke um Beistand, als befände sich dieser im letzten Winkel des Himmelreiches. Die vor Wut donnernde Stimme war trotz des Verkehrslärms auf dem Mittleren Ring deutlich zu vernehmen. Irritiert über die Erscheinung bekreuzigte sich die Beamtin, sah ungläubig hinauf zu dem Fenster, das sich wie von Geisterhand schloss. Auf dem Smartphone stöberte sie sodann auf der Website der Arztpraxis. Aufgereiht in Form einer Pyramide waren dort Fotos platziert. Sie erkannte den Mann wieder, der eben am Fenster geschrien hatte. Doktor Volker Sahners Porträt befand sich oben als Spitze der Pyramide, unter ihm waren die Fotos der ausnahmslos hübschen Helferinnen. Mit Blick auf die Gesichtszüge des Zahnarztes hörte sie den anonymen Anruf ein drittes und viertes Mal an und beschloss, der mit Gottes Unterstützung entstandenen Spur nachzugehen.

Vor der Praxistür sammelte sie sich, rückte die Umhängetasche über der Schulter gerade und ging im Kopf durch, welches Auftreten der Chef in solch einer Situation an den Tag legen würde. Sie entschied sich für eine resolute Variante.

Mit dem Surren des automatischen Türöffners drückte sie den Knauf und marschierte mit gezücktem Dienstausweis zur Empfangstheke. Das junge Ding im weißen Rock und T-Shirt schien neu im Team zu sein. Auf der Website hatte sie die Praxishelferin nicht gesehen. Das freundliche Begrüßungslächeln unterband sie mit der Klarstimme des anonymen Anrufers auf ihrem Handy. »Kennen Sie die Stimme?«

Den erstaunten Gesichtsausdruck interpretierte sie als glasklares Ja.

»Nun führen Sie mich zu dem Zimmer, in dem sich Doktor Sahner befindet. Sie rühren weder das Telefon an noch rufen Sie nach ihm. Habe ich mich verständlich ausgedrückt? Wenn ja, nicken Sie.«

Die Arzthelferin schüttelte mehrmals den Kopf und trat hinter der Theke hervor. Vierkant entdeckte Kutlar, der vor dem Wartezimmer telefonierte. Auf ihren fragenden Blick hin legte er die flache Hand zum militärischen Gruß an die Stirn, um anzudeuten, dass er mit Demirbilek im Gespräch war.

Die Helferin wartete vor dem Behandlungszimmer mit der Nummer zwei. Die Tür zu öffnen, wagte sie nicht. Kutlar kam zu ihnen und fragte wortlos, was los sei.

»Check mal deine Mails, die Kollegen haben die Stimme des anonymen Anrufers entzerrt«, sagte Vierkant mit einem siegesgewissen Unterton.

Kutlar holte das Versäumte mit den Ohrhörern nach. »Gut, aber wer soll das sein?«, tuschelte er ihr zu.

Vierkant machte es spannend. »Das wirst du gleich hören. Wir gehen da jetzt hinein.«

»Das eben am Telefon war der Chef. Er hat einen Auftrag für mich, es tut sich was im Fall Akbaba …«

»Das muss warten«, fiel Vierkant ihm ins Wort und öffnete nach kurzem Anklopfen die Tür.

Der Zahnarzt war über einen Patienten auf einem hochmodernen Behandlungsstuhl gebeugt. Verärgert über die Störung blickte er zu den beiden fremden Personen. Wie ein Schiedsrichter die rote Karte in die Luft hält, zeigte Vierkant ihren Dienstausweis vor. Mit dem übergezogenen Mundschutz begann der Mediziner etwas zu brabbeln, was die Beamten nicht verstehen konnten. Erbost riss der Zahnarzt die Schutzbrille ab. Gleichzeitig, weil er nicht an den Bohrer im Mund des Patienten dachte, zuckten die Füße des Mannes, als würde ein Stromstoß durch seinen Körper jagen. Sahner entledigte sich nun auch des Mundschutzes und schrie den Patienten an, ruhig zu sein.

»Wer zum Teufel sind Sie?«, fragte er in derselben Lautstärke die Beamten.

Vierkant blieb stumm angesichts des Leides, das sie dem Patienten mit ihrem unangemeldeten Eindringen zugefügt hatte. Mit tiefer Reue über ihr vorschnelles Handeln brachte sie nicht die Worte über die Lippen, die sie sich zurechtgelegt hatte. Überfordert von der eigenen Courage stupste sie Kutlar an, damit er die Antwort übernahm.

»Polizeioberkommissare Vierkant und Kutlar. Ermittler des Sonderdezernats von Hauptkommissar Zeki Demirbilek, den Sie ja bereits kennengelernt haben. Wir müssen Sie sprechen, Herr Doktor.«

Die Reaktion des Arztes fiel unerwartet aus. Unbemerkt von den Beamten betätigte er mit dem Fuß einen Schalter. Der Bohrer in seiner Hand summte los.

Gleich darauf weiteten sich die Augen des Patienten. Purer Horror zeigte sich in seinem Gesicht. Der Mann schrie in Panik auf, als Doktor Sahner ihm den Stahl der Bohrerspitze an seine Halsschlagader drückte.

35

Demirbilek horchte auf. In der Küche seines frisch operierten Kollegen, wo er einige Dienstgespräche geführt hatte, vernahm er, wie Leipolds Schnarchen abrupt stoppte. Mit dem Telefon in der Hand ging er in das Wohnzimmer, das stilvoll in oberbayerischer Tradition eingerichtet war, und vergewisserte sich, ob mit Leipold alles in Ordnung war. Sein Kollege wachte auf dem Ecksofa auf, bestickte Kissen waren in seinem Rücken gepolstert. Leipold rieb sich mit den Fingerknöcheln die Augen. Die Geste machte ihn verletzlich wie ein Kind, unpassend für einen Mann seiner Körpermaße, empfand Demirbilek. Er trat zu ihm und lächelte ihm aufmunternd zu.

»Bist ja noch da, Zeki. Wird schon nichts sein, bis Elisabeth heimkommt.« In Leipolds verschlafener Stimme klang Sorge mit.

»Ich musste telefonieren. Das geht hier genauso gut wie im Büro. Kaymaz kennt einen Attaché in Ankara. Ich wollte Tuncels Foto aus dem Magazin nach Istanbul schicken. Kannst du mir helfen?«

Leipold richtete sich auf und nahm von Demirbilek das Handy entgegen.

»Mit dem alten Trumm? Ob das überhaupt geht? Wo sind denn deine zwei?«

»Ermitteln, was sonst? Also, kannst du ein Foto machen und

verschicken? Warst du nicht auf Fortbildung in Sachen moderne Kommunikation?«

»Haha«, grinste Leipold. »Die Delegation in Ankara war aus Deutschland, oder?«

»Hm«, bestätigte Demirbilek. »Könnte sein, dass die Werbedame zu einer deutschen Sicherheitsbehörde gehört. Im Krankenhaus hieß es, ihre Operation sei gut verlaufen. Mal sehen, wann ich sie sprechen kann. Wie geht's dir?«

Leipold räusperte sich. »Geht schon. Aber sag mal, wie ist das mit Pieseln? Tut das arg weh direkt nach der Operation?«

Demirbilek überlegte. »Bei mir ist das lange her. Wird nicht schlimm sein, sonst wüsste ich es noch. Ich hatte übrigens keine Narkose wie du.«

»Ja, ja«, quäkte Leipold. Die Wohnungstür war zu hören. »Elisabeth kommt.«

»Dann gehe ich jetzt. Gratulation noch mal zur Beschneidung«, lächelte er beim Hinausgehen.

Eigentlich wollte Demirbilek Leipolds Frau nicht begegnen. Sie stand aber schon in der Tür. Mit einem furchtbaren Entsetzen im Gesicht strafte sie ihn und blickte zu ihrem Ehemann. »Was ist los, Pius? Bist du verletzt?« Sie eilte zu ihm an das Sofa.

»Nein, alles in Ordnung, Elisabeth. Zeki hat mich nach Hause gebracht, brauchst ihn nicht so böse anzuschauen. Komm, setz dich, ich erkläre dir alles, Schneckerl«, beruhigte Leipold sie.

Froh, auf die belebte Straße in Sendling treten zu können, atmete Demirbilek durch. Sollte er ohne Umschweife Staatsanwalt Landgrün mit dem Verdacht über Tuncels falscher Identität konfrontieren oder warten, bis er Rückmeldung von Kaymaz erhielt?, wälzte er in Gedanken hin und her und nahm sich vor, eine Entscheidung zu treffen, bevor er die U-Bahn-Station erreichte.

Eine heulende Sirene machte ihm einen Strich durch die Rechnung. Er blickte zu dem Streifenwagen, der mit quietschenden Reifen eine Vollbremsung hinlegte und auf seine Straßenseite wechselte. Eine Hand winkte ihm aus dem Fenster zu. Jales Kopf folgte.

»Was machst du hier?«, fragte Demirbilek sie mit allem an Vorwurf, den seine Stimme hergab, als der Streifenwagen mit laufendem Motor neben ihm hielt.

»Wir haben einen Einsatz. Vorne oder hinten?«, schrie die Oberkommissarin.

Der Chef der Migra dachte nicht daran, einzusteigen. »Mach sofort die Sirene aus«, wies er den Fahrer an.

Als Ruhe eingekehrt war, setzte er sich nach hinten. »Wie habt ihr mich überhaupt gefunden?«, fragte er Cengiz.

»Das Handy war dauerbesetzt, ich habe dich geortet. Können wir jetzt fahren?«

Ohne eine Antwort abzuwarten, startete der Fahrer mit Vollgas durch. Demirbilek mochte derlei Aktionismus nicht. Wer es eilig hatte, sollte nicht rasen, sondern einen kühlen Kopf behalten. In dieser Disziplin versuchte er sich und beugte den Oberkörper zu Cengiz.

»Du bist im Mutterschutz, mein Kind! Was soll das?«

»Auf Feldmeiers Anordnung geht das klar. Keine Sorge, Memo ist bei Derya untergebracht. Wir sind unterwegs zu Doktor Sahner, er ist der anonyme Anrufer, der Schwester Ilse …«

»Doktor Sahner?«, unterbrach er sie überrascht. »Aber was hat das mit dir zu tun?«

Cengiz fischte ein Sommerkleid aus einer Plastiktüte auf ihrem Schoß. Das Muster kam ihm bekannt vor.

»Sahner dreht durch, er will Aysel Sabah sprechen, sonst tötet er die Geisel, die er in seiner Gewalt hat.«

»Er will die tote Aysel sprechen?«, wiederholte der Kommissar ungläubig.

In voller Geschwindigkeit hupte der Fahrer einem Auto entgegen, das in eine Parklücke zu manövrieren versuchte, und riss das Steuer herum.

»Ja, Sahner scheint den Verstand verloren zu haben. Er hat

einen Patienten betäubt und wartet darauf, dass Aysel zu ihm kommt.«

»Und warum? Hat er mit ihrer Ermordung zu tun?«, wunderte sich Demirbilek und dachte dabei an den therapeutischen Schrei, der ihn erschreckt hatte.

»Wissen wir noch nicht. Serkan kam auf die Idee, mich zu holen. Doktor Sahner wirkt verwirrt, wir hoffen, dass er glaubt, ich sei Aysel, wenn ich in der Praxis auftauche.« Sie zeigte ihrem Chef das Sommerkleid. »In einem ähnlichen Kleid ist Aysel tot in Istanbul aufgefunden worden.«

»Serkan hatte diese dumme Idee?«, fragte er erbost. »Kein Wunder, er hat wohl zu lange verdeckt ermittelt!«

»Schön nach vorne sehen, Kollege«, wies die Beamtin den Fahrer an und bat Demirbilek, der von hinten besser an den Verschluss kam, den Büstenhalter zu öffnen. Dann zog sie das luftige Kleid über den Kopf.

Der Leiter des Polizeieinsatzes hatte den vierspurigen Mittleren Ring vor dem Praxisgebäude teilweise sperren lassen. Auf der Stadtautobahn parkte ein Aufgebot an Einsatzfahrzeugen der Polizei, Feuerwehr und Krankenwagen. Die Sondereinsatztruppe hatte auf einen Steiger bestanden, der auf einem Hänger zum Einsatzort transportiert wurde. Ebendieser versperrte dem Streifenwagen die Weiterfahrt. Demirbilek sprang mit Cengiz auf die leere Fahrbahn, um den Rest des Weges im Dauerlauf zu absolvieren.

Das gesamte Haus war aufgrund der schwer einschätzbaren Gefahrensituation evakuiert worden. Eine Handvoll Spezialkräfte hielt Stellung in Sahners Zahnarztpraxis, die aus drei Behandlungszimmern, Warteraum, Aufenthaltsraum mit Küche, zwei Büroräumen und zwei Toiletten bestand.

SEK-Kräfte bewachten den Eingang des Behandlungszimmers, in dem sich Doktor Sahner mit der Geisel verschanzte. An der freigeräumten Empfangstheke ließ sich Demirbilek von seinen Leuten auf den aktuellen Stand bringen.

»Die Geisel ist ein Mann, achtundvierzig Jahre, er befindet sich aller Wahrscheinlichkeit nach auf dem Behandlungsstuhl links, von der Eingangstür betrachtet«, informierte Kutlar ihn und deutete auf eine handschriftliche Skizze, die er vorbereitet hatte. »Doktor Sahner hat mit dem Bohrer dem Patienten die Wange verletzt, nicht lebensbedrohlich aller Wahrscheinlichkeit nach. Das war vor exakt zweiunddreißig Minuten. Vierkant und ich haben das Zimmer verlassen, um eine Eskalation zu vermeiden. Sahners Ehefrau Silke ist nicht auffindbar. Kinder hat das Ehepaar keine, die wir verständigen könnten. Es gibt wohl einen Bruder, der ist aber nicht in München. Wir haben niemanden, dem er vertraut und ihn besänftigen könnte. Ein Krisenpsychologe ist auf dem Weg hierher. Doktor Sahners Geisteszustand ist bedenklich, er ist verwirrt, würde ich meinen. Er ist kurz davor, durchzudrehen …«

»Behalt das für dich.« Demirbilek wandte sich an Cengiz. »Du gehst kein Risiko ein, Jale! Was ist das Ziel deines Einsatzes?«

»Die Geiselnahme zu beenden, ohne jemanden, inklusive meiner eigenen Person, in Gefahr zu bringen«, antwortete sie.

»Gut«, bestätigte Demirbilek. »Du hältst dich an das, was wir im Auto besprochen haben, ja? Wenn es irgendwie geht, lass die Tür offen stehen, wenn du drin bist. Und denk daran, du spielst eine Rolle. Du bist Polizeibeamtin. Du bist nicht Aysel Sabah. Bedräng Sahner nicht zu sehr.« Er wandte sich an Vierkant und Kutlar. »Habt ihr das Foto hier?«

Vierkant hielt die Aufnahme aus Sahners Büro vor Cengiz' Gesicht, die die ermordete Aysel Sabah mit dem Bohrer in der Hand zeigte. »Das ist sie. Präg dir das Lächeln ein, Jale. Vielleicht hilft es dir.«

Die Beamtin konzentrierte sich einige Sekunden auf den in die Breite gezogenen Mund der Zahnarzthelferin und nickte, während Demirbilek alle Beamten in die Ecken scheuchte, um sie aus Sahners Blickfeld zu haben, wenn sich die Tür öffnete.

Auf ein Zeichen ihres Chefs klopfte Cengiz und ließ ihre Stimme fröhlich klingen: »Ich bin's, Doktor Sahner! Sie wollten mich sehen?«

Postwendend schwappte die erhoffte Antwort auf die Gänge, in denen sich über ein Dutzend Beamte versteckten. »Bist du es, Aysel?«

»Ja, darf ich reinkommen?«

Lange Sekunden verstrichen, ohne dass jemand wagte, sich zu bewegen.

»Komm herein«, tönte endlich Sahners Stimme aus dem Behandlungszimmer.

Erneut gab Demirbilek der jungen Frau, die er wie eine zweite Tochter ins Herz geschlossen hatte, ein Zeichen.

Die Beamtin neigte den Kopf und hob ihn gleich darauf wieder an. Dann drückte sie die Türklinke nieder.

36

Aus dem Mund des Patienten quollen Mullbinden. Zerfetzte Gewebebahnen hingen bis zum Boden hinunter, ein blutdurchtränkter Streifen klebte auf der klaffenden Wunde an der Wange. Der betäubte Mann lag auf dem Behandlungsstuhl, die Augen geschlossen wie im Tiefschlaf. Das schwere Atmen des Verletzten durch die Nase und das Brummen eines elektrischen Gerätes irritierten die Beamtin beim Eintreten – auf die bedrohliche Akustik war sie nicht vorbereitet.

Doktor Sahner erwartete sie auf dem Arztstuhl einen Meter von seiner Geisel entfernt. Er hielt das metallene Handstück mit dem Bohreraufsatz zwischen den Fingern. Auf Cengiz wirkte er teilnahmslos und abwesend, seine Augen kreisten, als mache er eine Entspannungsübung. Die Schutzbrille klemmte auf dem Kopf, der mit Blutfäden bespritzte Mundschutz baumelte unter dem Kinn. Cengiz vergewisserte sich, dass die Geisel nicht lebensbedrohlich verletzt war, und hielt sich gleichzeitig an Demirbileks Anweisung, den Blick auf Doktor Sahner gerichtet zu lassen. Seinem Gesichtsausdruck nach traute er dem Wunder nicht, das er mit der Geiselnahme erzwungen hatte – die ermordete Aysel Sabah stand vor ihm.

Cengiz machte zwei Schritte auf Sahner zu, ohne die Tür hinter sich zu schließen. Der Arzt interessierte sich nicht dafür, er war vertieft in den Anblick der Erscheinung vor sich. Die Beamtin spürte seine Verunsicherung. Beiläufig zupfte sie an dem Ärmel des Sommerkleides, um ihn das Sechziger-Tattoo auf dem Unterarm sehen zu lassen, das ihr ein Kollege auf die Schnelle angebracht hatte. Sahners Pupillen folgten ihren Bewegungen. Als Nächstes präsentierte sie ihm beiläufig die langen schwarzen Haare, indem sie eine Strähne aus dem Gesicht strich. Die Perücke über ihrem Kurzhaarschnitt juckte auf der Kopfhaut, mit aller Willenskraft unterdrückte sie den Zwang, sich zu kratzen. Mit in die Breite gezogenen Mundwinkeln ahmte sie Aysels Lächeln nach.

Der Zahnarzt reagierte mit winzigen Zeichen in seiner Mimik, er schien zu akzeptieren, dass seine tote Mitarbeiterin lebendig vor ihm stand. Die Starre löste sich. Eine leichte Beruhigung stellte sich ein. Der Arzt senkte seinen Blick, brachte das Augendrehen zum Stillstand und hob den Kopf abrupt: »Da bist du ja, Aysel.«

»Natürlich bin ich da, Sähnlein«, scherzte Cengiz mit der Anrede, über die Kutlar sie informiert hatte.

»Wo ist mein Sohn?«, fragte Sahner unvermittelt in die brummende Stille hinein.

Im Gang horchten Demirbilek und die anderen auf. Konnte das wirklich sein? Die Vorstellung, dass Doktor Sahner der Vater des Babys sein könnte, das Aysel verloren hatte, fiel dem Kommissar schwer. Er konzentrierte sich wieder auf das Geschehen in der Praxis. Gemeinsam mit den Beamten verfolgte er über einen Monitor die Aufnahme der winzigen, ferngesteuerten Kamera, die an der Empfangstheke montiert worden war. Auf Grundlage einer Großaufnahme der Geisel, die einen strapazierten, aber nicht lebensbedrohlichen Eindruck machte, entschied Demirbilek, nicht sofort einzugreifen. Dass Sahner nicht Herr über seine Sinne war, bestätigten auch die Bilder auf dem zweiten Monitor. Der verantwortliche Kameramann stand in luftiger Höhe im Korb des Steigers auf der Fahrbahn des Mittleren Rings gegenüber der Praxis. Er zoomte durch das Fenster.

Sahners Gesicht war kreidebleich, er schien nicht Aysel, sondern irgendeinen Punkt hinter ihr zu fokussieren. In seinem Ausdruck lag eine befremdende Weite.

Ohne hektisch zu werden, reagierte Cengiz auf Sahners unerwartete Frage, wie Demirbilek ihr aufgetragen hatte. Sie versuchte, ihn von der Geisel wegzulotsen.

»Unser Baby ist draußen im Kinderwagen«, sagte sie.

»Unser?«, wiederholte Sahner vorwurfsvoll und rutschte nervös auf dem Stuhl hin und her.

»Nicht unser?«

»Es ist mein Junge.«

»Willst du deinen Sohn nicht sehen? Komm, lass uns gehen«, lenkte Cengiz schnell ein.

Demirbilek lobte sie innerlich über das taktisch kluge Angebot. Doch Sahner reagierte mit steigender Verwirrung auf diesen Vorschlag, wie er auf den Aufnahmen beider Kameras verfolgte. Seine Gedanken schienen sich bei der Vorstellung, seinen Sohn sehen zu können, zu verknoten. Er dachte lange nach, bis er das aussprach, was ihm offenbar zusetzte und weshalb er anonym bei der Polizei angerufen hatte: »Mein Sohn ist nicht da draußen. Du hast ihn getötet!«

»Nein, das habe ich nicht«, verlor Cengiz plötzlich die Beherrschung. »Wie kommst du darauf?«

»Wir hatten eine Abmachung«, schrie Sahner dagegen und sprang von seinem Platz auf.

»Welche denn? Sag's mir, Sähnlein!«, provozierte Cengiz ihn, ungeachtet aller Verhaltensregeln, die ihr der Chef eingebläut hatte.

»Welche?«, rief er entgeistert. »Siehst du! Du weißt es nicht mehr, deshalb bist auch du tot!«

Cengiz bekam ihre Gefühle wieder einigermaßen unter Kontrolle und schlug einen versöhnlicheren Ton an. »Aber ja, natürlich bin ich tot. Warum fragst du überhaupt?«, improvisierte sie amüsiert und streckte gleichzeitig die Hand aus. »Ich bin nur für dich zurückgekommen, Sähnlein, damit wir reden können. Das wolltest du doch?«

Cengiz hatte offenbar das richtige Register gezogen. Mit der Wendung in der Unterhaltung, die einem Verhör gleichkam, atmete Demirbilek auf. Sie bot ihm Körperkontakt an, reichte ihm die Hand, um ihn spüren zu lassen, real zu sein.

Doktor Sahner reagierte schließlich auf das Angebot, etwas zu spontan, wie Demirbilek empfand. Doch zufrieden verfolgte er, wie der Zahnarzt nach Cengiz' Worten den Bohrer zur Seite legte, Schutzbrille und Mundschutz abnahm und den Kittel auszog. Dann trat er auf sie zu und nahm ihre Hand.

Demirbilek gab ein Zeichen an die Einsatzkräfte, sich bereitzuhalten. Die vermummten Beamten bestätigten, verstanden zu haben.

Der Kollege an der Fernsteuerung der Minikamera fokussierte auf Cengiz' Hand, die Sahners umgriff. Zu Demirbileks Entsetzen machte sie keine Anstalten, das Behandlungszimmer zu verlassen. Im Gegenteil, sie hielt den Zahnarzt zurück, als dieser sich zum Ausgang bewegte. Was tust du da, schrie Demirbilek innerlich auf und starrte Kutlar und Vierkant an, die ebenso verwundert waren wie ihr Chef. Die Gefahr war vorüber, sobald Cengiz den Geiselnehmer aus der Tür geführt und die Spezialkräfte die Gelegenheit bekamen, ihn zu überwältigen.

»Du weißt es nicht mehr, stimmt's?« , fragte Sahner ruhig.

»Wovon redest du, Sähnlein?«, erwiderte Cengiz mit unschuldiger Stimme.

Sahner drehte sich zum Behandlungsstuhl. »Du lagst hier, genau wie Herr …« Er suchte vergeblich nach dem Namen des betäubten Patienten. »Wir hatten zu tun, es war spät geworden. Nur wir zwei. Du hattest an dem Tag keinen Rock an. Es war nicht einfach, dir die weiße enge Hose abzustreifen …«

Cengiz erschauerte bei den Worten. Sie fühlte körperliche Schmerzen, spürte, als würde ihr dasselbe zustoßen, was Aysel zugestoßen sein musste. Mit einem Schritt trat sie vor den Arzt und gab ihm eine schallende Ohrfeige. »Du hast mich betäubt? Und gefickt? Hier auf dem Stuhl?«, schrie sie ihn mit hasserfüllter Stimme an. »Hast du das? Hast du mich vergewaltigt?«

»Ja!«, brüllte Sahner zurück und rieb sich die schmerzende Wange. »Und du hast meinen Sohn getötet. Was ist schlimmer?«

Zum Nichtstun verdammt verfolgte Demirbilek voller Sorge, wie Cengiz entgegen seiner Anordnung vollends in die Rolle der Toten wechselte. »Ich habe das Kind verloren, nicht getötet«, rechtfertigte sie sich.

»Nein! Du hast meinen Sohn weggemacht, du hast ihn abgetrieben«, widersprach Sahner.

»Woher willst du das wissen?«

Im selben Moment verlor der Zahnarzt die Beherrschung, die Wut in ihm brach sich Bahn, seine Hände schnellten hoch und umklammerten Cengiz' Hals. »Du warst bei Schwester Ilse, sie hat dir gesagt, du sollst das Kind zur Welt bringen!«

Trotz der Gefahr, die von Sahner ausging, hielt Demirbilek die Spezialkräfte mit einem Handzeichen zurück. Er wusste, dass Cengiz in der Lage war, sich zu wehren, sollte es lebensbedrohlich für sie werden.

»Du hast mich nicht erwürgt, Sähnlein. Weißt du das nicht mehr?«, presste sie zwischen den Lippen hervor, im Wissen um die Fakten aus dem Obduktionsbericht.

Sahner löste daraufhin den Griff und massierte die verkrampften Finger. »Stimmt, ich wollte dich töten, aber es ging nicht. Trotzdem bist du tot. Warum?«

Alle Zeugen des Geschehens spürten, wie Cengiz im Begriff war, den Bogen zu überspannen. Komm endlich raus mit ihm, wollte der Kommissar rufen, hielt sich aber im letzten Moment zurück, als Cengiz' Stimme wieder ertönte.

»Ich bin weggerannt, weil das Baby geschrien hat. Weißt du nicht mehr?«, überraschte sie alle Zuhörenden, indem sie sich in Sahners kranke Gedankenwelt hineinversetzte.

Auf dem Monitor war zu sehen, wie Cengiz auf dem Arztstuhl neben der betäubten Geisel Platz nahm. Sahner drehte sich zu ihr. Die Einsatzkräfte spannten die Körper an, in Erwartung von Demirbileks Kommando für den Zugriff. Es wäre ein Leichtes gewesen, den Geiselnehmer mit dem Rücken zu ihnen zu überwältigen. Doch der Kommissar stoppte sie. Cengiz sollte Zeit bekommen, das Verhör zu einem Ende zu bringen.

»Deshalb bist du davongelaufen? Weil mein Sohn hungrig war?«, stammelte Sahner. »Zeig, hast du genug Milch in deinen Brüsten?«

»Sag mir, wie du mich getötet hast, dann stille ich deinen Sohn für dich«, reagierte Cengiz prompt.

Dräng ihn nicht so plump zu einem Geständnis, ärgerte sich Demirbilek und erschrak im nächsten Moment bei Sahners Worten.

Schroff und fordernd hallte es in die Gänge: »Nein, ich will deine Brüste sehen. Zeig sie mir, Aysel.«

»Das willst du? Wolltest du das auch in Istanbul?«, fragte Cengiz mit einem provozierenden Lächeln.

»Lieber Herrgott, hilf!«, krächzte Sahner plötzlich mit einem durch Mark und Bein gehenden Aufschrei. Verzweifelt wie ein Ertrinkender, der wusste, dass er sterben wird, begann er, auf und ab zu gehen. »Ich habe nachgesehen, das Kleid habe ich dir hochgeschoben, als du zu schreien aufgehört hast. Da war aber nichts. Kein Bauch, keine Brüste. Wie konntest du meinen Sohn stillen?«

»Sieh doch«, beruhigte Cengiz ihn hastig und zupfte mit beiden Händen den Ausschnitt des Kleides nach unten.

Mit offenem Mund verfolgte Demirbilek Memos Mutter, wie sie mit ihrer Reaktion alle Anwesenden zum Staunen brachte. Ihre Brüste waren dank Memos unersättlichem Appetit, wie es von einer stillenden Mutter zu erwarten war. Der Kommissar gestikulierte den Umstehenden, aus Anstand wegzusehen und Ruhe zu bewahren. Machte Sahner eine Andeutung, Cengiz zu nahe zu kommen, würde er zur Not alleine zuschlagen.

Doch der Zahnarzt machte keine Anstalten, der Frau, die er für Aysel hielt, etwas anzutun. Er verharrte wie angewurzelt vor den prall gefüllten Brüsten. Offenbar besänftigte ihn der Anblick. »Dann ist mein Sohn gar nicht tot?«, fragte er unsicher.

»Aber nein«, antwortete Cengiz unbekümmert. Sie schob den Ausschnitt zurecht und stand vom Stuhl auf, um abermals die Hand des verwirrten Zahnarztes zu nehmen. Mit sanfter Stimme sagte sie zu ihm: »Ich bin zu der Böschung gelaufen, da an der alten Kirche, die jetzt ein Museum ist. Ich kann mich aber nicht erinnern, wie du mich getötet hast, oder bist du gar nicht mein Mörder?«

Wenigstens ist sie mit der direkten Frage nach der Täterschaft konsequent, stellte Demirbilek nüchtern fest. Zwei Täter waren laut Ergebnis der Spurensicherung an der Tötung oder Beseitigung der Leiche beteiligt gewesen. Gebannt wartete er mit den anderen Beamten, denen er gestattet hatte, wieder auf den Monitor zu sehen, auf Sahners Antwort.

»Nicht ich. Ich wollte, konnte aber nicht. Aber Silke …«, stieß der Arzt die Worte hervor. »Silke … ich muss zu ihr«, wiederholte er wie in Zeitlupe.

Ein, wie die Heftigkeit verriet, lang unterdrücktes Niesen zerfetzte wie eine Explosion die beklemmende Stille im Behandlungszimmer. Mitten im Geständnis schreckte Sahner aus seiner Wahnvorstellung auf.

In derselben Sekunde gab Demirbilek das Kommando für den Zugriff, nahezu gleichzeitig sprang der Doktor zu dem Handbohrer mit dem Edelstahlaufsatz und versetzte Cengiz dabei unabsichtlich einen Schlag mit dem Ellbogen.

Die Einsatzkräfte stürmten auf den Geiselnehmer zu, konnten ihn aber nicht daran hindern, mit dem Fußschalter das Gerät einzuschalten und sich die Halsschlagader aufzudrillen.

37

»Was für ein krankes Arschloch!«, fluchte Cengiz sich die Anspannung von der Seele und riss die Perücke vom Kopf.

Unzufrieden mit dem Ende des Einsatzes stand sie vor dem Praxisgebäude und sah dem Krankenwagen hinterher, in dem Doktor Sahner nach notärztlicher Versorgung abtransportiert wurde. Die nächsten Stunden würden zeigen, ob er den Blutverlust überleben wird, meinte der Notarzt, der durch sein schnelles Eingreifen Sahners sicheren Tod verhindert hatte.

In Gedanken versunken beobachtete sie, wie der Einsatzleiter den Abzug der Fahrzeuge koordinierte. Der Kollege schien anderer Meinung als Cengiz zu sein, er gratulierte mit erhobenen Daumen. Es hatte sich unter den Kollegen herumgesprochen, wie ungeniert und unter höchstem persönlichem Einsatz die junge Mutter dem Geiselnehmer ein Geständnis abgerungen hatte.

Der Feierabendverkehr bemächtigte sich allmählich Münchens Straßen, als Cengiz Vierkant entdeckte. Verzweifelt kauerte sie hinter einem Einsatzwagen auf dem Bürgersteig und heulte in ein Taschentuch, das ihr Demirbilek nach einer Standpauke auf Türkisch und Deutsch in die Hand gedrückt hatte.

Cengiz setzte sich zu ihr. »Komm, Isabel. Ist richtig blöd gelaufen, aber wahrscheinlich hatte er sowieso vor, sich das Leben zu nehmen.«

Die Oberkommissarin schnäuzte lautlos. »Danke, Jale, aber das hätte nicht passieren dürfen. Ich habe in den Monitor gestarrt und vergessen, mir die Nase zuzuhalten. Das ist unverzeihlich. Ich bin schuld …«

»Bist du nicht!«, reagierte Cengiz gereizt und brachte sie mit der Lautstärke zum Schweigen. »Du musstest niesen, ist halt so. Okay?«

Vierkant schnäuzte abermals und nickte. »War am Abend doch etwas kühl im Biergarten.«

»Das ist die richtige Haltung«, munterte Cengiz sie auf und legte ihr den Arm um die Schulter. »Er hat seine Ehefrau Silke beschuldigt, wir müssen sie vernehmen.«

»Langsam, Cengiz«, gebot Demirbilek ihr Einhalt. Er setzte sich zusammen mit Kutlar zu den Frauen. »Bekomme ich mein Taschentuch wieder, Isabel?«

Vierkant ließ es überhastet in den Untiefen ihrer Umhängetasche verschwinden. »Lieber nicht, es ist total verrotzt, ich wasche es heute Abend.«

»Aber nicht in der Waschmaschine, Handwäsche. Nimm ein Feinwaschmittel! Und wehe, du steckst das gute Stück in den Trockner, ist ja wohl klar«, instruierte Demirbilek sie und blickte zu Cengiz. »Mir ist nicht danach, dir vorzuwerfen, dass du die Beherrschung verloren und dich sowie die Geisel in Lebensgefahr gebracht hast.«

Cengiz setzte mit offenem Mund an, etwas zu erwidern, kam aber nicht dazu. Kutlar war schneller. »Jale hatte die Situation jederzeit im Griff. Sie hat Sahner ein Geständnis abgerungen.«

»Das Geständnis eines nicht Zurechnungsfähigen, der im Wahn mit einer Toten spricht! Komm, Serkan, mach dich nicht lächerlich«, kanzelte Demirbilek ihn ab. »Unsere unerschrockene Cengiz hat hervorragend Theater gespielt und Sahner einem Verhör unterzogen, wie wir es wohl alle noch nicht miterlebt haben. Dennoch, egal, ob er fantasiert hat oder nicht, brauchen wir Beweise. Ich will wissen, ob das Ehepaar Sahner zur Tatzeit in Istanbul war. Kaymaz habe ich gerade alles berichtet. Er geht noch einmal die Akten durch.« Er wandte sich mit einem aufmunternden Nicken an Vierkant. »Isabel, die Streife hat bei den Sahners niemanden angetroffen. Fahr gleich noch einmal hin, frag die Nachbarn oder lass dir sonst etwas einfallen.«

Die Beamtin brauchte einen Augenblick, um zu verstehen, dass der Chef sie meinte.

»Was ist?«, fragte Demirbilek versöhnlich. »Was sitzt du hier noch herum? Vergiss die Sache. Wir machen alle einmal Fehler.«

Ein dankbares Engelslächeln huschte über Vierkants Gesicht. Die Erleichterung, etwas tun zu können, verhalf ihr zu neuer Kraft und Zuversicht. »Bin schon unterwegs. Die Sahners wohnen nicht weit weg in der Bandelstraße.«

»Wenn du Frau Sahner auftreibst, vernehmen wir sie gemeinsam«, rief er ihr streng nach.

»Was ist mit mir?«, fragte Cengiz eingeschnappt. »Soll ich Isabel nicht begleiten?«

»Für dich habe ich Arbeit, die du vom Sofa in der Küche aus machen kannst – noch bist du im Mutterschutz. Du hilfst Serkan bei der Recherche zu Müge Tuncel. Ich will wissen, ob sie wirklich die ist, die sie zu sein vorgibt.«

Er holte die gefaltete Seite aus dem Frauenmagazin und zeigte sie seinen Mitarbeitern.

»Wie sind Sie denn dazu gekommen?«, fragte Kutlar verblüfft. Im Gegensatz zu Cengiz erkannte er auf dem Foto die Produktionsassistentin als Bodyguard in Abendgarderobe.

»Das willst du gar nicht wissen.«

38 Nach Einsetzen deutlicher körperlicher Zeichen, etwas für seine Fitness tun zu müssen, erreichte Demirbilek die Bandelstraße. Vierkant hatte ihn angerufen und gebeten, schnell zu ihr zu kommen. Der Dauerlauf von wenigen Minuten durch Neuhausens Straßen hatte nicht nur Seitenstechen verursacht, er merkte, wie ihm die Knie schmerzten. Außer Atem stand er vor dem Haus der Sahners und musterte das verblasste Namensschild neben der Holztür. Er rüttelte am Zaun, der wie ein loser Milchzahn wackelte. Die Fassade bettelte geradezu um eine Renovierung, die längst überfällig war. Der Putz bröckelte an manchen Stellen ab, insbesondere im ersten Stock, wo das Weiß der Fensterrahmen mit grauen Schlieren durchzogen war. Er ließ den Blick über den Garten schweifen. Aus einem mulmigen Gefühl heraus sträubte er sich, in das Haus zu gehen, und verschaffte sich lieber erst einmal einen Eindruck vom Zuhause des Ehepaares. Im Becken des ausgedienten Pools, so vermutete er, hatte Frau Sahner mit grünem Daumen unzählige Pflanzen und Rosenstöcke gesetzt. Ein schöner, weil wilder Anblick, an dem er sich erfreute, bis Kindergeschrei in seinen Ohren schrillte. Eine Handvoll Jungen und Mädchen zog durch die ruhige Nebenstraße Richtung Schlosspark.

Sein unsteter Atem hatte sich beruhigt, er drückte die Klingel. Isabel Vierkant trat nach einer Weile aus der Haustür, das Telefon am Ohr. Beim Anblick ihres Chefs am Gartenzaun unterbrach sie das Gespräch und sagte mit trauriger Stimme: »Wir waren zu spät.«

Demirbilek näherte sich ihr über den gepflasterten Fußweg. »Das sind wir meistens, Isabel.«

Regungslos nahm er kurz darauf in der Küche Silke Sahner in Augenschein. Er schätzte sie jünger ein als ihren Mann. Anfang vierzig, vielleicht ein paar Jahre weniger. In eine Wolldecke gehüllt lag der leblose Oberkörper auf dem Resopaltisch, ähnlich wie das Möbel im Büro ihres Mannes. Neben dem Stuhl stand ein ärztlicher Notfallkoffer auf dem Boden, er war aufgeklappt. Aus dem hatte sie sich wohl bedient. Eine Spritze ragte aus einer Vene ihres Unterarmes. Demirbilek glaubte trotzdem nicht, eine Drogenabhängige vor sich zu haben, die an einer Überdosis starb.

An dem rechteckigen Tisch gab es zwei Sitzgelegenheiten. Er setzte sich auf den Stuhl gegenüber der Toten und besah den Hinterkopf. Silke Sahner hatte gepflegte, schulterlange Haare, braun und dunkel. Das Gesicht konnte er nicht sehen, der andere Arm lag davor, berühren wollte er den Leichnam nicht. Die Stirn der Toten ruhte flach auf dem Tisch, als würde sie – müde, wie Demirbilek sich fühlte – ein Schläfchen halten.

Vierkant war mit dem Telefonat fertig und trat in die Küche. »Es hat niemand aufgemacht, da bin ich über den Keller hereingekommen, die Tür war nicht abgeschlossen. Die Spurensicherung habe ich gerade verständigt. Soll ich Kutlar Bescheid geben?«

»Nein, er und Jale kümmern sich um unseren anderen Fall.«

»Dachte ich mir. Oben habe ich etwas entdeckt.«

Der Kommissar folgte ihr die hölzerne Treppe mit Handlauf in das obere Stockwerk. Vierkant führte ihn an Schlafzimmer und Badezimmer vorbei. Vor dem nächsten Raum blieb sie stehen und zeigte ihrem Chef die Entdeckung.

Das Kinderzimmer war in hellen, fröhlichen Farben gehalten. Ein weiß gestrichenes Bettchen für das Baby, das nicht existierte, stand in der Ecke. Tiermotive leuchteten auf Kissen und Decke.

Die Wickelkommode aus hellem Holz schien antik zu sein. Auf dem Plastikaufsatz wartete eine neu gekaufte Packung Windeln darauf, aufgebrochen und verbraucht zu werden. Mit gemischten Gefühlen dachte Demirbilek daran, dass Memo der Größe schon entwachsen war. Neben dem Fenster, das in den hinteren Garten führte, lagen in Regalen einige Spielsachen ordentlich aufgereiht.

Demirbilek hatte genug gesehen. »Gibt es einen Abschiedsbrief?«

»Kommen Sie.«

Vierkant schritt voran. Die Holztreppe hinunter. Demirbilek folgte ihr bereitwillig und ließ allzu gerne das unbewohnte Zimmer zurück, in dem nie ein Kind geschlafen oder gespielt hatte.

Als sie wieder die Küche erreichten, ließ er Vierkant weitergehen und blieb bei der Toten stehen. Er wischte mit den Händen über das Gesicht und holte nach, was er versäumt hatte. Er bat Allah mit einer Sure für die gnädige Aufnahme der Verstorbenen im Jenseits.

Vierkant war zurückgekehrt und beteiligte sich mit einem stillen Vaterunser an der Andacht. Er wartete, bis sie ihrerseits mit dem Gebet zu Ende war, dann folgte er ihr in das Wohnzimmer des Ehepaares Sahner.

Eine gemütliche Sofagarnitur war vor einer wuchtigen Kommode aus dunklem Holz aufgestellt. Fernsehgerät und eine uralte Stereoanlage standen darauf. Auf dem strapazierten Polstersessel mit Fußablage hatte Sahner viel Zeit verbracht, sinnierte Demirbilek.

Vierkant war an den Wohnzimmertisch getreten. Sie beugte sich zu einem übergroßen Smartphone, das an einem Stapel Tageszeitungen lehnte.

»Das ist Silke Sahners Handy. Aus der Anrufliste geht hervor, dass sie zuletzt mit ihrem Mann gesprochen hat. Knapp zwei Minuten lang. Er hat sie angerufen, nachdem Kutlar und ich das Behandlungszimmer verlassen haben.«

Dann drückte sie mit übergezogenen Plastikhandschuhen auf die Starttaste der Kameraapp.

Silke Sahners kristallklares Gesicht tauchte in dem Display auf. Sie war eine schöne Frau, wesentlich jünger, als er sie als Tote geschätzt hatte. Anfang dreißig höchstens. Mit verschränkten Armen verfolgte Demirbilek ihre verkrampften Gesichtszüge. Die Aufnahme war auf dem Sofa entstanden. Er vergewisserte sich. Mit einem Kissen hatte die Selbstmörderin die Sitzhöhe reguliert. Sie sprach langsam, mit brüchiger Stimme. Reue hörte Demirbilek nicht aus ihren Worten.

»Wenn Sie das hier sehen, werde ich tot sein, Kommissar Demirbilek. Ich bin aus freien Stücken von dieser Welt gegangen, die Spritze mit Gift hat mir mein Mann vorbereitet. Wir hatten geplant, uns gemeinsam das Leben zu nehmen, aber Ihre Beamten sind heute in der Praxis aufgetaucht. Sie wundern sich bestimmt, warum ich mich an Sie wende, obwohl wir uns nie begegnet sind. Volker hat erzählt, wie Sie nach seiner Vernehmung Tränen über Aysels Tod vergossen haben. Sie haben geweint, hat er gesagt. Ich bin sicher, Sie verstehen, warum ich Aysel …«

»Das tue ich nicht!«, schrie Demirbilek der Toten aus der Küche ins Gesicht.

Aufgeschreckt stoppte Vierkant die Videoaufnahme. »Wie bitte?«

»Wenn Frau Sahner mich nötigt, Verständnis für ihre Tat aufzubringen, hat sie sich getäuscht, egal ob lebendig oder tot. Was sagt sie noch?«

»Wollen Sie nicht selbst …«

»Nein, ich will ihr Gesicht nicht sehen! Was sagt sie?«

Vierkant stammelte, als wäre sie diejenige, die ein Verbrechen begangen hat. »Frau Sahner, sie … sie war mit ihrem Mann in Istanbul.«

»Eins nach dem anderen, Isabel. Wusste Silke Sahner von der Vergewaltigung?«

»Schlimmer! Bitte, wollen Sie nicht selber sehen?«

»Nein«, weigerte sich Demirbilek kategorisch und ordnete seine Gedanken. In der Praxis hatte der verwirrte Zahnarzt also nicht fantasiert, er hatte die Wahrheit gesagt. »Ich möchte Fakten hören. Den Rest lass weg.«

Verzweifelt über die Sturheit ihres Chefs setzte sich die Oberkommissarin auf das Sofakissen, auf dem Silke Sahner bei ihrem Geständnis gesessen haben musste. Die Beamtin war durcheinander. Unter anderen Umständen hätte sie die Freigabe der Spurensicherung eingeholt. »Im Prinzip sagt Frau Sahner, dass ihr Mann sicher war, der Vater des Kindes zu sein und ihr deshalb gestanden hat, Aysel vergewaltigt zu haben. Die Art, wie sie die Vergewaltigung in dem Video erwähnt, ist eigenartig. Das ist aber nur eine Vermutung, wirklich nur ein Gefühl. Mir kommt es vor, als wäre sie ihrem Mann dankbar dafür gewesen. Können Sie sich das vorstellen?«

»Nein«, sagte Demirbilek. »Was ist mit Schwester Ilse? Wusste sie davon?«

»Ich glaube nicht, jedenfalls sagt Frau Sahner in dem Video dazu nichts.«

»Volker Sahner bildete sich also ein, der Vater des Babys zu sein. Verstehe ich das richtig?«

Vierkant nickte.

»Hat Aysel die Sahners erpresst wegen der Vergewaltigung?«

»Erpresst? Nein, ganz so war es nicht. Die Sahners haben Aysel klargemacht, dass es keinen Sinn hat, die Polizei einzuschalten. Sie war ja betäubt gewesen und hat nach der Vergewaltigung keine Anzeige gestellt. Silke Sahner hat ihr Geld geboten, damit Aysel das Kind ihnen zur Adoption gibt. Sie wollte um jeden Preis ein Baby. Das Zimmer oben haben Sie ja gesehen. Traurig, oder?«

»Behalte deine persönliche Einschätzung für dich. Die Sahners wollten das Kind, aber …«

»Aber es war nicht mehr da. Das Ehepaar war in Istanbul,

um zu sehen, ob es Aysel und dem Baby in ihrem Bauch gut geht.«

Demirbilek setzte sich neben sie auf das Sofa und schrie den Kollegen entgegen, die zur Spurensicherung am Tatort eintrafen: »Fangt in der Küche an! Ich brauche noch etwas Zeit hier.«

»Ich dachte, Sie wollen nicht …«

»Dachte ich auch. Zeig es mir trotzdem.«

Vierkant seufzte hilflos und setzte die Aufnahme auf dem Smartphone fort. Demirbilek verfolgte, wie Frau Sahner wiedergab, was Vierkant ihm gerade berichtet hatte, und am Ende ihres Geständnisses sich die Tat von der Seele beichtete.

»Mein Mann und ich sind spontan nach Istanbul geflogen, mit einer Anzahlung für das Baby, um Aysel bei Laune zu halten. Wir sind ihr gefolgt und haben gesehen, wie sie beinahe bei einer Gasexplosion verletzt worden wäre – mit unserem Baby im Bauch. Das war furchtbar, glauben Sie mir. Da war aber ein Tourist, der ihr geholfen hat. Sie ist mit ihm in ein Café in der Nähe ihrer Praxis gegangen und hat ein Bier bestellt und es in einem Zug ausgetrunken. Stellen Sie sich das vor! Als Schwangere darf man doch keinen Alkohol trinken! An dem Abend haben wir sie an der Chora-Kirche zur Rede gestellt. Das Luder hat behauptet, eine Fehlgeburt gehabt zu haben. Volker wollte mit ihr alleine reden, weil ich so Angst um unseren Sohn hatte. Sie ist ihm aber davongelaufen. Direkt zu mir, zu der Böschung, wo ich gewartet habe. Ich konnte nicht anders, ich habe zugeschlagen, als sie an mir vorbeilief. In ihren Augen habe ich gesehen, dass das Miststück log, dass sie unseren Sohn getötet hat.« Silke Sahner weinte. »Ich wollte sicher sein. Ich musste kontrollieren, ob das Baby vielleicht doch in ihr war, ob sie es vor uns verstecken wollte. Verstehen Sie, Herr Demirbilek? Ich habe mit Ästen nach unserem Sohn gesucht, überall hineingestochert, bis Volker gekommen ist und …«

»Schalt das aus, Isabel. Erspar mir den Rest.«

39

Selma schrubbte mit enormer Kraft, um eingebranntes Olivenöl und Fleischreste aus dem gusseisernen Bräter zu kratzen. Das Kleid an ihrem Körper und die schwarzen Haare flatterten bei den Bewegungen. Zeki genoss es trotz der Anstrengungen des schweren Tages, ihr beim Abwasch zuzusehen.

Allein um Selma nahe zu sein, hatte er die Verabredung zum Abendessen nicht abgesagt, obwohl ihm Silke Sahners Geständnis zusetzte. Sein Enkel hatte ihn mit einem grunzenden Lächeln willkommen geheißen und auf andere, schönere Gedanken gebracht.

Mit Jales Einverständnis hatte er Memo in der Liegeschale auf den Küchentisch platziert und ihm in Manier eines Meisterkochs wortreich erklärt, auf was er bei dem einzigen Gericht, das sein Großvater zu kochen imstande war, achten musste. Das Zitronenhuhn, verfeinert mit toskanischen Gewürzen, war ihm mit Memos Unterstützung vorzüglich gelungen. Er hatte Selmas spitze Bemerkung, sich in der Hinsicht nicht verändert zu haben, als Kompliment aufgenommen und ihr den letzten Schenkel überlassen. Mit einem Wink hatte er nach dem Abräumen Jale mit Memo zu einem Spaziergang losgeschickt.

Nun bewunderte er Selmas Hartnäckigkeit beim Auskratzen der Form, glücklich, alleine mit ihr in der Wohnküche zu sein, die sich seit ihrem Auszug vor über sechs Jahren merklich verändert hatte. Das Sofa unter dem Doppelfenster zur Weilerstraße hatte Jale besorgt und eine Spülmaschine, gegen die er sich immer gewehrt hatte, fand einen Platz neben dem Kühlschrank, der ebenfalls neu war.

Mit Geschirrtuch und Pfanne in der Hand schüttelte er den Kopf. »Woran denkst du?«, holte er Selma aus ihren Gedanken zurück.

»Ich frage mich, ob ich wissen will, was du meinem Dozenten im Biergarten ins Ohr geflüstert hast. Er war in der Uni wie ausgewechselt, nicht mehr so steif. Du hast ihm wohl eine falsche Hausnummer gegeben.«

»Habe ich nicht«, widersprach er seiner Exfrau.

Selma drehte sich zu ihm, Schrecken im Gesicht. »Hast du allen Ernstes meinem Jungprof einen Puff empfohlen?«

»Aber nein!«, hielt er dagegen. Die Pfanne wanderte tropfnass auf die Ablage. »Er meint wahrscheinlich den Animierschuppen, er hat dieselbe Hausnummer wie das Gamercafé, zu dem ich ihn geschickt habe. Hast du ihm nicht angesehen, dass er ein Computerfreak ist?«

»Nein, wie denn? Er ist Professor für Informatik, den ich für meine Studenten eingestellt habe.«

»Sag ich doch, ein Computerfreak. Dir ist bestimmt das Band um sein Handgelenk aufgefallen?«

Mit dem Handrücken wischte Selma die Haarsträhnen zurück und schrubbte weiter. »Nein.«

»Hat er von einer Convention in Los Angeles. Er ist ein Gamer, glaube mir. Ich habe ihn in ein Café geschickt, wo sich muslimische Spieler treffen.«

»Wo bitte ist ein Unterschied zu nichtmuslimischen?«, fragte Selma entrüstet.

»Kein Alkohol, dafür Shisha. Ich dachte, das gefällt deinem Professor. Er hatte also einen schönen Abend?«

Selma wischte den Rand der Form sauber und legte sie auf

die Spüle. »Denke schon. Aber das sieht ihm nicht ähnlich. Bei der Arbeit wirkt er zugeknöpft und spröde.«

Eine erotische Erinnerung kam Zeki in den Sinn. Mit einem Mal verzog er das Gesicht wie ein Schafbock, der gerade das Mutterschaf der Herde entdeckte. Die Auslöserin seiner aufkeimenden Lust zog ihm das Geschirrtuch aus den Händen.

»Hör auf, mich so anzusehen, Zeki«, entgegnete sie irritiert. »Pius würde sagen, du gaffst wie ein Pascha in Erwartung seiner Horde Haremsdamen!«

Zeki holte sich das Geschirrtuch zurück und lächelte weiter, ohne sich gekränkt zu fühlen. In Gedanken war er bei der einen ganz besonderen Nacht, die er in einem Bett mit ihr verbracht hatte wie viele andere Nächte, als sie ein Ehepaar gewesen waren. Das vertraute Gefühl der Nähe zu ihr hatte sich mit der Freude über die Geburt ihres Enkelsohnes vermischt, der in derselben Nacht zur Welt gekommen war. Er brachte kein Wort über die Lippen.

Selma beendete das kribbelnde Schweigen. »Kommst du morgen eigentlich? Wir bekommen hohen Besuch von Sponsoren. Ich würde gerne mit dir als leibhaftigen Kommissar etwas angeben.«

Mit einem Ruck zog Zeki die Schublade des Küchentisches auf. »Klar versuche ich zu kommen. Gibt es Häppchen?«, fragte er nicht ganz ernst gemeint mit der Einladungskarte in der Hand.

»Ganz besondere sogar. Ich habe Derya engagiert, ihre köstlichen *börek* zu machen.«

Die Tür läutete. Zeki war froh, nicht seine Gedanken über Derya preisgeben zu müssen. Seit sich Jales Mutterschutz dem Ende zuneigte, fiel der Name seiner ehemaligen Freundin immer häufiger.

»Mist, wer ist das?«, rief er Selma zu, als hätten sie sich nie getrennt, als würden sie nach wie vor zusammenwohnen, würden Haushalt und Familienprobleme teilen.

»Woher soll ich das wissen?«, entgegnete Selma schroff und

suchte nach ihrer Handtasche. »Ich muss los, Zeki. Ich habe noch viel zu tun, wirklich. Danke für das Abendessen.«

»Warte, ich habe deinen Lieblingswein besorgt. Wahrscheinlich hat Jale nur etwas vergessen«, sagte er und eilte aus der Wohnküche.

Viel zu überhastet riss er die Tür auf. Serkan tauchte vor ihm auf und überreichte ihm ein Protokoll, wie er es gerne hatte. Eine Seite mit relevanten Informationen über Müge Tuncel. Er begann zu lesen und schüttelte ungläubig den Kopf, ohne zu bemerken, wie Selma an ihm vorbeischlich und Serkan Zeichen gab, ihre Flucht nicht zu verraten.

Serkan wartete, bis Selma die Treppen hinuntergeschlichen war. »Sie hatten recht. Irgendetwas stimmt mit der Frau nicht. Es ist nichts Handfestes, ist mir klar. Trotzdem habe ich das Gefühl, das Müge Tuncels Biografie von vorne bis hinten getürkt ist. Ach ja, ohne Jales Hilfe hätte ich das alles nicht so schnell herausbekommen.«

Der Kommissar faltete das Papier zusammen. »Wie geht es Frau Tuncel? Können wir sie vernehmen?«

»Kommt darauf an, wie die Nacht verläuft. Morgen früh bekomme ich einen Anruf vom behandelnden Arzt.«

»Gut, ich muss wieder hinein, ich habe Besuch.«

Er verschwand in der Wohnung, nur um unmittelbar darauf die Tür wieder zu öffnen. Serkan erwartete ihn an derselben Stelle.

»Hast du Selma gesehen? Ist sie gegangen?«

Kutlars betrübtes Gesicht genügte ihm, um zu verstehen, dass er mit seinem Verdacht recht hatte. Ohne weiteren Kommentar knallte er die Tür vor Serkans Nase zu.

Zekis Wut, weil er sich mit einem Schlag in der leeren Wohnung einsam fühlte, war bodenlos. Hör auf, Selma zu begehren, dir einzubilden, du könntest sie zurückgewinnen, glitt er in eine für ihn gefährliche Stimmung. Selbstmitleid war kein guter Ratgeber, genauso wenig wie Rakı und Bier.

Er setzte sich an den Küchentisch, sein Blick streifte Selmas Einladungskarte neben Memos Schnuller. Warum ist Jale vom Spaziergang nicht zurück?, fragte er sich ohne echte Sorge. Wenn er sie anriefe, um sich zu erkundigen, wusste er, wie sie reagieren würde. Was sie bei der Migra als dienstliche Anweisung akzeptierte, erachtete sie im Privaten als Bevormundung. Statt sie anzurufen, nahm er Selmas Einladungskarte und zerriss sie, um seiner Wut Luft zu machen.

Dabei stach ihm der Name eines Sponsors der Privatuni ins Auge, den er dort nie und nimmer erwartet hätte. Nicht bei der Direktorin, die er seit seinem zwölften Lebensjahr kannte.

40

»*Günaydın* Zeki«, vernahm er am nächsten Tag eine Stimme Guten Morgen rufen, die er lange nicht gehört hatte. Er stoppte vor dem Eingangstor des Präsidiumsgebäudes und drehte sich um.

Direkt vor dem Seiteneingang der Kreuzkapelle stand Derya mit Kinderwagen. In der Regel achtete er nicht sonderlich auf Kleidung, doch was Derya an diesem frühen Morgen zur Schau stellte, war beachtlich. Der kurze Mantel und das knielange Kleid mit dezentem Ausschnitt hoben sich vom Mauerwerk hinter ihr wie eine lebendig gewordene Modezeichnung ab. Die Frau, die er vor einigen Monaten verlassen hatte, erstrahlte in einer Aura aus schillerndem Selbstbewusstsein. Der Kinderwagen, den sie mit einer Hand wippte, vervollständigte den Eindruck, vor sich eine Frau zu haben, die sich verändert und entwickelt hatte. Die mondäne Art, wie sie sich ihm präsentierte, ließ ihn zwangsläufig an Selma denken. Dass seine Exfrau gestern Abend einfach davongeschlichen war, schmerzte ihn bis in die Knochen.

Er überquerte die Straße und grüßte zurück. Dann beugte er sich über den Kinderwagen, um seinen Enkel zu herzen.

»Vorsicht«, bat Derya. »Bitte nicht wecken, Memo ist gerade eingeschlafen. Jale ist schon oben. Schön, dass du ihr erlaubst, an der Besprechung teilzunehmen, obwohl ihr Mutterschutz erst morgen zu Ende geht. Deine zwei haben bei mir übernachtet, falls du dich wunderst.«

»Sich über Jale zu wundern bringt einen nicht weiter. Allerdings habe ich die beiden heute Morgen vermisst. Wie geht es dir? Du siehst gut aus. Haare geschnitten?«

»Und gefärbt, ja. Gefällt es dir?«

Zeki nickte. »Du siehst wunderbar aus.«

Das Lächeln, das sie ihm zum Dank zeigte, war einem Mann zugedacht, der aus Fleisch und Blut war. Er reagierte nervös, ertappte sich dabei, seine Gedanken in Richtung Arbeit zu lenken. Doch fiel ihm nur die nackte Schönheit ein, die er heute im Krankenhaus besuchen wollte. Egal, ob Müge Tuncel vernehmungsfähig war oder nicht.

»Ich muss zur Besprechung«, sagte er.

Derya machte keine Anstalten, ihn aufzuhalten, holte nur aus dem Netz des Kinderwagens ein Päckchen, das in Alufolie gewickelt war. »Das hat Jale vergessen. Nimmst du es ihr mit? Ich wollte gerade damit hochgehen.«

Glaube ich dir nicht, widersprach er in Gedanken, du hast dich auf die Lauer gelegt und mich abgefangen. »Bestimmt etwas zu essen?« Er roch daran. »*Börek* mit Spinat.«

»Ich stand stundenlang in der Küche für Selmas Fest heute. Jale wollte unbedingt etwas abbekommen«, antwortete sie knapp und klammerte sich an den Griff des Kinderwagens. »Ich muss auch los.«

Die Nüchternheit in ihrer Stimme ärgerte ihn. Er spürte Selmas Kränkung von den Knochen in die Adern wandern, fühlte sich von Derya degradiert zu einem Kurier für türkische Hausmannskost. Der Kinderwagen bewegte sich an ihm vorbei, seine Hand schnellte vor. Er hielt sie am Ärmel fest. Das Parfüm auf ihrem Hals umschmeichelte mit verführerischer Süße seine Sinne. Sein Gesicht verharrte direkt vor ihrem. Deryas Kopf blieb regungslos. Sie erwiderte – anders wie Selma am gestrigen Abend – das Verlangen in seinen Augen. Zentimeter trennten seine Lippen von den ihren. Glänzendes Rot sprach zu ihm. Er hörte nicht zu, wollte nicht wissen, was sie sagte. Das Neigen seines Kopfes genügte, um ihren Lippen Einhalt zu gebieten. Das Rot aber verschloss sich nicht vor seinem Mund. Die bibbernden Lippen blieben geöffnet, gleich einer von Herzen kommenden Einladung.

Nach dem leidenschaftlichen Kuss befiel Zeki eine peinliche Leere, im Glauben, er habe Derya benutzt, um Selmas Zurückweisung vergessen zu machen. Doch er spürte weder Reue noch ein schlechtes Gewissen. Er hatte den Kuss gewollt, hatte Deryas Lippen wiedererkannt, hatte den Geschmack ihres Mundes genossen. Er hatte sie geküsst, weil er sie küssen wollte.

Benebelt von den wiedererwachten Gefühlen für sie, reagierte er nicht auf Deryas Hand auf seiner Wange, die ihn zärtlich wissen ließ, dass alles gut war und er sich keine Sorgen machen müsse, von ihr unter Druck gesetzt zu werden.

Als Zeki seine Fassung wiedergewonnen hatte, war Derya bereits verschwunden.

Ein handfester Schlag auf den Rücken brachte ihn in das Hier und Jetzt zurück. Leipolds Hand legte sich freundschaftlich auf seine Schulter. Und genau das störte ihn.

»Bravo, Zeki«, gratulierte Leipold euphorisch, »das ist die Richtige für dich. Das war ja ein Kuss wie eine Offenbarung!«

Demirbilek war selbst überrascht, wie er auf Leipolds plötzliches Erscheinen reagierte. Als wäre er von einem Moment auf den anderen zu einem pubertierenden Jungen geworden, drohte er mit einer nicht ernst gemeinten Geste, seinem bayerischen Kollegen in den Unterleib zu boxen.

Entsetzt legte Leipold die Hände schützend vor sich. »Spinnst du? Mein Spezi ist frisch operiert«, plärrte er und bereute im selben Atemzug die Lautstärke seiner Stimme.

Niemand anderer als Polizeimeister Detlev Scharf spazierte ein paar Meter entfernt von ihnen vorbei. Pünktlich zu Dienstbeginn trat er durch das Eingangstor des Polizeipräsidiums und winkte den Hauptkommissaren mehrdeutig zu.

»Wetten, der hat das gehört?«, ärgerte sich Leipold. »O mein

Gott! Am Ende glauben die wirklich, dass ich mich wegen dir beschneiden lassen habe.«

Beschwingt hakte sich Demirbilek bei ihm unter, wie es üblich war unter türkischen Freunden, und meinte spöttisch: »Vergiss die Kollegen. Erzähl mir lieber, was Elisabeth zu deiner Beschneidung gesagt hat.«

41

Mit Kaffeetassen in der Hand saß das Migra-Team zur morgendlichen Dienstbesprechung zusammen, inklusive Jale Cengiz und verstärkt durch Pius Leipold, der darauf verzichtete, vor Demirbileks Schreibtisch Platz zu nehmen. Die Schmerztabletten, die er intus hatte, ermöglichten es ihm, sich einigermaßen zu bewegen und zu stehen. Zu sitzen, wusste Demirbilek, fiel ihm am Tag nach dem Eingriff schwer.

Wie meistens hielt Demirbilek sich nicht mit Morgengruß und Vorgeplänkel auf. »Selim Kaymaz lässt euch grüßen und bedankt sich für die Unterstützung im Fall Aysel Sabah.«

Leipold meldete sich zu Wort: »Ich war gestern Abend bei Schwester Ilse. Von der soll ich euch auch grüßen. Sie hat mir beteuert, dass sie nichts von der Vergewaltigung wusste. Sonst hätte sie dem armen Mädel einen anderen Rat gegeben.« Er unterbrach sich und ließ seiner Wut freien Lauf: »Dass die damischen Sahners zu etwas derartig Abscheulichem fähig sind! Der Zahnklempner vergewaltigt seine beste Helferin, erzählt das seiner Frau, die schreit Hurra, weil sie glaubt, dass sie dadurch endlich ein Baby kriegt. Wie krankhaft muss man sich da ein Kind wünschen. Ein Wahnsinn! Was muss in der Frau vorgegangen sein? Was das für ein Druck ist, wenn du kein Kind bekommen kannst und dich mit dem Teufel einlässt, um ein Zwergerl zu haben!«

»Silke Sahner war deswegen in Therapie. Sie war von Geburt an nicht gebärfähig«, trug Vierkant bei.

»Das meine ich ja«, reagierte Leipold gereizt. »Ging halt nicht …«

Der Chef der Migra beendete die aufkommende Diskussion: »Ruhe, ihr zwei. Darüber könnt ihr privat streiten, so lange ihr wollt.« Er blickte zu Kutlar, der für seinen Geschmack zu nah an Cengiz saß. Berührten sich nicht ihre Oberschenkel? »Kollege Serkan hat mir gestern Abend einen Bericht vorbeigebracht …«

»Das war nur mit Jales Hilfe möglich. Ehre wem Ehre gebührt«, fiel ihm Kutlar ins Wort und zwinkerte Jale zu.

»Ihr habt euren Job gemacht. Was soll das, Serkan?«, erwiderte Demirbilek gereizt. Die Vertrautheit zwischen den beiden stieß ihm sauer auf.

»Job gemacht?«, hielt Kutlar dagegen. »Ich habe Stunden durchgearbeitet und Jale hat, keine Ahnung, mit wem alles, in der Türkei telefoniert und im Netz recherchiert! Da darf man wohl ein wenig Anerkennung erwarten. Nicht einmal ein Danke gab es gestern Abend von Ihnen. Bin gleich wieder da.« Und mit diesen Worten verschwand er wütend.

Cengiz blickte ihm nach. »Das Dankeschön für mich hast du auch vergessen«, murrte sie und erhob sich ebenfalls vom Stuhl. Ohne Demirbileks Einverständnis lief sie Kutlar hinterher.

»Noch jemand, der etwas Dringenderes als unsere Besprechung zu erledigen hat?«, fragte er die beiden Zurückgebliebenen.

Leipold grinste hämisch. »Seit wann so zurückhaltend, Herr Pascha? Pfeif die zwei rein, bist doch sonst nicht zimperlich.«

»Ich hole sie«, sagte Vierkant besorgt und sprang auf.

»Komm, mach weiter im Programm. Ich bin eh der Einzige, der nicht Bescheid weiß wegen der OP gestern«, meinte Leipold und setzte sich nun doch. Die Beine gespreizt, den Oberkörper gerade. »Was ist jetzt mit dem Behaarten und dem Buben vom Waffenheini?«

»Vergiss die Werbetussi nicht«, äffte Demirbilek ihn nach.

»Genau, wie geht's ihr? Können wir sie vernehmen?«

Demirbilek zog das Sakko über und machte sich ebenfalls auf den Weg hinaus. Er war überzeugt, eine dieser Ideen zu haben, die, wenn sie ihm einfielen, in die Tat umgesetzt werden mussten. Vor der Tür drehte er sich um: »Was ist? Hast du Schmerzen? Dass du dich nicht krankschreiben lässt, ist so was von kindisch.«

Leipold erhob sich vorsichtig. »Ist doch Pipifax! Ich habe mir Videos im Netz angesehen. Bei euch spielen frisch beschnittene Buben nach dem Schnippschnapp gleich wieder Fußball. Wo geht's hin? In die Klinik zur Vernehmung?«

»Tuncel läuft uns nicht davon. Doktor Landgrün will mich sprechen. Ich gehe jetzt zu ihm und du sagst den anderen Bescheid. Wir treffen uns in einer Stunde. Ich habe Appetit auf türkische Hausmannskost.«

42

Bis auf Pius Leipold waren alle vom Team entsetzt über die Darbietung der Folkloregruppe. Der Münchner stopfte genüsslich *börek* mit Hackfleisch in den Mund und klatschte mit den freien Händen zum Rhythmus einer dudelnden Weise aus Anatolien. Demirbilek mochte die Art Musik nicht sonderlich, obendrein krachte es aus den lausigen Lautsprechern des noch lausigeren Veranstaltungsaals in der hintersten Ecke des Euroindustrieparks, wo normalerweise Hochzeiten und Beschneidungen ausgerichtet wurden.

Die Amateurfolkloristen in anatolischen Bauernkostümen torkelten wie hüftkranke Hupfdohlen auf der Bühne umher, urteilte Demirbilek in aller Strenge. Die Truppe vertrat einen deutsch-türkischen Freundschaftsverein, der Verständnis für die unterschiedlichen Kulturen zu schaffen suchte. Bei diesem Auftritt misslang das auf furchterregende Weise. Demirbilek kannte die soghafte Faszination, die von gut vorgetragenen Tanzdarbietungen ausging, und fragte sich, wie Selmas Privatuni die niveaulose Truppe engagieren konnte.

Unter wohlwollendem Applaus der Vertreter der Stadt und geladenen Gästen aus Kultur und Wirtschaft beendete die Folkloregruppe den Auftritt. Putzige Kinder in blauen Schuluniformen huschten nahtlos auf die Bühne, um Gedichte unter der türkischen Flagge und Atatürks Porträt vorzutragen. Die Mädchen trugen Kleidchen mit weißen Kragen, die Jungen hüftlange

Kittel mit ebenso weißen Krägelchen um den Hals. Demirbilek erfreute sich an der nervösen, unbeholfenen Darbietung der Kinder in türkischen Schuluniformen. Er dachte an seine eigene Schulzeit in Istanbul. Nicht anders wie die Münchner Schulkinder, die als türkische Kinder verkleidet auftraten, hatte auch er ausgesehen.

»Das war eine super Idee, hierherzukommen, Zeki! Und das Zeug schmeckt, sag ich dir!« Leipold verschlang das letzte Stück von Deryas *börek*, das von Selmas kellnernden Studenten gereicht wurde. »Bier würde dazu hervorragend gehen.«

Vierkant stieß ihrem Kollegen beim Schlussapplaus für die Schulkinder in die Seite. »Du bist im Dienst.«

Auch Cengiz und Kutlar verstanden die Geste des Chefs, die hinter dem spontanen Betriebsausflug steckte. Keiner wollte ihm den Glauben nehmen, einen Beitrag zur Wiedergewinnung des Teamgeists ersonnen zu haben.

»Tolle Gedichte!«, begeisterte sich Kutlar und gab Cengiz ein Zeichen, auch etwas Positives von sich zu geben.

»Die Kinder waren süß, Chef!«

Demirbileks Aufmerksamkeit lag jedoch woanders. Er entdeckte gerade den eigentlichen Grund für den Abstecher zu dieser Feier anlässlich eines türkischen Feiertages, den es im deutschen Kalender nicht gab.

Gefolgt von zwei Sicherheitsleuten rollte Onur Fletcher in festlichem Anzug mit dem Rollstuhl durch den Saaleingang. Selma und zwei Herren beeilten sich, ihn zu begrüßen.

Es war Onur Fletchers Name, den Demirbilek auf der zerrissenen Einladungskarte erkannt hatte und dadurch auf die Idee gekommen war, das Nützliche mit dem Vergnüglichen zu verbinden. Die anderen seines Teams kannten den Waffenfabrikanten nur von Fotos und hatten ihn nicht wie er unter lebensgefährlichen Umständen kennengelernt.

Zusammen mit der Führungsriege der Privatuni begleitete Selma in einem eleganten Kleid Fletcher zum Büfett. Ohne sein

Team einzuweihen, stellte sich der Sonderdezernatsleiter der Gruppe in den Weg.

»Herr Kommissar!«, rief Fletcher erfreut. »Mert vermisst Sie.«

Selmas Präsentationslächeln erstarrte, sehr zu Demirbileks Schadenfreude, der erst seine Exfrau mit einem höflichen Nicken begrüßte, dann Fletcher kräftig die Hand schüttelte. »Wie geht's denn meinem Rugbyspieler?«

»Er wartet im Wagen, er ist etwas müde. Ich habe ihn gerade von den Dreharbeiten abgeholt. Mert tut es gut, beschäftigt zu sein, nach allem, was passiert ist.«

Selma räusperte sich, woraufhin Demirbilek fragte: »Was ist, Selma?«

»Warum hast du mir nicht gesagt, dass du einen unserer wichtigsten Förderer kennst?«

Der Kommissar legte den Kopf in den Nacken, als würde er über eine gewichtige Antwort nachdenken. »Du bist gestern Abend sang- und klanglos verschwunden. Wir hatten wenig Zeit zum Reden.«

Selma überspielte den beleidigten Ton, den sie allzu gut kannte. »Herr Fletcher, Zeki und ich waren …«

»Ich weiß, Sie waren mit ihm verheiratet, Professorin Demirbilek. Es gibt *börek*, habe ich gesehen. Wären Sie so freundlich, meinem Sohn und mir etwas zurückzulegen? Am liebsten mit Käse. Wenn Sie erlauben, würde ich draußen mit dem Kommissar ein paar Worte unter vier Augen wechseln.«

43

Vor dem Eingang zündete sich Onur Fletcher eine Zigarette an. In Zweierreihen schwärmten die Schulkinder in den blauen Uniformen nach draußen. Die türkische Lehrerin lächelte glücklich und lobte die Kleinen für ihre Leistung. Nacheinander stiegen die Schüler in einen Reisebus, der auf dem Parkplatzgelände auf sie wartete.

»Und? Haben Sie mit dem Polizeipräsidenten gesprochen?«, eröffnete Demirbilek das Gespräch.

Wie um ihn zu ärgern, drang Selmas Stimme aus dem Saal, die mit ihrer Festtagsrede begann. Demirbilek packte die Griffe des Rollstuhls und schob Fletcher von dem Eingang weg.

Der Ehrengast schien nichts dagegen zu haben, obwohl er das Gegenteil sagte: »Ich sollte zurück zu Ihrer Frau.«

»Exfrau«, berichtigte Demirbilek ihn. »Ich wundere mich, dass Selma einen Waffenhändler als Förderer der Privatuni akzeptiert.«

»Nur weil die Professorin muss, ich bin eine Altlast des Vorgängers.«

Demirbilek nickte, alles andere hätte ihn überrascht. Selma hatte ihre Prinzipien, was das friedliche Zusammenleben von Menschen betraf.

Fletcher strich mit dem Zeigefinger die Asche der brennenden Zigarette weg. »Ich soll Ihnen Grüße vom Präsidenten ausrichten.«

»Mehr nicht? Ist das Ihr Ernst?«

»Bei dem Gespräch waren auch Vertreter des Verfassungsschutzes dabei«, gab Fletcher als Erklärung.

»Was heißt das? Dass sie mit den Sicherheitsbehörden zusammenarbeiten? Schön und gut. Aber warum? Ich wurde hinzugezogen, um einen Terrorverdächtigen unter die Lupe zu nehmen …«

»Bitte, Herr Kommissar, drängen Sie mich nicht. Nur eines will ich Ihnen noch sagen, weil ich Ihnen zu tiefem Dank verpflichtet bin: Ich habe mich zu dem Schritt entschlossen, um mit Mert ein neues Leben anzufangen.«

»In New York.«

Fletcher erschrak ungewollt. »Er mag Sie, sonst hätte er Ihnen nichts gesagt.«

»Das hat er nicht, keine Sorge. Ein Zusammenhang, den ich geahnt habe.«

Demirbilek spürte, dass es sinnlos war, weiterzubohren. Ein Vater hatte zum Wohle seines Kindes eine Entscheidung getroffen. Fletcher ließ sich mit dem Geheimdienst ein, um das Leben seines Sohnes zu retten. Das leuchtete ihm ein. Was er nicht verstand, war Müge Tuncels Rolle in dem Szenario. Sie hatte in Akbabas Werbeproduktion angefangen, bevor Fletcher den Verfassungsschutz kontaktierte. Jetzt arbeitete der Waffenunternehmer mit den Leuten zusammen, für die Tuncel tätig war.

»Schieben Sie mich zu dem Jeep?«, bat der Waffenunternehmer und schnippte in hohem Bogen die Zigarette durch die Luft.

Ein Mann, den Demirbilek für Fletchers Fahrer hielt, stieg aus dem Wagen. Er trug Jeans und ein schwarzes Sakko passend zu dem Allradmonster, aus dem er Mert erlöste, der hinter den verdunkelten Scheiben klopfte, um herausgelassen zu werden.

Der Junge lief in Demirbileks Arme, unverhohlene Freude blitzte aus seinen Augen. »Was machen Sie hier?«

Der Kommissar zog im Reflex den Jungen an sich und umklammerte ihn mit den Armen. Motorengeräusche schreckten ihn auf, sein Beschützerinstinkt schlug Alarm.

»Wer ist das?«, fragte er Fletcher.

Dasselbe Modell des schwarzen Jeeps vor ihnen tuckerte in dreifacher Ausfertigung auf das Parkplatzgelände. Alle drei blendeten auf. Der Fahrer machte keinen Hehl daraus, dass die eingetroffenen Fahrzeuge zu ihm gehörten. Er winkte die Kolonne Richtung Saaleingang.

»Es wird Zeit, Herr Fletcher«, sagte der Mann.

Unversehens wechselte Merts Vater ins Türkische, wohl damit der Sakkoträger ihn nicht verstehen konnte. Als würde er sich verabschieden, sprach er Demirbilek mit unverfänglichem Ton an, obwohl das, was er sagte, einen dramatischeren Unterton verlangte: »Vergeben Sie mir, *Komiser Bey*. Sie haben meinem Sohn zwei Mal das Leben gerettet. Ich stehe in Ihrer Schuld. Trotzdem darf ich keinen Kontakt mehr zu Ihnen haben. Sie könnten uns in die Quere kommen. Aus tiefstem Herzen wünsche ich Ihnen und Ihrer Familie alles Gute.«

Demirbilek unterdrückte den Drang, nachzufragen, was er damit meinte. Er nickte ihm zum Abschied zu, während Fletcher mit einem kräftigen Schwung den Rollstuhl an die geöffnete Tür des Jeeps schob. Mit der Hilfe des Fahrers brachte er seinen Körper auf den Rücksitz. »Komm, Mert«, rief er seinem Sohn zu. »Wir müssen los.«

Der Junge zögerte, nur kurz, aber merklich, was sein Vater nicht sehen konnte. Demirbilek erkannte Angst in den Augen des kleinen Mannes, der versuchte, tapfer dreinzuschauen wie ein Soldat oder wie ein Freiheitskämpfer, der in den Krieg zieht.

Bei was soll ich dir nicht in die Quere kommen?, fragte sich Demirbilek und blickte dem Jeep nach, wie er im Rückwärtsgang das Parkplatzgelände verließ.

44

Gegen seinen Willen festgehalten zu werden, hatte der junge Heißsporn nie gut vertragen. Unsanft löste sich Serkan Kutlar aus dem Griff der zwei Männer, die das Migra-Team zu einer vom Innenministerium anberaumten Besprechung abholen gekommen waren. Er hüpfte auf die Bühne und stakste quer durch die Musiker, die notgedrungen das Kinderlied abbrechen mussten, um ihn durchzulassen.

Cengiz, Vierkant und Leipold behielten ihren Kollegen auf der Bühne im Auge. Auch sie waren umstellt von Männern. Kutlar war am hinteren Bühnenvorhang angelangt und schob das Ende des Stoffes zur Seite. Einer aus den schwarzen Jeeps tauchte hinter dem Vorhang vor Kutlar auf. Klein und schmächtig wie die nicht ausgewachsene Version eines stattlich gebauten Bodyguards.

»Herr Kutlar, das ist ja albern, was Sie hier veranstalten. Ich habe Ihnen doch erklärt, wir holen Sie nur zu einem informellen Gespräch ab. Los jetzt, sonst ziehen wir andere Seiten auf.«

Kutlar drehte sich abrupt weg und blickte mit zusammengekniffenen Augen durch den Saal. Viele Gäste hatten sich in den hinteren Bereich verzogen, einige tuschelten miteinander. Etwas Ungewöhnliches und Ungeplantes war im Gange, nur wusste niemand, was hinter dem plötzlichen Auftauchen der Männer in Jeans und schwarzen Sakkos steckte. Kutlar entdeckte von der Bühne aus Selma, die mit einer Gruppe festlich gekleideter Leute in hitziger Diskussion die Hände flehend in die Luft hielt.

»Wo ist der Chef?«, rief Kutlar seinen Kollegen zu, um das wieder aufgenommene Kinderlied zu übertönen. »Weiß er, was hier vor sich geht?«

Die drei Kollegen zuckten mit den Achseln und folgten Kutlars Blick, der zum Eingang wanderte. Links und rechts von zwei Männern flankiert, betrat Demirbilek den Saal und antwortete ihm von der Ferne: »Komm, Serkan, wir verschwinden. Abmarsch. Alle zusammen.«

Kutlar sprang von der Bühne und eilte auf seinen Vorgesetzten zu, schneller als der Sakkoträger, der ihn verfolgte. »Was ist das für eine billige Show? Wussten Sie, dass der Verfassungsschutz mit uns sprechen will?«

Was für ein Mist, schimpfte Demirbilek in sich hinein, wütend über sich selbst, weil er nicht vorhergesehen hatte, was im Festsaal gerade vonstattenging. Er hatte Staatsanwalt Landgrün über seinen Verdacht informiert, dass Müge Tuncel als Beamtin des Verfassungsschutzes bei Süleyman Akbabas Filmproduktion eingeschleust worden war. Im Gegenzug hatte der Staatsanwalt ihn eindringlich gewarnt, dass die Nachforschungen seiner Mitarbeiter über Tuncel nachrichtendienstlich erfasst worden waren. Der Geheimdienst fühlte sich von der Kriminalpolizei auf den Schlips getreten und setzte mit der Präsenz bei Selmas Fest ein Zeichen, wer bei der Aufdeckung terroristischer Gefahr das Sagen hatte.

»Nimm deine Dreckpfoten weg!«, wurde Demirbilek aus seinen Gedanken gerissen. Cengiz' Stimme überschlug sich. Es folgten Vierkants und Leipolds Stimmen, die sich über die grobschlächtige Behandlung beschwerten. Seine drei Mitarbeiter schoben sich durch die Bewacher hindurch zu ihm und Kutlar.

»Ruhe, alle zusammen. Regt euch nicht auf. Ich bekomme heraus, was los ist«, sagte Demirbilek und spürte die Hand eines Sakkoträgers auf seinem Unterarm. »Nehmen Sie sofort Ihre

Finger von mir, sonst vergesse ich die friedfertige Erziehung meiner Eltern.«

»Langsam, der Herr Fierleckdem«, entschlüpfte es dem Mann.

Der Kommissar brauchte einen Moment, um sich bewusst zu machen, dass der unsympathische Kerl seinen Namen mit Absicht falsch ausgesprochen hatte. Er war im Begriff, seinen mit Stolz geführten Familiennamen richtigzustellen, als sich Leipold zwischen dem Mann und ihm aufbaute. »Du schwarzer Gartenzwerg sagst zu niemandem von der Kriminalpolizei *leck mich*«, wiederholte Leipold die Beleidigung, wie er sie verstanden hatte.

Cengiz hatte es satt, tatenlos zu bleiben. »Und schon gar nicht zu unserem Chef! Warum führt der Verfassungsschutz uns wie Schwerverbrecher ab, statt uns im Büro zu besuchen? Ihr wisst doch, wo wir im Polizeipräsidium hocken!«

»Genau, Jale. Eine Scheißschikane ist das! Warum lauft ihr Staatsdiener eigentlich mit Jeans statt anständigen Anzügen herum? Ganz ehrlich, ihr seht dermaßen bescheuert aus!«, bellte Leipold wie ein bissiger Schäferhund.

»Du Stückerl Fettberg bist still, sonst gibt's was auf deinen Kriminalerarsch«, flüsterte einer der Angesprochenen ihm zur Erwiderung ins Ohr.

Der erste Schlag, gaben Zeugen später zu Protokoll, war von einem schwarz bekleideten Arm ausgegangen. Jedoch war in dem Pulk schwer zu erkennen gewesen, zu wem dieser Arm gehörte. Kutlar trug eine dunkelblaue Jeansjacke. Bei den Lichtverhältnissen war es verständlich, dass sich die Zeugen in der Farbe geirrt hatten.

Die handgreifliche Auseinandersetzung zwischen den zahlenmäßig unterlegenen Migra-Beamten und den Beamten des Verfassungsschutzes dauerte an, bis Leipold einen Tritt in den Schritt einstecken musste und mit qualvollen Schmerzensschreien die Keilerei zu einem Ende brachte. Alle Beteiligten hörten schlagartig auf, sich zu zerren und zu packen.

Demirbilek kniete sich als Erster zu Leipold. »Geht's, Pius?«

Leipold blieb stumm, er hatte das Bewusstsein verloren.

»Was hat er denn? War doch nur ein Schlag in die Familienjuwelen«, sorgte sich Cengiz, während Vierkant den Notruf verständigte.

Einer der Anwesenden kniete sich zu Demirbilek und gab sich als Mediziner zu erkennen. Fachmännisch machte er sich einen Eindruck vom Zustand des niedergestreckten Kriminalhauptkommissars. Kutlar zog währenddessen seine Jacke aus und legte sie unter Leipolds Kopf. Die im Kreis stehenden Gäste starrten auf den Besinnungslosen.

»Er ist weggetreten. Wird aber wieder«, meinte der Mediziner beruhigend.

Demirbilek flüsterte ihm ins Ohr, welcher Operation sich der Patient kürzlich unterzogen hatte.

»Trotzdem nicht schlimm. Im Krankenhaus sollen sie ihn durchchecken«, blieb der Arzt ruhig.

Demirbilek stand auf. »Wer von euch Hanswursten hat Hauptkommissar Leipold niedergeschlagen?« Er ließ den Blick über die Verfassungsschützer schweifen. Niemand von ihnen wagte es, sich dem Mann mit den unheilvoll funkelnden Augen als Verantwortlicher zu erkennen zu geben.

Selma hatte sich mittlerweile nach vorne gedrängt. Mit einem strafenden Augenaufschlag verfluchte sie ihren Exmann, der Zeit gefunden hatte, ihrer Einladung zu dem Festakt zu folgen.

45

Die Frau, die vorgab, Müge Tuncel zu sein, heulte auf wie eine angeschossene Hyäne. Alarmiert über die Intensität des Lautes platzten zwei wachhabende Polizisten in das Krankenzimmer. Demirbilek winkte sie hinaus und streckte sich vor dem Bett der angeblichen Werbeassistentin in die Höhe.

»Das ist nicht lustig«, fauchte er. »Mein Kollege hat einen Tritt in die Eier bekommen.«

»Mir ging es nicht besser. Gleich nach der OP habe ich einen Anschiss bekommen. Dass ich fast verreckt wäre, hat meine lieben Kollegen nicht die Bohne interessiert. Wissen Sie, was der größte Idiot von denen mir vorgehalten hat?«

Demirbilek ging davon aus, auf die Frage nicht antworten zu müssen. Tuncel war nicht zu bremsen, seit er sie nach Leipolds Einlieferung in die Schwabinger Klinik aufgesucht hatte. Die bandagierte rechte Hand lag ruhig auf dem Bett. Den Rest ihres Körpers konnte sie nicht still halten.

»Der Oberidiot hat mich zur Schnecke gemacht, weil ich mich mit Ihnen unterhalten habe. Wie hätte ich ahnen sollen, dass Akbaba den zwei schottischen Hirnochsen im Hausgang begegnet? Warum zum Teufel sind Sie überhaupt aufgetaucht? Was für ein Scheiß, dass ihr von der Kriminalpolizei …«

»Reißen Sie sich zusammen! Akbaba hat versucht, die zwei Killer aufzuhalten, die es auf den Jungen abgesehen hatten.« Demirbilek beugte sich zu ihr. »Von welcher Art Kollegen sprechen Sie denn?«

»Tun Sie nicht so scheinheilig. Sie wissen genau, dass ich verdeckt ermittelt habe!«

»Ja, aber gegen wen? Jedenfalls nicht gegen Akbaba, wie ihr uns weismachen wolltet!«

Die Beamtin lächelte verwegen, mehr an Zugeständnis verbot ihr wohl die Berufsehre und die Verpflichtung zum Schweigen. Der Hinweis genügte Demirbilek, um sich über den fehlenden Zusammenhang klar zu sein. Lange bevor Fletcher sich an den Verfassungsschutz gewandt hatte, war dieser bereits gegen ihn aktiv gewesen. In Demirbileks Erinnerung tauchten die Signalwörter auf, die zu Akbabas Verdächtigung geführt hatten. Er ahnte, dass der Terrorverdacht gegen den Werbefilmproduzenten vorgeschoben war, um Ermittlungen gegen den Waffenfabrikanten zu legitimieren. Der Verfassungsschutz war hinter Onur Fletcher her, nicht hinter seinem unbescholtenen Freund Süleyman Akbaba.

»Wo ist die echte Müge Tuncel?«

»Nicht meine Baustelle. Soviel ich weiß, lässt sie es sich irgendwo auf der Welt gut gehen. Die Bewerbung als Assistentin bei Akbaba musste schnell gehen. Glauben Sie mir, sonst hätten Ihre Mitarbeiter mich nicht enttarnt. Wie haben Sie eigentlich Verdacht geschöpft? Ich war verdammt gut!«

Demirbileks Gedanken schweiften zu Leipolds Krankenzimmer ab. Er lag ein Stockwerk unter ihnen. Hätte er ihn nicht zu dem ägyptischen Arzt gebracht, wäre er nicht auf die Aufnahme in dem Frauenmagazin gestoßen. Er zog die Seite aus der Sakkotasche und legte sie auf die Bettdecke.

Tuncel griff mit der unverletzten Hand danach. »Shit. Das Foto ist ja uralt, da war ich im Auftrag des Innenministeriums im Einsatz. Wie haben Sie das gefunden? Das hat man davon, wenn keine Zeit ist.« Entnervt knüllte sie die Magazinseite zusammen und warf sie quer durch das Zimmer. Dem Anschein nach hatte sie die Operation gut überstanden und war zu Kräften gekommen.

»Nach Ihrem richtigen Namen zu fragen, hat keinen Sinn, oder?«

»Bleiben wir bei dem, den Sie kennen. Müge passt zu mir. Außerdem muss ich Ihnen dankbar sein, wissen Sie das? Weil ich durch Sie aufgeflogen bin, bin ich den Auftrag los. Ich wollte ihn nie. Kinder sind nicht gerade mein Ding.«

Es klopfte leise. Kutlar streckte den Kopf in das Krankenzimmer, Demirbilek winkte ihn herein.

Der junge Beamte nickte Richtung Tuncel und flüsterte ihm zu: »Cengiz hat das Kennzeichen von Fletchers Jeep kontrolliert. Ist auf eine Autovermietung zugelassen, die vor zwei Jahren Konkurs angemeldet hat. Sehr wahrscheinlich ein Wagen des Geheimdienstes, vermutlich Verfassungsschutz.«

An irgendeiner Stelle an Kutlars Körper vibrierte es. Er betätigte das Headset und hörte kurz zu. »Das war Isabel. Sie sind im Anmarsch. Besser, Sie beeilen sich.«

»Halt sie auf. Dir fällt sicher etwas ein.«

Kutlar grinste verdächtig breit über die ihm zugeteilte Aufgabe.

Tuncel pfiff durch die Zähne. »Hast du das mit meiner falschen Identität entdeckt, hübscher Türke?«

Kutlar lächelte verlegen. »Sie waren schlampig an Tuncels Computer. Mails ohne Ende zur Produktion, aber keine einzige Datei, nicht mal das elektronische Booklet. Wenig Zeit, oder?«

Müge richtete sich auf. »Gib mir deine Nummer! Jungs wie dich können wir bei uns gut brauchen.«

»Ich habe gerade ein Angebot abgelehnt, danke.« Kutlar wandte sich an Demirbilek. »Lassen Sie sich Zeit, Chef.« Mit den Worten verließ er das Krankenzimmer.

Der Sonderdezernatsleiter freute sich über die soeben gefallene Bemerkung. Der Verfassungsschutz hatte offenbar trotz Feldmeiers klarer Worte versucht, Kutlar abzuwerben und der hatte aus eigenen Stücken entschieden, bei der Migra zu bleiben.

Mit verschwitztem Klinikhemd kroch Tuncel aus dem Krankenbett. »Ich werde gegen ärztliche Anweisung abgeholt. Dem Oberidioten ist es scheißegal, wie es mir geht. Na dann, machen Sie es gut, Herr Kommissar.«

»Eins sind Sie mir schuldig. Eine Antwort auf die Frage, welche Rolle Mert dabei spielt. Sein Vater behauptet, jemand trachtet aus Rache nach seinem Leben.«

Tuncel setzte sich an die Bettkante und stützte sich mit einer Hand ab. »Was genau vorgefallen ist, wissen wir nicht. Fletcher soll bei einer Waffenlieferung in Diyarbakır dabei gewesen sein. Das türkische Militär hat von der Übergabe erfahren und eingegriffen, als eine Demonstration zu eskalieren drohte. Ein Gerücht kursiert, dass Fletcher selbst geschossen und den Sohn eines Politikers getötet hat. Wie gesagt, nur ein Gerücht.« Tuncel blieb ernst. »Das Spiel kennen Sie ja. Drehen Sie sich weg.«

Demirbilek stellte sich an das Fenster. Sein Blick wanderte über die Grünanlage des Krankenhauses. »Warum ist Fletcher wirklich in München? Nur um seinen Sohn bei den Dreharbeiten zu besuchen?«

»Irgendwie schon, zumindest nach außen hin«, erzählte Tuncel, während sie sich umzog. »Bei Fletcher geht es immer um das Geschäft und seinen Sohn will er immer bei sich haben. Oder er schickt ihn voraus, um einen albernen Werbespot zu drehen, damit er eine Transaktion in München abwickeln kann. Aus dem Grunde wurde ich eingeschaltet, ich sollte in Merts Nähe sein. Dass sein Vater früher oder später auftaucht, war vorhersehbar.«

»Eine Transaktion? Sie meinen, eine Waffenlieferung, hier in München?« Nicht der Verkauf seiner Firma, ergänzte Demirbilek für sich, wie Fletcher ihm weisgemacht hatte.

In der Glasspiegelung konnte er sehen, wie Tuncel zögerte.

»Davon wissen Sie nichts?« Es dauerte eine Weile, bis sie weiterredete: »Na ja, woher sollten Sie das auch wissen? Die Waffen liegen in der Türkei zur Abholung bereit. Fletcher ist in München, um das Finanzielle abzuwickeln. Geld gegen Ware, ist auch bei Waffendeals üblich. Er wollte das Geschäft über die Bühne bringen und mit seinem Sohn zurückreisen.« Tuncel pausierte und setzte sich wieder auf die Bettkante. »Stimmt es, dass er aufhören will, dass er die Firma verkauft? Wird ihm angeblich zu viel mit der Angst um den Sohnemann. Sie haben ihn unter vier Augen gesprochen. Wissen Sie etwas?«

Was nun? Verkauft er oder verkauft er die Firma nicht, ärgerte sich Demirbilek. Das Spiel mit Halbwahrheiten ging ihm gegen den Strich, begann ihn wie eine nach Blut lechzende Mücke zu nerven. Dass Fletcher und er observiert worden waren, überraschte ihn nicht mehr. Doch abgehört hatte der Verfassungsschutz sie allem Anschein nach nicht. Er versuchte sich selbst in dem Spiel mit Halbwahrheiten. »Möglicherweise weiß ich etwas über den Verkauf der Firma. Interessiert an der Information?«

»Was wäre sie Ihnen wert?«

»Merts Leben. Ich will, dass ihm nichts geschieht. Wo ist Ken Freeman? Ist er noch im Lande?«

Demirbilek hörte hinter sich, wie Tuncel das Hemd abstreifte. In der Spiegelung vergewisserte er sich, dass das Tattoo am Hals Teil ihrer falschen Identität war. Der Schlangenkopf am Hals war verschwunden.

»Freeman? Geht ihr Bullen nicht davon aus, dass er nach den Fehlschlägen auf und davon ist? Kein Wunder, dass Mert zwei Mal einem Profikiller durch die Lappen gegangen ist. Der Junge hat in Kommissar Pascha den besten Schutzengel, den er sich wünschen kann.«

»Fangen Sie nicht wieder mit Schmeicheleien an, die glaube ich Ihnen nicht mehr«, entfuhr es Demirbilek. Reflexartig wollte sich sein Körper umdrehen. Er hielt sich zurück.

»Drehen Sie sich ruhig um, ich bin so gut wie angezogen«, sagte Tuncel mit lasziver Stimme.

Ohne anzuklopfen, betraten drei streng dreinblickende Männer das Zimmer. Demirbilek wandte sich zu ihnen, gleichzeitig mit Tuncel, die ihn abermals angelogen hatte. Sie war nicht fertig umgezogen und schrie: »Raus, Kollegen! Meine Titten kriegt nicht jeder zu sehen!«

Die Beamten blieben ungerührt stehen. Einer von ihnen warf Tuncel ein T-Shirt zu, das auf einem Stuhl bereitlag. »Los, wir fahren.«

»Vollidioten! Kein Respekt vor Frauen, wie ich das hasse! Die deutschen Kollegen sind schlimmer als die türkischen. Scheißklischees!«, schrie Tuncel und kehrte ihnen den Rücken zu.

Demirbilek nickte ihr zum Abschied zu und wollte gehen, als ihn eine Ahnung packte, etwas vergessen zu haben, das ihm die Unterhaltung mit der eigenwilligen Frau erst ermöglicht hatte. Ohne den Blick von dem T-Shirt zu nehmen, das sie vor der Brust hielt, bedankte er sich bei seiner Lebensretterin.

»Das ist ja nett, *Komiser Bey*. Sie meinen wohl, dass ich dem Arsch von Freeman in den Arm gegriffen habe, als er drauf und dran war, Ihnen den Kopf wegzupusten?«, fragte sie mit gespieltem Erstaunen und setzte mit ernster Bescheidenheit hinzu: »Doch nicht dafür.«

46

Nach einer offiziellen Beschwerdenote der türkischen Privatuniversität sondierten Mitarbeiter des Innenministeriums und Beamte aus dem Polizeipräsidium die Faktenlage rund um den Eklat in dem Veranstaltungssaal. Vorwürfe über das rabiate Vorgehen des Verfassungsschutzes trafen auf Gegenvorwürfe über Mangel an Kooperationsbereitschaft der Beamten des Sonderdezernats Migra. Sauer stieß dem koordinierenden Mitarbeiter der Bayerischen Staatskanzlei auf, dass Sonderdezernatsleiter Zeki Demirbilek trotz ausdrücklicher Anordnung darauf bestanden hatte, seinen verletzten Kollegen Leipold persönlich in das Krankenhaus zu begleiten. Selbst die Androhung der Suspendierung hatte er in Kauf genommen und damit den Beginn der Unterredungen um zwei volle Stunden verzögert.

Als Leiter der kleinen Spezialeinheit berichtete Demirbilek wechselnden Gesprächspartnern von den Geschehnissen bei dem Festakt und äußerte am Ende jeder Vernehmung den Verdacht, dass Onur Fletcher in München ein Waffengeschäft abwickelte. Aktennotizen wurden auf sein Drängen in den Protokollen vermerkt. Als Demirbilek dämmerte, dass nichts unternommen werden würde, bestand er darauf, den Innenminister zu sprechen. Der war jedoch in einer Sitzung in Berlin – mit einer Delegation, der seine eigene Chefin Feldmeier angehörte –, sodass er den Münchner Polizeipräsidenten als adäquaten Gesprächspartner ins Spiel brachte.

Bei dem Telefonat gab der Präsident zu verstehen, von den Vorfällen, die Fletcher und seinen Sohn betrafen, zu wissen, hatte aber nicht den Willen, mehr an Personal und damit Zeit sowie Geld auszugeben, um die beiden ausfindig zu machen. Zudem machte er dem Kommissar deutlich, dass ein Unternehmer Geldgeschäfte in München abwickeln könne, so viele er wolle, wenn sie legal waren. Von dem Anfangsverdacht, den Demirbilek hegte, wollte er nichts wissen und wies ihn darauf hin, dass der Verfassungsschutz in dem Fall federführend aktiv sei.

In der Galeriestraße beendete Demirbilek das Gespräch. Er blickte zu der bayerischen Fahne an der Staatskanzlei, die im Abendwind hin und her wedelte. Zurück bei Cengiz, Vierkant und Kutlar, die an dessen Cabriolet auf ihn warteten, blickte er in drei sorgenvolle Gesichter.

Vierkant sprach aus, was das Team umtrieb: »Werden wir suspendiert, alle miteinander?«

Demirbilek zuckte mit den Achseln. »Sie überlegen noch. Ist wohl keine einfache Entscheidung, ob wir oder die andern oder beide zusammen einen Denkzettel bekommen. Was ist mit Pius?«

»Elisabeth hat ihn aus der Klinik geholt. Geht schon wieder«, sagte Cengiz.

Kutlar hatte ganz andere Sorgen. »Können wir irgendwas tun, Chef? Fletcher muss gestoppt werden, wenn er bei uns Waffengeschäfte macht.«

»Wie denn, Serkan? Wir wissen nicht, wo er ist und was er vorhat. Der Polizeipräsident hat befohlen, dass wir dem Verfassungsschutz nicht in die Quere kommen sollen. Sprich, uns still halten.«

Vierkant räusperte sich. »Wir sind also nicht suspendiert?«

»Warum fragst du schon wieder, Isabel? Wir wissen, dass Tuncel vom deutschen Verfassungsschutz bei Akbabas Werbeproduktion eingeschleust wurde, um Mert und damit seinen

Vater im Auge zu haben. Ihr Auftrag war es, in Erfahrung zu bringen, mit wem Fletcher Waffengeschäfte in München macht. Der Terrorverdacht gegen Akbaba war erstunken und erlogen. Gut möglich, dass der Verfassungsschutz hinter Fletchers Geschäftspartnern her ist und nicht hinter Fletcher selbst.«

»Was bedeutet, dass die Akte Akbaba für uns präpariert wurde. Gegen den Produzenten wurde gar nicht ermittelt«, stellte Kutlar nüchtern fest.

»Selbst Staatsanwalt Landgrün wusste von nichts, oder?«, regte sich Cengiz auf. »Die haben uns komplett verarscht! Und du wärst beinahe draufgegangen!«, sagte sie an ihren Chef gerichtet.

Die Beamten schwiegen eine Zeit lang. Demirbilek spürte das Unbehagen, das sich in seinen Körper schlich und das Letzte an Konzentration raubte. Ohne klassifizierte Informationen des Verfassungsschutzes war es ihm unmöglich, dem Dickicht an Spekulationen Herr zu werden.

Undeutlich vernahm er Vierkant, die als Erste das Schweigen brach. »Ich habe da etwas, vielleicht hilft uns das weiter.«

Demirbilek fixierte sie. »Rück raus damit. Das Gesicht setzt du auf, wenn ein Engel dir etwas ins Ohr geflüstert hat.«

Vierkant verzog verschämt die Augenbrauen nach oben. »Schön haben Sie das gesagt, Chef. Wirklich schön. Das ist schon das zweite Mal in …«

»Isabel!«, mahnte Demirbilek. »Raus mit der Sprache.«

Das Engelsgesicht verschwand, Vierkant wurde wieder ernst. »Am Parkplatz, wo ich Schmiere gestanden habe, war einer der schwarzen Jeeps.« Sie vergrößerte ein Foto auf dem Handy. »Der Flyer vom Deutschen Museum lag in der Ablage, ich habe ihn durch die Windschutzscheibe fotografiert. Jemand hat das morgige Datum sowie zehn Uhr darauf vermerkt.«

Demirbilek nahm das Handy entgegen, blickte darauf und reichte es an Kutlar und Cengiz. »Ist das der Jeep, in dem Mert und sein Vater weggefahren wurden?«

Vierkant bejahte, nachdem sie ihre Aufzeichnungen konsultiert hatte. »Warum fragen Sie? Spielt das eine Rolle?«

»Allerdings«, sagte Demirbilek, der sich an Merts Hilferuf auf dem Onlineticket erinnerte. »Das könnte Mert geschrieben haben. Er wollte mit seinem Vater das Deutsche Museum besuchen. Wir besprechen morgen früh, ob wir uns dort blicken lassen. Für heute machen wir Schluss.«

Bei der Verabschiedung ließ Vierkant fallen, dass sie Leipold zu Hause einen Krankenbesuch abstatten wolle. Elisabeth hatte sich über ihren Anruf gefreut und alle vom Team eingeladen. Kutlar und Cengiz waren begeistert von der Idee. Demirbilek allerdings machte der Mutter einen Strich durch die Rechnung, als er sich bei ihr nach Memo erkundigte. Mit entsetztem Blick auf die Uhr wollte Cengiz sofort aufbrechen, sie war mit der Abholung ihres Kindes viel zu spät dran.

Eine Gelegenheit wie diese fliegt dir nicht so schnell wieder zu, sagte sich der junge Großvater und bot Cengiz an, seinen Enkel für sie abzuholen. Die nahm den Vorschlag mit einer herzlichen Umarmung an, ihr war es egal, dass ihr Chef Vertraulichkeiten im Dienst nicht duldete.

Bevor sich Demirbilek auf den Weg machte, piepsten nahezu gleichzeitig drei unterschiedliche Signaltöne. Bis Demirbilek nach dem eigenen, stumm geschalteten Handy griff, lasen die anderen schon die eingegangene SMS.

»Hat uns Feldmeier alle dieselbe Nachricht geschickt?«, fragte er und las selbst.

Cengiz kommentierte die Neuigkeit mit einer türkischen Respektbezeugung. Vierkant seufzte erleichtert. Kutlar schüttelte den Kopf, als würde er sich über nichts wundern, auch nicht über die Textzeilen: »Migra aus dem Schneider. Standpauke folgt. Gruß aus Berlin. Kriminalrätin S. F.«

47

Um fünf Uhr morgens schreckte Zeki auf. Strampelnde Füße weckten ihn. Wunderbar, fantasierte er im Halbschlaf, er hat ordentlich Kraft in den Waden. Memo lag neben ihm in dem großen Bett, das nach frischer Wäsche duftete.

Sein müder Blick wanderte über den Jungen hinüber zu Derya, die mit dem Gesicht zu ihm tief und zufrieden schlief. Schenk mir deinen Traum, flüsterte er ihr zu und fiel selbst wieder in einen unruhigen Schlaf zurück.

Später am Morgen fiel es ihm schwer, nach einem Albtraum, an den er sich nicht erinnern konnte, ein freundliches Gesicht zu zeigen. Derya aber hatte es verdient, mit einem Lächeln begrüßt zu werden. In einem Nachthemd tapste sie mit Memos Morgenfläschchen in das Schlafzimmer und huschte zurück ins Bett.

»Wie spät ist es?«, fragte Zeki.

Derya nahm den Kleinen auf den Arm und gab ihm das, wonach er verlangte. Mit gierigen Zügen saugte er die nährende Flüssigkeit in sich hinein.

»Du hast noch Zeit. Jale kommt vorbei, um Memo zu sehen, bevor sie den Dienst antritt«, sagte sie mit glücklichem Blick auf den Kleinen.

Zeki beugte sich zu seinem Enkel. Der Kleine verdrehte die Äuglein und widmete sich wieder der Milch. Das Küsschen seines Opas auf die Stirn schien ihn nicht sonderlich zu interessieren.

»Bekomme ich auch eines?« Derya neigte den Kopf, in Erwartung einer Zärtlichkeit auf die Stirn.

Zeki küsste sie auf die Lippen. »Ich koche uns *çay*«, sagte er dann.

»Schon fertig, steht in der Küche«, antwortete sie wie selbstverständlich.

Auf dem Sofa im Wohnzimmer entdeckte Zeki seinen Anzug. Die bereitgelegte Unterwäsche erkannte er wieder, sie stammte aus der Zeit, als er mit Derya zusammen war und bei ihr übernachtet hatte. Er zog sich an und ging in die kleine Küche. Auf dem Tisch wartete ein leeres Teeglas und ein Teller *börek* auf ihn. Er ärgerte sich, an Selma denken zu müssen.

Den Morgenhimmel durch das Küchenfenster zu betrachten, weckte in Zeki traurige Empfindungen, obwohl das Wetter einen sommerlichen Tag versprach. Er trank den heißen, starken Tee aus einem großen Glas, das üblicherweise zum Frühstück gedeckt wurde. Derya kam und setzte sich zu ihm. Der Kommissar schenkte ihr Tee ein.

»Memo schläft wieder.«

»Recht hat er. Ich bin auch müde.«

»Nimm dir frei. Wir legen uns einfach zurück ins Bett.«

»Geht leider nicht. Aber es wäre schön.« Er schluckte den Bissen *börek* hinunter. »Jale wird sauer sein, dass ich mit Memo gestern Nacht nicht nach Hause gekommen bin.«

»Ach woher, das ist nicht das erste Mal, dass dein Enkel ohne die Mama über Nacht bei Tante Derya bleibt«, erklärte sie gut gelaunt. »Wir sind Freundinnen, ich passe gerne auf Memo auf.«

»Ohne die Mama?« Er verbrannte sich die Zunge am Tee. »Nicht das erste Mal?«

Derya schüttelte den Kopf und stand auf. »Jale hat sonst niemanden in München, der ihr helfen könnte. Ich freue mich, wenn ich Memo bei mir habe.« Sie kehrte mit einer Schale Oliven und Schafskäse aus dem Kühlschrank zurück. »Hast du ein Problem damit?«

»Ich?« Zeki fühlte sich ertappt. »Nein, sie ist ja die Mutter.«

»Und ich übrigens hochoffiziell Memos Tagesmutter, mit allen Papieren und Stempeln. Mach dir keine Sorgen. Jale liebt ihren Memo. Sie würde alles für ihn tun.«

Zeki nickte.

»Außerdem hat sie sich bei mir gemeldet. Es ist alles in Ordnung, sie weiß Bescheid.« Sie wedelte mit dem Handy. »Es hat gestern bei Pius länger gedauert, sie ist froh, dass du nicht zu Hause warst. Sie hat wohl auf das Ende ihres Mutterschutzes ein wenig zu oft angestoßen.«

Wieder nickte Zeki und hatte es plötzlich eilig.

»Was ist?«, erschrak Derya.

»Nichts, alles in Ordnung«, drückte Zeki die unausgesprochene Sorge um Jales Beziehung zu Serkan weg. »Was gestern Nacht passiert ist … Ich weiß nicht, ob …«

»Du musst mir nichts erklären. Geh ruhig zur Arbeit. Ich bin hier, falls du mich brauchst oder sehen willst.«

Zutiefst dankbar, nichts weiter erklären zu müssen, verabschiedete er sich mit zwei Wangenküssen von ihr, während sie ihn aufmunternd anlächelte.

48

»Da sind sie. Vater und Sohn!«, entschlüpfte es Vierkant zu laut in das Mikro des Headsets. »Habt ihr gehört? Jale und Helmut?«

»Bin unterwegs«, hörte Vierkant ihre Kollegin klar und deutlich im Ohr. »Die kommen ja auf die Minute genau.«

»Auch unterwegs«, bestätigte Helmut Herkamer aus Leipolds Kommissariat, den Demirbilek zur Verstärkung hinzugezogen hatte.

»Du hattest recht mit dem Flyer aus dem Jeep«, lobte Demirbilek seine Mitarbeiterin und traute seinen Augen nicht, als sie über das Lob rot anlief.

Tunlichst hatte er darauf verzichtet, Feldmeier über die laufende Aktion zu informieren; schließlich war er sich nicht sicher gewesen, ob Vierkants Hinweis die Ermittlungen auf die richtige Spur führen würde. Ohnehin eilte Feldmeier der Ruf voraus, Mails zu lesen und sie zu beantworten, noch bevor sie auf ihrem Tablet eintrafen. Dass er die Art der Kommunikation nicht bevorzugte, war nichts Neues. Mit der Hauspost entschied er sich für einen Kommunikationsweg, der ihm etwas Zeit verschaffte.

Auf einer Parkbank mit Sicht auf die steinerne Fußbrücke zum Innenhof des Deutschen Museums machte sich Cengiz auf ihren Einsatz bereit. Kutlar, der neben ihr saß, zwinkerte ihr zu: »Schön, dass du wieder im Team bist und bau keinen Mist, ja?«

Cengiz blickte sich verstohlen um und schmatzte ihm einen Kuss auf die Wange: »Natürlich nicht!«

Gleichzeitig verließ Herkamer den gut besuchten Museumsshop und durchquerte den Hof zum Haupteingang. Die zwei Beamten nickten sich unmerklich zu, als sie gemeinsam in das Museumsgebäude traten.

Vierkant und Demirbilek hatten sich in einem der Verwaltungsbüros breitgemacht und beobachteten Cengiz und Herkamer durch das Fenster. Der Kommissar schlug die Beine übereinander und wippte mit einem Fuß in der Luft, was Vierkant als Zeichen von Nervosität interpretierte.

»Mert kennt Jale nun mal nicht. Sie haben richtig entschieden, sie reinzuschicken. In der Besprechung heute Morgen haben Sie klipp und klar gesagt, dass sie keine Gefahr eingehen soll«, versuchte Vierkant, ihn zu beruhigen. »Außerdem ist Herkamer dabei.«

»Wegen Jale mache ich mir keine Sorgen. Sollte ich je damit anfangen, sag es mir, dann ist alles zu spät. Ich vertraue ihr, obwohl sie bei Doktor Sahner wieder gezeigt hat, wie schlecht sie zuhört, wenn es um Anweisungen geht. Mehr Gedanken mache ich mir um Herkamer, er kann manchmal ein Trampel sein – zu viele Dienstjahre in Leipolds Schule.«

»Ach so«, quittierte Vierkant die überraschende Erklärung.

Die Aufmerksamkeit der Ermittler richtete sich wieder auf das Geschehen im Innenhof. Durch das Fenster sahen sie, wie ein verdächtig wirkender Mann in das Museum hastete. Demirbilek sprang auf. Anders als Tuncel ihm weismachen wollte, glaubte er an die Berufsehre eines Auftragsmörders, der seine Bezahlung nur erhielt, wenn er lieferte. Freeman konnte durchaus noch in der Stadt sein, um das Geld zu kassieren, das der türkische Politiker ausgelobt hatte. Mert war aus seiner Sicht nicht außer Lebensgefahr, auch wenn der Verfassungsschutz ihn unter seine Fittiche genommen hatte.

»Jale, Helmut. Ein Mann ist gerade hineingegangen, Ende

vierzig, trägt eine Wollmütze, hochgekrempelt. Finde ich merkwürdig bei dem Wetter. Sprecht ihn an. Mal sehen, ob er den richtigen Akzent hat. Aber passt auf, ja?«, instruierte Demirbilek sie.

Es dauerte eine Weile bis zu einer Rückmeldung. Herkamers tiefe Stimme tönte: »Schotte ist das keiner. Er ist direkt ins Kinderreich zu seiner Familie. Anschiss von der Frau auf Italienisch, weil er zu spät war.«

»Wo sind Fletcher und Mert jetzt?«, fragte Demirbilek in das Mikrofon.

»Mert ist im mathematischen Kabinett. Ich bin bei Fletcher, er rollt durch die Akademiesammlung. Wenn sich was tut, melde ich mich«, antwortete Cengiz.

»Ich komme zu dir, Jale«, sagte Herkamer.

»Du bleibst beim Jungen, Helmut!«, wies Demirbilek ihn an.

»Was soll ich denn bei dem Jungen?«

»Tu, was ich dir sage. Bleib bei ihm!«

Weitere lange Minuten vergingen, bis Demirbilek genug hatte, mit dem Fuß in der Luft zu wippen. »Ich hole uns einen Kaffee.«

»Wie bitte?«, fragte Vierkant erstaunt. »Soll nicht ich?«

»Ich muss mir die Beine vertreten. Bin gleich zurück.«

Draußen auf dem Gang suchte er nach der Angestellten, die ihnen, ohne nach richterlichen Beschlüssen zu fragen, das passende Büro für die Beschattung überlassen hatte. Er fand sie an einem Kopierer. Freundlich versprach sie ihm, zwei Kaffee zu bringen. Er trank ihn schwarz, wie Isabel ihn mochte, wusste er nicht und kehrte zurück.

Vierkants Gesicht klebte am Fenster, als er das Büro betrat.

»Was machst du da?«, fragte er. »Nicht so nah, man sieht dich von draußen.«

»Da war jemand, vielleicht einer vom Verfassungsschutz. Die müssen irgendwo sein. Ich sehe sie aber nicht.«

Demirbilek stellte sich zu ihr. Die Herrschaften werden dafür bezahlt, unauffällig zu sein, sagte er zu sich. Dann in das Mikrofon: »Seht ihr Fletcher?«

»Ja. Er ist vor einer Vitrine. Eine Frau tritt zu ihm.« Cengiz stockte. »Ich glaube, das ist Tuncel. Sie hat einen Verband an der Hand.«

»Kannst du ein Foto machen?«, fragte Vierkant und sah irritiert zu ihrem Chef.

»Gerade abgeschickt«, flüsterte Cengiz. »Bestätigt die Identität, schnell. Sie unterhält sich mit Fletcher.«

Vierkant reichte Demirbilek das Handy. Er erkannte seine Lebensretterin vom Verfassungsschutz. »Ja, das ist Tuncel. Mir hat sie weisgemacht, dass sie von dem Auftrag abgezogen wurde. Bleib dran, Jale.« Zu Vierkant gewandt zischte er: »Wir sind zu wenige.«

Cengiz' Stimme meldete sich wieder: »Tuncel rollt Fletcher aus dem Saal.«

»Verlier sie nicht aus den Augen. Was machen sie?«, fragte Demirbilek.

»Reden. Wartet.« Sie verstummte einen Moment. »Guck dir das an!«

»Wir sehen nichts, Jale! Was passiert da gerade?«

»Sie hat ihm vor allen Leuten eine Ohrfeige gegeben. Jetzt geht sie«, lachte Cengiz leise. »Damit hat der Herr Waffenbauer nicht gerechnet. Die Frau hat was, Respekt.«

»Jale, bleib bei Fletcher. Helmut, was macht Mert?«

»Er spielt, baut was mit bunten Holzklötzen. Wartet, jetzt kommt die ... wie heißt sie?«

»Tuncel«, sagte Vierkant in das Mikrofon. »Geht sie zu dem Jungen?«

»Vor hatte sie es. Zwei Männer halten sie gerade auf, beide einen Knopf im Ohr. Verfassungsschutz. Sie wehrt sich nicht. Ihr müsstet sie gleich sehen, sie gehen Richtung ...«

Herkamers Satz wurde von einem jäh einsetzenden, theatralisch aufheulenden Alarm übertönt. In und um das Gebäude schrillten Sirenen. Demirbilek hetzte zur Tür. »Du bleibst hier, Isabel, behalt den Überblick, wer von uns wo ist.«

Der Kommissar rannte die Treppen nach unten und erreichte über einen Notausgang den Innenhof. Die Türen des Haupteinganges wurden gerade von Museumsmitarbeitern geöffnet. Unter ohrenbetäubendem Lärm verließen erste Besucher das Gebäude, um sich in Sicherheit zu bringen. Ruhig und besonnen redeten die Angestellten auf die Museumsgäste ein, keine Panik aufkommen zu lassen, rieten in verschiedenen Sprachen, sich in der Nähe aufzuhalten, und bestätigten, dass Eintrittskarten ihre Gültigkeit behielten. Demirbilek wies sich mit dem Dienstausweis aus und lief durch die Menschenmenge in die Vorhalle des Museums.

»Wo seid ihr?«, rief er ins Mikrofon. Er wartete. »Jale, Helmut, meldet euch! Wo seid ihr? Ich bin auf dem Weg in das Kabinett.«

Demirbilek orientierte sich auf einem Wegweiser durch die Abteilungen des Museums, als Herkamers Stimme ertönte: »Der Junge ist weg! So eine Scheiße! Jale ist ihm nach.«

»Wohin?«, fragte Demirbilek.

»Keine Ahnung, bei den vielen Leuten und dem Durcheinander …«

»Und Fletcher? Wo ist er?«

»Auf dem Weg nach draußen.«

Demirbilek drehte sich um. Tatsächlich, da war er, der Mann, der ihn die letzten Tage auf Trab gehalten hatte. Onur Fletcher kam auf ihn zugerollt, mit regelmäßigen Schwüngen der muskulösen Arme erreichte er ein Tempo, das Demirbilek einige Augenblicke lang faszinierte. Es blieben wenige Meter, bis er ihn erreicht haben würde. Der Kommissar brachte sich in Position und stellte sich ihm in den Weg. Fletcher bremste und kam knapp vor ihm zum Stillstand. Ansatzlos packte er den Waffenfabrikanten am Kragen seiner Jacke. Hinauseilende Besucher sahen sich verwundert um, aber niemand blieb stehen, schließlich musste die eigene Haut gerettet werden. »Wo ist der Junge?«, fragte er Fletcher unter dem Sirenengeheul.

»Verdammt, lassen Sie mich los oder ich rufe …«

Fletcher brach ab, als ein Tourist mit Rucksack auf sie zugelaufen kam. »Hallo! Entschuldigen Sie! Könnten Sie mir nach draußen helfen?«, rief er ihm auf Englisch zu.

Der Rucksackträger bremste ab, packte die Griffe an Fletchers Rollstuhl und schob ihn Richtung Ausgang.

Demirbilek blickte ihm nach, unsicher, ob er ihm folgen oder nach Mert suchen sollte.

Herkamer tauchte abgehetzt auf. »Ist der Junge bei Fletcher?«

»Ich Idiot!«, platzte es plötzlich aus dem Kommissar heraus. »Fletcher hat sich nach mir erkundigt. Er wusste, was ich esse, wusste von meinen Kindern, klar, dass er auch Jale kennt und weiß, wie sie aussieht. Er muss sie erkannt haben.«

49

Der Saal, in dem jüngere Besucher mathematische Rätsel und Aufgaben spielerisch lösen konnten, leerte sich nach dem Einsetzen des Alarms schlagartig.

Jale Cengiz war zu dem Kabinett gestürmt und dabei mit mehreren verängstigten Besuchern zusammengestoßen. Sie behielt Fletchers Sohn im Auge, den sie von Fotos der morgendlichen Einsatzbesprechung kannte. Er sah wie ein ganz normaler Junge aus, bis auf das Grübchen und das ausgeprägte Kinn, das etwas unförmig wirkte. Er trug verwaschene Jeans und eine schwarze Sportjacke mit roten Streifen auf den Schultern. Sie war zu weit weg, sie konnte nicht erkennen, welche Mannschaft das Emblem auf der Brust repräsentierte.

Cengiz schmunzelte über den lässigen Gang des Dreizehnjährigen. Wie ein Westernheld verließ er ohne jedwede Panik den Saal. Auf dem Gang, während viele Menschen Richtung Ausgang an ihm vorbeihasteten, nahm er sein Handy und tippte mit zwei Daumen eine kurze Nachricht.

Was soll das?, dachte Cengiz verblüfft, als der kleine Möchtegernagent vor ihren Augen das eben benutzte Handy in einen Mülleimer fallen ließ.

»Isabel …«, flüsterte sie in das Mikrofon, um Vierkant über die Geschehnisse zu informieren. Als eine Antwort ausblieb, merkte sie unter Flüchen, wie es sich für eine türkische Tochter rechtschaffener Eltern nicht geziemte, dass das Kabel des Headsets lose in ihrer Hosentasche steckte. Sie hatte wohl beim Zusammenstoß mit den Besuchern das Handy verloren. Es im Saal zu suchen war keine Zeit, beschloss sie und sicherte Merts weggeworfenes Telefon als Beweismittel, bevor sie ihn weiter verfolgte.

»Warum meldet sich Jale nicht?«, wollte Demirbilek am Headset von Vierkant wissen. Er stand mit Herkamer nach wie vor am Haupteingang. »Diesmal kommt sie nicht so glimpflich davon!«, setzte er wütend nach, als er Rufe vernahm.

Es war die aufgeregte Stimme eines älteren Museumswärters, der zu ihm gehetzt kam. »Sind Sie der türkische Kommissar?«, vergewisserte er sich.

»Ja, was ist?«, fragte Demirbilek.

»Hier, das hat mir eine Jale Sowieso in die Hand gedrückt.« Er überreichte ihm ein Mobiltelefon. »So, jetzt muss ich Sie aber dringend bitten, sich in Sicherheit zu bringen. Stehen hier seelenruhig herum! Hören Sie den Alarm nicht?«

»Wann hat Jale Ihnen das gegeben und wo?«

»Gerade eben, vorne am Treppenaufgang. Sie klang furchtbar wichtigtuerisch. Ohne ihren Dienstausweis hätte ich das Handy nicht an mich genommen.«

»Hat sie gesagt, warum?«

Der Museumswärter zuckte mit den Achseln. »Keine Ahnung. Sie hatte es eilig, ich glaube, Sie sollen sich das ansehen und reparieren. So, jetzt aber raus hier!«

Der Wärter ging davon. Herkamer und Demirbilek blieben zurück. Was sollte er mit Cengiz' Handy?, fragte sich der Kommissar, während er es anstarrte. Beim genaueren Hinsehen stellte er jedoch fest, dass das Mobiltelefon nicht ihr gehörte und der Akku fehlte.

»Helmut, sieh zu, was da drauf ist. Leipold schwört auf deine Handykünste. Ich versuche, Cengiz zu finden.«

Im Innenhof des Deutschen Museums tummelten sich ausnahmslos Polizeibeamte und Feuerwehrleute, von denen die meisten das Gebäude durchsuchten, um den Grund für den Alarm zu ermitteln. Mittendrin auf einer Parkbank überprüfte Herkamer das Handy, das Cengiz sichergestellt hatte. Die SIM-Karte war herausgenommen worden, wie Kutlar mit enttäuschtem Blick neben ihm bemerkte.

»War ja klar«, sagte Herkamer weniger enttäuscht. »Wenn wir Glück haben, sind Nummern oder Nachrichten im Gerätespeicher abgelegt. Bräuchten nur den passenden Akku.«

Kutlar fackelte nicht lange. Er nahm das Handy an sich und schritt zu den Schaulustigen, die an der Absperrung zur Boschbrücke ausharrten. Viele davon Touristen, die hofften, ihren Museumsbesuch fortsetzen zu können.

Mit dem Handy in der Luft brüllte er in die Menge: »Zuhören, alle zusammen. Ich bin von der Polizei und brauche Ihre Mithilfe. Hat jemand von Ihnen dasselbe Handymodell? Wir würden uns gerne den Akku borgen.«

Niemand meldete sich, obwohl alle das Telefon anstarrten und einige ihr Handy kontrollierten. Kutlar wiederholte auf Englisch und Türkisch die Anfrage und hatte am Ende Erfolg. Eine amerikanische Touristin sprang mit einem Jubelschrei in die Luft, als hätte sie im Lotto gewonnen.

Mit dem Einsetzen des Akkus blinkte die Warnung auf, dass die SIM-Karte fehle. Herkamer setzte die eigene Karte ein und durchsuchte die Menüpunkte.

»Yes!«, freute sich Kutlar. »Da ist eine Nummer!«

Eine deutsche Mobilfunknummer befand sich im internen Gerätespeicher. An diese hatte der Besitzer vor einigen Minuten eine Nachricht geschickt.

Herkamer las vor: »Ich komme zum Museumsshop, Mert.«

Kutlar runzelte die Stirn. »Schreibt der kleine Mistkerl eine einzige SMS und schmeißt das Handy weg. Was ist mit der Antwort?«

Der Kollege drückte ein paar Tasten und las wieder vor: »›In fünf Minuten‹. Das war es an Nachrichten, telefoniert hat er nicht. Wir sollten die Nummer des Antwortgebers orten.«

»Okay, kümmere dich darum, mach aber flott.«

»Flott kriegst eine Watschen, du Zeki in Taschenformat«, plusterte sich Herkamer im Stile Leipolds auf.

»Sorry, ist mir herausgerutscht. Jale und der Chef könnten in Gefahr sein.«

»Welcher Chef?«, erwiderte Herkamer seelenruhig. »Der meine kommt nämlich gerade erst.«

Pius Leipold stieg aus einem Streifenwagen aus und schritt gemächlich zur Absperrung.

Cengiz war Mert aus dem Gebäude gefolgt und ihm an der Isar entlang Richtung Müller'sches Volksbad nachgegangen. Sie beobachtete, wie er sich an den Kiesstrand des Flusses setzte und nach schönen Steinen suchte. Wartest du auf jemanden? Bist du hier verabredet?, fragte sich die Polizeibeamtin.

Cengiz behielt den Jungen im Auge und pickte sich einen der sonnenhungrigen Spaziergänger an den Isarauen heraus. Der Mann kam mit Handy am Ohr zu ihr geschlendert. Sie wollte Vierkant Bescheid geben, wo sie war, und wies sich dem Mann mit Strohhut als Polizeibeamtin aus, um sich das Handy für einen Anruf auszuleihen. Dass die Kopfbedeckung tief in seine Stirn gezogen war und sein Gesicht verdeckte, maß sie keine Bedeutung bei.

»Jale!«, hörte sie plötzlich hinter sich Demirbileks Stimme und drehte sich um.

In diese Körperdrehung hinein schnellte ein Messer aus der Jackentasche des Spaziergängers und verfehlte sie um Haaresbreite. Mit einem Fußtritt in die Weichteile des Angreifers verschaffte sie sich Zeit, um zurückzuspringen und die Dienstwaffe aus dem Holster zu reißen.

»Nehmen Sie die Hände hoch!«, schrie sie den Fremden an,

als unvermittelt ein Schuss fiel und den Mann vor ihr niederstreckte.

»Jale, sieh nach, ob du ihm helfen kannst, schnell«, schrie Demirbilek ihr entgegen, erschrocken über den Nachhall des Schusses, der über die Isarauen ebbte.

Cengiz löste sich aus der Starre und riss den Kopf Richtung Isar. Demirbilek folgte ihrem Blick, auch er entdeckte von Weitem Mert, der wieselflink über die Mariannenbrücke flüchtete, ohne sich von Isarbesuchern beirren zu lassen. In Sekundenschnelle sicherte Cengiz die Waffe im Holster und raste ihm nach.

Merts Vorsprung war immens. Trotz der Schnelligkeit und des Willens, ihn zu fassen, hatte Cengiz keine Chance, ihn einzuholen. Eine Limousine mit laufendem Motor erwartete den Jungen am Parkplatz bei der Zufahrtsstraße zur Praterinsel. Als Mert sich dieser näherte, öffnete sich die hintere Tür, der Junge verschwand mit einem Satz ins Wageninnere. Die Limousine fuhr im Schritttempo die Querstraße zur Isarparallele vor und wartete, bis eines der Fahrzeuge sie einfädeln ließ.

Mitten auf dem Wehrsteg blieb Cengiz außer Atem stehen. Sie hustete und keuchte Spucke auf den Asphalt. Dann brach sie vor Erschöpfung in Tränen aus.

50

Münchner, die es sich erlauben konnten, verbrachten die Mittagspause an der Isar. Demirbilek saß auf einem Baumstamm, weit weg vom Tatort, um in Ruhe nachzudenken. Bei seinen Mitbürgern identifizierte er Sandwiches, Salate in Plastikschalen und selbst gemachte Brote. Kein Döner, keine Leberkässemmel war weit und breit zu sehen. Er hatte Hunger, und zwar auf Schweinebraten, den zu essen er sich vorgenommen hatte.

»Könnte sein, dass da drin die Tatwaffe liegt«, sagte er zu Leipold, der neben ihm stand und wie er auf die glitzernde Wasseroberfläche blickte. In der Isar war manches Geheimnis gut aufgehoben.

»Langsam, zum Mitschreiben«, bremste Leipold ihn. »Jemand hat Freeman mit einem Schuss in den Hinterkopf niedergemetzelt. Und dieser Jemand soll der Junge gewesen sein?«

»Dass Mert geschossen hat, kann ich nicht bezeugen. Eine Waffe habe ich jedenfalls nicht bei ihm gesehen. Jale auch nicht, sie ist ihm nachgelaufen, sah aus, als hätte der Junge auf Freeman geschossen und sich aus dem Staub gemacht.«

»Nix ist gewiss.«

»Hast gut aufgepasst auf der Polizeischule. Ohne Zeugenaussagen oder Beweismittel wissen wir nichts«, lächelte Demirbilek müde.

Leipold grinste zurück. »Und das Spektakel im Museum? Die

lustigen Agenten vom Verfassungsschutz wollen ja nichts sagen. Hast du eine Erklärung?«

»Mehr Vermutungen als Erklärungen. Ich denke, Fletcher hat sich mit seinem Geschäftspartner auf das Deutsche Museum als Treffpunkt verständigt. Fletcher hat angedeutet, einen Deal mit dem Verfassungsschutz zu haben. Ich könnte mir vorstellen, dass der Deal darin bestand, den Geldkurier seines Waffengeschäftes ans Messer zu liefern, als Gegenleistung für die Sicherheit seines Sohnes. Aus dem Grund hat er mich nicht eingeweiht, damit ich ihm bei der Übergabe nicht in die Quere komme.«

»Aber Freeman war doch nie und nimmer Teil des Planes vom Waffenheinz und den Geheimdienstlern. Hat er ihnen die Show vermasselt?«

»Sieht so aus, ja. Interessiert mich aber nicht, ist nicht unsere Aufgabe, wie mir Feldmeier und der Polizeipräsident höchstpersönlich gesagt haben. Ich will den Jungen und seinen Vater. Vierkant sitzt im Büro und kriegt raus, was bei Mert derart schiefgegangen ist, dass er möglicherweise mit dreizehn Jahren fähig ist, einen Menschen zu töten.«

»Hoffentlich findet der Suchtrupp nicht die Waffe in der Isar. Furchtbare Vorstellung, dass der halbe laufende Meter einen Mann erschossen haben soll«, schauderte es Leipold.

»Warten wir ab. So oder so ist das Ganze hier getürkt wie die Identität der angeblichen Tuncel. Fletcher und sein Sohn täuschen uns auch, machen uns was vor, führen uns in die Irre«, ärgerte sich Demirbilek und marschierte unvermittelt los.

Leipold tat sich wegen der frischen OP-Wunde schwer, ihm zu folgen. »Nicht so schnell, Zeki.«

»Noch Schmerzen?«

»Geht schon, habe das Doppelte an Schmerzmittel intus«, meinte Leipold, als er zu ihm aufgeschlossen hatte. »Ich muss die Leiche identifizieren lassen. Wobei ich meinen Kriminalerarsch darauf wette, dass es der Freeman ist.«

»Lass Tuncel, oder wie auch immer sie heißt, die Leiche identifizieren.«

»Bei den Geheimagenten frage ich bestimmt nicht nach.« Leipold grinste. »Die türken mir zu viel! Müssen die Fingerabdrücke herhalten. Ich bin sicher, unsere fleißige Ferner hat den Scan längst fertig. Mal sehen, wie weit Herkamer mit der Ortung ist.«

Zurück im Innenhof des Deutschen Museums trafen die Hauptkommissare auf Herkamer und Kutlar, die sich augenscheinlich köstlich amüsierten.

»Etwas mehr Respekt, meine Herren! Das hier ist ein Tatort«, rief ihnen Leipold zu. »Was gibt's zu lachen?«

Geschüttelt von einem Lachkrampf versuchte Herkamer, etwas zu sagen, brachte aber außer einem Prusten nichts heraus. Leipold klopfte ihm mit der flachen Hand auf den Rücken. Das beruhigte den Freund und Mitarbeiter einigermaßen.

»Spuck's aus, Helmut. Was gibt's?«

»Nichts, nur ein blöder Witz.«

»Lass hören, ich mag Witze.«

Herkamer wischte Tränen aus den Augenwinkeln. »Lieber nicht.«

»Erzähl du, Serkan«, schlug Demirbilek vor. »Aber schnell, wir haben zu tun.«

»Bitte ersparen Sie mir das. Der Witz ist gar nicht lustig. Helmut ist, wie soll ich sagen … Die Anspannung nach dem Ganzen hier, Sie verstehen?«

Demirbilek beließ es dabei. »Ist Jale nach Hause gegangen, wie ich ihr aufgetragen habe?«

»Nein, ich bin hier«, hörte er sie rufen.

Cengiz kehrte gut gelaunt von der Toilette aus dem Museumsladen zurück.

»Was machst du noch hier?«, zischte Demirbilek.

»Was wohl? Meine Arbeit«, gab sie schnippisch zurück. »Ich gehe nicht nach Hause. Mir geht es gut.«

»Geht es dir nicht! Vorhin wärst du beinahe getötet worden!«, erinnerte Demirbilek sie. »Dein erster Tag nach dem Mutterschutz, schon widersetzt du dich meinen Anweisungen wie am ersten Arbeitstag bei der Migra. Du bist Mutter, du hast einen Sohn, für den du sorgen musst.«

»Meinem Sohn geht es gut. Memo geht es noch besser, wenn ich arbeite«, wehrte sich Cengiz gegen den Vorwurf. »Das ist ekelhaftestes Macho-Gehabe! Dich hätte derselbe Kerl fast ins Jenseits geschickt. Und du hast weitergearbeitet.«

Demirbilek schwieg. Natürlich hatte Cengiz recht, doch hatte er sich nicht bewusst in Gefahr begeben wie sie, indem sie ohne Partner Mert verfolgt hatte.

Die dicke Luft war kaum auszuhalten.

Um die Stimmung zu heben, beschloss Herkamer doch den Pausenclown zu geben. »Der Witz von eben ist vielleicht gar nicht so schlecht. Soll ich?«, fragte er in die Runde.

Demirbilek und Cengiz schwiegen sich eisern an. Leipold schlüpfte in die Rolle des Entscheiders. »Dann erzähl ihn endlich.«

Kutlar machte einen Schritt von Leipold weg, wohl weil er befürchtete, der Münchner könnte explodieren, wenn er mit der Art Humor nicht fertigwurde.

Herkamer räusperte sich, atmete durch die Nase tief ein und ergab sich seinem Schicksal. »Na gut, erzähle ich ihn halt. Treffen sich zwei Freundinnen. Sagt die eine: Du, ist dein Mann eigentlich beschnitten? Die andere: Aber nein, um Gottes willen, dann wäre ja überhaupt nichts mehr dran!«

Leipold quälte eine Art Grinsen aus den Eingeweiden ins Gesicht und holte mit triefender Ironie aus: »Kannte ich noch gar nicht! Saugute Pointe und schön erzählt, Helmut. Morgen nimmst du ein Megafon in die Kantine mit und erzählst beim Mittagessen den Kollegen den Witz über mich.«

Als Demirbilek und Cengiz – angesteckt von ihnen auch Kutlar – anfingen, über den Witz zu lachen, musterte Leipold seine

Kollegen eindringlich wie ein Scharfschütze, der sein Ziel ins Visier nahm.

»Das reicht, jetzt schau nicht so ernst, Pius«, beendete Demirbilek das Ganze. »Was ist mit der Ortung? Wissen wir, wem Mert eine Nachricht geschickt hat?«

Leipold nahm Herkamer zur Seite, um ein ernstes Wort unter vier Augen mit ihm zu wechseln.

Kutlar übernahm die Antwort. »Das Ergebnis ist eben reingekommen. Die Mobilnummer war nur für kurze Zeit im Netz aktiv. Der Teilnehmer hat auf Merts Nachricht geantwortet und das Gerät gleich wieder ausgeschaltet.«

»Schön, wie du versuchst, das positiv zu formulieren. Was ich heraushöre, ist, dass wir keinen Namen zu der Mobilnummer zuordnen können.«

»Nein, es ist eine nicht registrierte Prepaid-Karte. Wir müssen warten, bis die Karte sich wieder ins Mobilnetz einloggt.«

Demirbilek überlegte. »Hast du die Nummer Isabel durchgegeben?«

»Nein, warum?«

»Sie soll in dem Booklet nachsehen, vielleicht taucht die Nummer beim Filmteam auf. Mach schon! Ich warte!«

Kutlar verzog sich auf eine Sitzbank vor dem Museumsshop, um zu telefonieren. Demirbilek blieb alleine mit Cengiz zusammen.

»Ich hatte Angst um dich«, sagte er ihr ansatzlos.

»Ich weiß, tut mir leid, dass ich eben so reagiert habe, aber ich will arbeiten.«

»Das verstehe ich ja, trotzdem hat sich dein Leben mit Memo geändert …«

»Natürlich, aber mit Deryas Hilfe bekomme ich das hin. Bei ihr ist Memo gut aufgehoben.« Sie schmunzelte. »Sie hat mir heute Morgen erzählt, dass ihr eine schöne Nacht hattet trotz Memos Geschrei aus dem Wohnzimmer.«

»Das hat sie dir erzählt?«, erschrak Demirbilek. »Das geht dich nichts an!«

»Sie war so glücklich, dass sie darüber reden musste«, nahm Cengiz ihre Freundin in Schutz.

Der Kommissar wollte den Austausch intimer Informationen, die sich Frauen ohne Weiteres anvertrauten, gerade kommentieren, als Kutlar zurückgerannt kam.

»Das war eine verdammt gute Idee, Chef. Wir haben einen Treffer. Die Mobilnummer gehört einem gewissen Necmi Vatan, er ist als Kontakt zu einem deutsch-türkischen Freundschaftsverein gelistet.«

»Doch nicht der mit den furchtbaren Tänzern auf Selmas Fest?«, wagte Demirbilek zu schlussfolgern.

»Doch, genau der! Tuncel hat über den Verein Komparsen für die Dreharbeiten engagiert.«

Cengiz hatte zugehört und griff instinktiv nach dem Telefon in der Hosentasche. »Scheiße, ich habe ja mein Handy verloren.« Verängstigt starrte sie zum Eingang des Museums, wo Besucher nach der Aufhebung der Absperrungen wieder in das Gebäude strömten.

»Was ist? Warum so nervös, Jale?«, fragte Kutlar sie.

»Ich kenne den Verein. Derya ist da manchmal. Sie wollte mit Memo heute dort vorbeisehen. Wir müssen sie anrufen.«

Die Polizeibeamten blickten sich besorgt an. Demirbilek ließ nicht zu, dass sich Nervosität in seinem Gesicht zeigte, aus Angst um seinen Enkel und Derya. Was ist das für eine Fügung, Allah?, sprach er zu sich. Welche Prüfung willst Du mir auferlegen und warum?

»Schick einen Streifenwagen vorbei, Kutlar«, befahl Demirbilek ohne Aufregung in der Stimme und reichte Cengiz sein Telefon, damit sie Derya anrufen konnte.

»Haben wir eine Personalakte von Necmi Vatan? Hast du ein Foto von ihm?«, fragte er Kutlar.

Sein Mitarbeiter zeigte ihm auf dem Smartphone den Ausschnitt des Aktennachweises, den Vierkant per Mail geschickt hatte. Demirbilek verzog keine Miene, obwohl er das Gesicht des kurz geschorenen Mannes wiedererkannte. Er vergewisserte sich, dass Cengiz sie nicht hören konnte. »Vatan war im Museum. Jeanshose und kurzärmliges Hemd. Haare sind länger, hellbraun, er trug eine Kappe und einen Rucksack, sah aus wie ein Tourist. Fletcher hat ihn angesprochen, damit er ihn zum Ausgang rollt. Verdammt! Wetten, Vatan war Fletchers Kontaktmann für die Geldübergabe?«

Kutlar setzte ein fragendes Gesicht auf. »Mert hat Vatan die Nachricht geschickt, dass er ihn im Museumsshop treffen soll. Das verstehe ich nicht. Warum ist der Junge nach dem Alarm direkt zur Isar?«

51

Nein, nein, nein, hör auf, dumme Kuh! Das ist albern, das kann nicht sein, grinste Derya in sich hinein. »Oder kann es doch sein? Was meinst du?«, fragte sie Memo im Kinderwagen. Der Kleine nuckelte zufrieden an dem FC-Bayern-Schnuller und guckte sie mit fröhlichen Augen an.

Derya fasste sich an den Bauch und stoppte den Wagen auf dem Bürgersteig. Sie rechnete laut nach. »Du kleiner Schreihals bist gestern Nacht um elf Uhr aufgewacht. Nach der Flasche im Wohnzimmer habe ich mich wieder zu ihm ins Bett gelegt. Jetzt ist es zwei Uhr nachmittags. Etwa dreizehn Stunden ist es her, dass Zeki und ich miteinander … du weißt schon. Nein, das ist unmöglich, das ist viel zu früh, um sicher zu sein. Aber ich spüre etwas, Memo, wirklich, glaub mir! Ich weiß, es kann nicht sein, aber irgendetwas ist geschehen, etwas Großartiges«, rechtfertigte sie sich für ihre Euphorie dem stummen Gesprächspartner gegenüber. Sie sammelte sich, bevor sie in die Straße in der Nähe des Rotkreuzplatzes einbog, wo sich der Sitz des deutsch-türkischen Freundschaftsvereins im Gebäude eines Pfarrheims befand. Mitten auf der Fahrbahn kam ihr eine Handvoll Leute entgegen. Vier Männer hielten jeweils an einer Ecke den Fuß eines schwulstigen Bettgestells. Vorneweg marschierte eine etwa Sechzigjährige mit schickem Kopftuch.

»Ich habe dich angerufen, dein Handy klingelt durch! Hast du keinen AB?«, schrie Fatma Vatan Derya entgegen.

»Was macht ihr da, Fatma?«, rief sie zurück und wartete, bis der Transportzug die Flügeltür des Pfarrheims erreicht hatte.

»Morgen ist hier eine Beschneidung. Wie schön, du hast den Kleinen dabei!«, ließ Fatma sie mit einer undefinierbaren Mischung aus Freude und Enttäuschung wissen. »Komm, hilf mir beim Kochen. Du bleibst doch zur Vereinssitzung?«

»Nein, ich wollte nur meine Sachen abholen.«

Einige Zeit später fand sich Derya in der Pfarrküche wieder. Fatma war die resolute, herzenswarme Chefin über die etwas mehr als einhundert Mitglieder des Kulturvereins. Derya stand neben der Vorsitzenden und kostete mit einem Löffel die Joghurtsuppe. »Deine *yayla çorbası* ist köstlich. Ich geize aber nicht wie du mit frischer Pfefferminze. Ein wenig mehr Salz würde auch helfen«, sagte sie ernst.

Fatma lachte amüsiert. »Bist du verliebt? Da ist Salz genug drin. Vielleicht zu wenig Reis.«

Kritisch kostete sie noch einmal die milchige Flüssigkeit. »Der Joghurt ist gekauft, nicht selbst gemacht, stimmt's?«

»Wer hat heutzutage schon Zeit, Joghurt selbst zu machen«, kicherte Fatma beim Umrühren.

»Wie war euer Fest gestern?«

»Schön, wirklich schön, wir hatten viele Gäste aus dem Viertel. Schade, dass du nicht da warst. Nur unsere Tanztruppe hat bei einem Gastauftritt Mist gebaut. Ich habe mir sagen lassen, dass sie herumgehopst sind wie ein Haufen wildgewordener Hähne und aufgeschreckter Hennen. Necmi hat mit der Truppe gesprochen. Dann ist auch noch die Polizei aufgetaucht.«

»Jale war dabei, sie hat mir davon erzählt. Dein Sohn ist da? Du hast gesagt, Necmi ist in Diyarbakır.«

Fatma atmete laut aus. »Er ist wegen irgendwelcher Geschäfte früher zurückgekommen. Ich habe es erst erfahren, als mein Prachtjunge halb verhungert vor der Tür stand.«

Derya hörte der quasselnden Frau zu, die die Angewohnheit hatte, ihre Ausführungen durch zupfende Gesten am Kopftuch zu begleiten. Wortgewaltig pries sie erst ihren Sohn an, dann das neueste Projekt des Vereins, um Derya zum Mitmachen zu überreden. Doch sie dachte nicht daran, im Hochsommer mit dem Fahrrad von der Selimiye-Moschee in Edirne nach Istanbul zu radeln.

»Fast hätte ich es vergessen!«, unterbrach Fatma das Austeilen der Suppe in rosenbemalte Schüsseln. »Deine Sachen liegen da vorne.«

Bleche und Schüsseln vom Fest lagen auf einer Ablage. Immerhin waren sie abgespült, sagte sich Derya, als ein Mann in Jeans und kurzärmligem Hemd abgehetzt in die Küche trat. Er hielt einen schwarzen Rucksack in der Hand.

»*Anne*, was ist? Ich muss gleich wieder gehen«, sagte der gut aussehende Mann, dem Derya zum ersten Mal begegnete.

Nachdem er die Vorsitzende mit Mutter ansprach, konnte er nur Fatmas Sohn Necmi sein, von dem sie nicht viel wusste, außer dass er in Diyarbakır einen Elektroladen eröffnen wollte. Den Gerüchten, er sei wegen Drogen vorbestraft, schenkte sie keinen Glauben, angesichts der Schwärmerei seiner Mutter für ihn.

»Wir müssen reden! Der Gastauftritt gestern!«, erwiderte Fatma herrisch und drückte ihm das Tablett in die Hände. Die Mutter bemerkte nicht, dass ihr Sohn wie elektrisiert Derya anstarrte, die seinem unschicklichen Blick auszuweichen suchte.

Kurz danach ging Necmi Vatan mit dem Tablett voll dampfender Schüsseln und Weißbrot vor. Der Saalschmuck wurde gerade entfernt. Auf der Bühne bauten Musiker Instrumente und Anlage ab. Türkische Popmusik schallte leise aus den Lautsprechern. Ein unermüdlicher älterer Herr in grauem Kittel sammelte zerplatzte Luftballone auf. In einer anderen Ecke auf dem Boden hockten jüngere Vereinsmitglieder, die riesige Kartonagen zerkleinerten, aus denen Umrisse spielender Kinder geschnitten worden waren. Weiß-blaue Fähnchen zierten zur Dekoration die Tische. Zwei Männer auf Leitern entfernten den rot leuchtenden Stoff der türkischen Flagge unter dem massiven Holzkreuz des Pfarrsaales, während andere die Spielecke mit Trampolin und Matten für die Kinder abbauten.

»Kommt essen!«, schrie Fatma durch den Saal, woraufhin Memo prompt zu quäken begann. Der Kinderwagen stand in der Ecke, wo ihn Derya abgestellt hatte. Sie beeilte sich, mit den Sachen auf dem Arm zu ihrem Schützling zu gehen.

Vatan überließ seiner Mutter das Austeilen der Suppe an die Helfer und eilte zu Derya, um ihr Bleche und Schüsseln abzunehmen, damit sie den schreienden Memo aus dem Kinderwagen holen konnte. Der Kleine beruhigte sich sofort und legte den Kopf an Deryas Brust.

»Was ist, Necmi? Komm essen!«, schrie Fatma.

»Ich habe keinen Hunger«, rief er zurück, ohne die Augen von Derya zu lassen. »Wie alt ist dein Sohn?«

Derya lächelte verlegen. »Ich bin seine Tagesmutter.« Die schönen Augen des Mannes machten ihr zu schaffen. »Ich muss jetzt gehen.«

Sie legte Memo zurück und nahm Vatan die Sachen ab, um sie in dem Korb des Kinderwagens zu deponieren. »Blöd«, ärgerte sie sich. »Das passt nicht hinein, mit der U-Bahn schaffe ich das niemals nach Hause.«

Ohne eine Widerrede zu akzeptieren, nahm Vatan Bleche und Schüsseln wieder an sich. »Ich fahre euch. Den Wagen kann man sicher zusammenklappen.«

»Gute Idee, Necmi, mein Junge. Derya hatte genug Arbeit mit den *börek*«, ermunterte seine Mutter ihn, die zu ihnen gestoßen war.

Derya lächelte in sich hinein. Die Aufmerksamkeit, die ihr der attraktive Mann erwies, schmeichelte ihr, obwohl sie mit schlechtem Gewissen an Zeki dachte und sich fragte, ob er eifersüchtig werden würde, wenn sie ihm von der Begegnung mit dem Mann erzählte, der sie mit einem freundlichen Lächeln umgarnte.

52

»Scheiße, warum geht Derya nicht an das Handy!«, rief Cengiz am Lenkrad des Dienstwagens. Demirbileks Mobiltelefon lag in der Mittelkonsole. Über Lautsprecher brummte das Freizeichen seit einiger Zeit in dem BMW, der die besorgte Mutter durch die Stadt beförderte.

»Mach das Handy aus, Jale, das hat keinen Sinn. Derya wird es zu Hause liegen gelassen haben«, beschloss Demirbilek und wandte sich an Kutlar auf dem Beifahrersitz, der offenkundig entgeistert über Cengiz' Fahrstil durch die Windschutzscheibe starrte. »Was wissen wir über diesen Necmi Vatan?«,

Kutlar fiel es schwer, die Augen vom Verkehr zu nehmen und sich nach hinten zu seinem Chef zu drehen. »Vatan hat einen deutschen Pass. Sechsundzwanzig Jahre. Gelernter Elektroinstallateur. Sohn von Fatma Vatan. Vater lebt im Schwarzwald. Eltern sind nicht geschieden, aber seit Jahren getrennt lebend. Necmi Vatan war rund drei Monate lang in der Türkei, vor einer Woche ist er nach München zurückgekehrt, eingeflogen über Istanbul. Was er in der Türkei gemacht hat, wissen wir nicht. Er ist wegen kleineren Drogendelikten und Besitzes einer Schussfeuerwaffe ohne Waffenschein aktenkundig.«

Cengiz lenkte den Wagen in die Seitenstraße, in der sich das Pfarrheim mit Sitz des deutsch-türkischen Vereines befand, und parkte neben den Beamten im Streifenwagen. Kutlar kurbelte das Fenster herunter.

»Und?«

»Frau Derya Tavuk hat samt Kinderwagen in Begleitung eines Mannes den Saal vor etwa zehn Minuten verlassen. Warten Sie, ich habe seinen Namen …«

»Necmi Vatan?«, fragte Cengiz erschrocken.

Der Streifenpolizist nickte.

Demirbilek war ausgestiegen und beugte sich zu dem Uniformierten ans Fenster. Er unterdrückte das beklemmende Gefühl, obwohl er wie Cengiz über die Information erschrocken war. »Wisst ihr, wohin sie sind?«

»Die Chefin da drin redet viel, sagen will sie aber nichts.«

»Nichts sagen? Verstehe«, sagte er mehr zu sich. »Steigt aus, klappert die Umgebung ab, vielleicht sind sie noch in der Nähe.« Demirbilek sah, wie Leipold und Herkamer im Wagen in die Straße einbogen. »Informiert Pius, ich bin gleich zurück«, instruierte er sein Team und verschwand in das Pfarrheim.

Kurz darauf kehrte Demirbilek mit Fatma Vatan zurück. Die Mutter des Verdächtigen war außer sich, sie hatte sich das Tuch vom Kopf gerissen und schimpfte auf den Kommissar ein.

»Frau Vatan, ich habe keine Zeit, mir Geschichten anzuhören. Wo ist Ihr Sohn?«, fragte Demirbilek.

»Was hat Necmi denn angestellt? Sagen Sie mir, was er getan hat, dann helfe ich Ihnen.«

Cengiz sprang aus dem Wagen. »Frau Vatan, ich bin Deryas Freundin Jale. Sie hat mir von Ihnen erzählt. Erinnern Sie sich?«

»Memos Mutter? Aber ja, natürlich. Sie sind die Polizistin, ich weiß.«

Kutlar fuhr dazwischen, ohne die Sorge, die ihn genauso wie Cengiz antrieb, zu unterdrücken. »Wo ist Necmi mit Derya und Memo hin? Wir wollen Ihren Sohn sprechen, sonst nichts.«

Mit angespannten Gesichtszügen band sich Fatma Vatan das Kopftuch wieder um. »Dasselbe habe ich beim letzten Mal auch gehört, auch von einem Polizisten wie dir. Mein Sohn ist kein schlechter Mensch. Die Polizei hatte eine Waffe bei ihm gefunden, jemand muss sie ihm untergeschoben haben. Das waren bestimmt seine sogenannten Freunde aus Diyarbakır. Sie sind kein guter Umgang für ihn.« Sie zupfte an dem Kopftuch. »Von mir hören Sie nichts mehr. Als Mutter muss ich nicht gegen meinen Sohn aussagen.«

Mit einem stillen Gebet, die Handflächen nach oben zum Himmel gedreht, begann sie um Allahs Beistand zu beten. Demirbilek studierte ein paar Sekunden das in sich gekehrte Gesicht. Er kannte den Zustand, in den sich die Gläubige versetzte. An eine schnelle Antwort auf ihre Fragen war nicht zu denken. Er kam auf eine andere Idee, um sie zum Reden zu bringen, und bedeutete Cengiz, sich der Zeugin anzunehmen. Die verstand, was er von ihr erwartete, und hakte sich bei Fatma Vatan unter, die sich die Tränen mit dem Kopftuch trocken wischte. »Kommen Sie, ich bringe Sie hinein.«

»Was tut Jale?«, fragte Kutlar überrascht, als die Frauen im Gebäude verschwunden waren.

»Sich von Mutter zu Mutter unterhalten. Da haben wir nichts verloren.«

Während sie warteten, griff Demirbilek zu seinem Handy und wählte Vierkants Nummer im Büro. Er versuchte ruhig zu bleiben, sich vor Augen zu führen, dass Vatan ohne böse Absichten mit Derya und seinem Enkel unterwegs war. »Isabel, hast du was?«

»Nebulös, alles nebulös, Chef. Am besten kommen Sie ins Büro …«

»Geht nicht. Kurzfassung.«

»Wie kurz?«

»Mit Nachfragen vergeudest du meine Zeit.«

Der Sonderdezernatsleiter hörte seine arg gebeutelte Mitarbeiterin durchatmen. Sie berichtete, unterbrochen vom Rascheln ihres Notizblockes: »Onur Fletcher ist geschieden. Mert ist nicht sein leiblicher Sohn, er war ein Waisenjunge wie er selbst. Er war vier Jahre alt, als Fletcher ihn adoptiert hat. Geboren ist Mert in Diyarbakır. Soweit ich das recherchieren konnte, war er der leibliche Sohn eines kurdischen Untergrundkämpfers und einer türkischen Journalistin. Der arme Bub war mit im Wagen, als seine Eltern durch eine Autobombe in die Luft gesprengt wurden. Er hat schwer verletzt überlebt, war viele Monate im Krankenhaus, bis er in ein Waisenhaus gekommen ist.«

»Wir reden später weiter«, beendete Demirbilek das Telefonat, das ihn nachdenklich stimmte und aufhorchen ließ.

Cengiz kehrte schnellen Schrittes zurück, offenbar hatte sie die besorgte Mutter zum Reden gebracht. »Vatan wollte Derya und Memo nach Hause fahren.« Sie händigte Kutlar einen Zettel mit dem Kennzeichen aus, der sofort die suchenden Kollegen verständigte und einen Streifenwagen zu Deryas Wohnadresse schickte.

»Das muss nichts heißen, Jale. Das ist purer Zufall …«, versuchte Demirbilek, sich selbst und sie zu beruhigen.

»Wenn nicht? Wahrscheinlich weiß dieser Vatan von seiner Mutter, dass ich Polizistin bin«, fiel Cengiz ihm aufgeregt ins Wort. »Ich möchte nicht abgezogen werden, ich habe mich unter Kontrolle, wirklich, schick mich nicht weg, bitte.«

Demirbilek wog in Gedanken ab. »Dann müsste ich mich wegen Befangenheit selbst nach Hause schicken, mein Kind. Wir finden Derya und Memo.«

»Die Streife hat Vatans Auto zwei Straßen weiter entdeckt. Auf dem Rücksitz liegen Bleche und Schüsseln. Kein Kinderwagen«, berichtete Kutlar, nachdem er das Telefonat beendet hatte.

»Das sind Deryas Sachen. Sie war hier, um sie abzuholen«, sagte Cengiz. »Wir müssen jemanden am Wagen postieren.«

Leipold und Herkamer kehrten von der Suchaktion zurück.

Demirbilek blinzelte in die Sonne. »Was unternimmt man an einem herrlichen Tag wie diesem mit einem Baby im Kinderwagen?«

Sein bayerischer Kollege sprach es als Erster aus: »Spazieren gehen, vorne im Nymphenburger Park.«

53

Unmerklich streichelte Derya mit der Hand über ihren Bauch, in der Vorstellung fuhr sie vorsichtig über das Gesicht ihrer Tochter, die in ihr wuchs – wie die Wahrsagerin ihr prophezeit hatte. Neben ihr schlenderte Necmi Vatan, der mit seiner charmanten Art nicht viel Überredungskunst für einen Spaziergang im Schlosspark hatte aufbringen müssen. Derya schob den Kinderwagen, Memo war wach und kämpfte mit den Händchen vor den Augen gegen die grelle Nachmittagssonne. Gleich nach dem Haupteingang waren sie auf einen der Seitenwege abgebogen, um dem Strom an Spaziergängern zu entgehen.

»Memos Mama ist Polizistin?«, fragte Deryas Begleiter mit Bewunderung, als sie den Pavillon mit goldenem Halbmond passierten.

In dem umzäunten Garten tummelten sich Kinder an dem Teich und auf der kleinen Holzbrücke. Derya hatte Vatan nicht zugehört, sie las Memo das Schild auf dem Holzzaun vor: »*Prinzengarten mit Pavillon*. Wenn du laufen kannst, mein Paschaprinz, bringe ich dich zum Spielen her«, scherzte sie mit ihm.

Das von Herzen kommende Lachen ihres Begleiters gefiel Derya. »Warum hast du keine eigenen Kinder? Du kannst gut mit dem Kleinen«, fragte er sie.

Derya zuckte mit den Achseln über die Beobachtung, die sie angenehm überraschte. In Gedanken bei dem eigenen Kind, das sie mit Liebe und Wärme überschütten wollte, bemerkte sie nicht, wie das Dekolleté des Kleides, das sie für Zeki ausgesucht hatte, ein Stück zu weit nach unten rutschte. Ganz anders der gut aussehende Mann vor ihr. Vatan schob seinen Kopf vor und küsste sie auf den Mund.

Derya brauchte einen Moment, bis sie merkte, was geschehen war, und zog ihren Kopf zurück. »Warum hast du das getan?«, fragte sie tonlos und zupfte den Ausschnitt zurecht.

»Entschuldige«, entgegnete Vatan. »Das hätte ich nicht tun dürfen.«

Trotz der Aufmerksamkeit eines Mannes für sie, der Schmeichelei, für die sie empfänglich gewesen war, war sie entsetzt über den Kuss, der über sie wie eine Bestrafung für ihre Freundlichkeit hereingebrochen war. Seit Zeki die Beziehung zu ihr beendet hatte, war kein anderer Mann in ihr Leben getreten, hatte sie aus Schmerz, ihn verloren zu haben, und der Hoffnung, ihn wieder für sich zu gewinnen, niemanden an sich herangelassen. Gestern teilte sie völlig unerwartet das Bett mit dem Mann, den sie liebte, hatte mit ihm geschlafen, ihn liebkost, er ihre und sie seine Wünsche erfüllt, wie bei dem gemeinsamen glücklichen Wochenende in Istanbul. Über allem stand das Gefühl, das hoffentlich bald Gewissheit werden würde – dass das Zusammensein mit Zeki nicht ohne Konsequenzen geblieben war.

Monatelang war sie alleine gewesen und heute, wie aus dem Nichts, tauchte der Fremde auf und küsste sie auf den Mund. Schnell und hart, mit der Zunge wie eine Waffe, wie ein Messer, das sich zwischen ihre Zähne bohrte. Sie ekelte und schämte sich, dass derselbe Mund, dieselben Lippen, die Zeki leidenschaftlich geküsst hatte, von dem Mann berührt worden waren, der mit einem unschuldigen Lächeln vor ihr stand. Derya hatte keine Erklärung dafür, was mit ihr passierte, was mit ihrem Körper geschehen war, der offenbar Signale ausstrahlte, die sie bislang nicht kannte.

»Gehen wir zu mir nach Hause? Es ist nicht weit«, fragte Vatan.

»Natürlich nicht. Was denkst du von mir?«

»Dass du eine wunderschöne Frau bist.«

»Aber ich … ich kann nicht …«, stotterte sie. »Es tut mir leid, wenn du etwas falsch verstanden hast.« Die Hände umklammerten den Griff des Kinderwagens.

»Was soll ich falsch verstanden haben? Meine Mutter sagte, du lebst allein.«

Wie Spucke ins Gesicht traf sie die unverschämte Andeutung. Verletzte Männlichkeit lag in seiner Stimme. Sie verkrampfte innerlich, fühlte sich missbraucht und bedroht angesichts der Verachtung, die sie in seinen Augen las, weil sie ihn abgewiesen hatte.

»Selbst wenn ich alleine bin, heißt das nicht …«, versuchte sie zu erklären und brach ab. »Entschuldige, es ist besser, ich gehe.«

Instinktiv wusste sie, dass er sie nicht weiter bedrängen würde, trotz des Kusses, den er ihr aufgezwungen hatte. Sie rannte von ihm weg, erleichtert darüber, seine Schritte hinter sich nicht zu hören.

»Deine Sachen sind im Auto!«, rief er ihr nach.

Ohne sich umzudrehen, schrie sie zurück: »Eilt nicht! Das erledigen wir ein anderes Mal.«

»Rufst du mich an, ja?«, rief er abermals. »Frag meine Mutter nach der Nummer.«

Derya nickte kurz, eine Träne lief ihr über die Wange.

Auf dem Hauptweg des Schlossparks angelangt, war sie nicht sicher, welcher Ausgang zur nächsten U-Bahn-Station führte. Verteilt über die Grünanlagen entdeckte sie Arbeiter, die aus Transportern Scheinwerfer und technisches Equipment ausluden. Offenbar handelte es sich um Leute einer Filmproduktion, die mit Kladden und Walkie-Talkies geschäftig herumschwirrten. Verunsichert hielt sie Ausschau nach jemanden, den sie nach dem Weg fragen konnte. Memo verlangte quäkend Aufmerksamkeit, er heulte und schwang dabei seinen Schnuller in den kleinen Fingern durch die Luft.

»Na, was ist?«, fragte sie ihn mit belegter Stimme. Die Verwirrung über Vatans Übergriff machte ihr zu schaffen, sie fühlte Übelkeit in sich aufsteigen. Gedankenversunken steckte sie dem Kleinen den Schnuller in den Mund.

Als sie wieder aufblickte, sah sie ihn gegen die Sonne wie eine Heldengestalt auf sie zukommen. Der Mann, an den sie die ganze Zeit gedacht hatte, schritt, gefolgt von einem halben Dutzend Beamten, die er mit Handzeichen in verschiedene Richtungen schickte, durch das Eingangsportal des Schlossgeländes.

54 »Derya! Das ist eine sehr dumme Idee! Und du, Jale, steigst darauf ein! Seid ihr beide noch zu retten? Ich werde Allah bitten, nachzuholen, was er offenbar euch mitzugeben vergessen hat. Nämlich Verstand«, tobte Zeki in Deryas Wohnzimmer.

Unbeeindruckt blickte Jale von Memo auf, der in ihren Armen schlief, obwohl der aufgebrachte Zeki mit der Lautstärke nicht zimperlich war. Neben ihr auf dem Sofa saß Derya mit angewinkelten Beinen. Teilnahmslos waren ihre Augen auf die Häkelarbeit gerichtet. Der Kommissar lief unruhig zwischen dem Fenster und den Frauen hin und her, bis er abrupt stehen blieb.

»Der Kerl hat dich geküsst? Einfach so?«, baute er sich wie ein Richter vor ihnen auf.

Derya neigte den Kopf noch tiefer, um die unverhohlene Freude über Zekis Eifersucht zu verbergen.

Jale hatte mit den Argumenten ihres Chefs gerechnet. Die veränderte Situation und die knappe Zeit sprachen für Deryas Idee, die sie ihr anvertraut hatte. Sie wog Memo sanft, während sie mit ruhiger Stimme sprach: »Wenn Derya Vatan trifft und ihn aushorcht, haben wir wenigsten eine kleine Chance, ihn zu fassen. Es spricht vieles dafür, dass er der Geldkurier ist und deshalb früher aus Diyarbakır zurückgekommen ist.« Sie atmete durch. »Wir sind komplett verarscht worden, vom Verfassungsschutz, von Fletcher und von seinem Sohn.«

»Ob du dich gekränkt fühlst, interessiert mich nicht, Jale«, gab Zeki zurück. »Ich denke an Derya! Das ist zu gefährlich.«

Ohne den Kopf zu heben, begann Derya unvermittelt zu reden. »Fatma hat mir gesagt, dass ihr Sohn wegen eines Geschäftes in München ist. Bei Geschäften geht es doch meistens um Geld, oder?«

Mit der nächsten Kehrtwende verfing sich der Blick des Kommissars im Fenster. Der Mann an der Scheibe trug eine Kapuze über dem Kopf, sein Gesicht war nicht zu erkennen. Fest davon überzeugt, Vatan an der Fensterscheibe zu erblicken, war er drauf und dran, die Dienstwaffe zu ziehen.

»Das ist der Hausmeister, er entlaubt die Regenrinne«, hielt Derya ihn zurück. Sie hatte den Mann auf der Leiter auch gesehen. »Zeki, hörst du überhaupt zu?«

Er wandte sich zum Sofa und verbarg die Verunsicherung über das Missverständnis. »Ja, ich höre.«

Derya blickte von Memos Jäckchen auf. »Sagtet ihr nicht, dass Fletchers Sohn in Gefahr ist? Ich bin ja nicht vom Fach …«

»Seid still, ihr zwei! Ich muss nachdenken!« Nach einer Pause streckte er Jale die leere Hand entgegen. »Ich möchte das Video noch einmal sehen.«

Das verloren gegangene Handy hatte sie wiederbekommen. Sie tippte die Aufnahme her und drückte ihm das Gerät in die Hand.

Zeki verschwand damit in Deryas Küche. Er setzte sich an den Tisch und zog mit dem Finger über die Filmsteuerung auf dem Display, bis er die Stelle erreichte, die Vierkant gefilmt hatte, als der Tumult nach dem Alarm im Deutschen Museum losgebrochen war.

Verkleidet als Tourist schob Necmi Vatan Fletcher im Rollstuhl durch den Ausgang des Museums. Verschwommen waren auf den stummen Bildern die Lippen zu erkennen. Die beiden tuschelten aufgeregt, augenscheinlich kannten sie sich. Von der Mimik her folgte etwas, was eine Beschimpfung sein konnte.

Dann rannte Vatan davon, zur Isar, Richtung Müller'sches Volksbad. Kurz darauf erschien ein anderer Mann, den Demirbilek von der handgreiflichen Auseinandersetzung im Festsaal als Beamten des Verfassungsschutzes wiedererkannte. Er herrschte Fletcher an und deutete zum Museumsshop.

Wie zum Teufel sollte er die Bilder interpretieren? Das könnte alles Mögliche bedeuten, ärgerte er sich. Da piepste Jales Handy. Eine E-Mail-Nachricht traf ein. Die im Bildschirm angezeigte Betreffzeile ließ ihn vom Stuhl springen.

Zurück im Wohnzimmer fand er Derya alleine vor. »Wo ist Jale?«

»Im Badezimmer, Milch abpumpen. Komm, setz dich«, antwortete sie.

Zeki stakste in den Flur und klopfte an die Badezimmertür. »Bist du fertig? Eine Mail vom Gehörloseninstitut ist auf deinem Handy eingegangen. Eilt.«

»Lies doch, ist ja nichts Privates. Aber nur die eine Mail, ja!«, schrie Jale durch die Tür.

Zurück bei Derya setzte er sich nun doch zu ihr auf das Sofa. Sie blickte auf und häkelte weiter. Während sie seine dunklen Augen beobachtete, las er die Informationen des Lippenübersetzers über Fletcher und Vatans Mundbewegungen.

»Was habt ihr mit Gehörlosen zu tun?«, fragte Derya nebenbei.

Zeki runzelte die Stirn. »Sie haben uns bei den Aufnahmen geholfen. Das Getuschel vom Anfang der Aufzeichnung ist nicht zu enträtseln. Der Lippenleser hat nur verstanden, was Fletcher Vatan zuruft: ›Ich zahle dir mehr! Bleib doch!‹ Vatans Antwort konnte er nur bruchstückhaft übersetzen: ›Morgen! Ich ... ‹«

Derya unterbrach die Häkelarbeit. »Mehr? Wofür?«

»Ich verstehe es auch nicht. Das ergibt keinen Sinn, der Kaufpreis für die Waffen muss vorher ausgehandelt worden sein.«

»Sie treffen sich morgen«, trug Derya als mitdenkende Partnerin bei. »Morgen ist heute.«

»Hoffentlich haben wir sie nicht verpasst.«

»Ich habe Zeit. Memos Jäckchen kann warten, sonst habe ich heute nichts vor«, erwiderte sie gut gelaunt.

Der Ermittlungsdruck machte sich bei dem Kommissar bemerkbar. Noch einmal wog er die Gefahren ab und kam dabei auf einen neuen Gedanken. »Du triffst Vatan nicht, um ihn auszuhorchen, das ist mir zu gefährlich. Ich habe eine andere Idee, sollten Landgrün und Feldmeier die Beschattung genehmigen.«

»Alles, was du willst, mein Kommissar«, schmunzelte sie mit einem heimlichen Blick auf den Bauch.

»Wir warten, bis die Chefin anruft«, beschloss Zeki.

»*Çay?*«, fragte sie.

»Nichts lieber als das.«

Zekis Telefon läutete. Er nahm Sonja Feldmeiers Anruf sofort an, hörte zu und gab währenddessen Derya Zeichen, sich fertig zu machen.

55

Spät am Abend, nach Vatans Beschattung, die vollkommen aus dem Ruder gelaufen war, stand Zeki in seinem Treppenhaus. Ohne Rücksicht auf die Nachbarn schrie er Jale nach, die mit Memo auf dem Arm fluchtartig hinunterlief. Zeki bekam den Kleinen nicht zu Gesicht, der sich in sein Herz geboren, gestrampelt, gelächelt, geweint, geschissen, geschrien, gekotzt, gepieselt, gekreischt und gejauchzt hatte. »Komm zurück! Wir finden eine Lösung!«, hallte seine flehende Stimme durch das Gebäude.

Warum sollte sie dir antworten? Warum sollte sie zurückkehren?, fragte er sich, mit einem Schlag kraftlos geworden. Im selben Moment spürte er Serkans Schulter, der sich an ihm vorbeidrängte, um Jale nach unten zu folgen. In einer Hand hielt er einen ihrer Koffer, in der anderen eine Sporttasche, in die sie für sich und das Baby Wäsche geworfen hatte. Über der Schulter schwang Memos Windeltasche hin und her.

»Serkan!«, rief er ihm nach, der jedoch keine Anstalten machte, stehen zu bleiben. »Serkan! Warte! Lass uns reden!«, versuchte er ihn aufzuhalten.

Doch Serkans Hand, die das Treppengeländer hinunterglitt, stoppte nicht.

Es dauerte nicht lange, bis unten die Haustür geöffnet und zugeschlagen wurde. Offenbar hatte Jale auf Serkan gewartet. Die drei hatten zusammen das Haus verlassen. Der Windzug, den

Zeki kurz darauf über sein Gesicht streichen spürte, sorgte dafür, dass eine weitere Tür zufiel.

Er purzelte von einer in die andere Sprache. Mal fluchte er im derbsten Türkisch, mal gewann das Münchnerische die Oberhand bei den Verwünschungen, die er seiner zugefallenen Wohnungstür entgegenschrie. Schließlich hielt Zeki inne. Das Stupsen eines Zeigefingers im Rücken gebot ihm Einhalt. Im Glauben, Jale sei mit Memo zurückgekehrt, drehte er sich auf dem Absatz um und blickte in das Gesicht eines kleinen Jungen, der mit einer Sporttasche vor ihm stand.

»Kommst du nicht mehr rein?«, fragte er.

Zeki nickte. »Dumm, was?«

»Wir haben einen Schlüssel bei den Nachbarn. Du nicht?«

»Nein.«

»Blöd.«

»Saublöd.«

Der Junge musterte den Kommissar, der in Gedanken weit weg zu sein schien. »Du bist doch der Polizist, oder?«

»Ja.«

Das Ja kam reflexartig, ein Nein wäre richtiger gewesen, urteilte er selbstkritisch. Wenige Stunden zuvor hatte er bei der Polizeiaktion gegen Necmi Vatan nicht wie ein Polizist reagiert, der seine Gefühle professionell unter Kontrolle hat.

»Kannst du nicht jemanden anrufen, der dir hilft?«

»Mein Handy liegt in der Wohnung.«

»Ich habe meines nicht dabei«, sagte der Junge bedauernd, nickte zum Abschied und humpelte davon.

Zeki verfolgte irritiert, wie er einen Fuß nach sich zog. Schritt um Schritt. Langsam, aber stetig kämpfte er sich weiter die Treppenstufen nach oben.

Als er nach der sonderbaren Begegnung wieder alleine im Hausflur war, setzte er sich neben seine Wohnungstür auf den Boden und rieb sich die Augen. Was hast du nur angestellt? Musstest du Jale vorwerfen, dass sie Memo seines Vaters beraubt?

Musstest du Serkan beschimpfen? Ihm vorwerfen, sich wie ein Aasgeier über deinen Enkelsohn herzumachen? War das wirklich notwendig?, zog er mit sich selbst ins Gericht. Hast du dich nicht zusammenreißen können? Dass Serkan und Jale kein Paar waren, wie er angenommen und ihnen auf den Kopf zugesagt hatte, machte den Streit, den er vom Zaun gebrochen hatte, unnötig und peinlich. Er suchte nach einem Gefühl der Reue in sich, doch alles, was er spürte, war der bittere und schmerzliche Geschmack des Verlustes, den er selbst heraufbeschworen hatte, weil er sich schuldig daran fühlte, dass Vatan ihnen bei der Beschattung entwischt war.

Sofort nach der Genehmigung der Aktion verabredete sich Derya mit Vatan in seiner Wohnung an der Donnersbergerbrücke mit dem Vorwand, Bleche und Schüsseln abzuholen. Insgesamt war sie acht Minuten lang bei ihm geblieben. Das Gespräch, das er mit Cengiz und Kutlar über das Mikro an ihrem Körper mitgehört hatte, war harmlos gewesen. Ein Geplänkel über Vatans Mutter und den Verein, die geplante Fahrradtour im Sommer. Derya machte ihre Sache gut, reagierte richtig, ihn nicht zurückzuweisen, als er sie zum Abendessen einlud. Vatan sprach von einem wichtigen Treffen, danach wollte er sie in ein Lokal ausführen. Zwei GPS-Signale waren die ganze Zeit über an derselben Stelle auf dem Kontrollmonitor zu sehen gewesen. Einer befand sich in Deryas Gürtel, den zweiten, so Demirbileks Idee, sollte sie in Vatans Jacke oder Mantel unterbringen. Derya hatte es tatsächlich geschafft, das winzige Elektronikteil zu platzieren. Auf dem Monitor im Überwachungstransporter entfernten sich die beiden Punkte voneinander.

Durch das Fenster des Transporters hatte er mit Cengiz und Kutlar beobachtet, wie Derya und Vatan am Hauseingang auftauchten, um aus dem Auto Deryas Sachen zu holen. Vatans Signal war mitgewandert und hätte die Aufgabe erleichtert, dem Kontaktmann und Geldkurier des Waffenkäufers zu folgen, der sie zu Fletcher und seinem Sohn geführt hätte. Derya hatte ihren Auftrag perfekt ausgeführt.

Was danach geschah, verstand Demirbilek selbst nicht und führte das Geschehene als Grund für den Ausbruch Jale und Serkan gegenüber an.

Was hätte er tun sollen? Nichts zu tun, war keine Option gewesen, da der Verdächtige Derya zum Abschied küsste. Nicht auf die Wangen, sondern wieder ungefragt und gegen ihren Willen auf den Mund, in einer Art und Weise, als hätte er Anspruch darauf. Derya ließ ihn zunächst gewähren, wehrte sich aber, als der Mann unverschämter wurde und ihren Kopf mit beiden Händen festhielt. Sie drückte ihn von sich, doch Vatan ließ sie nicht los und presste sie mit Gewalt an sich.

Demirbilek war aus dem Transporter gesprungen und zum Hauseingang gespurtet, um Vatan ohne Vorwarnung von Derya wegzureißen. Bei dem Kampf schrie Vatan mehrmals, davon ausgegangen zu sein, dass Derya keinen Mann habe. Er wehrte sich mit Händen und Füßen gegen den Fremden. Dass dabei seine Jacke mit dem GPS-Tracker zerriss und er sie wutentbrannt wegwarf, bevor er das Weite suchte, bemerkte Demirbilek erst später. Derya war in seine Arme gekrochen, schwer atmend, dankbar für seinen Beistand. Der Kommissar hatte in ihre feuchten Augen gesehen, während Kutlar und Cengiz die Verfolgung aufgenommen hatten. Nach einer Stunde meldeten sie sich. Der Verdächtige, den sie für den Geldkurier bei Fletchers Waffengeschäft hielten, war ihnen entwischt.

Durch die Wohnungstür hörte Demirbilek ein Telefonläuten. Sein Handy klingelte. Nun war es ein Mal eingeschaltet und dann das, quittierte er den Wink des Schicksals, das ihm wohl zeigen wollte, wie sehr er eine Bestrafung verdient hatte. Wird dir niemand glauben, dass du den Anruf nicht annehmen konntest, versicherte er sich und beschloss, etwas zu unternehmen, um sein Seelenheil wiederzufinden.

Er schlurfte das Treppenhaus hinunter und verließ das Gebäude, in dem es keinen Nachbarn gab, dem er seinen Schlüssel hätte anvertrauen wollen. Das Bimmeln der Tram, die die Regerstraße entlangfuhr, ließ ihn der Gewohnheit folgen, die Straßenbahn erreichen zu wollen.

Mit Pantoffeln an den Füßen legte er einen Spurt ein und erreichte die Haltestelle rechtzeitig. Er bestieg die Tram und bemerkte, als er seine Monatskarte vorzeigen wollte, das fehlende Sakko mit dem Geldbeutel darin. Verschwitzt vom Spurt und mit nichts weiter als einem Hemd am Leib, das bis zu den Knien reichte, erzählte er der Trambahnfahrerin, wie er sich aus der Wohnung ausgeschlossen hatte.

»Ich kenne Sie doch. Sie fahren ständig bis zum Rosenheimer Platz«, meinte sie mit einem mitleidigen Blick. »Na kommen'S, hupfen Sie schon rein.«

Mit dankbarem Lächeln und tiefem Glauben an das Gute im Menschen nahm Zeki in der hintersten Reihe Platz und ignorierte dabei die herablassenden Blicke der Passagiere. Die Sorge, sein Enkelkind nicht mehr sehen zu dürfen, wie Jale ihm angedroht hatte, beschäftigte ihn zu sehr, als dass er sich darum scherte, was andere von seinem Aufzug hielten.

Kurz vor dem Erreichen der nächsten Station, wo Zeki aussteigen und ein Taxi zu seinem Freund Robert nehmen wollte, erhob sich ein Mann mit Jeans und Lederjacke. Freundlich wies er sich mit einem nagelneuen Dienstausweis als Kontrolleur aus. Alle hatten einen gültigen Fahrschein. Bis auf Kriminalhauptkommissar Zeki Demirbilek, der dem übereifrigen wie uneinsichtigen Neukontrolleur erklärte, weshalb er nicht im Besitz eines gültigen Fahrscheines war.

Nach dem Verlassen der Trambahn am Rosenheimer Platz entzündete sich ein hitziger Streit inmitten der Verkehrsinsel, umrahmt von den stark befahrenen Straßen. Die Situation eskalierte, als der Kontrolleur eine aus Zekis Sicht schändliche Bemerkung über seinen Haarwuchs fallen ließ. Die an und für sich wenig spektakuläre Auseinandersetzung schaffte es dennoch in die Morgenausgaben der Münchner Tageszeitungen. Ein Kellner aus dem italienischen Restaurant gegenüber der Haltestelle hatte mit dem Handy ein Foto geschossen.

56

Über Pius Leipolds Mund klebte jene Sorte grauen Tapes, das in Verbrecherkreisen als bewährter Klassiker galt, um Gefangene am Schreien zu hindern. Allerdings hatte er sich das Klebeband in einer Art ironisch überhöhter Selbstkasteiung über den Mund gezogen, um das unvorteilhafte Zeitungsfoto nicht kommentieren zu müssen, das seinen Kollegen Demirbilek zeigte.

Mit der Zeitung in der Hand polterte er in das Büro, um sich einen Scherz zu erlauben. Doch kaum baute er sich am Schreibtisch vor Demirbilek auf, entdeckte er ein gefährliches Funkeln in dessen Augen. In dem starren Gesicht las er zweifelsfrei, dass dieser der Abbildung nichts Humoriges abgewinnen konnte. Mit einem Ruck zog Leipold das Band ab und wischte mit dem Ärmel den Mund sauber. Am liebsten wäre er mit einem Schluck Bier den ekelhaften Klebstoffgeschmack losgeworden. Stattdessen räusperte er sich, um die Aufmerksamkeit seines Kollegen auf sich zu ziehen, der in die Zeitung vor sich stierte.

»Nichts für ungut, Zeki«, sagte Leipold und stopfte das Band samt den Zeitungsseiten in die Tasche. »Wollte nur einen Spaß machen.«

Demirbilek blickte von der gleichen Zeitungsausgabe auf, die sein Kollege gerade in die Lederjacke verschwinden ließ. Er war sich über die Auflagenhöhe des Blattes nicht sicher, das sich erdreistete, ihn in hochgerutschtem Hemd abzudrucken.

Leipold begann zu kichern, obwohl er sich vorgenommen hatte, genau das nicht zu tun. Bevor er lauthals loszuprusten drohte, stieß er einige Worte hervor, die Demirbilek vergebens zu verstehen versuchte.

»Was redest du da? Hast du irgendwas mit Arsch gesagt?«, wollte er wissen, ohne sich von seinem Schreibtisch zu rühren, auf dem seine für alle Welt zu bewundernde Unterhose lag.

»Ich habe nichts mit Arsch gesagt«, formulierte Leipold nun verständlicher. »Ich wollte wissen, was los war. Du kommst ja in dem Artikel nicht zu Wort.«

Demirbilek hatte nicht vor, Leipold zu erklären, was gestern Abend passiert war. Er hatte nach dem Theater mit dem Kontrolleur bei seinem Freund Robert auf dem Sofa übernachtet, fühlte sich gerädert und übermäßig hart vom Leben bestraft. Er nahm die Zeitung, zerknüllte sie und warf sie in den Papierkorb.

»Geht dich nichts an«, beendete er das Thema und schob pfeilschnell hinterher: »Hast du Kutlar gesehen?«

»Ja, unten in der Kantine.«

»Schick ihn zu mir. Du siehst aus, als könntest du noch einen Kaffee vertragen, bei dem du dir das Maul über mich zerreißen kannst, statt dir Geschichten über deine Beschneidung anzuhören.«

Leipold schüttelte den Kopf. Er war geneigt, seinem Türken klarzumachen, nicht sein Laufbursche zu sein, überlegte es sich jedoch aus Dankbarkeit für die Hilfe bei der Notoperation anders. »Einem Medienstar wie dir kann ich den Botengang ja schlecht verweigern. Nimm's nicht so schwer, alter Osmane. Wir Münchner Leser sind auf deiner Seite. Wie konnte der Kontrolleur so herzlos wenig Erbarmen mit einem haben, der nichts bei sich hat? Einem Nackerten kannst ja schlecht in die Tasche greifen, wie man bei uns so schön sagt«, meinte er in freundschaftlichem Ton und wollte sich abwenden, als Demirbilek vom Stuhl hochfuhr.

»Behalt deine lätscherten Weisheiten für dich und dein scheinheiliges Mitleid brauche ich auch nicht.«

Leipolds Proteste ignorierte er beim Hinausgehen, stoppte aber abrupt, als Cengiz durch die Tür trat.

Sie hielt, als würde sie ihn mit einem Zaubertrick foppen, die gleiche Zeitungsausgabe in der Hand, die er gerade entsorgt hatte. Er unterband eine erneute Befragung über die Entstehung des Fotos, indem er sie lauter ansprach, als er beabsichtigte: »Wo hast du Memo gelassen?«

Cengiz war offenbar nicht bereit, sich derart überfahren zu lassen, wie er an ihrem Augenfunkeln bemerkte. Sie stakste auf ihn zu, keinen Deut weniger in morgendlicher Streitlaune wie er. »Bei Derya, wo sonst? Sie wartet unten bei der Pforte, sie möchte dich sprechen«, gab sie zurück.

»Darf ich meinen Enkel sehen?«, fragte er nun leiser, in einer Mischung aus Beleidigtsein und Provokation.

Cengiz fuhr sich durch die Haare, unterließ aber die harsche Antwort, die ihr auf der Zunge lag, weil sie Leipold entdeckte. Demirbilek riss den Kopf nach hinten. Dem Gesichtsausdruck nach verstand sein Kollege, zumindest ahnte er, weshalb seine Laune nicht zum Besten stand. »Halt dich hier raus, Pius«, wies er ihn scharf an und blickte wieder zu Cengiz, die gerade die Zeitung in die Manteltasche stopfte.

Zu Demirbileks Erleichterung war sie nicht interessiert, zu erfahren, wie es zu der Fotografie gekommen war. Gerade hob er an, um eine Antwort auf seine Frage nach Memo zu fordern, als auch Kutlar im Türrahmen auftauchte. Er schob einen Arm durch die halb angezogene Jacke. Schon wieder erblickte er die vermaledeite Zeitung. Der Sonderdezernatsleiter musste sein hochgerutschtes Hemd und seine Unterhose in der Luft wedeln sehen, bis sein Mitarbeiter endlich die Jacke anhatte. Ohne einzutreten, grüßte Kutlar Cengiz mit einem Lächeln.

»Gut, dass du schon da bist«, sagte er zu ihr.

Hat sie nicht bei ihm übernachtet?, schoss es Demirbilek

durch den Kopf. Wenn nicht, wo hat sie dann mit Memo geschlafen? Wahrscheinlich bei Derya, beruhigte er sich, bevor er Kutlar fragte: »Was gibt es? Wo willst du hin?«

»Nach Oberschleißheim«, ließ er ihn wissen.

»Etwas genauer, Polizeioberkommissar Kutlar, wenn das möglich ist«, erwiderte Demirbilek und hörte Leipolds Schritte, der von hinten näher kam.

Kutlar schluckte zwar seinen Ärger über den Tonfall herunter, ließ sich aber mit der Antwort Zeit. Er sah Cengiz in die Augen, blickte hinüber zu Leipold, der in Demirbileks Rücken mit den Achseln zuckte und zur Zeitung in dessen Tasche deutete. Kutlar verstand den Wink. Der Chef war sauer und schlecht gelaunt, nicht nur wegen des Familienstreits am Vorabend. »Kollegen in Oberschleißheim haben einen Verdächtigen gesichtet, möglicherweise ist es Necmi Vatan. Sie observieren ihn, bis wir kommen.«

Vierkant überlegte laut: »In Oberschleißheim gibt es einen privaten Flugplatz. Fliegt Fletcher mit seiner Maschine vielleicht von dort zurück nach Edinburgh?«

»Zeki«, vernahmen die Beamten plötzlich eine ungewohnte Frauenstimme im Raum.

Alle fünf drehten sich um. Derya stand an der Tür, mit Memo auf dem Arm.

»Sparen Sie sich die Mühe, mein Vater ist nicht in Oberschleißheim«, sagte Mert, der nun ebenfalls in das Büro trat.

»Ich habe den Jungen beim Pförtner getroffen, er wollte dich unbedingt sprechen, Zeki«, erklärte Derya und übergab Memo seiner Mutter.

57

»Töten Sie mich, bitte.« Mert murmelte die Worte, als lüftete er ein Geheimnis.

Kommissar Demirbilek saß ihm gegenüber in der Verhörsuite. »Dein Vater liebt dich, deshalb will er, dass ich dich töte«, ließ er sich auf die dramatisch vorgetragene Formulierung ein.

»Papa wusste, dass Sie es verstehen«, entgegnete der Dreizehnjährige.

»Ja? Warum?«

»Sie haben Kinder und Sie haben Memo. Er hat Waden wie ein Fußballer, hat der Pförtner gesagt.«

Ein Lächeln huschte über Demirbileks Gesicht. »Jetzt bin ich gespannt, was dein Vater ausgeheckt hat, damit ich euch helfe.«

Mert reichte ihm sein Handy. »Auf Wahlwiederholung drücken. Nach den Dreharbeiten heute Abend muss ich tot sein. Wäre schön, wenn Sie sich beeilen.«

Demirbilek schüttelte über die Kaltschnäuzigkeit des Jungen den Kopf und betätigte die Taste des Telefons.

Eine unerwartete, aber bekannte Stimme meldete sich nach einmaligem Läuten. Mit zunehmender Verwunderung folgte Demirbilek den Anweisungen seines obersten Vorgesetzten und drückte die Austaste.

»Dein Vater sitzt beim Polizeipräsidenten und du hier. Ihr teilt euch die Arbeit, ja?«

Der Junge nickte. »Die Beamtinnen zu meinem Schutz warten vor dem Präsidium. Hier geschieht mir doch nichts, oder?«

»Nein, hier nicht und sonst wo auch nicht, mach dir keine Sorgen«, beruhigte er ihn. »Der Präsident hat am Telefon gesagt, du hast darauf bestanden, dass ich die Aktion leite.«

»Ja. Denen vom Verfassungsschutz traue ich nicht mehr. Im Deutschen Museum ging alles schief. Machen Sie es?«

»Wie hat dein Vater das geschafft? So ein Geschäft einzufädeln ist nicht leicht.«

Mert zuckte mit den Achseln. »Er hat Freunde in der ganzen Welt. Der Polizeipräsident war ein paarmal zu Besuch in Edinburgh, sie kennen sich.«

Demirbilek stand auf. »Solange du nicht tot bist, gibt der Mann, der seinen Sohn rächen will, keine Ruhe.« Er steckte die Hände in die Hosentaschen und fixierte den Jungen wie beim Höhepunkt eines Kreuzverhörs und gab dem Drang nach, den Jungen des Mordes zu beschuldigen, um den furchtbaren Verdacht aus der Welt zu schaffen. »Hast du Ken Freeman an der Isar erschossen?«

Mert, nahm Demirbilek an, schien auf die Frage vorbereitet zu sein und räusperte sich verlegen, jedoch nicht so, als hätte er ein Problem damit, des Mordes verdächtigt zu werden. »Von meinem Vater weiß ich ziemlich alles über Kleinwaffen, und in der Firma unterrichtet er mich im Schießen. Ich war das aber nicht, ich hatte keine Waffe. Das war Necmi Vatan«, leierte er herunter wie auswendig gelernt.

Der Ermittler blieb regungslos stehen, seine Finger aber kribbelten. Er befreite sie aus den Taschen. »Vatan? Warum Vatan? Ist er nicht der Kurier, der deinem Vater Geld für das Waffengeschäft überbringen sollte?«

»Nein, ganz bestimmt nicht. Das ist anders gelaufen, glaube ich zumindest.«

»Wenn du im Auftrag deines Vaters mit mir Geschäfte machen möchtest, erwarte ich auch etwas dafür. Details kannst du dir ja sparen.«

Mert knabberte mit den Zähnen auf der Unterlippe. Auf diese Prüfungsfrage war er nicht vorbereitet, wie er deutlich erkennen konnte. »Erinnern Sie sich an den gedeckten Tisch im Restaurant, als Sie mit meinem Vater gesprochen haben? Ich wollte nicht, dass er mich nach dem Anschlag im Hinterhof alleine im Hotelzimmer lässt, aber er musste unbedingt die Geschäftsleute treffen. Könnte sein, dass … ich weiß es nicht, ehrlich. Eigentlich soll ich Ihnen Folgendes sagen: Mein Vater kennt Vatan aus Diyarbakır, er ist nach München gekommen, um mich zu töten.«

»Wollte er dich im mathematischen Kabinett … du weißt schon. Hast du deswegen im Deutschen Museum den Alarm ausgelöst?«

»Nein, deshalb nicht. Der Verfassungsschutz hat mir aufgetragen, Vatan mit der SMS in den Museumsshop zu locken und das Handy wegzuwerfen, damit er es mir nicht abnimmt. Der Plan war, ihn auf frischer Tat zu ertappen, wie er versucht, mich zu töten. Leider hat er etwas gemerkt, wegen Tuncel, die plötzlich aufgetaucht ist. Sie wissen doch, dass sie für den Verfassungsschutz arbeitet?«

»Stell du mir keine Fragen, als wärst du der Polizeipräsident, du Lausbub!«, unterband Demirbilek Merts forsche Art. »Vatan hat Tuncel erkannt?«

Mert zeigte keine Reaktion auf die Zurechtweisung, stattdessen nickte er mehrmals und schob die Achseln in die Höhe. »Genau das war das Blöde. Vatan war eine Zeit lang als V-Mann für den Verfassungsschutz tätig, allerdings für den türkischen. Er kannte einen der deutschen V-Männer von einer gemeinsamen Aktion. Mehr weiß ich nicht, das habe ich aufgeschnappt.«

»Soso«, kommentierte Demirbilek die neue Information. »Das heißt, du hast Vatan in den Museumsshop gelockt, hast aber, statt dort hinzugehen, den Alarm ausgelöst, dann bist du an die Isar. Aus dem Grund ist alles schiefgelaufen?«

Nun zeigte der Junge doch eine Reaktion, die seinem Alter angemessen war. Als hätte er ihn mit der Zusammenfassung des Tatherganges überführt, erleichterte er sein Gewissen: »Ja, ich war daran schuld. Ich habe vor Vatan Angst bekommen und den Alarm ausgelöst und alles durcheinandergebracht. Mein Vater hat mich deshalb geohrfeigt, er hat es aber nicht so gemeint.«

Verzeih mir, mein Junge, entschuldigte sich Demirbilek in Gedanken, nun mit einem schlechten Gewissen, das schwerer wog als die Dienstvergehen, die er im Laufe seiner Amtszeit begangen hatte. Ich bin kein Deut besser als dein Vater, machte er sich klar. Ich vergesse, wie alt du bist. Du bist ein Kind von dreizehn Jahren. Du hast deine leiblichen Eltern bei einer Autoexplosion verloren, du solltest in der Schule sitzen und nicht im Verhörraum eines Polizeipräsidiums.

»Willst du etwas trinken?«, erkundigte er sich versöhnlich.

Der Junge sprang auf und holte aus dem Kühlschrank eine kleine Flasche Cola. Demirbilek reichte ihm den Öffner. »So war das nicht gemeint, Wasser wäre gesünder.«

»Natürlich nicht«, grinste Mert und trank die halbe Flasche in einem Zug aus.

»Gut, dass du Angst hattest, mein Kind. Dich als Köder in Lebensgefahr zu bringen, war nicht richtig. Warst du an der Isar, weil du dich nicht getraut hast, zu deinem Vater zu gehen?«

Mert nickte schnell. »Sagen Sie das ihm aber bitte nicht.«

Der Kommissar streichelte ihm über den Kopf. »Du weißt sicher, was ein Motiv ist, schlau genug bist du ja. Ich frage mich, warum Vatan Ken Freeman getötet hat, wenn er es doch auf dich abgesehen hat.«

Mit der Colaflasche in der Hand setzte sich der Befragte zurück auf das Sofa. »Ich weiß, Sie suchen gerne nach Zusammenhängen. Mein Vater vermutet, dass das Kopfgeld auf mich bei einer Million liegt, sonst wären Freeman und Robinson mir nicht nach München gefolgt.«

»Euro?«

»O nein, Dollar. Der Euro ist eine aussterbende Währung, sagt mein Vater.«

Demirbilek stutzte, allerdings nicht über die finanzpolitische Meinung des Waffenfabrikanten. »Vatan hat Freeman getötet, damit er das Kopfgeld für dich kassieren kann?«

Wieder nickte Mert mehrmals hintereinander, als hätte der Kommissar eine Quizfrage richtig beantwortet. »Ja, der Verfassungsschutz hat ihm die Information zukommen lassen, dass wir im Museum sind. Ist doch eine Menge Geld, oder?« Mert machte eine Pause. »Vatan hatte sich hinter einem Baum versteckt, deshalb haben Sie ihn am Isarufer nicht gesehen. Aber ich habe ihn gesehen, er hatte eine Walter P6 im Rucksack. Glauben Sie mir, ich wollte Ihnen das zurufen, das hatte ich wirklich vor. Doch wenn er mich entdeckt hätte, hätte er mich abgeknallt, deshalb bin ich davongerannt, nicht wegen Ihnen und der Frau mit den kurzen Haaren. Sie haben gar nicht gemerkt, dass Sie mir ein drittes Mal das Leben gerettet haben.«

»Das war meine Kollegin, mein Junge, nicht ich.«

»Bleibt doch in der Familie«, lächelte er dankbar.

Gut informiert wie sein Vater, zollte Demirbilek ihm Respekt. »Sind andere auch hinter dir her? Bei so viel Geld würde es mich nicht wundern.«

»Glaubt auch mein Vater. Das Kopfgeld hat sich herumgesprochen.«

Demirbilek gab ihm recht, in den Kreisen hatte sich ein lukrativer Auftrag wie dieser ganz sicher herumgesprochen. Für die unglaubliche Summe fanden sich Berufskiller aus der ganzen Welt, die skrupellos genug waren, Kinder hinzurichten. »Eines muss ich wissen. Wird es dir bei deinem Vater gut gehen, wenn das alles hier vorüber ist?«

Als hätte er mit der Frage eine Spritze verabreicht bekommen, verzog sich Merts Miene. Unter größter Anstrengung versuchte er, die Tränen zurückzuhalten. Noch hatte er sich im Griff, er stand auf. »Bekomme ich mein Handy wieder? Bitte?«

»Gleich«, entgegnete Demirbilek. »Willst du mit deinem Vater nach New York?«

»Ja, aber ich bin mir nicht sicher, ob er die Firma wirklich verkauft und …« Er stockte.

Lass endlich los, sprach der Kommissar dem Jungen im Stillen zu. Mert verharrte sekundenlang vor ihm. Demirbilek öffnete die Arme und dachte an seinen eigenen Sohn, den er viel zu selten auf diese Weise getröstet hatte. Verletzlich wie ein Kind, das Kind sein durfte, nahm sich der Junge eine Auszeit von den Instruktionen des Vaters, pochte auf das Recht eines Dreizehnjährigen, nicht für irgendetwas verantwortlich zu sein. Mit erlösender Wucht warf er sich in die schutzverheißenden Arme des Kommissars.

Beide zuckten nur wenige Augenblicke später zusammen, als Merts Telefon in Demirbileks Hand läutete. Der Anrufername *baba* blinkte auf. Der Kommissar spürte und erkannte die Verängstigung in Merts Gesicht. Als hätte er etwas zutiefst Falsches gemacht, gegen eine Regel oder ein Gesetz verstoßen, löste er sich aus seiner Umarmung. Der Kommissar ließ das Handy weiterläuten. Er sah, dass Mert nicht geweint hatte, nicht dem Drang nachgegeben hatte, sich wie ein Junge zu benehmen, der Angst hatte und Schutz suchte. Schließlich drückte er die Annahmetaste, ohne sich mit Namen zu melden.

»Entschuldigen Sie, dass ich nicht selbst gekommen bin. Mert hat den besseren Draht zu Ihnen«, sagte Onur Fletcher.

Demirbilek schwieg.

»Verstehen Sie jetzt, weshalb ich Sie nicht in die Aktion am Deutschen Museum eingeweiht habe?«

»Nicht ich bin Ihnen in die Quere gekommen. Das war Freeman.« Demirbilek wartete einen Moment. »Ich helfe Ihnen und Mert, aber ich habe einen Preis.«

»Ja?«, wunderte sich Fletcher. »Alles, was Sie wollen. Nennen Sie mir Ihren Preis.«

Der Kommissar blickte zu dem Jungen. Statt eines verweinten Gesichtes erblickte er Merts entschlossene Miene, als warte er Gewehr bei Fuß auf den Marschbefehl.

»Später. Wir haben nicht viel Zeit. Rollen Sie Ihren Arsch hierher. Es gibt eine Menge vorzubereiten.«

58

Einer der zur Verstärkung hinzugezogenen Beamten lehnte sich auf dem Stuhl zurück und teilte nach den Instruktionen, die die Einsatztruppe im Rapportsaal des Polizeipräsidiums bekommen hatte, seinen Unmut mit: »Der Herr Waffenfabrikant hat doch Dreck am Stecken und wir sollen ihn beschützen?«

»Hast du nicht zugehört, Kollege!«, keifte Cengiz. »Für die Neuen in der Truppe, nur um das klarzustellen: Onur Fletcher hat keine Straftat begangen, mal abgesehen von dem moralischen Aspekt, Waffen in Unruheherde zu verkaufen. Das Überwachungsvideo vom Restaurant hat bestätigt, was der junge Herr Fletcher vermutete. Bei der Besprechung seines Vaters war ein Mann, der als Anführer einer Terrorgruppe identifiziert wurde. Der Verfassungsschutz ist informiert. Mit Fletchers Hilfe werden wir einen international gesuchten Terroristen fassen.«

»Wer hat jetzt den türkischen Politikersohn auf dem Gewissen?«, krähte Kutlar, der sich von der gereizten Stimmung anstecken ließ. »Nimmt der Papa für den schießwütigen Sohn die Schuld auf sich oder wie ist das?«

Eine Diskussion in der Runde entbrannte, bis Vierkant die wild durcheinanderredenden Kollegen zur Ruhe mahnte.

Demirbilek nickte dankend, er wollte eigentlich noch etwas abwarten, bis er eingegriffen hätte.

»Es kursieren Gerüchte und verschiedene Versionen über die

Tötung des Politikersohnes. Cengiz hat die Fakten überprüft, so weit das möglich war. Ich habe mich mit meinem Kollegen Kaymaz aus Istanbul ausgetauscht. Tatsache ist, dass die Waffe nicht sichergestellt werden konnte, es fehlen stichhaltige Beweise und Zeugen. Aber darum geht es bei unserer Aktion heute nicht. Ich lasse nicht zu, dass ein weiteres Kind getötet wird. Noch dazu für Kopfgeld! Nicht bei uns in München oder sonst wo auf der Welt. Fletcher ist nicht dumm. Er hat sich einen Kriminalbeamten ausgesucht, von dem er weiß, dass er nicht tatenlos zusehen wird. Wir haben das Okay der Staatsanwaltschaft. Das ist eine offizielle Maßnahme zur Vereitelung einer schweren Straftat auf deutschem Boden – wir sind um Hilfe angesucht worden. Ende der Diskussion. Seid ihr dabei oder hat jemand Bauchschmerzen? Ich unterschreibe die Krankmeldung, kein Problem. Das gilt für alle hier!«

Der Sonderdezernatsleiter bedachte jeden im Saal mit einem ernsten Blick. Nachdem er das Gefühl hatte, jeden Einzelnen auf seiner Seite zu wissen, sagte er: »Fletcher hat Necmi Vatan einen Deal angeboten, sie sind verabredet.«

Er blickte zu Kutlar und Cengiz, die nebeneinandersaßen wie Kollegen, nicht wie ein Paar, und seine Gedanken schweiften für einen Augenblick ab. »Wo habt ihr Vatan eigentlich aus den Augen verloren?«

Cengiz schnaufte laut aus. »Soll das ein Vorwurf sein, Chef?«

»Eine Frage war das, eine ganz einfache. Den Mist, den ich selbst bei seiner Beschattung gebaut habe, muss ich nicht weiter ausführen. Weiß jeder davon, dass ich die Beherrschung verloren habe?«

Zustimmendes Nicken ging durch die Reihen.

»Danke, Kollegen. Ich höre, Jale?«

Cengiz verschränkte die Arme. »Am Isartor haben wir ihn verloren. Er ist die Fußgängerunterführung Richtung Tal. Wir haben uns aufgeteilt …«

»Danke, das genügt. Ich will auf Folgendes hinaus: Vatan ist uns schon einmal entwischt, wichtiger aber ist, wir haben Merts Zeugenaussage, dass er Ken Freeman erschossen hat, und einen zu vollstreckenden Haftbefehl. Denkt daran, wir sind hinter einem Mörder her, Necmi Vatan hat einen Menschen auf dem Gewissen, stimmt's, Pius?«

Leipold erhob sich vorsichtig vom Stuhl. Auch er blickte in die Runde. »So dein Allah und mein Gott will und niemand von uns Schmarrn baut wie unser hochgeschätzter Einsatzleiter, retten wir das Leben eines unschuldigen Jungen und bringen ein Arschloch von Mörder vor den Kadi, auch wenn der uns die Arbeit abgenommen und einen europaweit gesuchten Auftragskiller ausgeschaltet hat. Darum geht es hier! Wir machen unseren Job! Und das nicht nur als bayerische, sondern als Münchner Polizeibeamte! Haben wir uns verstanden, verehrte Kollegen?«, brummte der Hauptkommissar.

»Du hast ein tolles Talent, Kompliziertes einfach zu formulieren. Hattest du mal daran gedacht, in die Seelsorge zu gehen, Pius?«, fragte Vierkant neben ihm ohne Spur von Ironie.

»Nein, aber Braumeister wäre ich gerne geworden.«

Die aufgekratzte Stimmung löste sich angesichts des verklärten Gesichtes, das Leipold bei der Erwähnung seines eigentlichen Traumberufes aufsetzte. Demirbilek sorgte für Ruhe und sagte abschließend: »Also, los jetzt. Aufbruch. Haltet euch an das, was wir besprochen haben. Wir greifen ein, wenn ich, und nur ich, das Kommando dazu gebe.«

»Hast du eine Sekunde, Zeki?«, ertönte Selmas Stimme, die neben einem Beamten im Türrahmen auftauchte.

Mit überraschter Miene überholte Demirbilek einige der hinausströmenden Polizisten und nahm sie zur Seite. Nach und nach verließen alle den Raum, Vierkant, Leipold und Kutlar nickten Selma zu, Cengiz umarmte sie, bevor auch sie sich zum Einsatz begab.

»Was machst du hier?«, fragte Demirbilek seine Exfrau.

»Derya hatte einen Arzttermin, ich war mit Memo Kaffee trinken«, erklärte sie und setzte sich auf einen der frei gewordenen Stühle. »Jetzt müsstest du fragen, warum sie zum Arzt ist und ob es etwas Ernstes ist«, fügte sie hinzu, weil er sie mit versteinertem Gesicht anhimmelte.

Demirbilek setzte sich neben sie und nahm ihre Hand. »Du bist hier, um dich zu entschuldigen. Das verraten mir deine schönen Augen.«

Sie schüttelte leicht den Kopf und lächelte. »Eingebildeter Pascha, du«, flüsterte sie ihm in vertrautem Ton zu. »Ja, das wollte ich, ich war in der Nähe. Du kannst nichts für die Schlägerei auf dem Fest.«

»Natürlich nicht«, erwiderte er knapp. »Ich muss jetzt leider los. Treffen wir uns heute Abend?«

»Ich weiß nicht, ob das eine gute Idee ist.« Selma stand abrupt auf. »Sag mal, bist du wieder mit Derya zusammen?« Sie ärgerte sich über die Worte, die aus ihr herausgeplatzt waren. »Nein, antworte nicht. Es geht mich nichts an, ich will es nicht wissen.«

Aber aus vielen Stunden an Lebenszeit, die er mit dem Studium von Selmas Gesicht verbracht hatte, wusste er, dass sie etwas Gewichtiges auf dem Herzen hatte. »Warum fragst du?«

»Ein Gefühl. Nur ein Gefühl unter Frauen. Vergiss es, ab zum Einsatz mit dir! Und pass auf dich auf.«

59

Das Ambiente des Nymphenburger Schlosses mit der Parkanlage war dem ermordeten Produzenten Süleyman Akbaba als Drehort für den Werbespot wichtig gewesen. Dass das Münchner Prunkschloss historisch nicht mit den Begebenheiten vor der Stadt Wien zu der Zeit der Belagerung durch das osmanische Heer in Verbindung zu bringen war, verbuchte Akbaba als künstlerische Freiheit. Zwei Werberegisseure hatte er verschlissen, bis er noch zu Lebzeiten einen türkischstämmigen Diensterfüller aus der Filmstadt München engagierte, der ohne Esprit, aber mit Rücksicht auf Zeit und Kosten das Drehpensum herunterspulte. Unter der Leitung eines aus Istanbul hinzugezogenen Produzenten gingen die Dreharbeiten ihrem Ende entgegen.

Verteilt um den Drehort waren Polizeibeamte als Schaulustige und Spaziergänger postiert. Dem Sonderdezernatsleiter kam zugute, dass bis auf die Produktionswagen der Filmcrew keine Fahrzeuge auf dem Gelände erlaubt waren. Vierkant hatte die Idee eingebracht, unter die kostümierten Komparsen Kollegen zu schleusen, die sich auf die Weise in Merts Nähe aufhalten konnten, ohne aufzufallen.

Die Massenszenen am letzten Drehtag sorgten für reges Medieninteresse. Überregionales Fernsehen und Vertreter der Münchner Tageszeitungen waren anwesend, um zu berichten, wie in einem türkischen Werbespot die Geschichte der Rückschlagung der Osmanen umgeschrieben wurde. Aus inhaltlichen Bedenken hatte die Stadt Wien die Drehgenehmigung verweigert. In der bayerischen Landeshauptstadt urteilte man über die kreative Umgestaltung historischer Tatsachen gelassener.

Hauptdarsteller Mert Fletcher hatte seine schauspielerische Aufgabe als Istanbuler Straßenjunge bravourös erfüllt. Der Regisseur und das Team klatschten Beifall, als er abgedreht und damit mit seiner Arbeit fertig war. Sie hatte darin bestanden, zwischen den Heerreihen zu laufen, sich unter einem Mauerwerk zu kauern, eine Nachricht in das zu bewerbende Smartphone zu tippen und für die Schlusseinstellung zu den streitlustig gegenüberstehenden Heeresgruppen zu schielen.

Abseits des Hauptschauplatzes waren ein halbes Dutzend Zelte für die Filmleute aufgebaut worden. Mert schob sich gerade in das Kostümzelt mit der Nummer eins. Die Komparsen, die führende Offiziere aus den verfeindeten Lagern darstellten, gaben ihre Kostüme zurück. Mehrere Garderobiere, unter ihnen eine Beamtin, versorgten die Kleindarsteller.

Vierkant gab auf einer Parkbank vor, in ein Buch vertieft zu sein. Vor den Zelten tummelten sich Beteiligte an den Dreharbeiten, Techniker und Komparsen vertrieben sich die Zeit bis zu ihrem nächsten Einsatz. Ihr Blick wanderte umher, auf der Suche nach zwielichtigen Personen oder verdächtig scheinenden Vorkommnissen. Im Inneren des Kostümzeltes ließen Polizeibeamte, uniformiert als Soldaten des Heiligen Römischen Reiches, einige sogar als Kämpfer des osmanischen Heeres, Mert nicht aus den Augen.

Einsatzleiter Zeki Demirbilek war über Funk mit Onur Fletcher in Kontakt. Merts Vater wartete im Rollstuhl in der Nähe des Eingangsportals, exakt dort, wo er sich telefonisch mit Vatan verabredet hatte.

»Er ist spät. Wann kommt er endlich?«, fragte Demirbilek im Dienstwagen Cengiz. Der Wagen parkte auf den überfüllten Stellplätzen vor dem Hauptzugang der Schlossanlage. Cengiz war im Austausch mit der Sicherheitszentrale. Zwei Beamte sichteten zeitgleich Überwachungsbilder, die Kameras aus der Parkanlage und der näheren Umgebung, inklusive der Zufahrtsstraßen, lieferten.

Fletcher zündete sich wieder einmal eine Zigarette an. Die Sporttasche mit dem Geld, das Vatan bekommen sollte, klemmte zwischen den Oberschenkeln.

»Er kommt nicht mehr«, flüsterte Fletcher in das Mikrofon, das unsichtbar unter seiner Sportjacke angebracht war.

»Wir warten«, entschied Demirbilek. »Sie verhalten sich ruhig, und rauchen Sie nicht so viel.«

»Wo ist Mert?«, fragte Fletcher und sog den Rauch tief in die Lungen.

»Er zieht sich gerade um«, erklärte Demirbilek, als plötzlich Vierkants Stimme über das Walkie im Dienstwagen dröhnte: »Zielperson in Kostümzelt vier gesichtet. Keine Ahnung, woher Vatan plötzlich aufgetaucht ist. Er verlässt das Zelt. Kann sein, dass er unter den Komparsen gewesen ist.«

»Ich bin unterwegs«, gab Demirbilek durch und ließ das Funkgerät auf dem Sitz zurück. »Du hältst die Stellung«, instruierte er Cengiz.

Er selbst ging über den Vorplatz, vorbei an einer unüberschaubaren Anzahl Fahrrädern, die vor dem Eingang abgestellt waren. Über das Headset war er direkt mit Vierkant verbunden. »Wohin geht Vatan?«

Einige Sekunden lang hörte er hektische Laufgeräusche, als würde Vierkant einen Sprint einlegen. Es dauerte eine Weile, bis sie zu sprechen in der Lage war: »Er geht Richtung Schlossrestaurant. Warten Sie!« Demirbilek hörte, wie sie ihren Lauf abbremste und geräuschvoll durchatmete. »Tut mir leid. Das war doch nicht die Zielperson. Entwarnung. Ich wiederhole, kein Sichtkontakt zu Vatan.«

»Aber ich habe Sichtkontakt«, gab Demirbilek für alle am Einsatz beteiligten Beamten über Funk durch.

Der Hauptkommissar hatte sich überzeugen lassen, für die Polizeiaktion etwas anzuziehen, was er in seinem Leben noch nie getragen hatte. Die Verkleidung mit Jogginganzug und Kapuzenjacke war als Vorsichtsmaßnahme notwendig geworden, nachdem die Zielperson ihn von Angesicht zu Angesicht beim Kampf um Derya gesehen hatte. Gefahr zu laufen, wieder eine Beschattung zu vermasseln, wollte er unter allen Umständen vermeiden, selbst um den Preis einer lächerlichen Kostümierung.

Halbherzig verrichtete er Dehnübungen und beobachtete aus dem Augenwinkel, wie Necmi Vatan mit Achselhemd, leichter Sommerhose und einer Jacke über der Schulter zu Fletcher schlenderte.

»An alle: Zielperson ist eingetroffen. Vatan nähert sich Fletcher. Wo bleibt Mert? Bist du bei ihm, Isabel?«, flüsterte Demirbilek in das Mikrofon.

Vierkant war in der Zwischenzeit zu den Zelten zurückgekehrt und entdeckte den Jungen, wie er sich an den Schaulustigen vorbeizwängte. Eine begeisterte Burkaträgerin hielt ihn auf, um sich mit dem Kinderstar fotografieren zu lassen. Vierkant packte Mert und zog ihn mit einer entschuldigenden Geste mit sich. »Beeil dich«, flüsterte sie ihm ins Ohr und schickte ihn los.

Am Haupteingang hatte Vatan mittlerweile den Waffenunternehmer erreicht. »Also, wie viel ist Ihnen das Leben Ihres Sohnes wert?«, fragte er ihn ohne Umschweife.

Aus einiger Entfernung verfolgte Demirbilek die zwei Männer und hörte über das Headset, wie Fletcher dem potenziellen Mörder das Doppelte von dem anbot, das der türkische Politiker als Kopfgeld für Mert ausgelobt hatte. Dafür erwartete der Waffenunternehmer, dass er seinem Sohn nichts zuleide tat und wartete, bis er mit ihm München verlassen hatte. Für Demirbileks Empfinden klang es, als würde Fletcher nicht das Leben seines Sohnes erkaufen, sondern einen der üblichen Waffendeals abschließen. Vatan brauchte keine lange Bedenkzeit, sich zu entscheiden. Fürs Nichtstun mit der königlichen Summe von zwei Millionen Dollar entschädigt zu werden, ließ ihn augenscheinlich bester Stimmung werden. Er klopfte dem großzügigen Vater auf die Schulter und machte Anstalten, nach der Tasche zu greifen. In dem Moment flüsterte Demirbilek das entscheidende Kommando in das Mikrofon.

Unvermittelt darauf tönte Fletchers angstverzerrte Stimme über das Gelände: »Mert! Achtung! Pass auf!«

Vatan erschrak über die Lautstärke und drehte sich schlagartig in die Richtung, in die Fletcher auf Englisch brüllte. Wie die anderen Parkbesucher in der Nähe wurde er Zeuge, wie ein Mann in eng anliegender schwarzer Motorradkleidung und Helm Mert abpasste und ihn zu Boden stieß. Der Aufschrei des Kindes interessierte den gesichtslosen Mann nicht, blitzschnell kniete er sich zu ihm und stach mit einem Militärmesser mehrfach in Bauch und Oberkörper des Jungen. Einige Zeugen blieben vor Schreck stehen und gafften, andere schrien nach der Polizei oder liefen in Panik davon, während der Attentäter unbeirrt ein letztes Mal zustieß und das Messer in der Bauchdecke stecken ließ.

Wie von Sinnen rollte Fletcher auf den behelmten Mörder zu, Vatan blieb fassungslos stehen und beobachtete starr vor Entsetzen, wie der Attentäter nun ein weiteres Tatwerkzeug aus der Tasche holte. Mit einer handlichen Säge säbelte er dem Opfer den rechten Zeigefinger ab und verstaute das blutende Körperteil in einer Plastiktüte. Vatan traute seinen Augen nicht, wollte nicht wahrhaben, dass der skrupellose Killer ohne allzu große Hast den Haupteingang durchquerte und dort vor Aberdutzenden Zeugen auf ein Motorrad aufstieg. Mit einem Knopfdruck startete er den Motor und flüchtete in einer filmreifen Slalomfahrt zwischen Fahrzeugen hindurch, die auf der Suche nach Parkplätzen waren.

Demirbilek erkannte von Weitem, wie verblüfft Vatan darüber war, gerade Augenzeuge von Merts Ermordung geworden zu sein. Doch hatte er sich wohl nicht damit abgefunden, dass der Deal, der ihn zu einem reichen Mann gemacht hätte, geplatzt war. Der Kommissar beobachtete, wie er zu Fletcher aufschloss und sich offenbar vergewisserte, ob alles mit rechten Dingen zuging. Fletcher war mittlerweile vom Rollstuhl gerutscht und über den blutüberströmten Körper seines Sohnes gebeugt. Demirbilek registrierte Vatans gierigen Blick von dem Messer in Merts Brust zu der Geldtasche neben Fletcher am Boden wandern.

Was für ein herzloses Dreckschwein du bist, murmelte er in sich hinein und zog die Kapuze tief in die Stirn, bevor er auf die Menge Schaulustiger zutrabte. »Aus dem Weg, ich bin Arzt, lassen Sie mich durch!«, schrie er mit verstellter Stimme.

Beim Lauf durch die Menge rempelte er einige zur Seite und erreichte Vatan, der sich inzwischen zu Fletcher vorgearbeitet hatte. Er versetzte ihm einen Stoß, Vatan tippelte, überrascht von der Wucht des Hiebes, ein paar Schritte nach vorne. Ohne ihn weiter zu beachten, kniete der verkleidete Kommissar direkt vor der Geldtasche nieder und kontrollierte den Puls des Jungen.

In dem Moment gab Vatan den Versuch auf, an die Tasche zu kommen, in der er nichts weiter als Blüten aus der Asservatenkammer gefunden hätte. Unter Fletchers herzzerreißendem Wehklagen suchte er das Weite, ohne zu merken, wie ihm unter der Leitung von Leipold ein halbes Dutzend Beamte folgten.

60

»Das mit dem Finger war nicht abgesprochen«, beschwerte sich Mert bei dem für seinen inszenierten Tod verantwortlichen Beamten.

Serkan Kutlar hatte die Motorradkleidung gewechselt. In Jeans und Jacke blickte er bei voller Fahrt auf der Autobahn in den Rückspiegel des Dienstwagens. Mert saß hinten neben seinem Vorgesetzten. »Beschwerden immer an den Regisseur richten, Herr Hofschauspieler«, forderte er schmunzelnd.

Demirbilek war den Jogginganzug los und lächelte. »Dein Vater hat mir erzählt, dass dein Abzugsfinger als Beweis für deinen Tod gilt. Fotos akzeptiert der Auftraggeber nicht. Ich dachte, es ist besser, du weißt das vorher nicht.«

Der Junge streckte seinen rechten Zeigefinger in die Luft. »Und was ist damit?«

Eigentlich hatte Demirbilek nicht beabsichtigt, darüber zu sprechen. Er seufzte mit Blick aus dem Fenster. »Ein Freund aus Istanbul hilft mit Ersatz aus. Er schickt einen seiner Leute nach Diyarbakır, der dem Auftraggeber deinen Finger überreicht und das Kopfgeld kassiert. Mehr brauchst du nicht zu wissen.«

»Hat jedenfalls verdammt echt ausgesehen mit dem Blut«, freute sich Mert, der den Spezialisten der Filmcrew beim Präparieren der Blutbeutel für die Messerstiche mit Fragen gelöchert hatte. »Wer bekommt das Kopfgeld? Mein Vater? Das war doch seine Idee, oder?«

»Ganz sicher nicht!«, tadelte Demirbilek den Jungen, dessen geschäftsmännische Erziehung Wirkung zeigte. »Die Damen und Herren ganz oben haben sich was überlegt. Es soll für einen guten Zweck gespendet werden.«

»Finde ich viel besser«, entschied Mert, der über alle Maßen froh zu sein schien, auch den letzten Auftritt als Schauspieler hinter sich gebracht zu haben.

Kutlar blinkte und nahm die Abfahrt zum Besucherpark des Münchner Flughafens. Er fand einen Parkplatz auf dem dazugehörigen Gelände. »Ich warte draußen«, sagte er, als sein Chef keine Anstalten machte, auszusteigen.

»Das haben wir ganz prima hinbekommen«, meinte Demirbilek, als er mit seinem Schützling alleine war.

Mert nickte. »Wir sind ein gutes Team.«

»Na komm«, sagte er und zog ihn an seine Brust. »Du brauchst keine Angst mehr zu haben. Es ist vorbei. Weine ruhig, wenn dir danach ist.«

Wie auf Befehl holte der Junge nach, was er sich in Demirbileks Umarmung nicht getraut hatte. Aus Erleichterung und Abschiedsschmerz schluchzte der Dreizehnjährige trompetenartig auf. Demirbilek gab ihm Zeit, in Ruhe zu weinen, und streckte sich, um an ein Stofftuch aus seiner Hosentasche zu kommen. »Nimm, behalte es.«

Die Musterung sich feiner kreuzender Linien löste beim Kommissar einen Schwall von Erinnerungen an seinen Großvater aus. Vor seinem Tod hatte der alte Mann ihm das erste seiner Jahre später zu einer Sammlung angewachsenen Taschentücher geschenkt. Er hatte es als Junge gehasst, von ihm geschnäuzt zu werden, vergessen hatte er die liebevoll gemeinte Maßnahme bis zum heutigen Tage nicht. Demirbilek nahm das Tuch und drückte es Mert um die Nasenflügel.

Am Parkplatz wartete Fletcher ungeduldig mit einem Rugbyball auf dem Schoß. Als Mert endlich aus dem Dienstwagen sprang, schleuderte er mit erleichtertem Gesicht den Ball in hohem Bogen auf ihn zu. Demirbilek beobachtete beeindruckt, wie Mert zwei Schritte zur Seite machte und mit dem aufgefangenen Ball losspurtete, als wäre er in dem alles entscheidenden Spielzug eines WM-Finales. Kutlar lief Mert nach und beschäftigte den Rugbyspieler weiter.

Demirbilek erreichte Fletcher. Zur Begrüßung streckte der Waffenhändler ihm strahlend eine Schachtel Zigaretten entgegen. »Wollen Sie?«

Der Kommissar schüttelte den Kopf. »Sie haben einflussreiche Freunde. Erzählen Sie mir, warum meine Vorgesetzten, inklusive des Polizeipräsidenten, die Aktion ohne Weiteres genehmigt haben.«

»Ohne Weiteres? Von wegen! Vor allem Ihre Chefin ist knallhart im Verhandeln. Es bleibt nicht bei dem Kopf des Geschäftspartners, der in München war. In nächster Zeit folgen weitere Verhaftungen, die sie als ihren Erfolg verbuchen wird. Der Verfassungsschutz hat am Ende klein beigegeben, nur damit sie den Mund hält.«

Demirbilek lachte leise.

»Übrigens ist Staatsanwalt Landgrün auch nicht schlecht. Wussten Sie, dass er schwul ist, dass er einen türkischen Freund hat?«

»Nein«, antwortete Demirbilek überrascht. »Scheint ein Hobby von Ihnen zu sein, Informationen zu sammeln.«

»Mehr als das. Sonst könnte ich keinen Learjet chartern, um unbemerkt mit Mert aus München zu kommen. Amazon und Google leben davon, warum soll ich das als kleiner, ehemaliger Waffenunternehmer nicht auch tun?«, scherzte Fletcher. »Es gibt einen Interessenten für meine Fabrik. Bald habe ich mehr Geld für Mert und mich, als ich mir jemals erträumt habe. Bitte, sagen Sie mir, wie ich mich bei Ihnen erkenntlich zeigen kann. Sie sprachen von einem Preis.«

Demirbilek blickte in den Himmel. Ein Flugzeug hob gerade ab und zog zwischen den Wolkendecken hindurch. Sehnsucht nach Istanbul drohte sich in ihm breitzumachen, er spürte aber, dass er sich das vertraute Gefühl nur einbildete. Er wollte weg, um dem Papierkram zu entgehen und sich nicht Derya stellen zu müssen. Sie hatte ihm eine Nachricht hinterlassen, auf der Mailbox und über Jale, ihn dringend sprechen zu wollen.

»Geben Sie mir doch eine«, entschied er sich um. Fletcher holte eine Zigarette aus der Schachtel und reichte sie ihm. Er ließ sich Feuer geben. »Mein Preis ist nicht hoch«, sagte er und zog den Rauch tief in die Lungen. »Sie behandeln Mert in Zukunft wie einen dreizehnjährigen Jungen und nicht wie einen Auszubildenden, der lernen soll, gute Geschäfte zu machen. Sie haben ihn adoptiert, als Ihr Sohn hat er einen Vater verdient, der ihn nicht nur liebt, sondern ihn auch versteht. Wenn er Angst hat und weinen will, lassen Sie ihn Angst haben und weinen.«

Demirbilek nickte zum Abschied und schritt mit der Zigarette im Mund davon.

Fletcher blieb im Rollstuhl zurück. Er schluckte betroffen. »Wollen Sie sich nicht von Mert verabschieden?«

»Das habe ich schon«, erwiderte der Kommissar, ohne sich umzudrehen.

Mit einer Spur Selbstzufriedenheit, vor allem aber mit großer Freude, quittierte der Sonderdezernatsleiter die Geste seines nun festen Teammitgliedes. Serkan Kutlar überholte ihn, um ihm die hintere Tür zum Dienstwagen aufzuhalten. Bevor er einstieg, nahm er einen Zug von der Zigarette und verfolgte das Flugzeug, das in seiner Vorstellung auf dem Weg nach Istanbul in den Wolken verschwand.

61

»Ist doch super gelaufen«, wurde Demirbilek von Leipold begrüßt, als er vor dem Präsidium aus dem Dienstwagen stieg. Kutlar verabschiedete sich, nicht ohne sein fahrerisches Können zu zeigen. Mit Vollgas lenkte er den Wagen rückwärts bis zur nächsten Kreuzung und bog um die Ecke.

»Ich habe Hunger und Durst und reden will ich heute nur noch über Fußball und das Wetter, sonst nichts. Fährst du heim?«

Leipold zögerte. »Eigentlich schon.«

»Biergarten hätte ich anzubieten.«

»Daheim sterben die Leut', oder?«, freute sich Leipold über die Einladung.

»Auto lässt du aber stehen. Bei einem Bier bleibt's heute nicht«, forderte Demirbilek. »Hast du Necmi Vatan hochgenommen?«

»Sowieso! Bei einem Kumpanen in der Donnersbergerstraße«, kicherte Leipold, als habe er einen Streich zu Ende gebracht. »Das Manöver war genauso schön getürkt wie im Nymphenburger Park. Vorher hat er brav in einem Internetcafé mit Videotelefoniererei über Merts Ermordung in Diyarbakır Bericht erstattet. Spricht sich schnell herum, was passiert ist. Im Radio habe ich auch schon was gehört.«

Demirbilek nickte, auf Leipold war Verlass, meistens jedenfalls, berichtigte er sich schnell. »Jale hat ein verwackeltes Handyvideo im Internet geposted. Wird bestimmt in den Fernsehnachrichten zu sehen sein.«

»Das kann die gut, die Webnudel!«, scherzte Leipold. »Willst du wirklich ins Büro? Da sterben die Leute zwar nicht, aber ob das gesünder ist?«

Angeregt durch die Idee seines Kollegen verschob er aus gesundheitlichen Gründen das Gespräch mit Kriminalrätin Feldmeier und Staatsanwalt Landgrün, denen er über den erfolgreichen Einsatz berichten sollte. Um Nachfragen zu unterbinden, übermittelte er eine SMS und schaltete das Handy aus.

Die Stimmung bei den vier Frauen war bei der Ankunft der Hauptkommissare im Biergarten bestens. Isabel, Jale, Derya und Selma erwarteten die beiden. Am Tischende stand der Kinderwagen. Memo schlief, zugedeckt mit einem Tuch. Vor der Begrüßung verharrte Zeki glücklich und zufrieden vor seinem Enkelsohn. Pius setzte sich neben Selma und bestellte ein Helles für sich und ein Weißbier für Zeki, der neben Derya Platz nahm und zur Begrüßung seine Hand auf ihre legte.

»Ist Mert weg?«, fragte sie.

»Nein«, sagte Demirbilek. »Es ist so, wie es überall zu lesen und zu sehen sein wird. Mert Fletcher ist im Nymphenburger Park von einem Auftragsmörder erstochen worden. Er ist tot. Und jetzt lassen wir das Thema. Ich beabsichtige, mich den Rest des Abends der bayerischen Ess- und Trinkkultur hinzugeben. Wo ist Serkan?«

»Er parkt sein Heiligtum in der Garage zu Hause«, antwortete Jale lächelnd. »Die Gegend hier ist ihm für sein Cabriolet zu gefährlich. Er müsste aber gleich da sein.«

Zufrieden wie ein Hirte, der seine Herde Schäflein vor einem Gewitter in Sicherheit gebracht hat, nahm Zeki das Weißbier von der Bedienung entgegen und prostete allen zu.

Unausweichlich kamen mit Serkans Erscheinen doch die Themen auf den Tisch, die alle die letzten Tage beschäftigt hatten. Bei den Spekulationen, wo Fletcher mit Mert sich niederlassen und ein neues Leben anfangen würde, zeigte Pius Fantasie und zählte die Traumorte auf, wo er, außer in München natürlich, am liebsten sein würde. Obwohl alle lachten, weil sich niemand vorstellen konnte, wie er als New Yorker Detective Fälle löste, staunte Zeki bei seinem dritten Weißbier über die Spürnase seines Kollegen.

Auch Aysel Sabahs Fall kam zur Sprache. Dass Doktor Sahner seinen selbst zugefügten Verletzungen erlegen war, wunderte niemanden, der dabei gewesen war, als er vom Notarzt versorgt wurde.

Zeki bestellte ein viertes Weißbier. Pius, der ihm mit einem Hellen voraus war, begann über das anstehende Amateurderby zu fachsimpeln. Beschwipst schlug der türkischstämmige Kommissar mit dem aufgewachten Enkel auf dem Arm eine Wette vor. Ohne zu zögern, nahm Pius den Einsatz an. Wenn Zekis FC Bayern gewinnen sollte, würde er zusammen mit Memo sein Beschneidungsfest nachfeiern. Siegessicher stellte Zeki in Aussicht, die anatolische Tanzgruppe, die Pius so gut gefallen hatte, zu engagieren. Zu seiner Überraschung fragte sein Kollege nach, wie das vonstattengehen würde. Derya und Selma nahmen den beschnittenen Münchner mit den Kosten für das Prinzenkostüm auf den Arm, das in seiner Größe von der Stange schwer zu bekommen sei.

Es war nach elf Uhr nachts, als Selmas Handy läutete, auf das sie immer wieder gestarrt hatte. Unverblümt lauschte Zeki, wie sie mit einem säuselnden *sevgilim* den Anruf annahm und hastig vom Tisch aufstand. War etwa ihr Lebensgefährte aus Istanbul in der Stadt?, durchfuhr es Zeki. Wer sonst konnte der Liebling sein, mit dem sie gerade sprach und sich die Haare verlegen aus dem Gesicht strich?

Er stand auf und schwankte durch die Tischreihen zu ihr. Selma beendete das Telefonat rechtzeitig, bevor er sie erreichte. »Du hast zu viel getrunken, Zeki. Das macht aber nichts. Am besten, du sparst dir die Frage, mit wem ich telefoniert habe. Und den Rest musst du mir auch nicht sagen. Ich weiß schon alles, was du mir erzählen könntest«, tröstete sie ihn über seinen Herzschmerz hinweg.

Selma verabschiedete sich bei der Runde, Zeki blieb mit einem schiefen Lächeln auf Derya gerichtet stehen und bestellte das fünfte Weißbier. Pius beschwerte sich, weil er ihn, seinen besten Freund, zu dem er sich angetrunken hochstilisierte, bei der Bestellung vergessen hatte. Zeki entschuldigte sich wortreich und plumpste neben Isabel auf den Stuhl. Als sie ihm ein mitfühlendes Engelslächeln schenkte, nahm er sie in den Arm. Peinlich berührt ließ sie ihn gewähren. So nah war ihr der Chef körperlich noch nie gekommen. Isabel genoss den Augenblick, der ihr zeigte, dass da mehr Verbindendes war als die manchmal schwierige berufliche Zusammenarbeit.

Gegen Mitternacht übernahm das Trio Isabel, Jale und Serkan die Herkulesaufgabe, den betrunkenen Pius nach Hause zu bringen. Zeki sparte nicht mit Ratschlägen, wie sie mit seiner Ehefrau verfahren sollten: Elisabeth in Ruhe schimpfen lassen und dafür sorgen, dass Pius keine Chance erhielt, den Mund aufzumachen.

»Das wird nicht allzu schwer werden«, meinte Serkan, an dessen Schulter der Kollege schlummerte.

Nun gänzlich beseelt von der Welt und unendlich froh, die beiden Fälle hinter sich zu haben, wollte Zeki Serkan zeigen, dass er ihn schätzte und es ihm leidtat, was er ihm wegen der unterstellten Beziehung zu Jale vorgeworfen hatte.

»Mein Junge ...«, fing er an und suchte vergeblich nach passenden Worten. Stattdessen fiel ihm etwas anderes ein. »Du und Jale bleibt Freunde, auch wenn ihr zusammenwohnt, ja? Ihr seid Kollegen, denkt daran. Das ist eine dienstliche Anweisung.«

»Jawohl«, erwiderte Serkan und machte sich daran, Pius zu einem Taxi zu befördern.

Derya und Jale halfen derweilen dem jungen Großvater auf

den Stuhl. Zeki hob mit geschlossenen Augen den Kopf und betrachtete den sternenklaren Nachthimmel.

»Sollen wir ihn nicht mitnehmen?«, flüsterte Jale ihrer Freundin zu.

»Nein«, sagte Derya. »Zeki ist nur müde, unendlich müde. Ich bringe ihn nach Hause.«

62

Irgendwann in der Nacht spürte Zeki eine Hand in seiner. Er drückte sie fest, so fest er nur konnte. Derya wachte auf. Sie öffnete die Augen, ohne zu erschrecken. Sie lächelte. Einfach so. Und schlief wieder ein.

Er kroch aus dem großen Ehebett, das er mit Mühe als das eigene wiedererkannte. Schlaf- und biertrunken schlich er aus dem Zimmer.

Die Kräfte verließen ihn schon wieder, als er die Wohnküche erreichte und sich an den Küchentisch setzte. Wie bist du nach Hause gekommen?, fragte er sich und fand keine Antwort darauf. Er fühlte die Schwere einer Müdigkeit, als hätte er von der Geburt in Istanbul bis zu dieser Sekunde in München durchgearbeitet.

Die Küchenuhr an der Wand tickte lauter als sonst. Er wollte aufstehen und die Batterie herausnehmen, damit das in den Ohren schmerzende Ticken aufhörte. Doch er blieb sitzen – unangemeldete Gäste suchten ihn heim.

Aysel Sabah trat durch die Küchentür, Äste ragten wie Pfeile aus sämtlichen Öffnungen ihres Körpers. Sie stellte sich ihm gegenüber an den Tisch. Links von ihr nahm Zahnarzt Volker Sahner Platz, der drillende Bohrer in der Halsschlagader pumpte tonlos Blut über den weißen Kittel. Silke Sahner erschien und blieb hinter ihrem Ehemann stehen. Sie legte den Arm mit der Todesspritze auf seiner Schulter ab. Zeki wurde auf Jack Robinson aufmerksam, den er in Akbabas Wohnung angeschossen hatte. Im Hals prangte das Einschussloch des Projektils, das ihm gegolten hatte. Süleyman Akbaba gesellte sich nun ebenfalls an den Tisch, die Spitze des bluttropfenden Säbels in seinem Rücken schwebte über der Tischplatte. Ken Freeman lüftete höflich den Hut und setzte sich auf den letzten freien Stuhl, mit dem Rücken zu Zeki. Aus seinem von der Walter P6 zerfetzten Hinterkopf quoll Gehirnmasse.

Der Kommissar nickte verwirrt, als die zwei Personenschützer aus dem Hinterhof des Hotels auftauchten. Ihre Namen hatte er nie erfahren. Die zwei Männer, von lautlosen Schüssen niedergestreckt, starrten durch ihn hindurch.

Jemand fehlt, schoss es Zeki durch den Kopf. Er suchte, drehte und wandte sich, um den Jungen willkommen zu heißen, der auf unerklärliche Weise sein Herz erobert hatte. Die Gefühle für ihn, verstand er endlich, waren jene, die er seinem eigenen Sohn gegenüber nicht hatte aufbringen können. Er fühlte, welch unverzeihlichen Fehler er gemacht hatte, Aydin vernachlässigt zu haben, nicht bei ihm und nicht für ihn da gewesen zu sein, als er als heranwachsender Junge seinen Vater brauchte. Mert Fletcher aber ließ sich nicht blicken in seiner Küche. Natürlich, sagte sich Zeki erleichtert. Er lebt und ist bei seinem Vater in guten Händen.

Komm, süßer Schlaf, fielen ihm zum Takt der Wanduhr die Worte eines Gedichtes ein, das ihm sein Vater einst vom Deutschen ins Türkische übersetzt hatte. Nimm mich mit in dein Reich, lass mich vergessen, was war, ich will nicht wissen, was hätte sein können. Komm, schöner Schlaf, lass mich in deine Arme sinken, mein Herz verzehrt sich nach Ruhe.

Ein Klappern, vertraut wie die Namen seiner Zwillingskinder, holte Zeki in das Hier und Jetzt zurück. Mit einem Schlag verschwanden die nächtlichen Besucher vor seinen Augen. Er saß wieder alleine am Küchentisch, ohne Erinnerung, wie lange er mit den Dämonen in sich gerungen hatte. Hinter ihm summte Derya ein leises Lied. Der Duft von *çay*, den sie für ihn zubereitete, ließ Zeki seine Müdigkeit vergessen.